长篇历史小说

大汉工匠

姚中华 ㊕

中国出版集团有限公司
華文出版社

图书在版编目（CIP）数据
大汉工匠 / 姚中华著. -- 北京 : 华文出版社, 2025. 7. -- ISBN 978-7-5075-6188-3
Ⅰ. I247.5
中国国家版本馆CIP数据核字第2025VE7834号

大汉工匠

著　　者：姚中华
策　　划：胡慧华
责任编辑：寇　宁
封面题字：盛　军
出版发行：华文出版社
（北京市丰台区右外西路2号　100069）
电　　话：总编室 010-59900723　　发行部 010-59900727
责任编辑 010-59900737
经　　销：新华书店
印　　刷：北京新华印刷有限公司
开　　本：710mm × 1000mm　1/16
印　　张：25.75
字　　数：291千字
版　　次：2025年7月第1版
印　　次：2025年7月第1次印刷
标准书号：ISBN 978-7-5075-6188-3
定　　价：58.00元

目录

第一章

郏地从军

天刚蒙蒙亮。

寂静的村头突然传来一阵狗吠。那狗吠声不像平时村子里进来一两个陌生人时气势汹汹的架势，更像是狗受到了惊吓，吠声中夹带着委屈与哀号。

阳城延急忙从榻上披衣起身，下意识从门旁抄起一根木棍，推门来到院中，侧耳细听。狗叫声渐渐停息了下来，村子似乎又陷入清晨的宁静。他抬头看了看天空，东方刚刚露出一丝鱼肚白，几块灰暗的云翳像被撕烂的碎布，正从地平线上缓缓移动。

这是豫中大地的三月，春天似乎来得有些迟缓，树叶还没发芽，小草的根茎依然在泥土中沉睡，空气中依然弥漫着冬天没有来得及带走的寒意。

村子叫夏庄，地处颍川郡郏县境内。村子不大，几十户人家低矮的房舍沿着一条狭窄的泥土路散落着，零零散散。由于贫穷和战乱屡屡光顾，村庄破败不堪，像大地上一块破旧的补丁。村头一座古庙，人称龙王庙，因年久失修，庙门歪斜，四壁漏风，屋顶上的椽檩有的已经腐烂坠落。古庙静立在村头，如同一位沧桑的老者，见证着夏庄的风风雨雨，日出月落，庙虽破败，却是村庄标志性的建筑。

狗叫声停了。听外面没有什么动静，阳城延走到院墙旁，随手抄起一个石锁，两腿屈膝微蹲成马步，右手将石锁抛起，举过头顶，百十斤重的石锁在空中翻转了一圈，玩儿一般稳稳落在左手。这是他自创的“石锁空翻”，每日晨起的一种健身游戏。

搁在平时，阳城延拿起石锁，总要玩半个时辰。但那几声怪异的狗叫，让他产生了一种不祥的预感，心情一下子变得比石锁还沉。石锁在他手中翻腾了两圈，便被他丢到墙角一边。他起身弹了弹身上的灰土，正要进屋，院门外忽然传来一阵急促的敲门声。阳城延迟疑了一下，打开院门。来者是邻居黄甄。

黄甄与阳城延两家房舍一前一后，靠近村头，中间只间隔着一条不到三尺宽的泥土路。平时，村上有什么动静，两家几乎同时能听到。

“阳城兄，咱村好像遭兵匪了。”黄甄一阵风似的跨进院里，顺手掩上了院门，声音像是雷雨来临前的风声，有些急促。

“你说的是刚才那一阵狗叫？”见黄甄神色慌张，阳城延警觉地问道。

“是呀，我今日起得早，听到狗叫声有点不对劲，便悄悄去了村口，看到一队人马从龙王庙前经过，急匆匆地朝列埠口方向去了。”黄甄个头不高，身体却十分壮实，黑黑的脸膛上有一双机警的眼睛，说话声音不大，但底气十足。

列埠口是颍川郡郏县的一座镇子，坐落在颍河的支流蓝河边，许洛古道、宛禹古道从此经过，地处交通路口，平时是一个人来人往的热闹集镇。

“你可看清楚了是什么样的队伍，估摸有多少人？”阳城延越发觉得蹊跷。他缓步走向院中，眉头皱成一个疙瘩。

“我看得不甚清楚，只看到一队急匆匆的行人，大多数穿的是赤色上衣，绑着绑腿，扛着长短不一的戈戟。因为他们没有进村，我就没有跟进细看。”黄甄话语中带着一丝后悔。

“如果穿的是赤色上衣，应该不是秦兵。秦军穿着多为黑衣。看来这些人很可能是楚军。”阳城延站在院中，把目光投向院外，似乎还想追逐那帮朝列埠口奔袭而去的人马。

阳城延所说的楚军，正是此时刘邦率领的一支西征攻秦的部队。

秦朝末年，天下大乱。陈胜、吴广在泗川郡蕲县大泽乡揭竿而起，一路攻城略地，天下豪杰纷纷响应。贵族出身的项羽与叔父项梁在江南会稽起兵，气势凶猛，不久带兵渡江北上抗秦。他们打的是“楚”的旗帜。沛县亭长刘邦，领着一帮原本要奔赴骊山修建秦始皇陵的劳役，也在芒砀山拉起了起义大旗，并陆续攻下沛县、砀郡、丰邑，加入讨伐暴秦的行列。刘邦被楚怀王封为武安侯，尊称“沛公”。

秦王嬴政扫灭了六国，建立了大秦。然而，盛极一时的秦帝国此时像风雨中飘摇的一只危船，随时都有倾覆的危险。原本臣服于大秦王朝的六国贵族，如同从蛰伏中苏醒，纷纷复国，招兵买马，封侯拜将，加入天下纷争。

项羽、项梁起事后，采纳了谋士范增的建议，拥立隐匿在民间替人牧羊的楚国贵族熊心为楚怀王，以从民望。秦二世二年（前208）九月，楚怀王在楚国都城彭城整合各路反秦人马，发布讨秦檄文，号召天下各路豪杰共同击秦。在他的组织下，楚军兵分两路，一路为主力，由上将军宋义、次将项羽率领，北上救助被秦少府章邯率军围困的赵国；一路为偏师，由刘邦率领，向西进击秦国国都咸阳。为激发斗志，楚怀王与反秦的众将领共同约定，谁先攻入关中，谁就被尊为王。

一场旨在推翻秦王朝的风暴就此拉开了帷幕。

奉楚怀王熊心之命，刘邦率领的楚军从砀郡出发，一路西进，打算从函谷关攻入关中，进占秦朝都城咸阳。秦二世三年（前207）四月，刘邦来到曾经属于韩国的颍川郡，与在这里活动的韩王成的军队会合。韩王成为楚怀王所封，此时，为了恢复韩国，他在司徒张良的协助下，一心想攻占颍川郡的治所阳翟，但久攻不下，打不开局面，而刘邦率领的西征军也到达此地。清晨经过夏庄村头的正是刘邦西征军里的一支小股队伍。

天下纷乱，硝烟四起。百姓在战乱与恐慌中，日子过得比蚰蜒翻山还要艰难。

阳城延与黄甄又在院中侧耳倾听了一会儿院外的动静，确认没有什么异常声响，这才安下神来。阳城延对黄甄说："无论是哪支队伍，只要不是章邯的秦兵就好。你我还是多加小心，谨慎防备，这几天多备些干粮，以防不测。"

黄甄说："听说章邯所带的队伍，正是你我逃出骊山时那些修建秦陵的苦役。当下章邯让他们拿起刀枪，成为抵抗楚军的主力，势头凶猛，接连打了好几场胜仗。"

说起章邯统领的秦军，阳城延心头猛然一紧。他急忙打断了黄甄的话："兵家纷争之事，还是少加议论。三年前，咱们逃出骊山，没有被秦军抓获，已是万幸，当下在此安家落脚，切莫暴露身份。天下动乱，只要不连累咱们就好，你我还是干好自己的营生。"

二人正说话，又有一个人推门进院。来的人是二人的好友、同村人刘乐离，小名阿乐。刘乐离三十多岁，人长得瘦小机灵，拖着一条瘸腿，这让他走起路来身体失去了平衡，像筛子筛糠似的左右摇摆。阳城延与黄甄知道个中缘由，他们三人当年逃离骊山时，刘乐离不慎跌落悬崖，落下了终身残疾，捡回一条命，却摔断了一条腿。

刘乐离胳膊下习惯性地夹着一根细细的木棍，本来是当作拐杖用的，他却很少用来助行，更像是对残腿的一种安慰。他一瘸一拐走到二人跟前，知道二人在议论早晨村庄有兵路过的事情，便说道："当下，村中人都在七嘴八舌，没有一个准信，也不知道是哪一路军队。"

阳城延苦笑着摇了摇头："兵匪进村，不是抓丁，就是抢粮。咱夏庄大凡能掂动一块石头的男人几乎都被掳走了，剩下的不是妇女孩童，就是老弱病残，除了干着急，又能怎样呢？好在咱们几个匠人，平时白天大都在外替人营建，官府睁一只眼，闭一只眼，才安宁到今日。你们俩先回去，别再跟着村上人议论，看看动静再做打算。"

听了阳城延的交代，黄甄点了点头，拉着刘乐离转身要走，又回过头问："那今日咱们还去列埠口张家盖房吗？"

"今日就不去了。你去同张家招呼一声，就说今日咱们家中有事要办，明天再去上工。"阳城延嘱咐道。

三人中，阳城延年龄最长，遇到事情，黄甄与刘乐离一般都让他拿主意。阳城延是石匠，黄甄与刘乐离是木匠，都有一身过硬的手艺活。这几日，他们正在列埠口为当地的张家翻盖房子。张家是郏县一个姓张的大官在列埠口的亲眷。

送走了黄甄和刘乐离，阳城延回到室内，看到妻子温氏已经起床，正忙着帮儿子阿牛穿衣。儿子才三四岁，因为被母亲从温暖的被窝中强拉起来，噘着嘴，双手揉着惺忪的眼睛，一副不情愿的样子。

温氏看阳城延面带愁容，轻声问道："刚才我听到你们在议论。黄甄、阿乐他们也没看清楚是什么兵吗？"

阳城延见妻子已经知道村子遭兵的事，便不再相瞒，对她说："还不能确定是何人的军队，听黄甄说，这些人身着赤色短衫，绑着绑腿，看情形很可能是义军。"

义军指的是楚军，因为他们打着推翻暴秦的旗号，所以老百姓有时私下这样称呼他们。

温氏急促地帮儿子阿牛整理身上的衣服，丈夫的忧虑显然传染给了她，让她脸上露出不安的神色。她问阳城延："你要不出去躲一躲？当下无论是官府，还是义军，都在抓丁。"

阳城延向室外看了一眼，轻声叹了一口气："世道纷乱，哪有安宁的地方。再说，躲得过初一，能躲得过十五吗？"

温氏见阳城延并没有出村躲藏的意思，也就没再坚持。她像是安慰自己的男人，也像是安慰自己，轻声说道："那帮人走得那么急匆匆，也许只是路过，不会再来袭扰了吧。"

正说话，西屋传来一阵咳嗽声。阳城延知道母亲已经起床了，于是和温氏一起来到西屋，过来问安。

阳城延的母亲六十多岁，身体还算硬朗，一身粗布衣裳，虽有些破旧，但浆洗得干干净净，穿得清清爽爽；一头白发，梳理得一丝不乱，稍有浮肿的脸上挂着一抹慈祥。只是她的双眼看上去只盯着一个地方，显得呆滞无光。事实上，她已经看不清任何东西了。

阳城延双眼失明的母亲看不见外面的世界，却凭借敏锐的感觉，感知着周围发生的一切。儿子、儿媳妇来到面前，发现她似乎也知道了发生的事情。阳城延想安慰老母亲几句，却被老夫人制止："你们议论的事，阿母都知晓了，躲藏也确实不是办法。这个世道，去哪里都是一样，还不如在这里安静。"老夫人停顿了片刻，接着说："咱们阳城家，从祖上起，作为石匠立世，凭手艺讨生活，虽为下人，日子倒也过得平静。这些年来，闯过了多少沟沟坎坎，不也挺过来了吗？手艺是咱们匠人立足的根本，只要不丢掉手艺，去哪儿都能讨个营生。"

听了母亲的话，阳城延附和道："阿母说的话，儿子早已铭记在心。只是这兵荒马乱的世道，如今匠人并没有多少活计。儿子心里还是时常惦记跟随阿叔修造秦王宫殿的那段日子，那才是一个男儿一辈子要做的事情。"

老夫人说："能去修造帝王宫殿，那自然是匠人一辈子的风光。可谁承想，你安妥地修造着宫殿，却又被掳去骊山给活着的皇帝造坟墓。咱阳城家的匠人，几辈子同石头打交道，建的是人间房舍，不做阴间的活计。老天也算开眼，自从你逃出骊山，落脚到这里，虽未隐姓埋名，这几年倒也过得安生。"

母亲的话，不觉勾起了阳城延几年前逃离骊山、死里逃生的难忘回忆。他下意识咬了咬嘴唇，默默低下了头。

儿子沉默不语，老夫人意识到把话题说远了，触到了儿子心中的痛处。于是，她对立在一旁的儿子、儿媳妇说："这世道，该来的终会来，该走的总得走。天塌下来，总会有人顶着。你们也不要多虑，该干啥干啥去。"

阳城延附和着母亲点了点头，又抬眼瞅了瞅屋外，对母亲说："列埠口张家的房子今日歇工一天，我已经让黄甄去知会了。"

老夫人说："今日不去也罢，好言同人家知会一声，不要让人家干着急。"她从床上摸索着，拿起一件孩子的衣服，温氏忙上前接到手中。她对温氏说道："给阿牛身上再添一件衣服，好生照看好他，当下兵荒马乱的，让他待在家中，少去外面耍。"

温氏低着头，扯了扯自己的衣角，应了声"诺"。

一个本来安静美好的早晨，因为一队兵马的经过，就这样被搅得人心不宁。

阳城延一家在惴惴不安中度过了一天。原以为早上村中遭兵的事情就此过去了，谁知道到了傍晚，村头突然炸锅似的人声嘈杂。有人惊恐地喊叫："楚军来了，士卒进村了！"

村中哭喊声一片。奇怪的是，村中的几条狗，这一次却没有一只吠叫，都悄悄夹着尾巴躲进了龙王庙的旮旯里。

楚军来得突然，夏村没有一人能逃走。

天黑下来的时候，阳城延一家与村中老少，都被赶到村头龙王庙前一块长满杂草的场地上。全村百十来人，黑压压站成一片。几个楚军手执火把，把漆黑的场地照得透亮，也照得人心惶惶。

不一会儿，几个军卒簇拥着一个被称为张军侯的军官来到人群面前。满脸络腮胡子的张军侯清了清嗓子，说道："各位不要惊慌，我们是武安侯沛公麾下的义军，要去关中，推翻暴秦，今日路过此地，叨扰各位乡邻。"他略作停顿，见原本嘈杂的人声渐渐平息，又接着说道："我们远道而来，还请各位乡邻相助，有人出人，有粮出粮。沛公率领大军，已经攻下颍川郡治，到达阳翟。"

阳翟就是后来的禹州，距离郏县不到七十里。

庙前，张军侯话音刚落，就引起一阵骚动。阳城延站在人群中，见张军侯说出他们进村的意图，十分后悔自己没有出去避一避风头，看来这次难逃被楚军抓去充当军卒的厄运。

这时，有两个军卒捆绑着一个人，趔趔趄趄朝人群走来，阳城延一见，脑袋瞬间嗡的一声。被捆绑之人不是别人，正是黄甄。

张军侯看了一眼黄甄，大声说道：“这是刚刚抓获的企图逃窜之人！沛公的军队是义军，只要各位乡邻配合，我们不会伤害任何人，但如若发现有意逃跑、不服从义军者，定惩不饶。”说完，他一挥手，两个军卒各拿一根木棍，走上前，朝黄甄身上一阵猛打。

黄甄反剪着双手，动弹不得，被打得龇牙咧嘴。

虽说夏庄老小黑压压站成一大片，但是能被抓丁的并没有几个人。这年头，村中大凡能掂动一块石头的男丁，不是被官府抓去服役，就是远走他乡谋生，剩下的多是老弱病残之人。站在这群人中，三十多岁的阳城延显得格外扎眼。果然，一名军卒走到他面前，上下打量了他一番，问了他姓名，不由分说，便把他拉出人群。

温氏见状，慌忙扑上去，想要夺回自己的丈夫，却被几个手持长戟的军卒拦住，又凶狠地推搡到人群之中。儿子阿牛看到父亲被抓，吓得扯着母亲的衣角哇哇大哭。阳城延的母亲也被人搀扶了过来，她默默站在人群中，凭着感觉，判断着眼前发生的一切。儿子被抓，她并没有上前阻止，也没有哭喊，而是一动不动，如同雕塑一般。阳城延回头看了看家人，想要挣脱，无奈被几个军卒牢牢押着，动弹不得。

折腾了半天，被楚军抓去从军的，全村只有三人，除了阳城延和黄甄，还有一位刚满十五岁的男孩。按照秦朝规定，只有满十五岁，才能服兵役，称为“始傅”。刘乐离因为腿部残疾，被军卒从人群中拉出后，一瘸一拐来到张军侯面前。张军侯见他拖着一条残腿，走路都走不稳，气急败坏地抽了他一鞭子，便把他推搡到人群中。

入夜，人群渐渐散去，龙王庙在一轮残月的余晖中露出模糊的轮廓，像一位风烛残年的老人。楚军又从村中搜得一些粮食，这才离开。

命运无常。阳城延被迫应征，从此进入了刘邦的队伍。他的人生就像原本落在角落里的一片树叶，突然被一阵风卷进风暴中心，从此变得飘忽不定，浮浮沉沉。

第二章

身世之考

阳城延并非郏县人，他的家乡在秦置颍川郡一个叫阳城的地方。

阳城是春秋时期郑国的城邑，俗名城山岭，战国时属于韩国。秦统一六国后入颍川郡。生活在这里的人多以阳城为姓，后来魏、赵等地的阳城姓氏皆为此地阳城家族后裔的分支旁系。城山岭多山，山中石头质地坚硬，百姓多以从事石匠活为生，石匠手艺成了祖先留给后人打不烂的“饭碗”，世代相传。提起城山岭的石匠，十里八村的人都会竖起大拇指，许多匠人名传四方。

阳城延出生在一个石匠世家，有祖传凿石勒石的绝活。由于父亲早逝，他从小跟随叔父阳城不举学习石匠手艺。叔父是他成长路上的庇护者，也是他从事石匠手艺的领路人，不仅手把手教他凿石技艺，闲暇之余，还向他讲述古时候工匠大师傅说版筑、轮扁斫轮、烈裔刻虎的故事。阳城延机灵好学，又读了几年私塾，识文断字。叔父把他从小带到大，因为终生未娶，视他如同亲子，疼爱有加。阳城延不称阳城不举为叔父，而是调皮地称他为师父。后来，在叔父和母亲的操持下，阳城延娶邻村温氏为妻，不久生下一子，乳名阿牛。

秦始皇统一六国后，君临天下，开始大肆兴建宫殿。他在秦都咸阳城分别仿照六国宫殿的样式，建造了一座座风格不同的宫殿，名曰“离宫”，又在渭水之南的上林苑，兴建了规模盖世无双的巍峨宫殿——阿房宫。

阿房宫又名阿城。嬴政即位第三十五年，以咸阳宫人多拥挤为理由，准备再建一座新宫。当时，丞相李斯问新宫建在什么位置，秦始皇答道：阿旁、阿旁，意思是靠近渭水旁。于是，李斯安排秦少府，从各地挑选能工巧匠，开始在上林苑营建新宫。宫殿纵横百里，弥山跨谷，自渭水直抵南山，殿宇遮天蔽日。宫殿之间，有阁道相连，琼楼玉宇，气势恢宏，宛如天上宫阙。这座辉煌的宫殿以“阿房宫”为名。它的兴建，不仅创夏商周以来宫殿之最，也标志着秦朝宫殿的修建技艺达到了一个崭新的高度。

阿房宫工程浩大，规模宏伟，仅主体宫殿的前殿，便东西长达五百步，南北宽五十丈，可以容纳上万人。为彰显气势，前殿台基上还建有五丈高的帅旗。参与阿房宫建造的匠人、役工最多时高达十万人。秦二世即位后，又对其进行了扩建。

这一年十月，阳城不举被征召参与阿房宫营建。他带着侄儿阳城延一同来到了关中。

阿房宫的规模超过以往任何一座皇家宫殿，营建体量巨大，宫阁众多，工序复杂，工艺要求高。阳城不举有一手石匠绝活，年轻时就曾参加过咸阳宫建造，来到阿房宫工地上，被委任为“大匠师”。“大匠师”在“总匠师”的督导下，主导某一宫殿的施工。在叔父的带领和指导下，阳城延不仅石匠技艺大为长进，平时对宫殿建造技艺也很留心，从画图、选材、配料，到木匠、瓦匠、石匠等匠人的组合搭配，一件件熟记在心。由于年轻好学，悟性高，又有叔父手把手教授的祖传石匠绝活，他很快在阿房宫工地崭露头角，当上了匠人中的“匠师”。在工地上，只有技艺出类拔萃且能独当一面的匠人才能被称为“匠师”。叔父还带阳城延到总匠师那里，看到了神秘的“九宫图”，那是阿房宫的总体施工图样，一般匠人一辈子也难得一见。

正当阳城延在阿房宫干得得心应手的时候，一天，他和叔父突然被一帮凶神恶煞的军卒从工地驱赶出来。阳城延不知道发生了什么，他从叔父惊愕的面部表情中也没找到答案。军卒没有做任何解释，就把他俩与好几百名匠人一起，押上一条泥泞的山道。

路途上，天突然下起鹅毛大雪，寒风裹着雪花，刮得人难以站立，刺耳的风声像魔鬼发出的吼叫。阳城延穿着妻子温氏缝制的薄夹衣，冻得瑟瑟发抖，只好紧贴着叔父的身体艰难前行。他悄悄问叔父：“这是要把我们送往哪里啊？”

突如其来的变故也把阳城不举弄得莫名其妙。面对侄儿的疑问，他模棱两可地答道：“看方向，不像是过渭水，该不会把我们送到关外吧。”

阳城延说：“去关外？难道有什么地方要建新宫？”

阳城不举没有听说哪里在建新宫，给不出侄儿答案。他用手拍了拍阳城延肩上的雪花，小声说道：“谁能说得准呢。如果是去关外，离家倒是近了。”

阳城延叔侄之间的对话尽管声音很小，还是没有逃过押送的军卒那贼尖的耳朵。一个官大夫模样的军官走了过来，举起手中的鞭子照阳城延的身上猛抽一鞭，高声呵斥道：“勿多言，抓紧赶路！”

雪越下越大，道路已经被厚厚的积雪覆盖，只露出模糊的轮廓，天地间白茫茫的一片。阳城延与叔父互相搀扶着，沿着前面匠人的脚印，深一脚、浅一脚艰难前行，就这样足足走了好几日，也不知道越过多少田畴，绕过几座大山，最后来到一处工地。他隐约听人说，这里是骊山。

阳城延仔细打量着周围，只见不远处一座高山绵延数里，山势巍峨，山上的植被被积雪覆盖，看上去像一条静卧的白色长龙。他后来才知道，这里正在修建的是始皇帝的陵寝，也就是秦始皇死后埋葬的地方，已经修了几十年了。阳城延心里嘀咕：始皇帝真够荒唐，活得好好的，住着皇宫金銮殿，干吗要着急修建死后埋葬的地方？

此时，负责修建秦始皇寝陵的，是秦国上将军、少府卿章邯。

秦始皇建造陵寝，场面让阳城延差点惊掉下巴。山脚下，一处空旷的地带被挖出一个巨大的凹坑，里面人头攒动，乌泱乌泱的，足有几万人，有的在挖运土石，有的在打桩，有的弓腰推车。还有成批的役工背驮肩扛运送着木料、石块，他们被编排成长长的队伍，蜿蜒在山道上，踯躅而行。远远望去，整个工地如同一个巨大的蚁穴，成群的蚂蚁忙忙碌碌，正在营建新家。

阳城延就这样稀里糊涂和叔父一道，来到了骊山秦陵工地。他的身份也不再是“匠师”，整天和一帮苦役在一起，开山挖石，运送土石。这里的役工绝大多数是从各地抓来的劳役，也有同阳城延一样，是从正在营建的宫殿工地上遣送至此的匠人，此时都被集中在这里。一批优秀的匠人，正在修建史上规模最大的一座陵墓。

骊山工地上的艰苦程度超出了阳城延的想象。役工们无论天晴天阴，刮风下雨，都要出工，每天不是一身灰，就是一身泥，吃的是糠菜豆渣，常常饱一餐饥一顿。更有甚者，这里的监工一个个凶狠残忍，跟活阎王似的。在工地上，他们一旦发现手脚稍慢的役工或看不顺眼的匠人，轻则高声呵斥，重则皮鞭抽打。阳城延亲眼看见好几个役工被活活殴打致死。

如果真有地狱的话，这里就是地狱的入口。

一天，阳城延正在用力搬撬着一块巨大的石头，尽管使出浑身的力气，巨石依然纹丝不动，正犯愁，忽然有人朝他跑来，气喘吁吁地告诉他说，他的叔父被一处塌方埋住了，让他赶紧过去看看。

阳城延慌忙扔掉手中的撬棍，随着那人朝叔父出事的地方跑去。等到他赶到时，叔父虽然被人从坍塌的土石块中扒了出来，但已经面色青紫，双目紧闭，一动不动，衣服上沾着泥土、碎石。阳城延顿时感觉天旋地转，一下子瘫倒在地上。他不敢相信眼前发生的是事实。这么多年来，他和叔父形影不离，叔父不仅是他的亲人，更是他的依靠，有叔父在，再难再苦的活，他都有信心扛下来。就在早上出工时，叔父还再三嘱咐，要他小心提防山上滚落下来的石头，他自己却被塌方所埋。一个活生生的人怎么说没就没了呢？

悲痛欲绝的阳城延从地上爬起来，抓住监工的衣袖，想问叔父出事的缘由。监工轻蔑地瞥了他一眼，理都不理，不由分说，用力把他推搡到一边，然后命令两个役工把阳城不举的尸体拖走了。

其实，阳城延问也是白问。在骊山工地，这样的事故几乎每天都会发生，监工对此早已司空见惯、麻木不仁。秦始皇陵始建于秦王政元年（前246），竣工于秦二世二年（前208），前后建造了三十九年，工地因事故致死，以及累死、病死、殴打折磨致死的，究竟有多少人，谁也说不清。有人估算，这些非正常死亡的役工，加上秦陵完工后被章邯活埋的匠人，不下万人。

叔父惨死，阳城延陷入极度的悲哀绝望之中。一连几天，他沉默不语，面容僵直，歇工后就坐在工棚里发愣。同工棚的工友劝慰开导他，他也不答话，有时候半夜突然起身，也是直愣愣坐在黑暗中望着黑漆漆的棚外，像是变了一个人。其实，此时除了思念叔父，一个大胆的想法也在阳城延心中悄悄萌生，那就是逃出工地，逃出这地狱般的魔窟。

念头一旦产生，便像一根挣脱不开的藤蔓一样，死死缠绕着他。

为了防止役工逃跑，秦律对工地逃工者有严厉的处罚规定，一旦被截获，将受到大辟之刑。遭受这种刑惩的人，不是被腰斩、弃市，就是被枭首。尽管惩戒手段极其残忍，依然有飞蛾扑火之人。工地不时传出役工逃跑的传闻。逃离，是秦陵役工们备受摧残后无奈的选择，也是他们离开骊山免遭残害的唯一出路。

打定主意后，阳城延把自己的想法悄悄告诉早有潜逃之心的两位工友黄甄与刘乐离。黄甄是韩地荥阳人，刘乐离是魏地少梁人，两人都是一年前从阿房宫修建现场被抓来骊山秦陵工地的，在这里吃尽了苦头，度日如年。二人与阳城延同住一个工棚，平时说话投缘，遇有什么事，常常在一起商议。三人中，阳城延年龄最长，黄甄与刘乐离称他为阳城兄。三人暗中谋划，准备瞅准时机，逃离骊山。

秦始皇三十六年（前211）五月，秦陵工地上大雨接连下了七日，老天爷似乎还不想睁开眼，风是风、雨是雨，发泄着无名之火。工地泥泞湿滑，许多地方被雨水浸泡后发生塌方，无法施工，役工们只得躲在工棚里避雨。这样的天气，监工也放松了对他们的看管。

阳城延觉得时机难得，与黄甄、刘乐离秘密约定，选择午夜出逃。为了迷惑监工和同工棚其他役工，三人一开始装作呼呼大睡。等到子时，三人互递暗号，将工棚一角悄悄撕开一个口子，在夜色和雨声的掩护下，向事先探好的路线逃去。天黑路滑，他们跌跌撞撞，刚爬上一个山坡，准备钻进树林，背后突然传来一阵喊叫。显然，他们的行动还是被监工发觉了。好在天下着雨，又是黑夜，监工军卒分辨不清他们逃跑的具体方向。三人一口气狂奔，不敢停留半步，等到天色方亮，不知逃到了什么地方，确认后面无人追赶时，他们才敢坐下来喘口气。

黄甄大口喘着粗气，半坐半倚在一棵大树上，庆幸地说："这下总算逃出来了！"

刘乐离似乎还没有从惊恐中缓过神来，用手擦拭了一把脸上的水滴，已经分不清是雨水还是汗水。他瞅了瞅黄甄，又看了看阳城延，问："接下来，我们该向哪里逃呢？"

阳城延也在暗自庆幸，千难万难，总算逃了出来！他环视了一下四周，好像是一处山坳，地上满是荆棘杂草，被雨水打得蔫蔫巴巴的。附近有几棵粗壮的大树，树叶上滴着水滴。他把手往眼前伸了伸，似乎想用手试探一下雨水，这才发现雨不知道何时停了。多日被雨水浸泡的天空，乌云渐渐散开，变得敞亮起来。

阳城延挪了挪身子，指着远处隐隐约约的山峦，若有所思地说："看到那座山了吗？我们就奔那个方向去！"

刘乐离似乎对山有一种莫名的恐惧，不解地问道："那里是何地方？不会又是一个皇帝陵墓的工地吧。"

黄甄瞅了他一眼，没好气地说道："说什么昏话呢！天下还能有几个皇帝！"

刘乐离知道自己说的话有些离谱，兀自讪笑了一下，便闭口不言。

阳城延又仔细辨别身边几棵大树朝阳背阴的长势，然后从地上抓起一根树枝，指了指前方，一字一句地说道：“你们看，那边是东方！翻过远方那座山，一直朝东，也许就能走出关中，逃到关外。朝那边走，一定能到达我们的家乡。”

希望与信心如同孪生兄弟，有了回家的希望，就有了信心。黄甄与刘乐离被阳城延一番激励了。当年离开家乡进关中，是一路朝西去的，如今一路朝东，就是往家乡走的方向。三人似乎忘记了一夜的奔波和疲倦，一下子都来了精神，站起身来，继续赶路。他们不敢走大道，专挑崎岖不平的山间小道摸索前行，有时候感觉不对劲，白天躲进树林，晚上才敢出来赶路。饿了，就采几个野果充饥，渴了，便就着山涧流淌的水咕咚咕咚喝几口。就这样，三人走走停停，躲躲藏藏，一路向东，也不知翻过多少座山，跨过多少个沟坎，前面依然是山，就是看不到家乡平原的模样。

一天晚上，他们趁着天黑下山，约摸走了两个时辰，突然发现前面隐隐约约有一丝灯光，接着传来一阵狗吠。三人急忙找了个土坎顺势趴了下来，躲藏到一边。无奈那几只讨厌的狗发现了他们，对着他们躲藏的地方狂吠不止，越叫越凶，丝毫没有放过他们的意思。不一会儿，走过来几个人，张望了一番，冲他们喊道：“作甚的，别藏了，快出来！”

阳城延知道藏是藏不住了，于是拉着黄甄与刘乐离走了出来。

借着光亮，阳城延发现，眼前原来是一个烧窑的窑口，不远处码放着成排成排的砖坯。一个眼角有一块吊疤的中年男子带着几个人站在他们面前。

“你们是做甚的？”男子的双手抱在胸前，用吊疤眼上下打量着三人，问道。

“我们是从关中到关外运盐的，连夜赶路，不慎迷了方向，惊扰各位了。”阳城延冲着那位吊疤眼一抱拳。

“运盐的？你们是在为官府办差？”吊疤眼男子重新打量了他们一番。

“是哩！”阳城延环顾了一下四周，想寻找离开的道路，“看这里，好像是一座窑口，敢问这是什么地方？”

“此处是大王山，那边就是朝关外方向的道路。别再多问了，赶紧走吧！”吊疤眼男子看他们衣衫破烂，似乎有些不耐烦，朝阳城延挥了挥手。

阳城延一听，心中暗喜，正要带着两人离开。站在一旁的刘乐离用舌头舔着渗血的双唇，突然开口：“这位兄弟，我们带的干粮吃完了，能不能给点吃的，我们好赶路？”

阳城延怕节外生枝，用胳膊肘碰了一下刘乐离，想让他别多事。吊疤眼男子看了看刘乐离，似乎有些同情，转身对着身边一个矮个男子努努嘴。矮个男子转身离去，不一会儿拿来几个菜窝窝，递到他手中。

吊疤眼男子说：“俺们的余粮也不多了，这里有几个菜窝窝，你们拿着快走吧！”说着，他准备将几个菜窝窝塞给阳城延，刘乐离赶紧从一旁接了过来。

阳城延没料到眼前这位素不相识的男子这样爽快，再次抱拳道谢，带着黄甄和刘乐离匆匆离开。

有惊无险，还讨了几个菜窝窝！三人暗自高兴，这几天都是以野果充饥，他们早已饥肠辘辘，于是狼吞虎咽吃下了菜窝窝。又走了一段路，刘乐离问阳城延：“刚才阳城兄怎么说我们是去关外运盐的？”

“这你就不懂了！”黄甄接话道，“运盐的多半是官差，一般人不敢得罪，阳城兄这样说，是怕惹麻烦。”

阳城延说：“刚才我也是硬着头皮说的，好在他们没有过多盘问，看来这一唬人的招数还挺管用。”三人自从逃离骊山后，这是第一次露出笑脸。

然而，山，似乎越翻越高；路，也越来越难走。

一天晚上，三人摸黑走在一片山林中，走着走着，前面的刘乐离一闪身，突然如同变戏法一般没了踪影。阳城延和黄甄吓了一跳，急忙停下脚步，小声呼喊刘乐离的小名：“阿乐，阿乐！”喊了半天也没有回音。阳城延试探着往前走了几步，不禁倒吸了一口凉气。眼前是一处断崖。天黑，断崖边长着齐膝深的茅草，刘乐离没瞅见，一脚踩空，栽下去了。

阳城延看着黑洞洞深不见底的山崖，心里直发毛，暗暗叹道：刘乐离摔下去，这下肯定没命了，这可咋办？

刘乐离掉落山崖，阳城延与黄甄不敢贸然下去搜救，一时没了主意。两人只能对着黑咕隆咚一眼看不到底的谷底，一遍遍小声呼喊。

不知过了多久，断崖下面突然传出刘乐离的回应声，虽然声音细弱，但阳城延与黄甄都听得真切。

刘乐离没有摔死！阳城延和黄甄稍稍松了一口气。阳城延一边小声安抚刘乐离，一边询问他在什么位置。

说起来也巧，这处断崖虽然十分陡峭，却不算太深。刘乐离摔下去时，被山崖间一根树杈绊了一下，坠到崖底后落在一片荆棘杂草上，捡回一条命。等到天明时，阳城延与黄甄找到一处缓坡，下到断崖底部，费了九牛二虎之力才把刘乐离救了上来。摔这一跤，刘乐离虽然保住了性命，却摔伤了一条腿，从此落下残疾。

阳城延与黄甄搀扶着一瘸一拐的刘乐离继续赶路，饿了依然摘野果、挖野菜充饥，实在饿极了，才悄悄到沿途的村中乞讨点能吃的东西，又急忙离开。就这样，足足走了半个多月，就在三个人筋疲力尽，难以迈开步子时，地势渐渐变得开阔平坦，又走了几天，眼前突然出现一条河流。

出逃的这些日子，三人偶尔见到的都是一些山涧小溪，猛然看到这么一条大河，都很兴奋。河水很清澈，河岸两边草木茂盛，不知名的野花红艳艳、黄灿灿，像孩子的笑脸。阳城延向河边田间一位割草的老妇打听，才知道河的名字叫蓝河，是颍河的一条岔河。

阳城延知道颍河是淮河的一条支流，顺着这条河应该就能找到回家的路。但是，一个绕不开的难题在他心中缠绕。此时他们三人都明白，身为骊山秦陵工地的逃工，如果贸然回家，被官府知晓，不仅本人要被捉住治罪，还会连累家人。因此，三人一合计，决定找一处偏僻的地方先安顿下来，再做打算。

沿着蓝河，三人又走了几日，前面出现一个集镇。镇子上有几条街，麻石铺就的街道坑坑洼洼。沿街有几家杂货铺。街上人来人往，有推着独轮木车卖货的，有玩杂耍的，有骑驴路过的，也有衣不蔽体躺在路边举着一只破碗乞讨的。逃离骊山的这些天，三人还是第一次见到这么热闹的镇子。

路过一家粥铺，三人不约而同停下了脚步。粥铺旁一群人正围着一口大锅，锅里的小米粥正冒着热腾腾、香喷喷的热气。刘乐离肚子里早已饿得咕咕直叫，两眼直直地盯着大锅，嘴里直咽口水，但身无分文，只有羡慕的份。阳城延看着刘乐离的样子，心中不忍，忙拉着他与黄甄离开。

来到一座桥头，有一位瘦猴似的男子正向路人吆喝：“谁能把这一堆木头扛到河边，给钱十文。”不一会儿走过来一位留着须髯的壮汉，看了看那堆粗大的木头，挑了一根试了试，感觉太沉，只得摇头放弃。

“让俺试试！”阳城延走上前去，指着那堆木头，“是运到桥下河边？”

瘦猴似的男子看了看他，又瞅了瞅黄甄与刘乐离，见他们衣衫褴褛，一副狼狈不堪的样子，有些怀疑：“你们行不行？不许搬到一半中途撒手，否则一文钱也不给！”

阳城延没吭声，但心里早已拿定主意，今日这个钱必须挣。他与黄甄交换了一下眼色，两人咬着牙，各自扛起一根木头，摇摇晃晃朝河边走去。刘乐离因为瘸着一条腿，只能站在木头旁边看着他俩，嘴里嚷着：“慢点！慢点！”

半天的工夫，一堆木头终于被搬运至河边。阳城延和黄甄累得瘫倒在地。刘乐离一瘸一拐向瘦猴似的男子要钱，那男子却以他们搬运太慢、耽误了时间为由，强行扣下两文钱。黄甄气得要找他理论，被阳城延一把拉住。阳城延知道，在这个人生地不熟的地方，惹不起任何事情。他让刘乐离从瘦猴男人手中接过钱，然后便飞快离开。三人再次来到粥铺，买了三大碗小米粥，终于安抚了一下饥肠辘辘的肚子，吃了一顿饱饭。

阳城延推断这里应该是一个南来北往流民较多的地方。有流民，应该就不会引起官府太多注意，相对比较安全。离镇子不远处，有一个村庄叫夏村。三人来到夏村落下脚，谎称是逃荒的难民。

秦朝对户籍人口采取什伍制来管理，五户为一伍，十户为一什，十什为一保。看起来这种制度很严格，但由于此时社会动荡不安，逃荒的、要饭的、流浪的、躲避战乱的比比皆是，官府无法阻拦，也无法统计，因此实际上对人口的管控并不十分严格。一个村庄来了流民，村民司空见惯，好像见到人串门一样，地方官府盘查时也是睁一只眼，闭一只眼。因此阳城延与黄甄、刘乐离三人落脚夏庄，并没引起多少麻烦。

这个离夏庄不远的镇子就是列埠口。它坐落于蓝河边，是一处古老的渡口，也是郏县境内比较大的集镇。蓝河发源于禹州鸠山，一年四季河水充沛，从镇边蜿蜒而过。这里还是两条古道交会的地方，一条是从洛阳到许昌的许洛古道，另一条是从宛城到禹州的宛禹古道，列埠口处在道路要冲，官宦兵匪、商贾匠人、三教九流常常汇聚于此。在后来的楚汉战争中，汉大将纪信为掩护刘邦于荥阳脱险，假扮刘邦，吸引楚军。纪信被楚军擒住后，项羽恨得直咬牙，将他活活烧死。纪信死后，尸骨就埋在距离此镇不远的纪村，人称纪信冢。刘邦念及纪信的忠诚，追谥他“忠佑”。

阳城延与黄甄、刘乐离在夏庄过了一段隐姓埋名的日子。一年之后，阳城延从老家悄悄接来老母亲和妻儿。阳城延给儿子阿牛取名“去疾”，寓意无病无灾。阳城延靠石匠手艺为生，一家人团聚后，虽然日子过得清苦，却也勉强过得去。黄甄与刘乐离干的是木匠活，三个人常常在一起搭伙做活，帮助远乡近邻盖房建院，因为手艺出众，渐渐有了名气。

没承想，秦二世三年（前207），刘邦率楚军入关攻秦，途经郏县，阳城延一家宁静的日子终究还是走到了尽头。

第三章

随军入关

汉王元年（前206）八月，蜀地南郑。

转眼间，阳城延跟随刘邦的部队已有一年多光景。此时，秦王嬴政已死，天下各路诸侯控制的版图大变脸。秦王朝在秦二世胡亥登基之后，如同惊涛骇浪中一条四面漏水的危船，随时都有倾覆的危险。

阳城延自从于郏县入军后，跟随刘邦率领的攻秦楚军转战于颍川、南阳一带。刘邦先后攻克阳城、南阳、武关，后取道商洛，进入关中。项羽带领的楚军从楚地出发前去营救被秦军围困的赵国。渡过黄河之后，他命令将士砸烂了做饭的鬲、甑，凿沉了渡河的船只，又烧毁了军帐，只带三日干粮，背水一战，以必胜之心火速前往巨鹿。经过九次激烈战斗，项羽终于击败了章邯，坑杀降军二十万，生擒秦将王离，斩杀副将苏角，逼得秦将涉间自焚而亡，史称“巨鹿之战”。

为了抢夺灭秦的头功，巨鹿之战一结束，项羽便率兵火速从函谷关进入关中，却还是未能赶上刘邦的速度，让刘邦先于他攻占了关中。项羽一怒之下，趁刘邦为避让他退出咸阳，一把火焚烧了咸阳城，又南渡渭水，焚烧了未建完的阿房宫。大火在渭水两岸足足烧了三个月，滚滚烟尘遮天蔽日，惊得鸟雀四处乱飞，放眼望去，一片焦土。这把火，不仅让秦王朝精心营建的宫殿楼阁几乎全部化为灰烬，也烧掉了秦王朝最后的气数。

项羽气势汹汹到来时，刘邦自感实力不能匹敌，为避免与之交锋，于是从关中退兵霸上。项羽的谋士范增预感到刘邦的存在将来是一大威胁，劝说项羽借机杀掉刘邦，这才有了被后人津津乐道的鸿门宴，才出现了“项庄舞剑，意在沛公”那样险象环生的场面。由于项羽犹豫不决，鸿门宴上，刘邦侥幸逃脱。

汉王元年（前206）二月，项羽在咸阳重新分封天下，共分封了十八位诸侯王。他自称西楚霸王，封地九郡，以彭城为都城，占领了长江中下游和淮河流域一带广大的肥沃之地。为了钳制刘邦，项羽既没有“养虎为患”，让他留在关中当关中王，也没有“放虎归山”，让他回楚国故里，而是封他为汉王，统领巴、蜀、汉中三郡。巴、蜀、南郑与关中之间，有巍巍秦岭阻隔，项羽此举意图十分明显，借秦岭天险，把刘邦困死在蜀地，让他从此退出天下纷争。同时，他又把关中地区一分为三，分别封给秦朝三位降将章邯、司马欣和董翳，以便阻挡刘邦向关中发展。关中“三秦大地”的称谓也由此而来。

面对如此分封，刘邦心中自然清楚，这是项羽的别有用心之举，目的是将他困死在蜀地，遏制他与之争夺天下。他心中虽然愤愤不平，但手中实力不敌项羽，还是接受了分封。

汉王元年（前206）四月，刘邦来到蜀地就国，定都于南郑。

在从军一年多的时间里，阳城延最为挂念的，就是郏县家中双目失明的老母，以及妻儿。自从在夏庄龙王庙前被掳入军中，家中音信全无。自己来到遥远而偏僻的蜀地，身在汉营，出生入死，家中老母一定倍加挂念。想到自己过了而立之年，还让老母妻儿焦虑担忧，阳城延愧疚难忍，常常在漆黑的夜晚，抬头久久仰望东方天际的星斗，喟然长叹。那一声声叹息，好像能驮着他的心，回到家乡蓝河岸边似的。

阳城延进入刘邦军队后，充当的是军匠。在军队里，军匠平时负责运送、掌管和发放军械，无非是弓弩箭矢、刀戈剑戟、铠甲战袍之类，也有少量的战车、战马。刚开始，阳城延甚至区分不了戈与戟的区别，后来才渐渐搞清楚戟是戈与矛的结合体，在战场上作用更大，杀伤力更强。遇到特殊情况，军匠也负责修桥铺路，搭建临时营地。虽然是新兵，但阳城延平时比别的军匠更加勤快、心细，将自己掌管的兵器擦拭得锃亮，加上又是工匠出身，从事过建造业，无论是修桥铺路，还是搭建营地住房，都得心应手，因此，他常常受到上司的夸奖，不到一年，就被提升为什长。什长是汉军中最基层的官职，通常一什掌管两伍，每伍有五名军卒。

这一天，阳城延擦拭完刀戈枪械，闲来无事，照例用树枝、草棒在一块空地上摆放出宫殿的模样，这是他闲暇时打发时间最常用的方式。他不像其他军卒，没事时扎堆在一起，不是想着吃喝，就是谈论女人。别的军卒对他搭建的东西不屑一顾，也看不懂，常常讥笑他这一辈子只配做个匠人。别人议论，他也不去理会，依旧用树枝、草棒，搭了拆、拆了搭。有时，为了放好一根草棒，他会琢磨半天，那般认真的劲头，好似面前真是一座巍峨的宫殿。

“又在营建你的皇城宫殿呢！”猛然间，阳城延身后传来一个熟悉的声音。他忙转过身，见是黄甄。

黄甄身穿铠甲，手执长戟，威风凛凛站在他的身后。两道浓眉下，目光炯炯有神。

阳城延看他这身装扮，知道他刚从校场操练下来，笑道：“你穿上这身戎装，倒真有点像将军的胚子。”

“快别取笑我了，阳城兄！”黄甄看了看周围，小声说道，“我有正事同你说呢。”

不远处有几个刚从校场下来的军卒围在一起，好像正争执、谈论着什么事情。

“走，去那边说话。”黄甄指了指不远处一块空地，拉着阳城延走了过去。

自从与阳城延一同从军后，黄甄也跟随刘邦来到南郑。他被编入郎中灌婴的部队。灌婴是睢阳人，曾经以贩卖丝织品为营生，于秦末追随刘邦，以作战骁勇著称，后来被刘邦封为颍阴侯。在军中，黄甄年轻机警，作战勇猛，很受灌婴器重，如今已是军侯手下统领三百多人的左屯长。汉军作战部队实行部曲制，以部、曲为基本建制单位，编制序列由大到小，分别为军、部、曲、屯、队、什、伍。曲的主管是军侯，每曲分左右两屯。按军中职位，如今黄甄的官职要比阳城延高两级。

两人来到僻静的地方，黄甄又警觉地看了看四周，见四下无人，就压低嗓子对阳城延说：“汉王要北进关中，不日将有重大行动。你可听到什么消息？”

阳城延一向口风严谨，不好打听军中之事。听了黄甄的话，他也感到十分吃惊：“我也听到一些议论，但军中大事一向甚为机密，传言不可信。再说汉王来此，仅一年有余，脚跟尚未立稳。我几天前还与队率一起，前往米仓道押送粮草呢。”

“这次可是千真万确。”黄甄见阳城延似信非信，不觉提高了嗓音，语气更加坚定，“据说，这次汉王有意拜韩信为大将，兵分两路，一路取子午道，一路取陈仓道，意在重新夺取关中！”

黄甄一说，阳城延似有所悟，联想起这几日汉军加强了军队的操练，并且紧急备粮、锻造兵器，他隐隐觉察到军营中的气氛与平时不大一样。当然，对他而言，进入关中的意义，是离家乡又近了一步。否则，待在这偏僻的蜀地，何日才是尽头？

“子午道是我们来南郑之路，沿途多为悬崖栈道，路途艰辛，况且汉王来蜀地时已主动烧毁，如今复走此道，如何通行？”阳城延道出心中的疑虑。

子午道是从关中穿越秦岭进入南郑的要道之一，汉王元年（前206）刘邦来蜀地就国，沿途烧毁了供人马通行的绝壁栈道。这是刘邦为了打消西楚霸王对他的猜疑，故意迷惑项羽之举，表示他无心再回关中，准备安心做他的汉王。

黄甄往地上杵了杵手中的长戟，神秘一笑：“这是军中秘密！”他又不无关切地说道：“真要有大的行动，阳城兄一定要谨慎，多多保重啊！”他冲着阳城延一拱手，重新返回了校场。

黄甄向阳城延透露的消息，很快得到了证实。一场意在智取关中、争夺天下的关键之战，在汉王刘邦王府中被最终敲定。

敲定此事是在汉王二年（前205）八月，刘邦接受国相萧何的举荐，设坛拜离楚归汉的淮阴人韩信为大将军，命他统率人马，进击关中。得到刘邦的授权，韩信兵分两路，一路由樊哙、灌婴统领小股队伍，大张旗鼓地修建被烧毁的子午栈道，佯攻陇西；另一路由自己亲率主力，取道陈仓古道，奔袭陈仓，攻占位于渭水北岸的陈仓渡口。

巍巍秦岭，如同巨大的屏障阻隔着川陕。穿越秦岭，进入关中，没有坦途，只有三条险峻陡峭的栈道可以通行。

最东面的是子午道，从南郑至关中杜县。道路以修建于峡谷悬崖绝壁间的栈道为主，穿越子午谷。刘邦从此道进入蜀地后，听取了张良的建议，人马一过便烧毁了栈道。中间为褒斜道，南起南郑以北的褒谷口，北至岐山、郿县（今陕西眉县）交界处的斜峪关，栈道沿着汉江的支流褒河与渭水的支流斜河河谷前行。相传周幽王的爱妃褒姒就出生在褒河岸边，这条河也因出了这位“烽火戏诸侯”中的“冷美人”而闻名遐迩。栈道始建于商以前，是从蜀地通往关中最早、距离最近的一条道。最西边的名曰陈仓道，又称故道。此道也以艰险著称，栈道狭窄，山谷幽深，沿途有几处驿站，一般只在传送军情急报的时候才有驿卒经过。陈仓即后来的陕西宝鸡。

三条古道分别从三个方向穿越秦岭，进入关中。从南郑通往川府腹地成都的，则是另一条主干道金牛道。

刘邦听从韩信计谋，表面上大张旗鼓修复被烧毁的子午栈道，似乎向外界表明，汉军重修此道，意在由此进入关中。暗地里，汉军的主力为了迷惑关中的守军，放弃了距离最近的褒斜道，选择了最难行走的陈仓道，从陈仓渡过渭水，由侧翼实施突袭。

阳城延跟随樊哙、灌婴率领的小股部队去修复被烧毁的子午栈道。作为军匠，他的主要任务依然是为前方运送军需器械，只是，这一次他准备的不是刀、矛、戈、戟，而是修建栈道所用的大锤、铲子和铁钎。

为了假戏真做，迷惑章邯与项羽，樊哙、灌婴装出急于抢修的阵势，要求修筑栈道的队伍动静闹得越大越好，同时要有一定的抢修进度。官兵进入子午道后，锤子、铁钎叮当作响，凿得石头火星乱窜。一些鸟儿吓得惊慌失措，在山谷间乱飞。

没过多久，子午道抢修就遇到了难题，原有栈道被烧毁后，用于穿插栈道支架的石眼也遭到破坏，架设新栈道，必须重新开山凿石，破除路障。一天，有几块巨大的岩石挡住了去路。这些岩石不仅体积巨大，而且坚硬无比，撬不动、砸不烂、搬不走。几个军匠试图用锤子、铁钻破除顽石，挥动铁锤凿了半天，凿得石头火星四溅，但巨石纹丝不动，上面只留下几道浅浅的印痕。修复栈道的队伍一连数日前进不了一步，这让灌婴焦急万分。

黄甄受灌婴之命带着一队军卒负责开山凿石。顽石像是一座难以攻克的坚固堡垒，挡住了道路，也压在他心头，让他心急如焚，寝食难安。一筹莫展之际，他忽然想到了阳城延，这位与自己曾经共患难的兄长出身石匠世家，与石头打了半辈子交道，也许他有破除顽石之策。于是，他立即向灌婴举荐了阳城延。

灌婴急忙召见阳城延。见阳城延中等个头，身材结实，上身穿一件粗布短衣，下身扎着绑腿，一身军匠打扮，灌婴朝他上下打量了一番，便问他能不能破除子午道上的顽石。

见是将军灌婴，阳城延连忙双手抱拳施礼，说道："此处为秦岭山涧河谷，石头皆为坚硬无比的砂岩砾石，请将军容我去现场察看一番。"

灌婴点了点头，对他和黄甄说："我大军此次进军关中，擒拿章邯，事关重大，重修了午栈道刻不容缓。尔等不可怠慢，速图破解顽石之策！"

阳城延跟随黄甄来到子午道抢修现场，只见眼前山高林密，云遮雾绕，山谷一侧，几处高大的岩石挡住了去路。要想重新架设栈道，必须破石开道，清除障碍。然而，这些巨石有的高达数丈，历经日晒雨淋，留下来的都是坚硬的岩体，要想清除谈何容易？此时还没有发明火药，除了锤砸钎凿，似乎也没别的好办法。

一连几日，阳城延为了找到破除顽石的办法，茶饭不思，夜不能寐。忽有一日，他猛一拍脑袋，醍醐灌顶。他急忙拉着黄甄来到子午道谷地，安排几个军卒找来柴草，堆放在巨石周围，然后生烈火猛烧。黄甄和其他军匠不知阳城延何意，也不好多问。眼瞅着大火越烧越烈，发出噼里啪啦的声响，阳城延依然让军卒不停地添加柴草。大约过了两个时辰，阳城延又安排了几个军卒，抬来几桶水，朝着火烧过的巨石一阵猛浇。

接下来的场景让在场的军匠、军卒都看得目瞪口呆。只见随着几声炸裂声响，铁钻都难以凿开的巨石上先是冒出一股白烟，随即从中间向四处炸开几处巨大的裂口，像开花一般。巨岩破裂了，碎石散落一地。

阳城延用“火焚水激”之法破解了重修子午栈道的一大难题，黄甄喜不自禁，立即向灌婴禀报。灌婴得知一个默默无闻的军匠破解了顽石挡道之困，喜不自禁，下令给予阳城延重赏。

黄甄带着灌婴的嘉奖向阳城延道贺，问他是如何想到用此法破解顽石的。阳城延用手挠了挠后脑勺，腼腆地告诉黄甄，破石之法的功劳当属他的叔父。当年在修建阿房宫的工地上，叔父曾经向他教授过这个方法，只是他从来没尝试过，想不到在修建子午栈道时派上了用场。

当然，重修子午栈道只是刘邦与韩信导演的一个声东击西的障眼法。镇守在关中的章邯听说刘邦派遣樊哙、灌婴抢修子午栈道，不禁哈哈大笑，心想：修复好这条悬崖绝壁上的栈道谈何容易，即便真能修好栈道，也是猴年马月了。

就在章邯觉得高枕无忧之时，韩信率领汉军主力，通过陈仓道，一举攻占渭水北岸的陈仓渡口，杀死守将。章邯惊闻汉军主力渡过渭水，来势凶猛，这才如梦初醒，知道被刘邦、韩信的障眼法所骗。看到大势已去，自己无法向项羽交代，章邯被迫自杀，驻守关中东部的司马欣和北部的董翳则相继投降。八月，刘邦再次占据了关中。

阳城延跟随汉军又一次来到关中，这也是他第三次踏上这块土地。从最初跟随叔父入关建造阿房宫，到二次入关跟随刘邦退往霸上，一晃数年，往事如同梦境，却实实在在发生过。他想起那座巍峨的宫殿阿房宫，不禁感慨，自己再也看不到当年营建宫殿壮观的场面了。阿房宫早已成为一堆灰烬，成了一个倾覆的王朝不光彩的注脚。

汉军进入关中，标志着汉王刘邦在军事上取得了重大胜利，但人们都清楚，保存着相当实力的西楚霸王项羽对刘邦依然打心眼里藐视，他依然虎视眈眈，气势逼人；妄想图谋天下的各路王侯也都在屯兵屯粮，秣马厉兵；幻想复国的六国王公贵族正暗流涌动，各怀心思，天下纷争愈加激烈。

阳城延不知道这无休无止的仗还要打多久，他想得更多的是，这场战争最好能尽快结束，自己能早日回到郏县夏庄，回到老母亲和妻儿身边。

第四章

初见萧何

听说国相萧何要召见自己时，阳城延惊得像热锅炒豆子，差点蹦了起来。

他的吃惊是源于两人地位上的巨大差距，一个是国相，一个是军队最下层的军匠什长。在等级森严的汉军队伍中，这种差距别说是亲自召见，平时就连说上一句话，都如同天上掉馅饼——不可能的事。

在军中，阳城延对萧何的大名早有耳闻，有两件事让他对这位从未谋面的国相尤为敬佩。一件事是当初刘邦率军入关进入咸阳城时，秦王子婴杀死奸相赵高，献出玉玺，向刘邦投降。秦国的国库与后宫被刘邦的军队打开，一些高级将领闯入国库、后宫，不是抢夺珠宝玉器，就是掳掠宫中美女。就连刘邦也眼花缭乱，按捺不住自己，想乘机攫取财物与美色，在众将领的劝阻下才幡然醒悟。唯独萧何进入咸阳城后，既不贪恋珠宝财物，也不迷恋女色，而是心急火燎地赶往秦丞相、御史之府，派兵将其包围，不准任何人出入。他安排部下将秦朝有关律令典章、田地山泽、户口册簿等的图书，一一盘点清查，分门别类，登记造册，当作宝贝一样统统收藏起来。

另一件事是，刘邦入住南郑，当上了汉王后，投奔而来的韩信不受待见。后来韩信犯了点小事，刘邦让夏侯婴治他死罪。夏侯婴怜惜韩信是位将才，动了恻隐之心，向刘邦求情。刘邦虽然饶过了韩信，但也只给他安排了一个掌管仓库的小官，称为“连敖”，这让胸怀大志的韩信深感失落，心中很不是滋味。在一个月黑风高的夜晚，韩信悄悄离开了汉军大营，准备离开刘邦。

萧何知道韩信是一位胸怀大志的将才，得知韩信逃走后，急忙追赶。

韩信逃到一个叫寒溪的河边，正遇到河水猛涨，挡住了他的去路。萧何匆匆赶来，竭力劝阻他不要离开汉军。最后，韩信随萧何回到汉军大营。萧何向刘邦举荐韩信，称赞韩信是天下不可多得的将才。刘邦听从了萧何的建议，拜韩信为大将军。韩信用兵神奇诡秘，明修栈道，暗度陈仓，一举攻下关中。从此，“萧何月下追韩信”的佳话在汉军中流传开来。

阳城延从来没有见过萧何，但这两件事，足以让他对萧何心生敬佩。作为一人之下万人之上的一国之相，萧何为何突然召见自己？阳城延心中既吃惊，又有些惶恐。

萧何召见阳城延的地点是汉都栎阳的国相府。栎阳地处关中平原，曾经是战国初期秦献公和秦孝公的都城。秦孝公任用商鞅变法时，商鞅在栎阳颁布变法令，不久就建议秦王将国都由栎阳迁往咸阳。国都迁走了，但栎阳宫作为秦王的行宫依然一直保存。刘邦入关后，将国都从南郑迁到栎阳，自己住进了栎阳宫。

阳城延在侍卫的引领下来到国相府。这是萧何日常理政的地方，门前有两名警卫把守，进门要跨过一道高高的门槛。阳城延打量了一下国相府大堂，眼前并非如他想象得那般富丽堂皇，相反，陈设有些陈旧简陋。一个巨大的书案几乎占据了半个堂舍，堂舍四周堆满了各种竹简文牍。

萧何个头不高，身着绿衣宽袍，头戴高山冠，略微消瘦的脸上露出一双高深莫测的眼睛。见阳城延到来，他放下手中正在阅读的竹简。

“你是阳城延？”萧何上下打量了一番眼前这位身材结实、眉毛厚重、目光有些胆怯的中年汉子，语气很平和。

“在下阳城延，是中谒者灌婴将军军中的一名什长。”听到萧何的问话，阳城延两手抱拳举过头顶，恭敬地答道。

“本相知道你是一位军匠什长。你在秦岭子午道上采用‘火焚水激’之法，破解了挡道的顽石。虽然樊哙、灌婴两位将军抢修子午栈道是佯攻之举，意在迷惑章邯，但你也立下了一大功劳。”萧何带着肯定的口气说道。

听了萧何的话，阳城延心中暗暗吃惊。他不知道子午道上那次“火焚水激”破石的事情，国相是如何知晓的。

“焚岩破石，实为雕虫小技，是下官应尽的责任，不承想国相如此惦记，下官诚惶诚恐。”阳城延微微低下了头。

阳城延说的并非谦虚之词，当时焚岩破石，自己一半是为尽军匠之责，一半也是想帮助兄弟黄甄一把。

萧何脸上露出笑意：“你的‘火焚水激’破石之法，并非雕虫小技，乃上古开山劈石之法，蜀地先人蚕丛氏就用此法开辟古蜀故道。如今，你能活学活用，甚为难得。”

阳城延听萧何说出自己破石之法的来历，对眼前这位看上去比自己年长不了几岁的国相更加钦佩。“火焚水激”是叔父曾经传授的破石办法，但自己并不知道这是古蜀人发明的，国相果真博闻广见，居然说出了此法的来历。

见阳城延面露惊诧之色，萧何说道：“本相不仅知晓你‘火焚水激’破石之法的来历，还知道你与你的叔父都曾经参与修建秦时的阿房宫。你叔父在工地上担任大匠师，你是一位匠师，你的祖上有传世的石匠绝活。”

萧何的一席话，让阳城延愈加感到吃惊。他没想到眼前这位操持国事的一国之相连自己参与营建阿房宫之事也掌握得如此清楚，甚至知晓自己祖辈从事石匠营生。这样说来，自己从骊山秦陵工地逃跑之事，他应该也知晓？

想到这里，阳城延胸中像闯进一只扑棱棱乱飞的小鸟，脸上掠过一丝惊慌。

好在萧何并没有提及他逃离骊山秦陵一事，而是把话锋一转，说道：“本相此次召见你，是要你完成一项紧要任务。如今，汉王正率领大军在荥阳与楚王项羽激战，需要火速护送一批军械粮草，驰援汉王，本相准备让你前往协助护送。”

阳城延一听萧何是要他协助护送军械粮草，悬着的一颗心稍稍放松下来，但又颇感疑惑。自己是军匠，护送军械粮草本来就是分内之事。按照常规，此事由校尉、军侯，甚至直系上司屯长、队率吩咐即可，为何堂堂国相要亲自安排？

阳城延当然不敢说出心中疑问，他按照军中领命的规矩，直了直身子，挺了挺胸脯，拱手答道：“阳城延全听国相吩咐！”

“为了监护好此次运送，本相任命你为护军，协助中郎将付超一同前去荥阳。”萧何在下达任务后，跟着又宣布了一项任命。

在军中，护军官从六品，是中郎将的属官。萧何任命阳城延为护军，意味着他的级别一下子跃升了好几个台阶。

阳城延被这个特殊的任命弄得不知所措。他愣了一下，看到萧何正用一种信任的目光注视着自己，知道并非自己耳朵出了错，尽管这特殊的任命自己一点心理准备都没有。他缓了缓神，把所有的疑惑、感激凝聚成一句话：“谢国相！”

“传中郎将付超！”萧何转身向门前一名侍卫高声命令。

不一会儿工夫，身穿铠甲的中郎将付超风风火火跨进国相府，向萧何行礼后，问道：“中郎将付超拜见国相！请问国相有何吩咐？”

萧何照例用目光在中郎将付超身上打量了一番，然后将押送一批军械粮草火速去往荥阳、驰援汉王之事对他说了一遍。萧何又把目光转向阳城延，向付超介绍说：“这位是本相刚刚任命的护军阳城延。此次由他配合你，统领二百名军匠、军卒，五日之内必须将军械粮草运抵荥阳敖仓，不得有误！”

交代完任务，萧何似乎还放心不下，又向二人强调了一番：“此次任务非同小可，事关汉王安危，尔等万万不可大意，路途中如若遇到小股楚匪，击退驱赶即可，不可恋战，以免延误了时辰。”说完，他将一个通关的符节交到付超手中，“此兵符乃通关过郡所用，确保你们在各郡县通行，妥善保管。”

付超从萧何手中接过符节，一拱手，高声答道：“诺！”

次日拂晓，中郎将付超与护军阳城延点过二百军匠、军卒，押运着早已准备就绪的军械粮草，从栎阳启程，前往荥阳。

荥阳位于函谷关以东六百多里的黄河中下游分界处。阳城延对这里并不熟悉，但最近一个时期，他屡屡听说这个地方。军中传言，汉王刘邦正在此与西楚霸王项羽展开拉锯式生死大战，激战已有半年之久。

刘邦定都栎阳后，把关中后方所有的事务全权交与国相萧何打理，自己带着大军从崤山函谷关出关，与项羽统领的楚军逐鹿中原，开启了长达四年的战争，史称楚汉之争。自从暗度陈仓二度攻入关中后，经过短暂休整，刘邦统领的汉军实力大增，这让他萌生了彻底击败项羽的想法。

汉王二年（前205）四月，刘邦率领包括投靠汉军的赵国、燕国等五国联军，共计五十六万人，向楚国都城彭城进发，试图一举端掉楚国的老巢，消灭项羽。正在齐国作战的项羽得知刘邦大举进攻彭城的消息，十分吃惊，急忙带领三万人马回师彭城。刘邦统领的军队虽然人数众多，但联军人心不齐，号令不一，军纪涣散，因此战斗力并不强，与楚军交战后节节溃败。刘邦被打得落荒而逃，从彭城一路西撤，最后退到荥阳。在大将彭越、英布的增援下，刘邦才算得到喘息的机会。

荥阳西倚关中，南眺中岳嵩山，北濒九曲黄河，素有“三秦咽喉”之称，历来为兵家必争之地。秦朝建立后，曾在荥阳一带设置三川郡。在这里，刘邦与穷追不舍的项羽展开了激烈的拉锯战。

阳城延与中郎将付超押运军械粮草一路东行，过洛水，出函谷关，路途还算顺利，第三天傍晚，来到一处山岗。此处地势高峻，又有茂密的树林遮挡，便于隐蔽。付超命令队伍停下来，生火做饭，准备稍作休整，再趁天黑继续赶路。探军来报，此处离汜水已经不远，看来再有两天时间就能把军械粮草运送到荥阳敖仓。

就在付超带人生火做饭之际，探军又火速来报，称离山岗不远处有一队人马，正朝这边行进。

阳城延急忙让人熄灭烟火，隐藏好装载着军械粮草的推车，所有人隐蔽在树林草丛中，静观动向。

不一会儿，果然有一支队伍沿着山路急匆匆而来。打头的战车上，悬挂着一面军旗，上面写着斗大的“项”字，看来是遭遇了楚军。

阳城延来到中郎将付超身边。付超目不转睛注视着楚军，一只手用力握着手中的长戟，冷笑道："看来只是楚军一支小股侦察部队，人数不足百人。"

阳城延观察了一会儿，小声提醒："看他们装备精良，警惕性很高，中郎将大意不得。"

付超回头瞥了他一眼，显得有些不耐烦："此乃小股楚军，怕他个啥。护军怕是没上过战场，不会是吓得尿裤子了吧。要是胆怯，就去一边待着凉快去，看我怎么收拾这群楚蛮子！"说着他就要起身。

阳城延按住他，再次劝说道："萧国相有交代，此次我们是护送军械粮草，不可恋战。"

付超原来在樊哙手下当一名军侯，作战有勇无谋，每逢大战小战，求胜心切，总想斩获军功，但事与愿违，吃了不少苦头。后来，他被调往后方关中，任中郎将，负责向前方押运粮草辎重，但依然秉性难改。当下，眼看一支不足百人的楚军从眼前走过，岂可错过立功的机会？他想：如果能消灭这股楚军，不仅押送了军械粮草，还能带着楚军人头去荥阳，面见汉王刘邦领赏。此时，萧何的话就像天空中的一片浮云，渐渐飘到他脑后了。

付超哪里还听得进阳城延的劝告，猛地站起身来，向掩藏在树林草丛中的队伍高声喊道："众人跟随我来，灭了这批楚蛮子！"说着，他带头冲向楚军。

阳城延一看付超带人冲了出去，只得也硬着头皮，跟着冲向楚军。

正在行进中的楚军看到树林中突然窜出一支队伍，十分吃惊，仓皇迎战。但没过多久，他们发现眼前的队伍人数不是太多，许多人虽然高举着刀枪，但并非正规军，而是一支后勤部队。楚军渐渐稳住了脚步，摆开阵势，开始反击。

付超冲入楚军后，一转身，就被几个楚军团团围住。他又杀又砍，几个楚军倒下后，又有一帮楚军围了上来。付超想逃脱，围堵的楚军根本不给他机会，不一会儿他便体力不支，乱了方寸。就在这时，几名楚军瞅准时机，手举长戟，向他猛地刺来。付超躲闪不及，应声倒下。

眼见付超被刺倒在地，阳城延想带着几个军卒上前营救，但在楚军的气势面前，许多军卒开始后退，自己孤身一人也不好硬拼。他在心中暗自叫苦，倒不是顾惜自己的性命，而是担心自己运送的军械粮草，一旦落入楚军之手，后果将不堪设想。国相萧何的话，仿佛又在阳城延耳边回响。

就在阳城延万分焦急之时，身后突然传来一阵喊杀之声。阳城延扭头一看，见冲过来一支队伍，领头的军卒高举着汉军旗帜。一时杀声四起，喊声震天。楚军一看势头不妙，慌忙四处溃逃，无奈为时已晚，不是被杀，就是被擒。

阳城延被瞬息变化的战事弄得有点摸不着头脑。他不知道从哪儿突然冒出这支救援的队伍，眼前的情形如同做梦一般。

阳城延还没从眼前突变的情形中回过神来，迎面走来一个身穿铠甲的汉军军官，向他拱手说道："黄甄来晚一步，让阳城兄受惊了！"

阳城延定神一看，面前站着的竟然是黄甄。自从在南郑作别，一晃两年多时间过去了，阳城延一直没有黄甄的消息。就在不久前，听说汉王在彭城遭遇惨败，他还暗自为随同征战的黄甄的安危担忧，没想到在这生死节骨眼上，竟然巧遇了黄甄。

黄甄见阳城延愣愣站在那里，说不出话来，忙解释道："萧国相安排你们运送军械粮草，担忧路上遭遇不测，便派人向汉王禀报，请求汉王派兵接应。这不，我路途上听到这边有喊杀声，正巧遇到你们同楚军交战。"

原来是国相安排！听了黄甄一席话，阳城延这才回过神来。他上前拉住黄甄的手，百感交集地说道："还是国相想得周全！今日如果不是你来接应，不但我等都会命丧黄泉，押运的军械粮草恐怕也会落入楚军之手。"

两人互相询问了各自近况，阳城延得知黄甄已升任为舞阳侯樊哙麾下一名校尉，黄甄则为阳城延被提拔为护军而感到高兴。

阳城延见地上躺着好几具战死的汉军尸体，心中一阵难过，黄甄安慰了他一番。几名军卒从横七竖八的楚军尸体中找到付超。阳城延上前查看了一下，见他身中数枪，七窍流血，早已没有了气息，便取下萧何授予的通关符节，让几名年长的军卒将他与战死的几位军卒就地掩埋。他重新清点了人数，又从隐蔽处取出军械粮草，跟随黄甄的队伍一起朝荥阳敖仓奔去。

遭遇一场周折，国相萧何亲自安排的军械粮草终于送到了汉王军中。

几天之后，阳城延回到关中，来到国相府向萧何复命请罪。萧何得知中郎将付超已死，叹息道："付超立功心切，常常鲁莽出战，不考虑后果，丢掉性命，也是迟早的事。"他的语气像是数落一个恨铁不成钢的孩子，既有责备，也饱含着惋惜。说完，他把目光落在阳城延身上，"此次派你协助前往，一来是考虑运送军械粮食，你有经验；二来你比他年长，遇事沉稳，路上遇到情况，你们二人也好有个商量。没想到他不听劝阻，险些耽误了大事。”

阳城延明白，不守军规、军令，本应受到严惩，但付超人已战死，萧何便不再追究。至于他，萧何不但没有怪罪追责，还称赞他遇事沉稳，这让阳城延感到更加自责。

从此之后，阳城延以护军的身份定期负责由关中向汉王军队中护送军械粮草，在栎阳到荥阳漫长的汉军物资补给线上来回奔波。他一次次摆脱险境，出色地担负起护送军械粮草的重任，用行动赢得了萧何的赞许。

刘邦与项羽在荥阳展开的拉锯战持续了两年之久。凭借萧何苦心经营的后方基地，刘邦源源不断得到关中地区粮食、军需物资和兵力的补给，最终迫使项羽签订鸿沟之盟，划定楚河汉界，在天下之争中，逐渐占据了主动。终于，在汉王五年（前202）正月，刘邦消灭了项羽的势力，一统天下，史称汉高祖。

第五章

迁都大义

得知刘邦决定迁都关中的消息时，一向遇事沉稳的萧何感到有些意外和吃惊。

就在三个月前，也就是汉高祖五年（前202）二月，萧何刚刚参加了刘邦在汜水河畔定陶举行的登基大典。虽然大典仪式办得比较简朴，但从那一刻起，一个新的王朝——汉王朝正式宣告诞生。它是继秦朝之后华夏历史上又一个统一的中央集权帝国，虽然此时它仍然与诸多大大小小的诸侯国并存，但它掌握了对诸侯国的分封与节制大权。新王朝国都选在何处，是事关国运和社稷安危的大事。大典仪式上，刘邦端着酒杯向前来参加典礼的各位同姓王、异姓王及功臣列侯宣告，大汉新都定在洛阳。

刘邦在定陶即帝位后，便移居洛阳南宫——一座东周王室遗留下来的宫殿。仅仅时隔二个月，刘邦为何突然改变主意，推翻自己做出的决定，弃洛阳而选择关中为都城？

大汉立国，萧何由国相升任丞相。刘邦身边的一位近臣向萧何透露了其中的缘由。原来，刚刚登上皇帝宝座的刘邦之所以迁都，是因为采纳了一位戍卒的谏策，此人名叫娄敬。

娄敬出生在齐国，是一个普通的士卒。此人出身低微，却很有志向和抱负，时刻关注着天下大事。这一天，他从关东赶往陇西戍守边塞，路过洛阳，央求一位姓虞的同乡将军，说他想面见天子，谈谈有关国家的大事。也许是因为同乡情面难却，虞将军硬着头皮向刘邦禀报，刘邦居然同意召见娄敬。当时，娄敬穿着一件破旧的羊皮袄，上面沾满了污渍。虞将军觉得他这副模样去见天子，有失体面，想让他换上一身光鲜的衣服，却被娄敬谢绝了。这位横空出世的奇人，见到大汉天子之后说了一番让刘邦颇感意外的话。

娄敬向刘邦谏言，大汉都城应弃洛阳而迁入关中。他说："自商周以来，都城选址向来关乎江山社稷的安危，所以马虎不得。早年周朝先王定都洛阳，是在天下安定时期，都城位于中原，方便各诸侯国来朝；然而，后来战乱时，洛阳成了众矢之的。若将都城选在洛阳，国家的兴亡便只看君主一人的德行，正所谓'有德则易以王，无德则易以亡'。陛下的子孙，想必不会个个都是仁义之君吧？"

娄敬知道自己说出这样的话，有冒犯天子之嫌，但见刘邦不但没有恼怒，反而听得很仔细，于是继续说道："何止陛下子孙，即便是陛下本人，在很多百姓看来也并非一位仁德之君。陛下的江山社稷并不是靠德行换来的，而是靠战争这种残酷的暴力手段获取的。陛下大战七十，小战四十，天下生灵涂炭，父子暴尸荒野，不可胜数，至今哭泣之声尚未断绝，很多受伤之人还没痊愈。因此，小民以为，洛阳一带的百姓都是痛恨陛下的，因为陛下让他们饱受战事之苦。陛下若定都洛阳，恐怕连睡觉都不得安宁。小民觉得关中是一块风水宝地，这里既传颂着陛下的英名，又有易守难攻的优越位置。把大汉新都建在关中，远比建在洛阳稳定得多。"

刘邦听了娄敬的话，虽然觉得刺耳，但想想也不无道理。他一时拿不定主意，次日早朝，把娄敬迁都关中的谏言说与文武百官，想听听大臣们的意见。

娄敬的谏言遭到众多大臣的反对。他们认为，洛阳是有着四百多年根基的周朝故都，周边有崤山、成皋、黄河、洛水、伊水作为屏障，并且洛阳城有坚固的城垣，是抵御外敌坚实的屏障，根本没有迁都的必要。

在众人的反对声中，只有一人默不作声，此人便是成信侯张良。

刘邦见张良沉默不语，知道他一定有不同的想法。果然，张良与诸位大臣意见相左，表示十分赞同娄敬迁都关中的主张。

张良说："洛阳虽有险要地形可以作为屏障，但中心区域面积尚不足百里。况且洛阳一带土地贫瘠，没有充足的粮草供给。一旦遭遇战事，洛阳周边的平原都可能成为受敌面，绝不是单凭武力就能守住的。关中既有崤山与函谷关的天险，又有陇山和岷山作为依靠，千里沃野之上，其民有先王遗风，好稼穑、务农桑，衣食之业甚备，可以为大汉王朝提供源源不断的粮草辎重。坐镇关中，只需镇守东方，就能掌控天下。"

刘邦一向对张良言听计从。这次张良在众人的反对声中支持娄敬迁都的谏策，说得有理有据，迁都之事就这样定了下来。刘邦当即传旨，让远在关中的丞相萧何全权负责迁都之事。

听完刘邦身边近臣的禀报，萧何沉默良久。他深知，大汉刚刚立国，陛下日理万机，作为丞相，筹建新都是他义不容辞的责任。关键是，一国之都不仅是政治、经济、文化、军事的中枢，还是国之象征，直接影响朝廷的统治力、号召力和影响力。新都犹如心脏，事关大汉这个羽翼未丰的新王朝的长治久安、国祚绵延。陛下的旨意只说迁都关中，但关中大地号称八百余里秦川，新都该建在哪儿？怎样建？谁来建？这些都悬而未决。

一连几天，萧何陷入深思愁闷之中。身边的大臣多为功侯武将，战场上叱咤风云、勇猛无比，但对迁都建城之事知之甚少。谋臣张良、陈平陪伴在天子左右，曹参又被派往齐国为相，眼下，他连一个可以商量的人都难以找到。

更让他焦虑的是，迁都关中，就要建宫殿、修府衙、筑城垣，这些都是耗时费力的巨大工程，理应由少府管辖。然而，当下少府只有尚方令申武等几个令官和一帮府臣，工作只能勉强应付。申武是太后吕雉哥哥吕释之妻子的内侄，虽然吕释之几次流露出让萧何提携申武之意，但此人心胸狭窄，不学无术，爱钻营，只是靠吕释之这层关系进了少府，后来当上了尚方令，实难担当少府卿大任。偌大的朝廷中，很难选拔出一位能够胜任工作的少府卿。

萧何苦思冥想，猛然想起一个人来，那就是军匠出身的护军阳城延。

阳城延虽然身份低微，如今在军中也只是一名护军，但这几年一直在关中，对关中的山川地貌、风土人情比较熟悉；几次护运粮草，他遇事沉稳，处置得当。更重要的是，他是工匠出身，有建造秦朝宫殿的履历与经验。

大汉国祚刚兴，人才难得！想到这里，萧何用手指轻轻敲击了一下面前的书案，心中似乎有了主意，凝聚成疙瘩的眉头也渐渐舒展开来。他吩咐侍卫立即传阳城延。

此时，距离栎阳宫丞相府几里之外的汉军大营里，阳城延正与一帮军卒激烈谈论着天子刘邦刚刚颁布的一项诏令。官兵们七嘴八舌、议论纷纷，每一个人都挂着棉花炸蕾似的笑容，显得异常兴奋。

刘邦刚刚颁布的诏令是“五年诏”。

刘邦击败项羽，于汉高祖五年（前202）二月登基称帝，三个月后，他突然颁布诏令，宣布国家由战争转向和平，其中最核心的内容是解散军队。“兵皆罢归家。诸侯子在关中者复之十二岁，其归者复之六岁，食之一岁。”

“五年诏”写得很明白：归田的军卒不仅可以回家团聚，还能得到一定土地和宅地，并享有免除赋税的优待政策。家乡在关东六国的士兵，凡是回家跟亲人团聚的，免除六年的赋税和徭役，并且可以带走够一年吃的粮食。那些无家可归的军卒，可以选择在关中地区定居，就近落户。这些人因为背井离乡，生活艰难，免除十二年的赋税和徭役。

按照这项规定，从爵位最高的列侯，到等级最低的公士，回乡归田后每人都可以获得不同数量的土地和宅地。以一个五等爵位的大夫为例，回乡归田之后，他可以获得土地五顷（五百亩）、宅地五宅（四十五亩）。

对于六十万刚刚从战场上死里逃生的汉军官兵来说，安抚政策就像一块散发出诱人美味的甜饼，令人垂涎欲滴。诏令像一缕春风，立刻吹遍汉军军营每一个角落。从将帅到士卒欢呼雀跃，都在憧憬着归田后的美好生活。

阳城延也不例外，他设想着归田回到郏县之后，获得田宅，就可以与妻儿一起侍奉老母，从此过上安稳平静的生活了。想起家中的老母妻儿，他心中一阵酸楚，愧疚难耐，屈指算来，已经好几年没有家中音信了。老母双目失明，生活不便，自己这么多年没能在膝下尽孝，也不知母亲身体是否无恙。还有妻子温氏和年幼的儿子阿牛，他们过得是否安生？

就在阳城延与军卒们议论纷纷，对未来充满美好憧憬之时，萧何的侍卫来到兵营，传令阳城延：“丞相有要事召见。”

阳城延不知道萧何何故此时突然召见他，又不便向侍卫打听，只得跟着侍卫匆匆赶到丞相府。

萧何坐在丞相府的书案前，一脸若有所思的表情。

“拜见丞相，下官正准备来此向您辞行！”没等萧何开口，阳城延先向萧何拱手施礼。

“哦，何故要向本相辞行？”萧何听了阳城延的话，微微有些吃惊。

“禀报丞相，陛下之前下达的诏书，军营中大家都在议论。我也在寻思，到时候依照此诏书归田务农，侍奉老母，抚育幼儿，安度余年。”

“原来如此。”萧何听后，朝书案上摆放的“五年诏”瞄了一眼，心中立刻明白阳城延说前来辞行是怎么回事。

“五年诏”承载的是一项重大国策，萧何也参与了决策。

国祚初立，百废待兴。萧何深知，实施这一法令是尽快结束战乱、休养生息的必然选择。只有尽快治理满目疮痍的关中大地和关外六国故地，推动战后重建，还富于民，归田务农，才能巩固新生的大汉政权，逐步安邦定国。

但是，萧何也知道，对于刚刚建立起来的大汉政权来说，不可能所有人全部罢兵归田。原因很简单，项羽的残余势力还没有消灭殆尽。关外六国故地虽然表面平静，但仍然隐藏着一定的反叛势力。有的人暗藏不动，等待时机；有的人躲进山林，时不时出山滋扰生事。北面匈奴见大汉羽翼未丰，也在蠢蠢欲动。更令人担忧的是，受分封的异姓王中有些人心怀不轨，露出反叛异动的迹象。如此情况，怎么可能让所有人全部归田？

看来，有人片面解读陛下的诏书了。

萧何当然没有向阳城延说出这些实情，此时，他焦虑的是肩上的另一项重任——刘邦让他负责迁都关中，兴建新都。眼下最要紧的是修建宫室，以便新君移驾新都时有下榻、朝仪之所。想到这儿，他一字一句，以毋庸置疑的口吻对阳城延说道：“虽然陛下颁布了诏书，但你阳城延不能归田！”

萧何说得坚定、严肃，如同板上钉钉，丝毫没有商量的余地。阳城延脸上原本喜悦的表情似乎被泼了一盆冷水，一下子变得僵硬起来。他望着萧何，眼中满是迷惑与不解。

“你非但不能归田，还要承担起一份大责任。”萧何站起身来，缓缓踱步走到阳城延面前，看着他说，“陛下放弃了定都洛阳，决定迁都关中，传承千秋大业。如今，新都之址未定，陛下与皇后的宫室更是无从谈起，一切都亟待从头计划。在此非常时期，你要担起责任，为本相分忧解难。我希望由你牵头负责，尽快修建新都宫室，切勿推辞！”萧何声音不高，但字字句句柔中带刚，透露出毋庸置疑的威严。

阳城延做梦也想不到，萧何急召他，是想让他放弃归田的打算，留下来修建新都宫殿！

看着萧何一脸的凝重，阳城延一时手足无措。因为毫无心理准备，惊诧、激动、惶恐，各种表情在他的脸上轮番显现。平心而论，听到这样的消息，他虽然感到吃惊，但还是很兴奋的，营建宫殿，毕竟是沉淀在他心底的久违的梦想。但萧丞相让他牵头负责修建宫殿，这也让阳城延陷入忐忑不安之中。

“感谢丞相信任！新都宫室事关国家社稷，我出身低微，原本只是一介军匠，承蒙丞相提携，让我担任护军。如今要我负责修建新都宫室，如此大任，我委实难以担当！”阳城延说得有些嗫嚅，但句句发自内心，并非谦虚推辞。

“这个你不必多虑，有本相为你把关定舵，相助操持，你要拿出当年‘火焚水激’破解顽石的信心，尽可放心大胆去做。”萧何似乎看出阳城延的担忧，半是安慰，半是鼓励。

见阳城延立在那里，半天没有表态回应，萧何又问道：“你家中还有何人？”

“禀告大人，家中上有年逾六旬的老母，下有一个幼子，老母双目失明，全靠内人温氏一人照料。”阳城延语气中带着惭愧。

“哦！”萧何听后，若有所思地点点头，“这个不难办，过些时日，你把老母和妻儿一同接来关中。”

萧何把话说到这个份上，阳城延感到自己若再推辞，便是辜负了丞相一片苦心，于是拱手道：“一切听从丞相安排！”

阳城延不再推辞，萧何满意地点了点头：“本相知道你心中有所顾虑，但事在人为。你有秦时营建阿房宫的经验与履历，又经过这些年的磨炼，本相相信，在这非常时期，你定能担起重任！”萧何又是一番鼓励，然后话锋一转，直奔主题，“当下最为要紧的是尽快在关中为新都选址，确定新宫的位置，时不我待。从即日起，本相令你离开军营，前去少府听命。你回去稍作准备，明日启程，随本相前去关中巡察，查勘地形地势，早日向陛下禀报结果！”

负责修建大汉新都宫殿的重任就这样定了下来。走出丞相府，阳城延感觉像是做梦一般。五月的关中，老天开始发威，白灿灿的阳光很是刺眼，犹如千万根银针在眼前舞动。虽然有风，阳城延依然感到浑身上下燥热难当，用手一摸，这才发觉不知何时出了一身汗。

阳城延放弃了归田的打算，一方面是缘于丞相萧何对他的信任，萧何不嫌他职低位，委以重任，让他十分感动；另一方面也因为营建宫殿是他久藏于内心的梦想。自从离开阿房宫后，他虽然再也没有拿起过锤凿、抚摸过石头，但心底的愿望如同山涧奔流不息的小溪，始终存在，始终鲜活。

阳城延告别了军营，第二天便跟随丞相萧何前往关中。此次前去考察新都选址的还有太尉卢绾、计相张苍，以及少府的两位府丞。

关中大地，八百里秦川，东有函谷关，西有大散关，南依秦岭，有武关（蓝关），北界北山，有萧关（金锁关），易守难攻。项羽入关后，曾三分关中，封秦降将章邯为雍王，领咸阳以西之地；封长史司马欣为塞王，领咸阳以东至黄河之地；封都尉董翳为翟王，领上郡之地。三秦大地地势平坦，沃野千里，缓缓流淌的渭水是关中平原的母亲河，承载着岁月的艰辛，蕴含着深沉的母爱，年复一年用乳汁沃灌着这片土地，使之水草肥美，果硕粮丰。西周在此建都，国脉延续二百余载；秦凭依此地，剪灭了六国，建立起显赫一时的大秦帝国。这是一块无可争辩的风水宝地。

站在关中厚重的土地上，萧何暗自感叹，娄敬、张良进言陛下放弃洛阳，定都于此，可谓审时度势，高瞻远瞩。

来此之前，萧何已经找来关中舆图，对这里的地形、地势、地貌，以及山川河流都做了悉心研究，并用排除法对能够建造新都的地址进行了初步遴选。因此，他带领卢绾、张苍、阳城延等到达现场时，心中已经有了底气，只需对比初选的新都地址之优劣。

渭水以北，本是一处宝地，秦都咸阳建立于此。这里除了秦国自己的宫殿，秦始皇在扫灭六国的同时，又仿照六国宫殿的样式建造了众多宫殿。渭水北岸一时宫殿逶迤，遮天蔽日。项羽攻入咸阳后，尽烧秦宫，三个月的大火使秦宫亭台楼阁化为灰烬，土地变成一片焦土。此处不可能再作为大汉新都。

渭水以南，一直到秦岭，是一片广阔的地带。这里虽然开发较晚，但许多地方已经陆续被秦用来建造行宫和皇家别苑。靠近西部的地方，树木葱茏，芳草萋萋，秦始皇以此作为狩猎之地。因为长期失去打理，如今这里一片荒芜，荆棘丛生，藤蔓遍地，时不时还有野兽出没。另外，此处地理位置相对偏西，显然也不是新都之址的理想之选。

从此处往东，便是阿房宫原址。阿房宫是秦始皇在渭水以南建造的规模最大、最为豪华的宫殿，曾经有十万役工和匠人参与建造，到秦朝灭亡时，工程仍然没有完全结束。如今这里残垣断壁，满目疮痍，成了孤狐野兔的乐园。

当年，阳城延曾经在这里与叔父一道参与修建阿房宫，如今来到这里，眼前凄惨的景象令他唏嘘不已。

“那里便是阿房宫大殿的位置。”阳城延手指一根断裂的圆形廊柱所在的地方对众人说道。断裂的廊柱很粗大，倾倒在一片瓦砾之间。“那年，我跟随我阿叔，负责修建临近的一座宫殿。”阳城延似乎沉浸在往日情景之中。

萧何与卢绾、张苍一边听阳城延介绍当年建造阿房宫的情形，一边议论着秦始皇的奢侈行径，不时摇头叹息。

阿房宫遗址上长满了杂草，那些曾经精美的砖瓦碎成一地，倒伏在杂草丛中，就像一个曾经风情万种的美人走到了生命的尽头，露出惨败之相，令人目不忍睹。

有一位驼背老人正在遗址上放羊。他怔怔地看着萧何一行，显然不知道这群人为何而来，又为何在这里指指点点、议论纷纷。他试图把正在吃草的羊驱赶到一边，但羊群没有理会他，依然一个劲贪吃瓦砾中生长出来的新鲜嫩草。

萧何走上前去，问道："你是此地人？"

驼背老人直了直腰，回答说："我原是秦宫中的马倌，秦亡后，就在此以养羊为生。"

"那你一定见过这里原来的宫殿了？"萧何用手指了指眼前的一片瓦砾。

"怎能没有见过？当年这一片都是宫殿，那才叫壮观，可惜被一把火全都烧光了。"听萧何问到阿房宫，驼背老人似乎来了精神，说道，"要不是战事，咱八百里秦川，可是一块风水宝地呢。"

前朝曾经巍峨壮观的宫殿，如今成了一堆废墟。萧何默默地站在倾圮的宫殿废墟前，心中五味杂陈。

萧何一行离开阿房宫遗址，猛然听到，身后驼背老人扯着嗓子唱起了一首三秦民谣，声音高亢而凄婉：

武功太白，去天三百。
孤云两角，去天一握。
山水险阻，黄金子午。
蛇盘鸟栊，势与天通。

萧何一行继续向东，又行走了约两个时辰，看到前面有一座隆起的土山。山不高，横亘在一片开阔平坦的平原之上，显得颇有气势。

此山名叫龙首山。山北坡，有一座宫殿，占地数百亩，此宫便是秦始皇修建在渭水之南的行宫，名叫兴乐宫。项羽入关时，把这里当作临时军营，因此这里是唯一没有被烧毁的秦时宫殿。如今，兴乐宫虽然看上去显得有些萧条，宫墙墙面剥落，院落中杂草丛生，但整个宫殿基础尚好，屋宇恢宏、廊柱结实，依旧保存着皇家宫殿的气势。

秦时，此地有一个吉利的地名，叫长安乡。

萧何把目光久久停留在此。对于新都选址，以及未来皇帝新宫修建的基础，他心中似乎有了答案。

第六章

募工选匠

回到栎阳丞相府，萧何才对同行的卢绾、张苍及阳城延说出了自己对新都选址的想法：未来新都地址就选在渭水以南的长安龙首山一带。他还酝酿了另一个想法：对秦兴乐宫进行修缮翻新，作为迎接陛下移驾关中后入住的新宫。

对于这样事关社稷安危的国之大计，萧何当然不是信口说出，而是经过了深思熟虑。

都城，不同于一般意义上的城池，它是一个国家最具象征意义和战略意义的统治中心。从汉王元年（前206）二月建都南郑，到进入关中定都栎阳，再到登基后准备把新都建在洛阳，最终弃洛阳而选择关中，这一切都表明，刘邦对国都的选择十分慎重。

萧何跟随刘邦多年，摸透了这位出身低微的皇帝的脾气和秉性。刘邦决定迁都关中，表面上看是听从了娄敬与张良的进谏，其实还有他没有吐露的原因，那就是他想尽可能洗掉自己身上楚人的印记，变楚为秦，只有这样，他才会获得天下更多人的接纳与支持。从地缘关系上讲，刘邦是一个地地道道的楚人，出生在楚地沛县，又从楚地起家。但作为君临天下的帝王，他接手的是大秦帝国落下的江山，他需要成为秦人，只有定都关中，才会让天下人尤其是关中父老淡化他的楚人身份。

萧何这些自然心知肚明。

长安龙首山一带，处在渭水以南、洛水以西，地势开阔，可谓关中核心中的核心，离秦朝的旧都咸阳城仅一水之隔。这里经过秦朝的前期开发，已经有了良好的建设基础。再者，尽管大秦帝国土崩瓦解，但在关中，自从秦襄公被周平王封为诸侯，秦国经过几十位君王几百年的经营，一些传统的东西已经根深蒂固，如同炉膛里的灰烬，火焰虽灭，余温犹存。

萧何清楚，选择新都地址还有一个关键因素，那就是要增加文化的认同和人心的归属。大汉虽然建立在秦帝国废墟之上，但许多事情还是要借势而为，如同烈火后土壤中生长的小苗，还是要吸收灰烬留下的养分。

至于将兴乐宫改建成为大汉新都第一座宫殿，与其说萧何看中了秦旧宫殿的规模和基础，不如说是不得已而为之。迁都大计已定，按照刘邦的秉性，说不定哪一天来了兴致，便带着吕后与众臣离开洛阳移驾关中。如果重建一座新宫，别说缺少人力、物力，就是时间也不允许。

“丞相眼力过人！此处沐渭、洛、泾三水，龙首山盘踞其间，有龙脉之相，称得上是一处上佳之地。”对萧何提议的将新都地址选定在长安龙首山一带，计相张苍首先表示赞同。

张苍曾经拜荀况为师，算得上是刘邦开国功勋中为数不多的文化人。他精通律历，信奉阴阳五行和五德终始之说，对《易经》颇有研究，通晓堪舆之术。堪舆，就是民间俗称的风水。

太尉卢绾听张苍一说，像是受到了点拨，接着张苍的话说道：“龙首山北依渭水，南望秦岭，背阴朝阳，周边地势开阔，实为一块风水宝地。”

阳城延参与阿房宫建造时，叔父曾经教过他一些辨识风水的方法，这是第一次跟随丞相出行，在这种场合他也不便发表自己的意见。当萧何把目光投向他时，他拱手附和道："刚才丞相与两位大人说得极是，我受教了。一切听丞相定夺！"

萧何见三人都不再言语，用手敲了敲面前书案上的舆图，郑重地说道："本相遴选此处作为汉都新址，也是经过反复权衡、比较的，唯恐辜负陛下的信任与重托。尔等既然也觉得此处为上佳之地，那明日就奏请陛下，如若恩准，长安龙首山一带即为我大汉新都之选。"

接着，萧何又将把秦兴乐宫修缮改造为新都新宫之事说与众人。

萧何所说的"奏请陛下，如若陛下恩准"，其实是一句不想违反规矩的客套话。自楚汉战争以来，刘邦全力以赴在关外打拼，东讨西伐，无暇顾及关中后方。他让年幼的太子刘盈留在栎阳，由萧何辅佐，将国本全权交给萧何打理，所有的军政要务均由萧何自行处置。但凡萧何奏请的事情，一概准许，来不及奏请的，也允许事后追加禀报。因此，萧何所说之事，基本上是板上钉钉的。

萧何停顿了一会儿，又说道："本相最为焦虑的是如何营建陛下移驾关中后入住的新宫。即便陛下恩准将兴乐宫改建为新都新宫，修缮也是一项费时耗力的庞大工程。时下已是五月，陛下暂居洛阳，不知何时会莅临新都，届时如若没有一座像样的宫殿迎接陛下，我等该当何罪？"

听萧何一说，众人一下子都变得沉默起来。大家心里明白，丞相的担忧不无道理，远的不说，秦朝的阿房宫就修建了十年尚未完工。时下，汉室初立，国力贫弱，经过秦末之乱及长达四年的楚汉之争，百姓已是疲惫不堪，财力、物力、人力都是摆在眼前的现实难题，即便是改建修缮一座旧宫殿，亦非轻而易举之事。

萧何见众人不语，明白他们都是为改建新宫而担忧。他转身从书案上拿出一帧图册，说道："这是本相从咸阳秦宫里得到的秦室宫殿图样，里面有兴乐宫的规建图例。兴乐宫改建虽然时间紧迫，但并非不可为之事。如今人力、物力皆可筹措，只要群策群力，就一定会如期完成。"他停了停，又加重了语气说道，"兴建新都、修建大汉紫垣乃百年大计，事关大汉国祚。陛下把如此重任托付于我等，是我等莫大的荣幸，切莫辜负圣恩！"

现实的困难就像一座山，但萧何的话无疑给众人鼓足了勇气和信心。众人齐声唱喏。

阳城延心中明白，萧何的话，多半是冲着自己说的，因为在前往新都地址勘察之前，萧何就已经安排他担负起修建新都宫殿之责，只是众人还不知晓。

萧何果然把目光投向阳城延："阳城延有营建秦宫之经历，又熟悉关中地形，此次改建兴乐宫之事由本相挂帅，阳城延具体牵头负责，少府领办。望各位府臣积极配合，勠力同心，共同完成陛下交付的重任。"

萧何一席话，等于宣布了这次在新都改建兴乐宫的班底的主要人选，尤其是透露出一个重要信息——让阳城延做少府的领头人。少府卿是朝廷九卿之一，没有刘邦降旨，萧何当然不能擅自任命，但让阳城延牵头负责，少府领办，等于是事实上赋予了阳城延少府卿的权力与责任。

众人虽然有些吃惊，但在丞相面前，即便有不同意见也不好说出口，于是把目光齐刷刷投向阳城延。

此时，阳城延心中说不出是感激，还是被赋予重任后的忐忑不安。他忙朝前跨了一步，拱手道：“感谢丞相信任！在下一定竭尽全力，带领少府完成修建兴乐宫之重任，不负丞相重托，报答陛下龙恩！”

等到众人散去，萧何将阳城延单独留下，又嘱咐交代一番：“当下最要紧的是选调匠人。兴乐宫何时开工修建，能不能按时修缮妥当，一切皆取决于匠人。如今少府虽然承担宫廷营建修缮之责，但娴熟的工匠人数不足百人。修建兴乐宫，还需要从各地再度调选工匠，人数由你计定。你马上再去兴乐宫一趟，务必掌握宫室损毁的详情，以便确定修建具体事项。”

阳城延翻看了一下书案上兴乐宫的图样，沉思了片刻，说道：“据在下所知，秦与六国的匠人，很多都曾参与过阿房宫的修建，后来被派往骊山修造秦始皇陵墓，章邯又将他们武装起来，参与作战。如今，这些匠人有的投入汉军，有的散落在关中和关外。恳请丞相奏请陛下颁布一道诏令，招募天下匠人前来关中，共赴修建兴乐宫的大任。”

萧何点了点头：“奏请陛下颁布一道招募诏令着实必要。本相明日启程觐见陛下，将新都选址及修建兴乐宫诸事一并禀报！”

阳城延似乎又想起了什么，说道：“修建兴乐宫，在下想推荐两个人，一位是军中的黄甄，一位是在我老家郏县的刘乐离。这二人都曾经是技艺过硬的匠人，当年与我一道逃离骊山。我想请这二人参与修建新宫，请丞相恩准！”

萧何听说过黄甄，是樊哙麾下一名部将，作战勇猛。他略作沉思，说道：“刘乐离自然可以，只是黄甄在樊将军麾下听令，当与樊将军好好商榷。”

阳城延再次拱手致谢，怀揣着萧何的重托，离开了丞相府。

第二天一早，一弯月牙还挂在西天，阳城延便匆匆赶往长安龙首山。

阳城延带着少府几位府臣，一连数日泡在兴乐宫。他仔细察看了这座秦王宫的每一处宫室，越看越发怵，也越看越心急。兴乐宫为秦昭襄王所建，已有数十年之久，从外观猛一看，各个宫殿依然保存完好，气势不凡，但到了宫殿内部，每一处都有不同程度的损坏。特别是前殿，殿内原有的设施几乎都被破坏殆尽，只剩下殿堂框架，如同知了褪去的空壳一般。阳城延清楚，若要修复好兴乐宫，工程量巨大。

令阳城延更为焦急的是工匠的招募。招募令下达数日，前来应招的匠人寥寥无几，后来经过多方打探、寻访，甚至强制征调，总人数才勉强达到一千五百余人。

这天，阳城延正在少府衙门查看匠人名册，门前突然出现一个衣衫褴褛的男子，走路瘸着腿，面容消瘦，像一个乞丐，因为有一位少府丞领着，没人阻拦。见到阳城延，男子兴奋地高声喊道："阳城兄，我总算见到你了！"

阳城延吃惊地抬起头，见男子胳肢窝下夹着一根细长的木棍，正一瘸一拐朝他奔来。这一特殊而又熟悉的动作瞬间提醒了阳城延，是刘乐离来了！

几年未见，阳城延没想到刘乐离竟变得这般狼狈。他慌忙站起身来，一边打量着刘乐离，一边问："你怎么这么久才来，我派人去寻你，快有一个月了吧？"

之前，阳城延向萧何提出想要两位特殊之人协助，得到允许后，便安排少府一名府臣前往郏县去接刘乐离，没想到这一来一往，竟花了这么长时间。

“是我的瘸腿行走不方便，耽误了时日！”刘乐离见阳城延有些怪罪的意思，连忙解释道，“你一向可好？听说你做大官了，眼下要为陛下修建宫殿！”刘乐离见阳城延身着朝服，头戴纱帽，已经不再是离开夏庄时的模样，眼中满是欢喜和钦羡。

“一言难尽！你先去洗洗身上的灰尘，歇歇脚，等有时间再聊吧。”阳城延支开了话题，见门前又来了两位登记应招的匠人，不便与刘乐离聊太多，于是安排一名臣工带着刘乐离去往住处。

晚上，忙碌了一天的阳城延拖着疲倦的身子赶往刘乐离临时的住所。路途上，他的眼前浮现出五年前被迫从军的情形，那时刘乐离虽然伤了一条腿，但依然利索精神，外出修建房舍，不比自己逊色半分。没想到，才几年时间，他竟变成了这副模样，岁月的磨难困苦全写在脸上。

刘乐离如此，自家老母亲是否安好？还有妻子温氏和儿子阿牛，他们过得怎么样呢？

自打从军之日起，阳城延便与家中断了音信，几次托人打听，都没有得到任何消息。一想起这些，阳城延就觉得胸口隐隐作痛。

来到刘乐离的临时住所，阳城延看到他经过洗漱，剪去了髭须乱发，换了件干净的衣裳，人一下子精神了许多，心中这才有了些许安慰。

见阳城延到来，刘乐离很是兴奋，拖着一瘸一拐的腿，慌忙给阳城延挪座。阳城延让他坐在自己对面，忙问道：“我阿母身体可好？还有我妻子和阿牛，都在做甚？”

听到阳城延询问，刘乐离本来激动的脸一下子变得僵硬起来。他犹豫了片刻，低下头，嗫嚅道：“老夫人她、她一年前就没了！”

阳城延几乎有些不相信自己的耳朵，刘乐离的话听起来像蚊子哼，对他却是晴天霹雳。他霍地站了起来，一把拉住刘乐离，眼睛瞪得像田螺一般：“你说甚？你说的可是真的？我阿母没了？”

刘乐离被阳城延突如其来的反应吓得不知所措，这才感到自己一下子说出这样的噩耗，太过莽撞，心中后悔。但话已经说出来了，他一时也不知道用何话劝慰为好，像一个木头人一样呆呆杵在那里。

这样的事，刘乐离自然不会说谎，只是阳城延一时不敢或者说不愿相信罢了。“阿母！”他慢慢蹲下身，双手掩面，号啕大哭起来。

对老母亲，阳城延总觉得有说不尽的愧疚。身为一个女人，母亲早年丧夫，在兵荒马乱的日子里，是她一手将自己抚养长大，日子过得比家乡田野里的苦苋菜还要苦。自己后来跟随叔父去修建阿房宫，母亲孤身一人在家，度日如年。等到自己从骊山逃回，在夏庄安顿下来，接来老母亲，本想让她享受一个安详的晚年，谁知她两眼渐渐失明，从此再也看不到眼前的世界。一家人还没过几天安宁的日子，自己又被掳从军，留下母亲与妻儿相依为命。如今，没能见上最后一面，自己与母亲竟就这样阴阳两隔。老母亲在临终前，与唯一的儿子都不能见上一面，甚至还在为不知死活的儿子担惊受怕，该是何等的悲伤。想到这儿，阳城延不禁泪如雨下。

再悲伤也无济于事，只能将遗憾永远留在心中。阳城延慢慢止住了哭声，双膝跪地，面朝关外郏县家中的方向，心中默念着老母亲，以首叩地，虔诚地拜了三拜。刘乐离这才缓过神来，慌忙学着阳城延的样子跪下，同样拜了三拜。

拜过之后，阳城延情绪渐渐平静了下来，问及妻子温氏和儿子阿牛，得知他们虽然日子过得艰难，却都安好，心中稍稍得到安尉。二人又谈起家乡，说起过往的人和事，一直聊到深夜。

刘乐离来到身边后，阳城延更加盼望着黄甄早日到来。一个好汉三个帮，在阳城延看来，黄甄与刘乐离不仅是技艺高超的匠人，还是自己的生死兄弟。

与刘乐离不同，黄甄的到来颇费周折，萧何亲自找到樊哙，提出想把黄甄征调到少府，参与新宫修建。一开始，樊哙不答应，等到樊哙允诺后，黄甄却不愿离开军营。

此时，黄甄已晋升为军司马，比千石，是樊哙手下一位重要干将。这几年驰骋沙场，习惯了舞刀弄枪，他似乎对工匠工作失去了兴趣。因此，当阳城延找到他时，费尽了口舌，他也不松口，弄得阳城延悻悻而归。

就在阳城延深感惋惜，甚至有些失望之际，一天早晨，黄甄却突然出现在阳城延面前，表示愿意脱下铠甲，跟随他去修建兴乐宫。阳城延又惊又喜，立即领他去拜见丞相萧何。

经过多方招募，阳城延最终向萧何递交了一份匠人名录清单，加上少府原有的匠人，共计一千五百九十六人。其中，石匠六百零二人，木匠四百九十六人，瓦匠三百八十三人，其余为泥水匠、漆匠、银匠、陶工、窑工等。

萧何看过名单，对阳城延说："如此说来，修缮兴乐宫已经具备开工条件了？"

阳城延说："招募匠人已经一月有余，之后就算有人再来应招，也不会太多。修建兴乐宫时间紧迫，再调拨若干民工，便可开工。"

萧何点了点头，说道："一旦开工修建，吊拉搬运、运送土石物料，还是需要数量不少的人力。如今关中秋收已过，即将进入农闲季节，我拨给你以工代赈的八千民工短役，一月一轮换，外加两千城旦，限定你三日内开工。”

以工代赈就是招募部分农闲的民工到工地服役，发放一定的报酬，这样既解决了劳力，又让民工获得一定收入。汉初劳动力紧缺，这是征调民工的一种常用方法。

这个人数显然有点超过阳城延的预期，总共一万名役工，一千五百多个匠人，加上少府监工、杂役，就是将近一万两千人的修缮队伍！他在心中窃喜，又把匠人分工明细及监工安排一一向萧何做了禀报。

萧何又交代了几件开工具体事宜，最后告诫阳城延：“此次修建意义非同一般，事关陛下移驾新都入住之所。兴乐宫虽为秦时旧宫，这一次要让它脱胎换骨，修旧如新，一切都要按照大汉新宫的标准完成。”他停顿了片刻，像是突然想起了什么，接着说道：“既然是新宫，就不宜再用兴乐宫旧称了。我明日草拟一个宫殿新名，奏请陛下恩准。开工之日，当以新名称之。”

阳城延没想到丞相思虑如此之细，连兴乐宫改名之事都想得周全，他在心中暗自佩服，同时也多了一份自信。在丞相手下效力，即便是再苦再累，也是三生有幸。

修建新宫，是兴建关中新都的开篇之作，人人都在拭目以待。

第七章

抢修长乐宫

萧何建议将秦宫兴乐宫改名为长乐宫，获得了大汉天子刘邦的认可，并对“长乐”这个新宫名大加赞赏。“乐者，天地之和也”。天子代表天，诸侯代表地，“长乐”寓意天子与诸侯和睦共处，天下祥泰，长治久安。在秦始皇崩塌的基业上，刘邦希望大汉江山万世永固、长久和乐。

有了新名，阳城延带领匠人、役工等一万多人的修建队伍进驻这座宫殿时，不再称它为“兴乐宫”，而一律改称为“长乐宫”。

兴乐宫是秦王诸多行宫之一，始建于秦昭襄王时期。秦惠文王以后，秦国宫殿不断向南扩张，渭水以南陆续建起了章台宫、兴乐宫、甘泉宫、信宫、阿房宫及七庙等建筑。兴乐宫位于渭水以南、龙首山北侧，共有大小宫殿十四座，其中就包括秦孝文王的王后华阳夫人曾经居住过的华阳宫。宫殿方圆二十余里，与渭水北面的咸阳宫仅一水之隔，为方便通行，同时也为顺应天象，秦昭襄王在两宫之间建造了一条长达三百八十步的横桥，以象征天河之“鹊桥”。

秦始皇嬴政继位后，对兴乐宫加以扩建改造，在宫中筑起了一座高达四十丈的高台，名曰“鸿台”，台上建有楼观屋宇。秦始皇二十七年（前220）的一天，秦始皇登台观赏渭水两岸美景，只见蔚蓝的天空中有一群大雁正向南奋飞迁徙。秦始皇抬头仰望雁群，搭弓射箭，矢出雁落，“鸿台”之名由此而来。此外，秦始皇还在宫殿周围增建了鱼池台、酒池台等建筑。

项羽火烧咸阳，除了咸阳城被焚外，渭水两岸其他宫殿也未能幸免，几乎都化为灰烬。唯独兴乐宫因为被项羽留作军队驻扎之地，侥幸地保存了下来，但是除了空空的宫殿屋宇外，其他设施均被毁坏殆尽。

有宫殿基础总比没有强。修复兴乐宫，作为新都的长乐宫，就如同将大汉的基业建立在秦的废墟之上。汉廷的第一座宫殿，将通过修缮改造秦时旧宫殿而出现在关东大地上。

汉高祖五年（前202）九月，长乐宫正式修建。宫殿周边戒备森严，除了匠人、役工及参与修建的少府人员外，其他人一律不得进入。

开工之日，阳城延早早来到现场。匠人、役工陆续进入宫殿后，他感到有些意外。上万人的队伍进入偌大的宫殿后，竟像是一锅粥里撒了一把芝麻，见不到几个踪影。

“匠人、役工有无缺额？”阳城延站在入口处，向正在清点人数的黄甄问道。

黄甄参与长乐宫修建后，被任命为阳城延的助手，负责管理工地上的匠人和役工。听出阳城延的口气有些焦虑，他翻开厚厚的竹简名册，回答道：“除了五名匠人有病、二十四位役工有名无人，还有五十八位役工今日没来工地，其余悉数到工。”

“那日在丞相府，丞相调拨役工，当时觉得一千五百多名匠人、一万名役工，人数颇多了。现在看来，偌大的宫殿一旦动工修建，这些人还真不太够。”阳城延望着眼前的宫殿，面带愁容，“尤其是匠人，分散到各座宫室后，捉襟见肘。”

“天下甫定，匠人难以招募，时下能找到这些人，已属不易了。

如果不是阳城兄有钻地觅缝之功，恐怕连半数的匠人也难以招到。”黄甄安慰道。

“我查看了一下，当下紧缺的还是木工和瓦工。”阳城延说，“长乐宫年久失修，几乎每座宫殿的宫顶、飞檐、墙壁、台基都有不同程度损坏，重新翻修必将大费周折，耗时费力。”

说到这儿，阳城延像是突然想起了什么，忙问黄甄：“你去问问申武，砖瓦烧制的窑址选好了没有？”

“等这边事毕，我就去查问！”黄甄说，“今日乃开工头日，事情繁多，昨日安排之事我正逐一落实，阳城兄不必过虑。”

“长乐宫关乎陛下移驾长安入住之事，丞相交付如此重任，你我当竭尽全力，定不能有丝毫懈怠，辜负陛下和丞相的期望啊！”阳城延走进宫殿现场，像是交代黄甄，又像是自勉。

二人正说话，刘乐离一瘸一拐朝他们走来。自从来到阳城延身边，他丢掉了胳肢窝夹着的棍子，今日身上还特地换上了阳城延为他添置的新衣裳。

“阳城兄，你让我好找啊。”刘乐离走得急，额头上挂着汗滴，累得气喘吁吁。

阳城延见状，忙问：“阿乐何事如此慌张？”

刘乐离来到工地后，因为一条腿残疾，不方便爬高下低从事木工活，阳城延便安排他协助两名少府臣工掌管工地上的御料。开工几日前，修建宫殿所需的石料、木料等已经从各地陆续运抵工地。

“从楚地云梦运送来的木材，被守关的将军扣押了！少府臣工派人去交涉，要求放行，可守将声称要经过楚王韩信特别允许，否则不予放行。”

刘乐离一边向阳城延禀报，一边撩起衣角擦着额头上的汗水，脸上挂着焦虑与不安。

“难道监管运送御料的府臣没有携带通关的符节？”阳城延听了感到很吃惊。

“符节是带了，但是守城的将军说，他们不认符节，只认楚王的手谕。”

汉初推行的是分封制与郡县制并行制度，尽管建立了中央集权，但与此同时，又分封了诸多同姓宗室与异姓功臣元勋到各地为王，建立封国。在自己的封国里，这些诸侯王不但拥有自己的都城、官署和军队，还拥有边境的管辖权。阳城延隐约听说，最近楚王韩信屡屡违背天子刘邦的旨意，不但暗地里操练兵马，还加强了边境的管控，有谋反的迹象。这样的传闻阳城延自然不便对刘乐离直说。于是，他向刘乐离挥了挥手：“运送木料之事当与将军好好商量，你少安毋躁，待我奏请丞相再说。”

刘乐离正要离开，阳城延又叫住他，吩咐道：“修缮用料乃宫殿急需，事关宫殿修建的进度与质量。你要与少府臣工悉心看守，从严监护，不得有任何差池。”

刘乐离也学会了官场上的规矩礼节，朝阳城延一拱手，高声答道“诺”，然后一瘸一拐地奔料场去了。

按照萧何“脱胎换骨，修旧如新”的要求，阳城延对长乐宫的修建重点做了详细规划：利用原有宫殿台基，加高加固；修复宫殿殿宇，扩充规模；翻修所有宫殿四角飞檐，将屋面全部更换为竹节琉璃瓦；改造殿内设备设施，更换部分柱枋和所有门户窗牖等。宫内布局基本沿袭秦时形制，装饰风格遵循秦朝匠人旧法，细微之处至精至美。陛下与朝臣议事的前殿，以及为陛下、皇后预备的寝宫，是此次修建的重中之重。

前殿是长乐宫的主殿，东西长四十九丈七尺，深十二丈，两墙之间间隔三十五丈，是将来皇帝接见朝中大臣、王侯将相及功臣元勋的地方，是修建中最为关键的部位。大殿外原有地面不平整，周围路基凹凸不平，需要重新规整，同时需要对原有的大殿台基加高、加宽、加固，重新布置。

为了区别于秦时前殿的样式，增加主殿前殿的气势，阳城延在制定修建方案时特地挑高了四角飞檐，四角翘伸，形如飞鸟展翅。这样既增添了建筑物造型的动感，又形成一种托举之势，可谓神来之笔。后来此工艺被广泛运用于亭台楼阁建筑之中，后人称之为“飞檐戗角”。阳城延让黄甄在这里重点安排维修，同时又安排曾经参与秦时宫殿营建的几位老匠人亲自施工。

自从长乐宫开工修建之后，阳城延几乎每天都待在工地，从前殿到后宫，地面上留下了一串串数不清的脚印。此时，位于北国的燕王臧荼发动叛乱，刘邦亲自率十万大军平叛，萧何坐镇关中，负责向平叛前线调拨粮草辎重，日理万机，除了偶尔前来工地视察，一切交由阳城延全权处置。除了重大事项需向萧何奏请，由丞相亲自拍板外，其他事务皆由阳城延一人定夺，遇有工艺技术难题，他便主动与一些有经验的老匠人一起商讨，拿出对策。

转眼到了春天，关中一天天变暖，莺飞草长，大地披上了绿装。长乐宫工地上更加繁忙。虽然一切都按照修建施工计划有条不紊地推进，阳城延还是不敢有丝毫懈怠。萧何对工地施工具体进展虽然没有催促，但他曾经说过的那句话阳城延一刻也不敢忘记，“陛下不知道何时就要移驾新宫”。阳城延心中明白，长乐宫的修建如果届时不能完工，陛下无下榻之处，谁也承担不起责任。

决定修建进度和工期的重要因素之一是役力。恰在这时，工地役工出工又出现了新难题，黄甄立即向阳城延做了禀报。

“时下春耕已至，役工纷纷提出要回家耕种，一些匠人也人心不稳。”黄甄知道阳城延一直对工地出工人数不甚满意，甚至每天都要黄甄向他禀报缺工人数，对这一新情况，他不敢大意。

听黄甄如此一说，阳城延才意识到，时令已经到了耕种的季节。关中地处西北，冬天时间长，春天来得稍晚，要是在家乡，农人早就下地耕种了。

“匠人、役工本来就不够用，天气转暖，正是宫殿修缮最出活的时候，这些人如何走得？”阳城延尽管心中清楚，农时耽误不得，但他对黄甄禀报的新情况还是有些恼火。

当初，萧丞相是用以工代赈的方式从关中招募了一万名短役，一月一轮换。一个冬天，这些人以出工方式获得了一定的报酬，但这不足以养活一家老小，耕种才是他们的谋生之本。难题是，如果让他们回家耕种，长乐宫修建就得放缓，甚至停工。

“阳城兄的担忧，在下完全能理解，只是这些人不同于城旦，当初以工代赈是按照月份议定的，恐怕强留也留不住。”黄甄说出了心中的忧虑。城旦是犯罪服刑之人，他们可以长时间在工地上服劳役。

“这个我当然知晓。”阳城延无奈地叹了一口气，“这些年战事不断，青壮劳力多从军，如今关中百姓虽有八百万之众，但多为妇孺或老弱病残之人，能够抽调的青壮役工极少。再说，朝廷又开始征调劳役前往渭北修造长陵了，再招募短役是难上加难啊。”

长陵位于咸阳以北，从刘邦宣布登基之时起，那里就被确定为将来皇帝宾天后的陵墓，修造已经破土动工。

“在下倒是有一个解决缺工的办法，不知是否可行？”黄甄见阳城延双眉紧蹙，便提出他思考多日的替代方案。

“是何办法？请快快道来。”阳城延一听黄甄有解决方案，有些迫不及待。

黄甄在军中虽为武将，却是一位细心之人，来到长乐宫工地后，不仅帮助阳城延把役工、工匠队伍管理得井井有条，在阳城延遇到难题的时候，也总能帮他一把。

“在下听说，不久前陛下派太尉卢绾与将军刘贾前往剿灭拒不降汉的临江王共尉，不仅剿灭了共尉，还俘虏了数千名临江国军卒，如今正往关中押解这些人。如果奏请丞相，请丞相出面向陛下禀报当下长乐宫修建缺工之事，或许陛下开恩，能调拨一些战俘为我所用。”

临江王共尉之父为当年项羽所封十八王之一。项羽战败后，他所封的王侯纷纷降汉，位于秦时南郡一带的临江国国王共尉却负隅顽抗，拒不投降，直到汉高祖六年（前201）二月为大汉所灭。

“我看可行！”阳城延一听，像是陷入一团迷雾之中时突然见到了光亮，心中大喜，“我这就去禀报萧丞相。请他奏请陛下，速拨我一些军卒，以解劳役短缺之急。”

阳城延当即就去找萧何，萧何奏请刘邦，得到了刘邦准许。阳城延又安排黄甄对一些想回家耕种的匠人进行劝留，并在酬劳上给予一定增加，许多匠人表示理解，不再提回乡耕种之事。缺工之事总算得到了解决。

阳城延每天到工地巡察，看到一个个工程在预定时间节点按时完工，便把主要精力放在监督维修质量上。

这一天，负责监管宫廷修建质量的少府尚方令申武向阳城延禀报说，宣德殿开始更换瓦当，施工匠人与所需瓦当都已就位。这是长乐宫修缮工程一个新的节点，阳城延急忙跟随他朝宣德殿走去。

宣德殿是长乐宫除前殿之外的重要宫殿之一。来到宣德殿，阳城延见几位匠人已经着手铺设瓦当，一片片云纹瓦当在阳光的照射下折射出簇新的光亮。

宣德殿原本毁坏严重的宫墙、廊柱、屋面等都已修缮一新，刚刚开始铺设瓦当。阳城延一边察看，一边随手拿起一片瓦当，对着阳光照了照，突然发现上面露出一条细细的纹痕，像一根发丝一般，倘若不是在阳光下看得仔细，纹痕无法辨出。

“这是怎么回事？”阳城延厉声问道。

申武看阳城延脸色一下子沉了下来，上前接过那片瓦当，对着阳光仔细看了看，发觉的确有一道细微的纹痕，知道瓦当质量出现了瑕疵。

“今日瓦当运送仓促，或许是个别筛检不力，疏漏所致！”申武忙向阳城延解释，冲着干活的匠人摆了摆手，厉声喝道，“都给我停下来。”

长乐宫修缮所用瓦当都是现行烧制的新瓦当。早在维修工程启动之初，阳城延就安排申武负责选择窑址、准备御料并招募窑工，特别叮嘱，琉璃竹瓦、瓦当是屋面材料，风吹雨淋，容易受损，质地尤为重要。为防止质量出现瑕疵，烧制出窑的每一片琉璃竹瓦、瓦当都要经过烧窑窑工、运送役工和现场监工三道质量检验把关，再由尚方令申武抽验，每一道工序均需签字画押。当下怎么会出现裂纹瓦当，而且碰巧被自己发现？

到底是哪个环节出了问题？阳城延脸色铁青，当场下令，查封了所有烧制的瓦当，现场瓦当全部暂停使用，已经铺设的全部卸下返工，对三道检验关口倒查追责。

申武嘴上不说，心中也颇感事态严重。如果这片瓦当是运送途中不慎碰撞、挤压出现裂缝，那就是几片瓦当的事情；如果是烧制出了毛病，那成批瓦当质量都有可能出问题。

好在追查并不复杂，因为每一片瓦当都刻有烧制者姓名。瓦当出窑时，每一道工序里，都有人对质量进行监督确认，并画押把关。

阳城延立即带着申武、黄甄匆匆赶到窑口，查看窑炉和烧制过程是否出了问题。经过一番检验，窑口烧制的瓦当符合出窑要求。阳城延挑选了一块经检验合格准予出窑的瓦当，细细察看。瓦当质地均匀，纹理细密，无任何裂纹，甚至连一处斑点都找不到。

责任很快查明，纹痕是在瓦当运送过程中，因碰撞挤压造成的，加上现场监工疏忽，让带裂纹的瓦当进入了施工现场。

申武负责整个质量监督流程，他理应承担全部责任。

“阳城大人，此事我虽有监督不力之责，但有一个人也脱不了干系。”申武一边说，一边转动着眼珠，打量着阳城延脸上的表情。

“此话怎讲？还有何人？”听了申武的话，阳城延很是吃惊。

“黄甄黄大人！搬运役工乃黄大人所派，下官曾经就此事告知过他，让他派青壮劳力，但黄大人派遣的多为老弱之人，体力不支，所以造成碰撞。”

申武把目光转向黄甄，说得振振有词。

“申大人何出此言？”一直默不作声的黄甄见申武把责任往自己身上推，怒目看向申武，“搬运役工乃申大人亲自挑选，当下出了纰漏，如何怪罪到别人身上？我看你是想逃避责任！”

平时，申武仗着自己是皇后吕雉哥哥吕释之的亲戚，很是骄横，在少府衙门，没人敢招惹他。他一心想升迁少府卿，无奈丞相萧何没有给他机会。修建长乐宫，他在阳城延手下当了一名监管工程质量的尚方令，觉得阳城延只是工匠出身，既没有可以炫耀的战功，也无身世背景，如今居然成了自己的顶头上司，抢占了本该属于自己的位置，嫉妒之心就像闷在胸中的一团火。因此，他平时并不把阳城延放在眼里，说话做事毫无忌惮。

一看黄甄不服，申武阴阳怪气地说道："黄大人，别以为你是阳城大人的兄弟，就可以装聋作哑逃避责任，别忘记了你骊山刑徒的身份！"

申武称黄甄是骊山刑徒，既有对他出身不屑一顾的原因，同时也是在暗示阳城延：你们二人当年是一道从骊山逃离的，你要是不追究黄甄的责任，就有相互包庇之嫌。

黄甄是眼里容不得一粒沙子的人，听申武骂他为骊山刑徒，气得怒目圆睁，就要同申武动手。阳城延急忙厉声喝止："都住口！你们还嫌事情不够闹心吗？此事追责，当以事实为凭，报请丞相裁决，不是靠你们二人在此争辩。"

看阳城延动了怒气，二人才停下来。

对瓦当质量事件相关责任人的惩罚决定是丞相萧何亲自下达的。阳城延向他禀报了事情的缘由，他感到十分震惊，立即赶到施工现场，看到一切处置完毕，才稍稍安心。作为惩戒，萧何宣布：负责运送瓦当的役工被判劳役三年；负责施工的匠人，现场察看不细，剥去匠人资格，逐出长乐宫工地；尚方令申武监督不力，罚俸禄一年；黄甄派工把关不严，也有一定责任，扣罚俸禄六个月。阳城延主动请罪，扣罚俸禄三个月。

瓦当质量事件处理完毕，阳城延觉得这是给自己敲了一次警钟，长乐宫维修质量事关大汉百年大计，来不得丝毫松懈。他把那块带有纹痕的瓦当取回少府衙门，放在自己的案几上，时刻警醒自己。

长乐宫修缮快要接近尾声的时候，阳城延又遇到一个棘手难题。从规制上看，宫殿总体坐西朝东，略呈方形，外有宫垣，各开一门，东西南北相互对应。秦时，因为是行宫，对于将哪一个门作为正门，在规格上虽有区分，但并不是十分严格，看上去，四座宫门规模差别不大。但作为大汉王朝新都第一座宫殿，长乐宫必须突出前后正门，讲究规制。皇帝出入宫殿的道路与大臣们进出的道路必须有严格的区分。

新宫长乐宫的东门和西门分别是前正门与后正门，如何在规模、形制上加以突出？阳城延寻思了几日，找不到满意的解决方案，最后只好向萧何禀报。

萧何召集安国侯王陵、北平侯张苍等几位大臣商讨对策。张苍提出了一个方案，分别在前后正门外各建一座高规格的门阙，这样既在形制上突出了前后正门的地位，又让改造后的新宫殿与以前的秦朝宫殿在外观上有很大的区别。

阙，从形状上看是廷门之外建两个对称的台子，在台子上建楼观，上圆下方，因为两座台子之间阙然为道，所以称为阙。其台像山一样巍然耸立，又称为“象魏”。

“阙，最早建于西周的都城镐京。《周礼·天官·太宰》就有记载：‘正月之吉，始和，布治于邦国都鄙，乃县治象之法于象魏，使万民观治象，挟日而敛之。’”张苍介绍说。

张苍早年仕秦为御史，负责掌管图籍文书，侍立于殿柱下，后因直言惹怒了秦二世，遂投奔刘邦，在朝廷诸臣中是一位精通历法、典章、术数等的不可多得的人才。此时虽为萧何的副手，但萧何有些事情乐于向他请教。

萧何对张苍提出的方案表示赞同。他说：“采用门阙既解决了皇家宫殿正门礼制问题，还能增加改建后宫殿的气势。北平侯学富五车，果然妙招。”

方案确定后，阳城延立即组织匠人在长乐宫东西两座正门前各建一座门阙，东阙称作苍龙，西阙称作白虎。阙楼高大，立于宫殿东西正门之外，立刻凸显出不同寻常的气势。

转眼间，长乐宫已修建了两年。两年的时间不算漫长，但对阳城延来说，却是一天天掰着手指算着过来的。经过修建，长乐宫周回达三十里，比兴乐宫增加了近三分之一。宫殿数量上由原来的十四座，增加到十七座。其中，前殿位于整座宫殿的南面中部，东西两侧有长信殿、长秋殿、长定殿、永寿殿、永昌殿、永宁殿；前殿北面有大夏殿、临华殿、宣德殿、通光殿、高明殿、建始殿、广阳殿、神仙殿、椒房殿和长亭殿，以及月室殿等小宫室。此外，还有钟室殿、太常署等朝廷礼法部门的官署。

钟室殿是悬钟的宫室，后来，韩信就被吕雉斩杀在这里。

仿佛重获新生，修建后的长乐宫气势恢宏，华丽典雅，蔚为大观，以一种全新的姿态矗立在龙首山北麓。

这座翻修改建的宫殿能不能得到皇帝刘邦的认可与垂青？阳城延感到心中没底，丞相萧何也没有十分的把握，只能静静等待刘邦移驾新都后，对此做出评判。

对阳城延而言，这就犹如一场“大考”即将来临。

第八章

迎接『大考』

汉高祖七年（前200）九月，经过两年的抢修，长乐宫修建改造基本结束。

此次修建，翻修了各殿屋面，加固了梁柱，扩建了宫室，改建了前殿，增添了设施，改造了内外环境，又新建了东阙、西阙，长乐宫从内到外焕然一新，已经丝毫看不出往日秦宫的影子。龙首山北麓，长乐宫重楼叠榭，簇新敞亮，如同一位经过精心梳妆打扮、正准备出阁的新娘。

这是大汉王朝在关中新都的第一座宫殿，将是皇帝刘邦与皇后吕雉入住的帝王之居。它的一楼一阁，都彰显着大汉王朝的形象，也会影响刚刚坐上皇帝宝座的刘邦的心情。在天下人看来，皇宫是龙凤之所，如同天上的宫阙，神圣而又充满神秘色彩，代表着帝王至高无上的权威。

阳城延走在刚铺就的汉砖御道上，看着眼前修葺一新、美轮美奂的宫殿，轻轻舒了口气。两年来，为了修建长乐宫，他就差没有把命搭上，从前殿到后宫，从纵横交错的各条甬道，到宫室内部陈设，每一处都连通着他的大脑神经。

修缮一座旧宫殿其实并不难，难的是如何让一座旧宫殿脱胎换骨，修旧如新，获得皇帝、皇后及朝廷百官们的认可。

阳城延觉察到，那些曾经踏进过秦朝宫殿的人，正用一种挑剔的目光注视着长乐宫的里里外外，随时随地挑着修建的瑕疵。

忽然，阳城延感觉脚下一块汉砖似乎有些隆起，他急忙叫来监工，拿过水平仪仔细测量，果然有丝毫分差。监工很知趣，忙向阳城延弯腰请罪，并表示立即安排人返工，追查铺砖匠人的姓名，严加责罚。

按照惯例，工地上每一道工序、制作的每一件物件，都要刻勒工匠的姓名，这就是自秦传承下来的“物勒工名”制。这一制度既是查探纰漏追责的依据，也能以此为警醒，增强匠人的责任心。就像秦始皇陵的兵马俑，无论是兵俑还是马俑，每一个脚下都刻有匠人的姓名与职位。阳城延当年跟随叔父修建阿房宫，工地上严格遵循这一制度。修建长乐宫时，他将这一制度推而广之，严格监督每一道工序。

这时，丞相府一位臣工从远处气喘吁吁跑过来，向阳城延禀报：萧丞相有急事召见。

阳城延离开长乐宫，三步并作两步来到丞相府，见萧何一脸严肃地端坐在那里，似乎专等他到来。

萧何见阳城延跨进门，也没招呼，开门见山问道：“当下长乐宫修缮进展如何？如果陛下移驾，可否入住？”

阳城延心里明白，长乐宫修建由萧何一手总揽。两年来，每一个重大进展他都一清二楚，自己隔三岔五都要向他禀报一次，现在为何突然问及此事？

萧何的脸上没有流露任何阳城延想知晓的答案，只是两眼盯着他，等待他的回话。

阳城延急忙朝萧何一拱手：“回禀丞相，长乐宫十七座主要宫室及其他辅助设施，按照预先规划的进度安排，均已修建改造完毕，只等丞相现场查验。”

听了阳城延的回答，萧何凝重的脸色这才缓和下来，微微点了点头：“陛下准备在长乐宫举行朝贺大典，时间就定在新年十月初一。届时，不仅朝中大臣、公卿元勋悉数要行朝贺之礼，分封到各地的诸王也要赶来参加。”

听了萧何的话，阳城延有些诧异，皇帝已在定陶汜水北岸举行过即位登基大典，接受过百官朝拜，此时他应在洛阳的南宫，为何突然又要在新修的长乐宫举行朝贺仪式，而且时间定在十月初一？

汉承秦制，沿用颛顼历，以十月为岁首，十月是进入新年的首月。

也许看出了阳城延的狐疑，萧何解释道：“近日，博士叔孙通研习了一套《汉礼》，要规范朝廷公卿百官、元勋功侯及皇亲国戚的行为举止，体现陛下作为一国之君的尊贵。陛下已经接受了他的谏策，准备在十月岁首，趁着迁都关中、入住长乐宫的时机，举行一次朝贺大典。”

叔孙通，又名叔孙何，号稷嗣君，山东薛县人，出生于战国后期。此人为人机警，圆滑精明。秦时，他以文学之士身份应召，供职于博士官署，曾经是秦朝宫廷的学术顾问。

有一件事被传为笑谈。秦二世元年（前209）末，陈胜吴广举起起义大旗，攻城略地，天下大乱。秦二世情急之下召集博士，征求应对之策，众人都十分惧怕，称天下情势危急、反贼四起，大秦危如累卵。唯有叔孙通神色淡定，称天下依旧太平，一切安然无恙，官吏勤劳奉职，百姓听命守法，各地归服朝廷，宛如车辐集于车毂，绝无反叛作乱之事。他还声称，外面的谣言传说，无非是一些鸡鸣狗盗之徒刻意而为，成不了大事。秦二世胆小怕事，整天浑浑噩噩，听罢之后，对言称“情势危急、反贼四起”者，统统治以重罪，对叔孙通不但不治罪，反而赏赐他丝帛二十匹，官服一件。后来众博士都谴责叔孙通，责问他为何一味阿谀谄媚，掩盖事实真相。叔孙通知道纸终究包不住火，不久就悄悄逃离了博士馆。

离开咸阳城，叔孙通一开始投靠的是项羽。刘邦率领联军攻打彭城时，他又投奔了刘邦。

阳城延对叔孙通的发迹史略知一二。这位博士随刘邦居住在洛阳，与阳城延接触并不多，阳城延不知道这次陛下为何会接受他的谏策。不过，这些不是阳城延关心的重点，他担忧的是，修建改造后的长乐宫能否令陛下满意，这次朝贺大典会不会出现什么差池。

对阳城延而言，身为长乐宫修建改造的具体责任者，皇帝入住新宫，又要举行朝贺大典，无疑是他人生面临的一次大考。

萧何看阳城延长久默不作声，自然知道他听到这个消息受到的震动，别说是阳城延，自己也感到一股从没有过的压力。长乐宫毕竟是秦旧宫改建修缮而来，合不合刘邦的心意，能否达到大汉第一座宫殿的规格要求，身为牵头负责的丞相，千斤重担，他也担着一头。

“走，去宫殿！”耳听为虚，眼见为实。萧何起身，做了一个出门的手势，带领阳城延走出丞相府，直奔长乐宫。

长乐宫的宫殿经过修缮装饰，一扫往日兴乐宫空寂萧条、暮气沉沉的景象，看上去威严华丽、嵯峨壮阔，呈现出帝王宫殿特有的气派。各座宫殿飞檐翘拱，逶迤磅礴；宫殿之间基台崇伟，阁道因台而生，绵亘相连，如同长桥飞虹，互相通达，又有亭台、苑囿点缀其间，刚柔相济，虚实结合，可谓巧夺天工。更为重要的是，宫殿从内到外，焕然一新，看不出秦时旧宫的丝毫痕迹。

萧何在阳城延的陪伴下，一路走，一路察看，不时询问着一些修建的细节，对不合适之处提出改进建议，阳城延一一记下。

来到大夏殿前，萧何停住了脚步。大夏殿是长乐宫中的一所重要宫殿，将来它是汉廷主要的政治活动场所之一。

“此殿前方太过空旷，似乎缺少点东西。”萧何若有所思地对阳城延说道。

经萧何一说，阳城延环顾四周，的确感到大殿前无所陈设，显得有些单调，缺少一种厚重感。

“是否移植一些花木至此？”前来迎接萧何与阳城延查验的黄甄试探着问道。

“此殿前不宜栽植花木！”萧何摇了摇头，否定了黄甄的提议。

萧何踏上御阶，又从御阶上走了下来，从不同的角度察看一番，然后盯着殿前说：“本相听说秦阿房宫大殿前曾经摆放着十二个身着‘夷狄服’的铜人，名曰‘金狄’，可否将其移至殿前？”

萧何一句话，提醒了阳城延：“丞相好记性，那十二个铜人是秦始皇当年为销毁销锋镝以弱天下之人而铸，曾立于阿房宫殿前，各重二十四万斤，若放在此处，再合适不过了！”

萧何点了点头。阳城延当即安排黄甄，选派一批身强力壮的役工，速将十二个铜人搬移至此，安放在大夏殿前。

安排好大夏殿前的铜人，又将长乐宫里里外外仔细察看了一遍，萧何来到西司马门外，问阳城延：“此番尾工还有哪些？”

“尾工也都在按计划进行，当下最要紧的是后宫宫内的装饰，还有就是宫中几处新建的苑囿需要修理。”

“做完这一切，需要几日？”萧何又追问。

阳城延在心中估算了一下，回答道：“大致十日即可。”

萧何似乎对这个时间把控还比较满意。他在心中盘算，当下距离新年十月初一还有半月，如果再增加一些役工，工程按时收尾应该有十足的把握。

“这次朝贺大典，非同小可，一切当安排妥当才是，尤其是在宫殿修缮的细枝末节上，要细而又细，不可出现分毫差池。”萧何似乎不想再过多强调这次朝贺大典的意义。他心中清楚，眼前这位军匠出身的总监工这两年来承受着前所未有的压力，事事亲力亲为，几乎天天泡在工地，风雨无阻，原本微胖的身体也消瘦了一圈。看来，当初自己顶着压力举荐他，并没有看错人。

阳城延道：“请丞相放心，在下自然知道此次朝贺大典的意义，容在下再做详细安排。”

送走萧何，阳城延再次来到长乐宫工地，召集所有监工、领班匠人，重新部署了任务，要求他们在八日之内完成所有收尾工序，对增加的役工、匠人，一一做了详尽的安排。

阳城延把收尾时间又提前了两天，为的是留有余地，以便发现不足之处时有整改时间。当然，他只字未提为何如此急于竣工。朝贺大典，这是朝廷的最高机密，不到大典举办前夕，这个机密除了丞相等核心人物，不会为外人知晓。

安排完长乐宫工地收尾事宜，阳城延依然放心不下萧何指出的几个关键部位。于是，他依次来到前殿、长信殿、大夏殿、椒房殿及钟室殿等，一一察看。

长乐宫宫殿十七座，周回达三十余里，巡查完毕后，阳城延觉得两腿发软，体力不支，眼前似有飞蚊舞动。他这才想起来，早已过了午时，自己腹中粒米未进，连一口水也没喝，肚子饿得咕咕作响，似乎在向他发出强烈抗议。只是，他依然顾不得这些。他忽然想起工地守卫之事，于是让人找来负责守卫工地的卫士令，要求他增加卫士，加强工地警戒，没有丞相手谕，任何与宫殿修建无关的人员都不得靠近一步。

一切安排妥当，阳城延这才回到少府衙门。

事后阳城延才知道，刘邦之所以要入住长乐宫、举办朝贺大典，源于叔孙通一次察言观色的谏言。

一次，刘邦在洛阳南宫宴请跟随他打下江山的功臣元勋。这些人大多数与刘邦一样，出身低微，在战场上打杀惯了，举止粗鲁，根本不讲礼数，几杯酒下肚之后，开始狂呼乱叫，甚至与刘邦称兄道弟。如果放在过去，刘邦自然不会在意这些。但是，他如今贵为天子，看此情形，虽然嘴上不说，心中却很是不爽，只是碍于情面，无法阻止。

这一切都被叔孙通看在眼里。

宴会一结束，叔孙通就求见刘邦，乘机向他进谏：朝堂不同于江湖，必须建立严格的礼制，规范君臣的尊卑。

刘邦正为此事闹心，听叔孙通一说，正中下怀。叔孙通又趁机献谏言，请刘邦允许他从鲁国征召儒生，草拟群臣朝见皇帝的尊卑礼节，规范汉礼，并建议刘邦在移驾新都入住长乐宫时演练施行。刘邦采纳了叔孙通的谏言，但告诉他，礼仪不必过于烦琐。习惯自由散漫的刘邦，害怕有了繁文缛节，自己也会跟着受到约束。

转眼到了十月初一，这一天，晴空万里，蔚蓝的天空飘着薄薄的云彩。关中的天气以晴为主，但常常刮西北风，尤其是到了十月，西北风吹得沙尘四起，有时吹得人走路都走不稳。恰巧这天，天公作美，天气晴朗，只有一丝微风。

阳城延起了个大早，洗漱完毕，匆匆赶往长乐宫。

龙首山周围早已戒备森严。晨曦中，长乐宫殿宇重重，金碧辉煌，庄严肃穆。与会的功臣元勋、朝中百官，以及从各地赶来的诸侯王与国相陆续到达，次第进入阙门，步入宫中，在前殿外等候觐见。

阳城延看到，丞相萧何已到，站在前殿外一处玉阶旁，正向负责警戒守卫的中尉、大将交代着什么。见阳城延走过来，他连忙招呼。阳城延三步并作两步地来到他面前。

萧何同阳城延耳语道：“昨日已将长乐宫各座宫殿、处所向陛下做了详细禀报，陛下甚是满意，昨晚已经入住寝宫长定殿。等一会儿，陛下将从寝宫移驾东房，稍作休息，等百官入内就位，再进入前殿中，接受百官朝贺。御用之物安排如何？”

阳城延低声说：“东房、前殿已经按照丞相吩咐，各项御用之物全部安排到位，请丞相宽心。”

“还有一件事，大典结束之后，长乐宫已修建完毕，届时匠人、役工如何安置？”阳城延猛然想起匠人、役工日后的安排，向萧何奏请道。

萧何似乎早有安排：“大典完毕，所有人员一律离宫。役工发放以工代赈粮饷，遣散回家。至于匠人，可留用一批优秀之人，安置在少府，暂不离开。”

阳城延听了萧何的话，心中犯起嘀咕。长乐宫修建完毕，为何要择优留住一部分匠人？要知道，这些人平时吃喝就是一笔不菲的开销。在此场合，他不便细问，只能颔首领命。

就在二人说话的工夫，天色已经大亮，一抹朝霞映照在长乐宫重重叠叠的宫宇之上，映射出灿烂的光芒。宫廷廊柱，崭新锃亮，光彩照人。尤其是前殿的玉石台阶，从殿前一直向上，通往高高的大殿，给人一种威严、肃穆之感。

前殿广场上，钟声响起。车骑步三军列阵排好，军容整齐，一面面旌旗迎风招展，一排排兵器寒光闪闪。谒者、司仪引领着百官有序排列。功臣列侯、诸将军等朝廷武官站在场地西侧，面向东方；以丞相为首的朝廷文官站在东侧，面向西方。在如此庄严的宫殿前，文武百官一改往常自由散漫的举止，个个面带虔诚，规规矩矩地站立在指定的位置，等候皇帝刘邦的到来。

阳城延也站在文官队伍之中。只是，他比那些虔诚的百官心中多了一份担忧，一想到亲自督建的宫殿就要接受陛下和文武百官的实地考察，他就感到胸口像是有一块无形的石头，紧紧压在心口。

殿前整饬完毕，叔孙通按照事先制定的礼制开始行礼。他拖着长长的尾音，高声传呼："恭请陛下移驾新宫！"

不一会儿，刘邦乘坐御辇，由内宫执旗先行开道，从东房缓缓前行，进入前殿中就座。他身着九龙黄袍，头上佩戴的不是他过去喜欢的刘氏冠，而是十二冕旒冠。

朝贺是在宫廷礼官的引导之下，按爵位高低顺序依次进行的。首先朝拜的是同姓诸侯王，接着是将相列侯，朝廷六百石以上俸禄的官员悉数参加，整个朝拜花费了两个时辰。

阳城延跟随着朝见拜贺的队伍，踏上一级级通往大殿的玉石台阶，脚下的木屐发出咯噔咯噔的声响。他试图将脚步迈得轻一些，生怕碰坏了铺上不久的玉石，但还是发出了响声。此时，对他而言，一声声清脆的足音似乎不是踏在玉阶上，而是踏在他的心坎上。

阳城延的步子里藏着别人难以估量的分量。

参拜的队伍鱼贯而入，依次趋前行朝贺之礼。刘邦端坐在前殿殿中，威风凛凛，周围金碧辉煌，金匾高悬，透露出威严肃穆之气。趋前拜贺的百官像是被一种无形的神奇力量所震慑，规规矩矩行跪拜之礼。

朝礼完毕，殿中已经设席，准备了酒宴。入席后，众臣逐次来到刘邦面前，一改往日粗鲁的举止，毕恭毕敬，举酒祝贺，无人再敢大声喧哗。九次举爵齐饮共贺后，司礼官宣言“罢酒”，任何人不得再饮。那些功勋将相酒瘾刚被勾起，眼看着面前的酒樽，馋得直流口水，但谁也不敢再举樽，更不敢造次。

此次朝会大典，从进入殿门等候，一直到酒宴结束，竟然没有一个人违规失礼，也没有一个人高声喧哗，做出出格的举止。

朝会中，大臣们如此守规，有点出乎刘邦所料。他不禁感慨：“直到今日，朕才真正体会到做皇帝的尊贵！”

朝会圆满成功，百官循规蹈矩，恪守礼节，其中缘由刘邦当然清楚：其一是叔孙通制定了礼仪，对约束百官发挥了作用；其二是萧何、阳城延监督改建了眼前这座金碧辉煌的长乐宫，营造出庄严肃穆、等级森严的环境气氛，让平时没见过世面的列侯将军受到了极大震慑。

两者用不同的方式，解决了令刘邦头痛的难题。

朝贺大典结束不久，刘邦在宣德殿专门召见了萧何与阳城延，对他们在不到两年的时间内完成了长乐宫的修建改造给予了赞扬。兴奋之余，刘邦对他们又下达了一项新旨——加快新都长安城营建，在关中建造一座规模与繁华程度超过周之镐京、洛阳，秦之咸阳城的新都城！

汉高祖七年（前200）十月，刘邦颁布诏令，任命叔孙通为太常，负责朝廷、宗庙的礼仪祭祀，官秩二千石；任命阳城延为将作少府，职掌宫室、宗庙等土木营建，兼管宫廷内务，官秩二千石。对于其他有功人员，刘邦一一予以不同程度的奖赏。

天子颁诏，阳城延在众人褒贬不一的议论声中步入了大汉九卿之列。

第九章

入掌少府

朝贺大典结束后，阳城延衣冠整齐，迈着轻盈的步子走向少府衙门。

与往日不同，这是他第一次以少府卿的身份来这里当值。也是从这一天起，他与其他朝中九卿官员一样，身着交领右衽绿袍深衣，参加刘邦的朝会。

少府始设于战国时期的韩国，秦汉沿置。其中的主要职位将作少府主管宫廷、宗庙、陵园及道路营建，掌管武库军械、钱币制造、山海池泽税收及宫廷内府，官秩二千石。后来，汉景帝将其更名为“将作大匠”。在某种意义上，少府是皇帝的大内总管，负责征收的山海池泽税收归皇室所有，只供皇帝使用。

汉初有一个不成文的规定，非立有武勋者不能任长吏。换言之，在汉室做官，无论哪个衙署，只要是主管官吏，就必须有从军的履历，且立下一定战功。阳城延从军中一个官职低微的军匠什长起步，后来的职位也只是护军，如今出任大汉少府卿，其升迁属于破格中的破格，少不了招致背后议论。

此时，朝廷中的九卿除了暂时闲置的内史和宗正两个职位外，其他七个都有人在职。按照常规，官至九卿一般都有爵位，没有爵位很难成为九卿，这就是人们所说的“非侯勿卿”——不是彻侯，根本就没有成为九卿的可能！然而，刘邦打破了这一常规，阳城延与一同受到任命的太常叔孙通都没有爵位。这一点，也成为垂涎这一职位的人攻击阳城延的一条理由。

阳城延能入掌少府，当然源于丞相萧何对他的提携与重用。其实，修建长乐宫之始，萧何就已经将少府的管辖大权下放给了阳城延，除了特别重大的事项，一切都交予他全权处置。萧何无论是身为汉王国相时，还是成为大汉朝廷丞相之后，一向以善于察人、用人而著称。萧何不仅看重阳城延的营建技能，更看重他的人品。事实上，阳城延没有令他失望。自从负责修建长乐宫，阳城延勤勉敬业，恪尽职守，孜孜以求，最终按照萧何当初的修建设想，让一座秦时旧宫实现了华丽转身。如果把修建长乐宫看成一次大考，阳城延无疑交出了一份优秀的答卷，而这份答卷的最终批阅者，乃是当朝皇帝刘邦。长乐宫修旧如新，脱胎换骨，巍峨壮观，这让刘邦迁都关中后，不仅有了属于自己的皇室宫殿，也得以整饬朝纲，规范了朝廷礼仪与秩序，树立了大汉天子应有的威严。

阳城延走马上任，脚步虽然很轻，却感到肩上担着千钧。

少府衙门在栎阳宫内，距离萧何的丞相府只相隔几栋宫阁，因为长乐宫刚刚修缮完毕，新都长安还没有适宜的场所，所以朝廷主要官署衙门依然设在栎阳宫，三公九卿暂时都在这里当值。

新官到任，几位少府臣早已站在门口迎候。阳城延同他们略作寒暄，然后摆摆手，让他们不必拘礼，各忙各自的差，自己让一位少府臣引领，分别来到前厅、后堂和几处府臣当值的场所一一察看。此前，阳城延尽管兼管少府两年之久，但很少来这里，也从来没有认真打量过这里的府衙堂舍。

眼前的官署与丞相府相似，看上去陈旧了些，场所狭小拥挤，陈设也比较简陋。倒是衙内庭院中一棵枣树引人注目，树冠如盖，粗大壮实，微风吹过，细碎的绿叶发出哗哗的声响。阳城延抬头看了看，知道这是关中特有的枣树，无论是生长在山坡、平原，还是扎根庭院，长得都很茂盛，结出的果实又大又甜。

阳城延最后来到自己的官署大堂。说是少府大堂，其实堂舍并不宽敞，一张几案便占据了堂舍一小半。斑驳的墙上悬挂着一幅经过装裱的旧画，画中是几枝蜡梅，枝丫遒劲，开出黄色的花朵，只是颜色有些暗淡，看上去有些年头了，像是堂舍历经岁月的一种见证。

面对新的环境，阳城延心生感慨，自己本是一介匠人，何曾想过在大汉朝廷有专属的衙署堂舍？身边无论是功勋宿将，还是朝中大臣，哪个人的职位不是他们提着脑袋驰骋沙场，用生命和血汗换来的？自己承蒙丞相举荐，牵头主持修建长乐宫，只是尽分内之责，圆了心中一个梦想，何曾想过执掌少府，成为朝廷的重臣？自己才疏学浅，更谈不上有多少资历，真能担起如此大任，不辜负丞相的栽培和陛下的隆恩吗？想到这些，阳城延愈发惴惴不安，感到几案后的那张座椅犹如长刺一般。

这时，大堂涌进一批少府属官，其中有平时掌管少府工匠的少监，有负责宫廷金玉珠翠制作的将作监，有主管园林花木的园匠令，有负责打理宫廷苑囿的钩盾令，有掌管铸钱的钟官令等。他们纷纷前来向阳城延道贺，说了一堆恭维之词，并各自通报了姓名，简要介绍主要掌管的事务。

修建长乐宫之后，阳城延虽说管辖着少府衙门，但一门心思放在宫殿的改造修缮上，很少过问衙门内部具体事务，听了属官一一禀报，才知道原来少府管着这么一大摊子事情。阳城延第一次面对这些人与事，不禁皱起了眉头。

尚方令申武也在人群之中。这一次刘邦提拔奖赏了一批人，他既没得到晋升，也没得到奖赏，像是一台热热闹闹的大戏里，自己成了被忽略的角色，心中很不是滋味。因此，他只是站在人群的后面，冷冷地看着阳城延。

阳城延一时也没有完全搞清哪些人具体负责哪些事务，好在来日方长，可以日后再去慢慢厘清熟悉。好不容易送走了这群人，又进来两个人，是黄甄与刘乐离。

他们两个人如今都在少府。黄甄跟随樊哙，官职为军司马，比千石，因为协助阳城延修建长乐宫有功，经萧何举荐，升为将作监，成为阳城延在少府真正的助手。刘乐离也被封了官，当上了苑中丞，是主管宫廷苑囿的钩盾令的属官，负责掌管宫廷园林花木。

"阳城兄，你听到没有？当下从栎阳宫到新都长安，百姓都在议论，说你阳城延负责修建长乐宫，立下盖世功绩，被陛下晋升为九卿之一的少府卿。"刘乐离一见阳城延，就抑制不住内心的激动。

"切莫听他们乱议！"阳城延急忙打断刘乐离的话头，"别人不了解，难道你们还不知情？我乃匠人出身，后来在军中充当军匠，承蒙萧丞相抬举，让我主持修建长乐宫，只是尽了分内之责，哪里有什么盖世之功！即便是有点功绩，也主要归功于丞相一片苦心！"

黄甄接过阳城延的话，笑着说："功绩大小，那是别人的评价，但这次长乐宫由阳城兄主导修建，建得既快又节约了花销，这是朝廷上下有目共睹的。"

"长乐宫顺利完工，靠的是丞相运筹帷幄，是各位府臣、匠人、役工齐心协力。如此庞大的工程，单指望某一个人，那就是长有三头六臂，也是枉然。"阳城延发自内心地说。

“我也听到一些议论，说阳城兄一介军匠，无爵无位，这次与太常叔孙通一同位列九卿，有悖朝纲。”黄甄收住了脸上的笑容，把自己听到的朝廷官员私下的议论，直言告诉了阳城延。

“阳城兄是凭着自己的本事与功绩晋升的。任少府卿，乃是陛下亲自下的诏令，哪个胆大妄为的说出如此混账话来，分明就是嫉妒。”刘乐离摆动了一下他的残腿，脖子上暴起了青筋，有些愤愤不平。

“你们不说，我也知晓！”阳城延朝两人摆摆手，制止了二人的争论，“匠人出身，这是改变不了的事实。我虽在军营几载，担任什长、护军，但未曾在战场上立过像样的功绩。若按常理，加官九卿实属当之有愧。陛下任命我为少府卿，与其说是对修建长乐宫的褒奖，倒不如说是为日后营建关中新都做准备。这下，我肩上增添了一份更重的责任。”

听阳城延话中有话，黄甄忙问道：“难道阳城兄又领了陛下新的旨意？”

“正是。”阳城延点了点头，“朝贺大典结束之后，我随萧丞相接受陛下觐见。陛下亲口谕旨，要加快新都长安城营建，并且要在规模上超越周之镐京、洛阳，秦之咸阳城。”

“原来如此！”听了阳城延一说，黄甄冷不丁冒出了这样一句。阳城延与刘乐离不知所指，都怔怔地看向他。黄甄解释道：“你们注意到没有，近几个月来，尚冠里那一片，王侯功勋都在抢占地块，兴修府邸宅院。”

尚冠里位于长乐宫西北，自从长乐宫开始修建，这个往日冷清的地方凭借靠近皇宫的优越位置，一下子变得火热起来。皇亲国戚、达官显贵纷纷在此圈地，抢占黄金地段，修建豪宅大院，这里成为权贵们的住宅区，被后世史家称为长安“甲第区”或“北阙甲第区”。

说起宅院，刘乐离说：“阳城兄如今身为朝中九卿，也该有自己的府宅了。嫂夫人带着阿牛至今还在郏县，你一直说要把他们接到身边，就是不见行动。难道你官做大了，想抛弃嫂夫人不成？”

“切莫乱说！”阳城延忙打断刘乐离的话：“我岂有那份心思，谁不想早日与他们母子相见！两年前丞相就嘱咐我把他们接到身边，可你们看我哪有一日清闲？”

阳城延心生愧疚，他抬头看向屋外，似乎又想起远在郏县夏庄的那座院子，想起多年不见的妻儿，不禁神情黯然：“这些年也真是够他们娘俩为难的了。只是我当下又刚刚受命新职，忙得分身无术，如何能顾得上他们？”

“这事好办，交与下官便是！”刘乐离看着阳城延无可奈何的样子，连忙说道，“我正准备回郏县一趟，顺便接来嫂夫人与阿牛。”

“这倒是个法子！”黄甄也竭力赞成尽快把阳城延的夫人与孩子接来关中，听刘乐离一说，他立刻表示赞同。

阳城延看着刘乐离，有些犹豫：“你这身子骨，能行吗？”

刘乐离知道阳城延指的是他腿脚不灵便，有些难为情，涨红了脸。他不服气地说：“阳城兄这就多虑了，嫂夫人与阿牛又不用我背、不用我驮的，我负责引路便是，有啥不行的？”

阳城延笑着说：“不是多虑，主要是从关中到郏县路途遥远。既然你说行，那此事就拜托你了。”

刘乐离乐颠颠地点着头，像是领了一件无比自豪而又光荣的任务。

黄甄又想起另一件事来："嫂夫人和阿牛来到长安，得有安身之所。阳城兄还得抓紧修建宅院，不然他们来后住荒郊野外不成？"

"两月前，承蒙丞相关爱，我也在尚冠里看了一块宅地，只是那块宅地地段离长乐宫太近，又与王侯比邻。我一向喜欢清静，还是想找一处僻静之处，随意盖几间房，有个栖身的地方便好。"

黄甄知道阳城延说的是真心话，尚冠里与长乐宫凤凰殿仅隔一道宫墙，当下炙手可热，皇亲国戚、王侯功勋都在抢占好的地块。按照阳城延的脾气秉性，尽管如今位列九卿，有挑选的资格和条件，但他宁愿选择一个偏僻之地，也不想去扎堆凑热闹。

"我看事不宜迟，阳城兄尽快选好地段，我帮你购些砖瓦木料，建房之事不能再耽搁，不然，嫂夫人与阿牛来后，我与阿乐都无脸面相见。"黄甄自然知道阳城延事务缠身，顾不上建房，便主动承揽购置砖瓦木料的工作，帮助他修建。

"那就有劳二位。"阳城延见他们一个嚷着去接自己的妻儿，一个张罗着帮自己修建房舍，心情恳切，也就不再推辞。

过了几日，阳城延在尚冠里挑了一处偏僻的地方作为修建院宅的地点，把购买砖瓦木料的钱交与黄甄，让他帮助操持；又给了刘乐离一些钱做盘缠，让他回郏县路上使用。

送走了黄甄与刘乐离，阳城延见几案上有一张封册，拿起一看，是皇帝刘邦刚刚下达的尚未拆封的新诏令。他心里犯怵，刚到任，陛下的诏令就跟着来了，难道又有何紧要之事？他急忙打开一看，原来是刘邦责令少府铸造大汉新币三铢钱。

大汉刚建，市面上流通的依然是秦时的货币——秦半两，这也是关中与各个诸侯国通行的货币。秦半两又称十二铢钱，是用

“金”铸的，也就是纯铜制造，有足够分量，颇受百姓青睐。因此，秦虽亡，这种钱币依然一直在市面上流通。

刘邦在张良等人建议下，着手推行一系列改革举措，币制改革就是其中重要一项。施行后，秦半两改为三铢钱。而且，刘邦破天荒地解除了铸钱由朝廷专属的禁令，允许私人铸钱。

阳城延对铸造钱币是外行，但身为掌管少府的少府卿，铸造钱币是分内之责。他深感这件事责任重大，接到诏令后不敢有丝毫怠慢，急忙召来少府中负责钱币制造的钟官令，商量具体事宜。

两个月后，刘乐离带着阳城延的妻子温氏、儿子阿牛来到阳城延身边。

看着几年没见的妻子，阳城延既惊喜，又惭愧。自从自己离开郏县后，温氏既要侍奉老母，又要照看年幼的儿子，辛苦极了。温氏又瘦又黑，身着一件破旧不堪的曲裾深衣，这些年吃的苦头都清楚地印刻在她身上。温氏见到阳城延，半天没说话，只是一个劲地抹泪，也不知道是委屈还是高兴。阿牛个头长高了不少，阳城延慈爱地看着他，想用手去抚摸一下他的头。阿牛慌忙躲开，怯生生看了一眼父亲。阳城延只得兀自摇头苦笑。

此时，由黄甄帮助操持、阳城延建在尚冠里的房子刚刚完工，是一个前后两进的院落，前屋是客厅，后屋是卧室，中间是一个院子，左右两侧是厢房。

阳城延的新居在尚冠里相对偏僻的一个角落，与尚冠里王侯将相的府邸相比，既低矮，又狭小。作为九卿中少府的府邸，这样的房舍算是再简陋不过的了，但阳城延却十分中意。

黄甄与刘乐离簇拥着阳城延一家三口，欢欢喜喜地进了新居。

黄甄兴奋地说："这下可好，阳城兄升迁，妻儿团圆，又逢乔迁之喜，真可谓三喜临门。阳城兄你可不要吝啬，多买些酒菜，今日咱们要好好庆贺一番。"

刘乐离站在院中，打量着新建的房舍院落，不禁皱起眉头。他对阳城延说："你这院落哪像是九卿的府邸，连一个郡守的宅院也赶不上。我敢打赌，在尚冠里找不到第二家。"

阳城延听后摇了摇头："萧丞相修建府邸，都尽量选在僻静之处，不筑高屋大厦，何况我一个少府。三口之家，即便是将来雇几个佣人，这宅院也是够住的。"

刘乐离又环顾院落四周，感到空荡荡的，连一棵花草也没有，于是说道："这院子也太空荡了，改天我去买一些巧石花木，好好装点一下。"

黄甄听刘乐离要购买巧石花木，嘿嘿一笑，冲他说道："听你口气，好像你能买得起一样，你知道巧石花木的价钱吗？"

"你这是门缝里瞧人，把人看扁了！"刘乐离见黄甄揶揄他，用手拍了拍口袋，不服气地回敬道，"俺刘乐离现在有钱了。"

"你那几个俸禄还是攒着娶媳妇吧！"黄甄见他不服气，忍不住嘲笑道。

"且罢，且罢！"阳城延冲着二人摆了摆手，"我不喜欢花花草草，弄到院子里，纯粹是浪费，你们不要再费心思了。"

"我看，院子里可以栽些果树。"黄甄再次环视了一遍院子，提出一个折中的方案。

听了黄甄的提议，阳城延想了想，对刘乐离说："如果你执意要弄点东西来，就帮我栽几棵关中的枣树吧。"阳城延忽然想起少府衙门院子里那棵沙枣树。对这种朴实无华而又耐旱抗风沙的果树，他似乎有一种独特的偏爱。

刘乐离说：“这好办，明日我就寻几棵枣树栽上。”

黄甄听刘乐离说得很是轻松，又开始怼他：“我看你是高兴得糊涂了，你也不看看当下是什么时节，要栽也得等到明年春天吧。”

刘乐离说：“这你就不懂了，关中沙枣特别易栽，不分春夏秋冬，这个时节栽下去，春天一到，准会长出绿生生的叶子来。”

黄甄并不了解关中沙枣树的生长习性，听刘乐离说得笃定，也不好再反驳。阳城延见两人又开始斗嘴，忙让他们进屋，桌子上温氏已经摆好了酒菜。

刘乐离见到酒菜，夸张地咽着口水，打趣道：“阳城兄难得大方一回，我们三兄弟好久没在一起聚聚了。今日是个大喜的日子，咱们一醉方休。”

日头刚刚落下去，西天还是彩霞满天，三人坐下来开始对饮，边喝边聊，一直喝到一轮明月将碎银般的月光洒满长安城，尚冠里传来一声声沉闷的打更声。平时不沾酒的阳城延喝得酩酊大醉。

第十章

案中案

入掌少府，阳城延每天从早到晚都在应对似乎永远处理不完的事务，常常踩着晨露去，踏着月光归。他之前未曾在衙门当过差，因此处理事务格外谨慎细致，属下向他禀报事情，他总要弄清来龙去脉，即便是一些诸如长乐宫苑囿内置换花草之类的琐碎杂事，也总是亲自过问，尽一切可能处理得尽善尽美。他铭记着丞相萧何告诫过他的一句话：“宫廷无小事！”

当然，阳城延最为关心的，还是新都长安城的筹建工作。之前，刘邦在宣德殿召见他与萧何，一句要把新都建得超过周之镐京、洛阳，秦之咸阳城的谕旨，让他倍感压力。如今新都长安只有长乐宫一座孤零零的宫殿，周边又被皇亲国戚、王侯功勋圈地乱占，营建自己的府邸。如此下去，无论是将来再建新宫，还是做新都规划，都将有一系列的麻烦。

没过几日，萧何召见阳城延，询问监造新币之事。阳城延如实禀告，说已将此事安排钟官令负责实施。言谈中，萧何还向他透露了一个重要信息：新都长安将要再建一座新宫。

再建一座新宫？阳城延素知萧何城府极深，不是深思熟虑之后，定不会轻易向他吐露这一信息。新宫建在哪儿，如何建？这一切萧何都没有同他细说。自从刘邦亲率大军进军燕国，讨伐臧荼叛乱后，关中一切事务又交与萧何处理，繁忙与劳累让萧何不堪重负。阳城延想，自己身为辅臣，理应力所能及帮助丞相分忧。

这一天，阳城延坐在少府衙门案几前，正思虑萧何所说建造新宫之事。黄甄火急火燎地闯了进来，三步并两步来到他面前，压低嗓门说：“阿乐被廷尉的人抓走了！”

阳城延听了先是一愣，听到这一突如其来的消息如同挨了一记闷棍，随后霍地站起身来，眼盯着黄甄问道：“你有没有弄错？廷尉为何要抓他？”

黄甄看阳城延似信非信，急忙说：“具体何事，不得而知。但他被抓，千真万确，府衙里人都在议论。”

黄甄断然不会拿这种事情开玩笑。阳城延预感事情严重，但又想不明白，刘乐离向来胆小怕事，平时又很自卑，在别人面前说话都不曾大声，也没有听说与什么人有瓜葛，究竟犯了何事，会被廷尉的人抓走？

阳城延皱着眉头，在大堂里踱了几个来回，然后长长叹息一声，与黄甄商量道：“你去衙门，打探一下那些人都在议论些什么。我去丞相府，廷尉抓人的事应该向丞相禀报！”

阳城延心中犹如十五只吊桶打水，七上八下。来不及多想，他火急火燎地来到丞相府，见萧何正与太尉绛侯周勃谈论事情，于是退出门庭立在一旁，等到周勃离开才急忙跨进去。

“丞相，刘乐离出事了！”阳城延沙哑着嗓子禀报，一副难以启齿的样子。

“本相已经知晓了。”萧何一脸严肃。

“究竟出了何事，还惊动了廷尉？”阳城延双手垂在胸前，像是自己也犯了错一样，小心问道，“此人随下官多年，平时胆量甚小，腿也不便，断不会滋事吧？”

“比无事生非严重多了！”萧何看了一眼阳城延，板着脸，语气生硬得像块石头，“刘乐离犯的是盗卖宫殿御物罪。修建长乐宫时，他监守自盗，擅自倒卖运往关中修缮宫殿的木料，贪收钱财。如果真是这样，那可是罪不可赦！”

阳城延惊得面部肌肉猛一抖动，连嘴角都变了形，愣了半天，才结结巴巴像是自问，又像是求解：“怎会有这事？刘乐离会干出如此贪赃枉法的事情来？”

阳城延清楚，修建宫殿，一砖一石都属于御物，别说触碰不得，就是看管不力，造成丢失，也是重则杀头、轻则充军之罪。如果萧丞相所言是事实，如何了得？

阳城延立在那里，简直不敢相信自己的耳朵。

“修建长乐宫，迁都关中，为皇帝、皇后预备新宫，这是天下皆知的事情。据本相所知，一些人趁机在周边抢占地块，建造府宅，因此，私下贩卖木料、石料的行为极为猖獗，免不了有人打起修建长乐宫的御物的主意，买动料场监工，内外勾结，干些非法勾当。这样的事情未必不会在刘乐离身上发生。”萧何像是在分析案情，又像是在提醒愣愣站在一旁的阳城延。

“刘乐离本是匠人，当初，下官看他腿脚不便，修建长乐宫又正缺人手，便让他去看护修宫御料。为了防止纰漏，下官多次交代，对进场的每一批御料都严加监管，安排他与少府另外两位府臣共同签字画押后，方可交割。他怎么竟敢干出如此勾当？下官实在想不明白！”

阳城延木然地站在那里，依然不相信刘乐离会干出监守自盗的事情来。

“刘乐离监守自盗，你阳城少府又是他的援引之人，此事出得颇为蹊跷，我看绝非想象得那么简单。”萧何若有所思地说道。

听了萧何的话，阳城延心中犯起嘀咕，如果刘乐离内外勾结，倒卖修建宫殿的御物，其罪当诛，自己作为援引之人，也难辞其咎，这是板上钉钉的事情，丞相为何又说事有蹊跷？

“你姑且回去，等廷尉那边提审刘乐离，弄清事情真相再议。”萧何叹了口气，又对阳城延补充交代道，“事情没弄清楚之前，莫要让少府中人乱议。”

阳城延不敢再多问，谢过萧何，退出丞相府。黄甄早已在门外等候，见阳城延面色沉郁，像是涂了一层寒霜，大体知道了事态的严重性。他向前迎了两步，低声问：“萧丞相咋说？阿乐所犯何事？”

“丞相说刘乐离监守自盗，倒卖长乐宫修缮御料，罪责难逃！”阳城延又气又恼，也不看黄甄，大步流星径直朝少府衙门走去。

“阿乐怎么会如此糊涂，倒卖修缮宫殿的御料，那可是杀头之罪啊！难道他不知晓？”黄甄紧跟在阳城延身后，也感到万分懊恼。

“唉！”阳城延长长叹息了一声，发出恨铁不成钢的感慨，又像是在自责。他低头默默朝前走了一段，突然停下脚步，回头问黄甄：“府衙里可有什么信息吗？”

“府衙里有人议论，说刘乐离是被人告发的。”

“被人告发？”阳城延微微一怔，他回过头来，看着黄甄，像是自言自语，又像是在问黄甄，“如果是被人告发，为何建宫时不告发？如今长乐宫早已修建完工，各种御物账目都已审核完毕，怎么当下突然冒出这档事情来？”

经阳城延一说，黄甄也觉得事情有些蹊跷：“要是被人告发，告发者又是何人？刘乐离乃残疾之人，在料场也就是做个监工，平时很少与人交往，谁会去告发他呢？”

两人正在议论，迎面走来几位朝中大臣。他们意味深长地朝阳城延看了一眼，便匆匆而过，显然已经知晓少府衙门出了事，弄得阳城延好生尴尬。

阳城延回到少府衙门，感到如芒在背，坐立不安，待了片刻便在黄甄陪同下回到家中。妻子温氏不知道从哪儿听到的消息，在家吓得呜呜哭泣。

见到阳城延，温氏哭诉道：“自从你离开家之后，我与老母孩子度日如年，好在有阿乐关照，家中无论大事小事，他总是主动相助。老母病故，后事也幸得他一手操办。如果不是阿乐，我们母子不知还要多吃多少苦，多遭多少罪。”她向阳城延哀求，“当初是你让阿乐前来关中的，如今出了这么大的事，你一定要想法子救救他啊。”

见温氏哭泣，阳城延也不由得一阵心酸。真是应了那句“麻绳专挑细处断，厄运总寻苦命人”的俗话，刘乐离从小就是苦孩子，父母早逝，自幼依靠年迈的爷爷抚养，长大后学了一门木工手艺，没过几年安生的日子，就被抓到骊山修建秦陵。从骊山逃出后，到了夏庄，得知爷爷已经去世，他便独自一人生活，因为腿脚不便，加上穷困，至今连媳妇也没娶上。

阳城延越想越自责，自从一起逃离骊山，自己便与刘乐离成了过命的生死兄弟。当初，让他来到关中，一方面是想发挥他木工的专长，修建长乐宫时帮着做点事情；另一方面也是为了照顾他，自己与黄甄都在为朝廷做事，他来到长安新都，大家在一起，相互有个照应。没想到如今会发生这样的事情，非但没有帮到他，还为他招来性命之忧。

阳城延夫妇都为刘乐离伤感，黄甄也在一旁黯然落泪。想当初在家乡，自己与刘乐离同为木工，一同揽活，一同出工，无话不谈，二人情同手足。原以为他来到长安后，参与长乐宫修建，又在宫廷苑囿当差，从此会改变命运，过上安稳的日子，谁知道竟捅出天大的娄子。

阳城延担心温氏焦虑，没有说这事可能会牵连自己，只是安慰她说，会尽量想办法，救出刘乐离。朝廷里还有萧丞相，他会主持公道，如果刘乐离没有亲手倒卖修建宫廷的御料，就不会有多大的罪责。他又对黄甄交代说，明天照常去府衙当值，刘乐离案情没有明了，不要多言多语，以免被别人寻到话柄。

黄甄默默点了点头，又安慰了温氏一番，离开了阳城延家。

阳城延和衣躺在床上，一夜未眠。拂晓时分，刚有些蒙眬的睡意，忽然听见有人“砰砰砰”砸门。

门被一帮人砸开。领头的人满脸横肉，人高马大，蓄着胡须，没等阳城延开口说话，就命令一帮凶神恶煞似的吏卒冲进屋内，翻箱倒柜，四处搜寻，像是在寻找什么东西。

这一突然的举动让阳城延一家人大为吃惊。阳城延见到来人的衣着装束，认出是廷尉手下的吏卒，知道他们一定是为刘乐离的案子而来。他拉过受到惊吓的温氏和儿子阿牛，静静地站在一旁，也不去阻拦，任由一帮人乱找乱翻。

吏卒们翻弄了半天，个个两手空空，什么也没有找到，有些失望，似乎还不太甘心。满脸横肉的领头人扭头看了一眼室内，走到阳城延身边，皮笑肉不笑地说道：“少府大人见谅，小的们是领差办事，想必大人心里知道小的们来府上的缘由。既然没有搜查到钱款赃物，自然也就无须签字画押，只是还得劳烦大人随小的们走一趟。”

阳城延心中早有准备，他看了一眼温氏，又看了一眼儿子阿牛，对他们说：“我去一趟，无须为我担忧，事情真相如何，萧丞相自然会查清。你们在家好自安居，无事勿要出门。”

阳城延被捆绑着双手押上了牛车，在一帮廷尉吏卒的羁押下，送往设在栎阳的廷尉牢狱。

没过半晌，阳城延被廷尉吏卒羁押带走的消息便在尚冠里传遍了。这些公侯元勋、达官显贵，个个神通广大，此事经他们一传，消息像是插上了翅膀，立刻传遍了长安城。有的说是刘邦亲自下旨，羁押了阳城延；有的传言从阳城延家中搜出好几箱珠宝玉器，装在牛车上拉走了；还有的说阳城延吓得要自杀，被廷尉吏卒拦住才没有死成。甚至有人把火往丞相萧何身上引，说他一向善于察人，这下可是看走了眼，栽在一个匠人身上。

听到这些议论，黄甄急忙赶到阳城延家。温氏两眼通红，哭哭啼啼告诉他，阳城延一大早被廷尉的人带走了。儿子阿牛一言不发，站在院子里低着头，不停地拨弄着一把木制的刀，那是他从老家郏县带来的心爱之物。黄甄安慰温氏，但劝说了半天，他的话依然止不住温氏悲伤的泪水。其实，他自己眼中也噙着泪花。

外面谣言满天飞，廷尉牢狱里倒是安静得出乎阳城延的预料。

一连几天，阳城延被羁押在狱房里，没有人前来审问，只是到了吃饭时辰，狱卒会送来一些冰冷的饭菜。阳城延想向他们打听一下外面的情况，没等开口，狱卒便朝他翻了一下白眼，转身离开。

阳城延第一次感到安静有时比喧闹更可怕。

第五天，狱中终于进来两个狱卒，向他宣布，要带他去堂舍接受提审。

提审阳城延的是廷尉属官左监，带着一个助手。按照汉廷惯例，朝中大臣犯罪，须由廷尉直接提审，这安排并不寻常。廷尉把这个差事交给属下，倒不是因为阳城延是丞相萧何器重的人，而是经查得知，刘乐离的案件居然牵涉皇后吕氏一族，案情非同一般，弄不好会得罪吕氏家族。廷尉不想蹚这个浑水，于是来了个抽身之术，让属官负责提审阳城延。

左监出身行伍，身材粗壮，满脸乌黑，像个黑煞神。他的助手却长得瘦小文弱，脸色白净。阳城延认得左监，但没有同他直接打过交道，因此算不上熟悉。

左监负责审问，助手负责记录。

“少府大人，下官受廷尉大人委托，今日负责审理刘乐离一案。有几桩事由，还请大人据实道来，如有隐瞒，想必大人对大汉的律令条文比下官更清楚。”左监对阳城延口称“少府大人”，语气还算客气。

“自从五日前被抓，本少府至今不知究竟犯了何罪，你们尽管提问，本少府一定如实道来。”阳城延看着左监，不知道他们究竟要查问什么，没好气地回答道。

“那就好！”左监脸上的肌肉不觉抽搐了一下，“修建长乐宫，刘乐离是大人援引去看护御料的？”

“不错，刘乐离是本少府同乡，曾经有一手出色的木匠手艺。修建长乐宫时，经丞相恩准，本少府把他从家乡寻来，到工地当差，念他腿有残疾，行走不便，便派他去监管砖石木材，负责保障御料供给。”阳城延一五一十道来。

“刘乐离监守自盗，与不法之徒里应外合，盗取皇家修建宫殿的御料，牟取不法之财，这事少府大人可知晓？”左监两眼眨都不眨，紧盯着阳城延，好像要从他脸上挖出答案来。

阳城延微微叹息了一声：“这事本少府确实不知情。本少府忙于长乐宫修建之事，对他疏于管束，以致他做出如此龌龊之事。本少府用人失察，管束不严，愿意接受大汉律令惩处。”

左监与助手交换了一下眼神，又继续问道：“刘乐离非法倒卖御料，获益颇多。他私下赠予大人多少钱？”

阳城延没料到左监会提出这样的问题，神情一下子变得难以自控：“绝无此事，本少府愿意拿自己的性命担保，绝没有收过刘乐离半铢钱！”

“少府大人，刘乐离已经招供，暗赠你的钱财数额都说得清清楚楚，大人还是从实招来吧，免得枉受皮肉之苦，也省了小的们的手足之劳。”左监不像是在审问，更像是在劝导。

“刘乐离已经招供？”阳城延一听，情绪更加激动，面部肌肉像是被撕扯一般：“这绝不可能，刘乐离从没送本少府半铢钱，数额清楚之说，从何而来？”

左监见阳城延情绪异常，用手指在桌子上敲了敲，示意阳城延不要过于激动，接着问道：“请问大人在尚冠里建府宅，又是怎么回事？其中有没有得到刘乐离钱财上的资助？”

听到左监提起建房宅之事，阳城延不禁愣了一下。停顿了片刻，他把妻子从郏县老家来到关中，无处可居，经丞相允许，在尚冠里建造房宅一事详尽道来。他强调说：“建宅所需砖石木料，是我本人出钱，让同乡黄甄操办，黄甄可以作证。”

“那刘乐离不曾帮忙？”左监又追问道。

阳城延想了想，说道：“刘乐离也不是一点忙没帮，那日他到新建的宅院中，嫌院中空荡，帮助栽种了三棵枣树。”

左监与助手交换了一个眼神，然后对站立在一旁的监官吩咐道：“速去查证！”

似乎是受到左监盘问的提示，阳城延心中忽然想起一件事来。搬迁新居时，刘乐离曾经说过要帮助购买巧石花木装点院落，当时黄甄嘲笑他购买不起，他拍着口袋称如今有钱了，难道……阳城延不敢往下想，他后悔自己当初没有留意刘乐离话的含义。

过了一个时辰，监官回到左监身边，低头耳语：“阳城延院中确实有三棵枣树，都是刚栽不久的小树苗，别无他物。”

提审持续了一天，左监软硬兼施，阳城延始终否认刘乐离送过他钱。为了好交差，左监命令狱卒象征性地打了阳城延二十大板，天黑时分，把他押回牢狱。

这一次提审后，狱内又变得死一般寂静，无人前来过问他的事，阳城延只能掰着手指头算又熬过几日。

一天，他突然听到狱监开门的声响，以为又是来提审，急忙站起身来，一看却是黄甄。他有些吃惊：“你怎么来了？”

黄甄语气变得吞吞吐吐：“这个……我是来接你回家的！”

阳城延有些不敢相信自己的耳朵，忙问：“回家？案子了结了？”

黄甄说：“一言难尽，先回家再说吧。”

签字画押后，阳城延离开牢狱，随着黄甄回到家中。温氏正在家中抽泣，见了他，非但没有停息，反而哭得更加伤心。一开始，他还以为温氏是见他回来喜极而泣，但看温氏与黄甄神情不对，于是转身质问黄甄究竟发生了什么事。黄甄这才嗫嚅着告诉他，刘乐离被处死了。

犹如晴天霹雳，阳城延感到两眼发黑，差点栽倒。黄甄急忙上前扶住他，等他情绪稍稍平稳之后，才慢慢向他道出事情来龙去脉。

原来，刘乐离被廷尉衙署收监后，在牢狱里受尽了酷刑，后来交代，他是受吕泽的公子、吕雉的侄儿吕产胁迫，才致使修建长乐宫的御料被盗。当时，吕产伪造通关的符节，截取了一些从外地运送至关中的木材、石料。刚开始，刘乐离以为他是经过朝廷特许，后来发觉苗头不对，暗地跟踪，不觉大吃一惊，原来被吕产截获的砖石木材都以高价出售给了尚冠里建造府邸的王侯功勋。吕产通过中间人威胁刘乐离，让他睁一只眼闭一只眼，不要管这件事，不许他向任何人透露半点消息，否则让他死都不知道怎么死的。为了堵住刘乐离的嘴，吕产给了他一千钱。刘乐离胆小，哪碰过这种事，一连好几日，吓得走路时就连那条好腿都走不成直线，于是便把这件事隐瞒了起来。谁知道，阳城延到少府走马上任后不久，有人匿名向廷尉举报，捅出了这桩案子。

刘乐离在牢狱里一五一十地供出了事情的原委与经过，被吕产安插在廷尉衙府的线人知晓，此人立即向吕产禀告。吕产也很害怕，毕竟是伪造通关符节，盗取的又是修建宫殿的御物，不是一般的罪责。他找到姑母吕后，让吕后摆平此事。吕后担心任由事态发展会牵扯到吕家，于是下了一道密令，斩杀了刘乐离，又安排廷尉释放了阳城延。此案就此了结，不准再查。

“这是杀人灭口！”阳城延气得浑身哆嗦。

黄甄说：“唉，也怨阿乐太实在、太糊涂，要是早点向阳城兄或萧丞相道出实情，也许不至于此。”

“染指御料，监管不力，这是其一；暗地收人钱财，这是其二；

牵扯到皇亲国戚，这是其三。哪一条都可以治他死罪。看来当初就不该让他去干这个差事。是我害了他的性命啊！”阳城延后悔得似乎要把肠子从肚子里抠出来。在他看来，这位曾经落入悬崖没有摔死的兄弟，这一次是自己把他推上了绝路。

“事已至今，阳城兄不要再如此自责了。当初你安排他监护御料，也是为他着想，谁料出现这种事情。”黄甄一边强忍着自己的悲痛，一边劝慰着阳城延。

阳城延情绪平息之后，让黄甄第二天再去廷尉府一趟，安排好刘乐离的后事。温氏将不久前为刘乐离缝制好的衣服，连同落在衣服上一串滚烫的泪水，交到黄甄手中。

入夜，阳城延神情黯然地来到院中，呆呆地望着几棵枣树苗。枣树苗长出了繁茂的嫩叶，郁郁葱葱，已经适应了庭院内的水土，扎根生长，而栽种它的人却永远离开了。阳城延忍不住用手抚搓着枣树苗，心中又是一阵隐隐作痛。他深深吸了几口清凉的空气，把目光投向黑漆漆的天空。黑幕似的苍穹上，几颗寒星在遥远的天际闪闪烁烁，发出神秘的光亮。

第十一章

龙首山上

阳城延回到少府府衙，有关他的各种谣言、传说如同水面泛起的泡沫，不攻自破。人们发现，阳城延依然是那个整天忙忙碌碌的阳少府，除了脸色略显消瘦苍白，其他并无异样。至于从他家中搜出多少珠宝玉石，乃至差点被陛下斩杀的说法，自然成了无稽之谈。有人瞠目结舌，有人摇头叹息，可怜那个瘸腿的刘乐离不该卷入吕氏家族的案子，成了替罪羊，白白丢掉了性命。

似乎一切都云消雾散。阳城延应召来到丞相府，谈及刘乐离的案子，萧何微微摇着头说："事情并没有这么简单。"

听了萧何的话，阳城延有些摸不着头脑："刘乐离已死，难道有人想追查吕氏家族？"

"非也！"萧何说，"你难道看不出来吗？此案看起来是有人举报刘乐离，实际上是冲着你阳城少府而来。"

"丞相何出此言？下官皮毛无损，不是好端端地站在这里吗？"阳城延感到茫然不解，怔怔地望着萧何。

"举报之人，一定对刘乐离遭受吕氏胁迫、隐瞒窃取修建长乐宫御物之事一清二楚。刘乐离只是一个无关紧要的无名小卒，又没有得到吕产多少钱财，举报之人没有必要置他于死地。倒是你阳少府是援引之人，刘乐离案发，自然逃不脱干系。"

萧何的一番话，阳城延听得心中发怵，但一下子弄不明白其中的蹊跷："我阳城延没做亏心事，为何冲着我来呢？这举报之人是何人？"

"这个正是此案的关键所在，本相也为此担忧。"萧何说，"你阳城延原本是一介匠人，如今身为九卿少府，主管宫廷营建等诸事，百官之中，职位算得上美差，在这偌大的朝廷里，难免会遭人觊觎、妒忌！"

响鼓无须重锤敲。萧何把话说到这个份上，阳城延自然知道话中的含意。这几年，自己跟随丞相，把全部的心思都用在修建长乐宫上，从来没想过官衔爵位之事。承蒙丞相器重、陛下恩庇，授予少府卿重任。对自己而言，这不过是一个干活的差事，旁人看来却未必如此。

"既然如此，那为何又突然把下官从牢狱里放出来呢？"阳城延头一回感觉，朝廷衙门看似一潭波澜不惊之水，实则深不可测。

看到阳城延既气愤又茫然的样子，萧何说："其实事情也不复杂。依本相之见，匿名举报之人本想通过举报刘乐离，牵扯到你阳少府，让你受到责罚，不想却牵扯出吕氏一族，捅出案中案。吕氏一族害怕事态扩大，自然要出来灭火，因此匆忙安排廷尉杀了刘乐离，此案便死无对证。放了你阳少府，匆匆了结此案，是担心节外生枝。"

"这可能也出乎匿名举报之人的预料吧。"阳城延愤愤地说道，"我阳城延没做亏心事，不怕鬼敲门。"

阳城延嘴上这样说，心中的疑问却好像拧成了一个疙瘩。匿名举报之人到底是谁呢？

"阳少府能这样想，当然很好，只是日后做事，应更加小心谨慎才是。"萧何的话语中有信任，也有告诫，像是要把他从一堆烂泥中强拉出来，“这件事既然已经告一段落，就不要再去纠结。本相今日找你来，还有要事相商。”

萧何说完，从书案上拿出一张羊皮图册，铺摊开来，用手抚平褶皱：“本相已经禀报陛下，准备在长安城再建一座新宫，地址选在龙首山。”

“陛下、皇后已经移驾长乐宫，为何还要再建新宫？”上次听萧何透露准备建造新宫之事，阳城延心中一直不解，之后遇到刘乐离的案子，更无心过问。今日丞相一说，他忍不住道出心中的疑虑。

萧何目光离开羊皮图册，若有所思地说：“长乐宫本是秦渭水之南的一座行宫，虽然修缮一新，但毕竟是前朝宫殿。再说，此宫虽然宫室宏阔、殿堂众多，但周边地势不尽规整，其位置亦非新都长安之中心。长此以往，难以让四方诸侯臣服。有道是‘古之王者，择天下之中而立国，择国之中而立宫。’帝王之宫应居中守正、威震四方。”

听萧何一席话，阳城延似有所悟，不禁对萧何投去敬佩的目光。身为大汉的丞相，萧何虽不能跟随陛下远征平叛，但把后方诸事打理得井井有条。大凡陛下能想到的，他竭尽所能，着力施行；陛下没有想到的，他未雨绸缪，思虑周全。难怪他会成为朝廷中百官之首，成为陛下最为信赖的股肱之臣。

萧何道出了建造新宫的诸多理由。其实，还有一条理由，他没说出口，也不便向阳城延透露。原来，如今皇后吕雉入住了长乐宫，而刘邦身边还有新宠戚夫人。一山难容二虎，如果安排戚夫人也入住长乐宫，难免会生出是非，让陛下为难。因此，再建一座新宫势在必行。

二人仔细察看羊皮图册，又商讨议论一番，不觉天色已晚。萧何让阳城延挑选几位府臣，次日一早随他去龙首山，现场察看地形地势，为新宫殿选址。

龙首山是渭水之南一处地势较高的古原，山势南高北低，最高处二十余丈，最低处五六丈。整座山呈东北西南走向，长六十余里，东北至渭水，西南到秦岭北侧的樊川。樊川是舞阳侯樊哙的封地。

秦朝的宫殿向渭水南部扩展，除了龙首山北麓有兴乐宫，也就是如今的长乐宫，南面也有一座行宫，名曰章台宫。宫殿虽然不大，却颇有名气，后人津津乐道的“完璧归赵”“荆轲刺秦王”都发生在章台宫。秦朝灭亡时，章台宫未能逃脱火焚的厄运，宫阙楼台变成一片废墟。

随萧何一同前来的，除了阳城延，还有太尉卢绾、计相张苍等。卢绾是刘邦的同乡，一直跟随刘邦，是刘邦最为亲近的心腹之一，如今被任命为三公之一的太尉，封长安侯。龙首山就坐落在他的封地里。黄甄本应随同，但他称身体有恙，阳城延也就没再勉强，带着申武和另外两名府臣一同前往。

萧何一行来到龙首山山顶，极目远望。此时，一轮朝阳刚刚升过地平线，薄薄的雾霭似散非散，大地映照在一片朝晖之中。远处西北方向，隐约可以看到蜿蜒的渭水，如同坦荡的大地上飘荡着一条丝带。近处，长乐宫宫殿沐浴着朝阳，似有紫气升腾，宫阙楼阁，熠熠生辉。

阳城延见萧何站在龙首山山顶，时而极目远眺，时而打量着周边地形地貌，知道他正在为新宫选择最合适的建设地点。过了一会儿，他又同张苍耳语一番，张苍频频颔首。萧何再次对周围地形地势观察一番，准备从山顶下来。阳城延有意上前一步，问道："请问丞相，古语说'王者之殿，当据坤灵之正位'，不知是何缘故？"

萧何沉思了片刻，说道："坤，《周易》中之地卦也。坤灵之正位，指天下之中。荀子曾说过，'王者必居天下之中'。王者宫室居中、居正，乃象天设都。天汉之中，天微是天帝听政之所，紫微是天帝居住之所。王者的宫室，方位、取向应符合上天星宿的位置。"

萧何的一番话，阳城延听得似懂非懂。他曾听叔父说过，秦朝宫殿之方位、地势都对应天上的星宿，但那时他也只是听听而已，觉得玄奥难懂，没有细问。如今，身为少府卿，担着宫室、庙堂营建之重任，这方面还真需要好好补一番功课。

张苍见萧何说到周易，接过话道："周之宫室，无论丰镐，还是洛邑王城，尽管地点不同，其建设思路却薪传不息，堪称习《周易》之典范。"

萧何说："计相说得极是。周文王灭崇后，在沣水西岸营建了丰京，将都城从岐周迁至丰京；周武王时在沣水东岸建立了镐京，二都合称为丰镐。据《考工记》记载，'匠人营国，方九里，旁三门；国中九经九纬，经涂九轨；左祖右社，面朝后市，市朝一夫'。也就是说，此城方圆九里，每面三座城门，共有十二座城门，城中南北东西各有九条街道，祖庙、社稷各为东西，朝廷宫室居南，市闾在其背后，交易之市，靠近农田。丰镐从此成为后世王城营建之圭臬。"

"那么西周洛邑的王城和成周又是怎样营建起来的呢？"阳城延知道，刘邦自于氾水岸边举行登基大典时，就有意定都于此，并在南宫居住了许久，因此忍不住想刨根问底。

萧何说："西周洛邑是周成王时周公所建，共建二城，以瀍水为界，水之西为王城，水之东为成周。周成王曾将九鼎迁至王城，建造了十二座城门。周平王元年（前770），周室东迁，定都于此。周敬王元年（前519），刚刚登上王位的周敬王，因惧怕哥哥王子朝之党人，从王城迁出，后逃往晋国。赵简子请命于晋顷公，率军迅速平息了王子朝的叛乱，周敬王在晋顷公之子晋定公的护送下回到成周。此时，晋国的魏舒、韩不信等大夫入京师，扩建成周城，在不到一年的时间内，完成了成周城的扩建。成周城面积与王城大体相当，规模相当宏伟，城内大型宫室建筑有太庙、新造、襄宫、宣榭、虒宫等，这也是古都城营建之典范。"

萧何将西周洛邑的王城、成周建造的前因后果娓娓道来后，停顿了一下，又意味深长地说道："自从上古有巢氏'构木为巢'，住宅建筑随岁月变换不断发展，尤其是都城建筑渐成规制，其中既蕴含着天地之象，也包含着习俗人伦，其学问与奥秘博大精深啊。"

听了萧何一番介绍，阳城延不觉有些汗颜，自己身为少府卿，虽有匠人之技，知晓宫殿营建之法，但对于宫殿营建的历史、规制等知之甚少。丞相对周室都城历史的介绍，让人大开眼界。看来，丞相不仅有驭政之术，还博通古今，懂得帝王都城营建的规制，不愧为自己学习的楷模。

萧何介绍完周朝都城建造的经过与规制后，抬起手，朝脚下龙首山与西北渭水方向画了一个大圈，说道："此处南有龙首山，北临渭水，山水相间，地势开阔，是关中难得的风水宝地，符合古人所说的'形胜'之地，可谓我大汉新都长安城城池地址的不二之选。"

他转身面对阳城延，加重了语气："阳少府当因地制宜，细心规制，规划好新都区域，将来尚需构筑长安城垣，此乃我大汉之百年大计。”

萧何一番话，等于给新都长安制定了大致的规划，而规划的执行者与落实者就是阳城延。于是，大家又把目光齐刷刷投向阳城延。

阳城延朝萧何一拱手：“原来丞相对新都营建早有周密的考量！下官一定谨记教诲，穷尽余力，规划营建好新都长安城！”

“新都营建乃百年大计，阳少府当徐图良策，当务之急，是要在此营建新宫。”萧何话锋一转，说出了此行的重点，“本相观龙首山有龙脉之象，不垒台基，地势亦高出周边，为方圆百里之中心，可‘斩龙首’，平整山头为台殿，作为新宫前殿之址，尔等意下如何？”

萧何决定将龙首山作为新宫的宫址，“龙首”为前殿，依山而建。他把优势分析得明明白白，众人岂有不赞成之理，纷纷同意。

张苍说：“丞相好眼力，此地山刚水柔，原为秦之章台宫，被秦王嬴政相中。我大汉在此营建新宫，必能呈万千气象，彰显汉廷之威。”

寡言少语的卢绾接过张苍的话，说道：“丞相规划此地，营建新宫，不仅是为我大汉百年之计，也可让长安百姓早日各居其所，结束官民私自占地建宅之乱象，对长安百姓可谓是莫大的福祉。”

长乐宫修建之后，由于新都区域范围一直未划定，缺少统一的规划管制，一些皇亲国戚、功臣宿将，甚至包括长安百姓，纷纷占地，乱象丛生。对此，身为长安侯的卢绾也深为忧虑。

见大家对新宫选址都表示赞成，萧何脸上露出一丝快慰：“宫廷乃帝王之居，非壮丽无以扬威。此宫建成后，可与长乐宫遥相呼应，象征我大汉之长乐未央。”萧何忽然止住了话语，沉思片刻，像是有了什么新发现，轻声吟道，“未央，未央，长乐未央！依本相之见，新宫名字叫未央宫最为合适。尔等看是否妥当？如无不妥，本相明日即呈报陛下御批。”

“未央”之语最早出自《诗经·小雅》中的《庭燎》：“夜如何其？夜未央，庭燎之光。”萧何提议后，众人一琢磨，觉得“未央”寓意吉祥，充满韵味，念起来上口，听起来入耳，纷纷表示赞同。

萧何当即下令，由阳城延具体负责营建未央宫之事，限定两年内建成；同时，阳城延要牵头对新都长安城进行规划，之后，在新都划定区域之内，未经特许，一律不准再营建房宅居所；尚冠里以外，其他已有建筑，一律拆除。举凡牵涉的治安事项，由长安令卢绾具体负责，守卫京师的北军协助。

这项宏大的建筑工程规划就此定了下来。

阳城延怀着既兴奋又忐忑的复杂心情回到家中，兴奋的是丞相萧何对新都长安城建设做出了宏伟的规划，作为少府卿，能参与新都建设，无疑是千载难逢的机遇；忐忑的是丞相要求在两年之内建成新宫未央宫，而且规模气势和壮丽程度要超越长乐宫——“非壮丽无以扬威！”长乐宫有原来秦兴乐宫宫殿作为基础，这样都用了两年时间才建成，如今建造一座新宫，只给两年时间，其难度可想而知。

妻子温氏见阳城延早晨出门，面色沉郁，还没有完全从刘乐离案子的阴影中走出来，晚上回来时却像是换了一个人，忍不住问阳城延遇到了什么高兴事儿。阳城延没回答，只是吩咐新来的管家阿甘在晚饭餐桌上多加一道菜，温点酒。自从上次乔迁与黄甄、刘乐离喝得酩酊大醉后，他就再也没有端过酒杯，今天居然又想喝两蛊。温氏见他不愿回答，猜想多半是朝廷之事，也就不再多问。

阳城延踱步到里屋，看见儿子阳城去疾正在读他从丞相萧何处带回来的《考工记》。儿子渐渐长大，阳城延也不再称呼他的乳名阿牛，开始唤他去疾或疾儿。阳城去疾对营建很入迷，平时在家爱读讲古人营建术的书籍，这让阳城延感到很欣慰。

正在吃饭，黄甄突然造访。阳城延忙招呼他坐下，让阿甘添置酒杯碗筷。

“你来得正好，我有重要的事情想告知于你。”阳城延给黄甄斟上满满一杯酒，又给自己斟上，然后把丞相萧何在龙首山对新都的规划，以及即将开工营建一座新宫未央宫的事一一告诉了黄甄。

阳城延原以为黄甄听到这个消息会像自己一样兴奋，不承想黄甄并没有接话，而是将满满一杯酒举过头顶，郑重地说道：“这第一杯酒，我敬阳城兄对黄甄这么多年的悉心关照！”然后一仰脖子喝下。还没等阳城延说话，他又满满斟上一杯，举过头顶：“这第二杯酒，我敬阳城兄与嫂夫人阖家安好，从此平安吉祥！”阳城延与温氏怔怔地看着黄甄，被他的举动弄得有些莫名其妙，不知所措。这时，黄甄倒上第三杯酒，面对阳城延，再次举过头顶：“这第三杯酒，我敬阳城兄，预祝营建新宫一切顺利，早日竣工！”说完他将杯中酒一饮而尽。

黄甄反常的举止让阳城延如坠云里雾里，他感觉黄甄神情不对，心里一定装着什么事情。

果然，未等阳城延开口询问，黄甄就放下酒杯，说道：“阳城兄，其实我今日是来向你辞行的！”

“辞行？为何辞行？你要去哪里？”

“不瞒阳城兄，我早有去意。”

“早有去意？”听了黄甄的话，阳城延感觉像突然有一根鱼刺卡在咽喉里，顿时失去了喝酒的兴致。他放下杯筷，问道：“是不是因为阿乐兄弟的死？”没等黄甄回答，他又补充道，“阿乐兄弟的死，我也愧疚难当。但是人死不能复生，哀痛也无济于事。此事丞相已有定论，算是告一段落了。”

黄甄沉默了半天，长叹了一口气：“阿乐兄弟的死，自然是我离开这里的原因之一，除此之外，我自从跟随樊哙将军征战，觉得战场虽有危险，却不像朝廷府衙这般复杂。我想，那才是我真正的用武之地，请阳城兄答允！”

黄甄说完，站起身，向阳城延恭恭敬敬行了个礼。

话已至此，阳城延心里明白，依照黄甄的性格，再劝也无济于事。于是，他给黄甄倒上一杯酒，又将自己的酒杯斟满，举到黄甄面前，幽幽说道：“既然你想回到军营，上阵杀敌，我也不好阻拦。只是新宫兴建在即，你这一走，我连一个遇事商量的人都没有了，心中没着没落的。如今你已身为少府丞，明日向萧丞相请辞吧。”说完一饮而尽。

见阳城延松口答应他离开，黄甄的神情像是做了错事的孩子，说道：“我这一走，知道阳城兄心中会难过，只是我去意已决。日后还望阳城兄处处小心谨慎才是。朝中风浪急，尤其要小心申武，此人面似和善，实则阴险，仗着有吕氏做后台，眼睛只顾往上看。我怀疑，举报阿乐之事，他逃不了干系。”

对于举报之事，阳城延心中也早已怀疑申武，自从来到少府，这位尚方令总是明里暗里和自己过不去，但没有确凿证据，自己也只能怀疑而已。对黄甄的提醒，他谨慎答道：“未经查证，勿要乱言！倒是你日后出征沙场，当留个心眼，好生保重啊。”

两人相互嘱托，互道珍重，不觉眼角都泛出丝丝泪花。男人的事，温氏在一旁也不便多言，只是默默垂泪。黄甄来到院中，深情看了一眼当年刘乐离植下的枣树，又用手轻轻拍了拍树干，然后无限伤感地离开了阳城延的家。

看着黄甄消失在夜色中的背影，阳城延暗自叹息，与自己情同手足的两位兄弟，一个冤屈而死，一个执意离开，如今留下自己一人在长安。他朝着黑漆漆的夜幕望去，一种从没有过的孤独感如同沉重的夜色向他袭来，他不觉打了一个寒战。

第十二章

秦匠论殿

自从接受萧何营建未央宫的旨意后，阳城延将整个身心都投入筹建之中，不敢有丝毫怠慢。他从少府抽调了三拨人手，一拨人起草告示，负责招募工匠；一拨人联系各方，准备营建新宫所需御料；还有一拨人着手制定未央宫布局规划，制定施工图样。整个少府衙门像一台徐徐加速的机器，人人都开始转动起来。

这天上午，阳城延正忙得分身乏术，宫中内侍前来，传他速去长乐宫，说皇后吕雉要召见他。

吕雉随刘邦移驾新都后，住进了长乐宫椒房殿。她平时深居简出，像一只护巢的母鹰，轻易不肯跨出宫门半步，除了吕氏家族成员，很少有人能接触到她。外界传言，吕雉移居长乐宫后脾气暴躁，就连刘邦有时候也忌惮她三分。

担任少府卿以来，阳城延只在长乐宫朝贺大典上远远见过吕雉，还从来没有单独面见过这位汉室的女主人。这次为何突然召见自己？阳城延心中没底，慌忙正了正衣冠，跟着内侍一路疾走，来到长乐宫。

远远地，椒房殿氤氲着一股淡淡的香气。阳城延心中清楚，这是因为宫室门墙经过特殊的处理。当初修建时，他听从一位秦时老匠师的建议，使用香椒掺和石粉细料涂抹在墙壁上，既防止了潮气，又让墙壁常年散发出一种芳香气味。当然，只有后宫女主人居住的宫舍才能享受这一特殊待遇。

吕雉端坐在金丝绒毯铺垫的御榻上，发髻高束，头插赤云簪，身着缀满珍珠宝石的皇后裙裾，肩披浅绿飞云帔，典雅而华贵，略施粉黛的面颊，虽然有些苍老，却挂着皇后的威严。

见到吕雉，阳城延疾趋上前，屈膝行礼："少府卿阳城延拜见皇后，给皇后请安！"

"阳城少府不必拘礼，站起来回话。"吕雉朝着阳城延浑身上下打量了一番，半天才缓缓说道，话音夹带着楚地口音。

阳城延站起身来，低着头回道："谢皇后！"心中依然犯嘀咕，这位不怒自威的后宫女主人平时足不出宫，求见都难，今日突然主动召见自己，究竟为何事？

吕雉好像看出阳城延有些不自然，扬了扬画了彩的细眉说，"请你来是想询问一下，这长乐宫冬天如何取暖保温？听说这关中的天气反常得很，夏天炎热，冬天奇冷。本宫生长在关外黄淮之地，向来惧怕冬寒，这宫中有何御寒之策？"

阳城延一听，拱手说道："请皇后宽心，长乐宫在修建之时，就已经把夏防炎热、冬防寒冷之事做了细致安排。"他怕吕雉对后宫如何御寒不太清楚，进一步解释道："就拿这椒房殿来说，宫墙是用香椒与石粉细料掺和涂抹而成，不仅有祛除异味之功效，而且能保温御寒。"

"这一点，本宫入住时就已经知晓，但仅凭这个，冬天就能御寒吗？"吕雉似乎对阳城延的回答并不满意，面露不悦。

"当然不是！这只是墙体上的保温，到了冬季，每个宫室都会配有木炭火盆，昼夜不熄，可以让室内温暖如春。"阳城延抬头用目光扫了吕雉一眼，见她面无表情，继续说道，"除此之外，还专门为禁中准备了八宝熏香炉，此炉夜里可放入被衾，且无烧灼之患。”

“哦？这世上竟有如此稀罕玩意儿，本宫倒是头一回听说！”吕雉流露出一丝好奇。

“此炉现就放置在宫中詹事那里，待到天气稍寒，便给皇后呈上！”

吕雉听了，微微点了点头：“所有御寒之物当早做准备。”

听了吕雉不冷不热的话语，阳城延拱手称诺。

“前段日子，听说刘乐离一案，阳城少府受到牵连，吃了些苦头？”吕雉突然话锋一转，提起刘乐离的案子来。

阳城延心中明白得很，刘乐离案因牵扯到吕氏一族，所以才不了了之，成了朝中忌讳的话题，没料到吕雉竟然主动提起此事。他一时不知如何应对才好，只得低着头，不再言语。

“担些冤屈，受点皮肉之苦，都是小事。想必阳城少府也知道，如今朝廷三公九卿、功勋王侯哪一个不是提着脑袋在沙场上的死人堆里拼杀出来的？你阳城少府凭借匠人之技，如今贵为九卿，这点委屈还是能承受的吧？”

吕雉意味深长地说出这番话，阳城延自然能听出弦外之音。他再次拱手道：“皇后所言极是，微臣乃一介匠人，承蒙陛下隆恩，赐以九卿之位，微臣肝脑涂地也绝无怨言，受点皮肉之苦，委实不足挂齿！”

“那就好！”吕雉微微闭目，似乎对阳城延的回答还算满意，忽然又睁开眼问道，“听说阳城少府又要领建新宫？”

“回禀皇后，正是！”阳城延没想到吕雉又问起营建新宫之事，如实答道，“新宫名叫未央宫，承蒙陛下隆恩、萧丞相不弃，让微臣领衔营建。这几日微臣正在着手筹办此事。”

“未央宫？”吕雉露出不易察觉的一怔，然后迅速恢复了常态，说道，“既然是营建大汉新宫，阳城少府当好自为之，担当其责，勿要辜负陛下的期望。”

正说话，一名宫廷内侍来报，太子刘盈觐见皇后。吕雉听闻，朝阳城延抬了抬手：“阳城少府请回吧，本宫还有些事情需要打理！”

没有任何刁难就结束了问询，阳城延心中暗自庆幸。没等太子刘盈进到椒房殿，他便匆匆退了出来。出了宫门，他感到室外空气格外新鲜，大口呼吸了几口，顿觉浑身轻松。

阳城延停下脚步，不禁回望了一眼长乐宫，这座自己再熟悉不过的宫殿，竟然有了一种陌生感。

阳城延回到少府衙门，远远地瞧见一位老者站在门前，像是正在等待他的到来。

“敢问您是不是阳城少府？”老者见阳城延走来，向前迎了两步。

“本官是少府卿阳城延，你寻我何事？”阳城延一边问，一边朝老者打量了一番，见他上身穿着玄色交领右衽直短袍，下身穿着青色麻布裤，打着绑腿，脚上的方口布鞋沾满了泥土。

“老朽姓杨名离，秦时是匠人。几日前，见少府招募匠工，特前来应招！”老者见眼前是自己要找的人，便自我介绍道。

阳城延一听来者是秦时匠人，下意识“哦”了一声，忙把他引进府衙，让他进大堂说话。

“你是秦时匠人？上次朝廷修建长乐宫，为何没见你前来应招？”阳城延还没坐稳，便开口问道。

“唉，说来话长。”叫杨离的老者见眼前这位大官没有盛气凌人的架势，语气还挺随和，一见面就问起修建长乐宫时自己没来应召的事情，似有惋惜之意，便说道：“老朽祖辈便是匠人，自己师从墨翟，自幼研学匠人之技，加冠以来，一直以营建宫殿为生。秦灭六国之后，仿建六国宫殿的工作，老朽悉数参加。后来，二世抢修阿房宫，请老朽主持营建大殿，率千人夜以继日，抢赶工时，不承想没过三月，便被章邯掳去骊山，抢修秦始皇帝陵。后来为抗击楚军，章邯又把老朽师徒等人拉去充当军卒。”

杨离娓娓道出他的身世，阳城延越听越暗暗惊奇，眼前这位老者竟与自己有着相似的经历。当年跟随叔父修建阿房宫时，自己隐约听说有一位姓杨的匠师主持修建大殿，没想到今日竟然在此相见。

“那后来呢？”阳城延语气有些迫不及待，“此后你又去了何处？”

杨离见阳城延没有打断他的意思，对他的身世颇感兴趣，说道：“章邯的军队被打散后，老朽带着几个徒弟乘机逃跑，但逃出来之后，发现其实无处可去，章邯那里自然回不去，又怕被汉军抓住会杀头，干脆一不做二不休，到商山落草。”

说到这里，杨离脸上露出愧疚之色，他下意识地摇了摇头，似乎想表达出悔恨之意。停顿了片刻，他才从不堪回首的往事中挣脱出来，说道：“两年前，听说修建长乐宫，老朽带着徒弟也想下山应招，但心有顾虑，担心汉室不放过我们这些前朝的匠人。这次看到少府告示写得明白，我们这些前朝匠人在应召之列，老朽才下定决心，壮胆前来应召。”

阳城延听完杨离的介绍，觉得眼前这位老者仿佛不是初次相见，而是相识已久。他站起身来，朝老者微微颔首："原来你也是秦时匠师！实不相瞒，本官与你有相似的经历。"于是，他把自己跟随叔父在阿房宫从事营建，以及后来逃离骊山的事简略地说了一遍。杨离听后，惊得愣在那里，半天说不出话来。

"杨匠师既然一直为营建秦宫效力，而且主持修建过阿房宫大殿，想必对秦宫的营建概况一定了然于胸。"阳城延有些按捺不住内心的激动。营建未央宫，缺少的正是这样的匠才，因此他对杨离的称呼改为"匠师"。他让杨离坐在自己对面，安排人端来一碗水，放在杨离面前。

"秦咸阳宫及周边二百余里，计有大小宫殿二百七十余座，老夫略知一二！"见阳城延问起秦时宫殿的详情，杨离顿时来了精神。

"秦孝公十二年（前350），商鞅二次变法，由栎阳徙秦宫至咸阳，秦人北依毕原阶地，南临渭水，以土原为台基，营建了秦宫。毕原又称毕陌，是周先祖王季建都之地。至秦昭王时，咸阳宫主要宫殿已经建成。嬴政灭六国，仿照六国宫室在渭水之北建宫，咸阳宫殿渐次扩张，自东至西，贯穿整个咸阳城。

"嬴政统一六国后，自认为创下盖世之功，宫殿理应建造得宏大广阔，才能彰显出帝国的威望，因此他又在渭水之南修建了阿房宫。阿房宫依照天象而建。秦以十月为岁首，十月初昏，银河横陈于天极星之前，天极星中的帝星代表帝位，从它那里通过阁道星渡过天汉银河，到达营室。营室在《天官书》中被称为离宫。嬴政根据这个星位，修建阿房宫，又令匠人在渭水之上修建阁道，过渭水。渭水好比银河，以此象征天地之状。咸阳南望秦岭，西边有龙山，东边有峄山，嬴政还曾设想在终南山修建门阙，作为咸阳宫殿的南大门。”

杨离说起秦时宫殿如数家珍，阳城延对眼前这位秦时老匠人刮目相看。他索性将营建未央宫之事悉数相告，想听听这位老匠人有何见解。

“汉廷营建未央宫，选址于龙首山，老夫在山上时已经有所耳闻。”杨离见阳城延此般坦诚，便打消了顾虑，将他的所知所想一股脑道来：“龙首山有龙脉之象，择此修建新宫，不知是哪位高人的主意。帝王宫室，当以居高、居正、居中为要，此处地势高峻，可以疏山首为主殿之基，再修造附属宫室，形成拱卫之势。此宫建成后，与长乐宫隔街相望，形同日月！”

杨离一席话，句句说到阳城延心坎上。阳城延心中不禁暗暗感慨高人在民间，起身拱手道：“杨匠师不愧为秦匠。实不相瞒，本官受丞相旨意，主持修建未央宫，时下开工在即，急需像杨匠师这样的匠才。今日得见您，实乃本官之幸！”

杨离连忙拱手还礼：“如若少府大人不嫌弃，老夫愿尽绵薄之力！”

杨离没想到自己本是硬着头皮下山应招，竟会得到贵为九卿的阳城延如此的器重，心中原有的顾虑一扫而空。他带着兴奋的口吻说：“此次下山，老夫还带来八位徒儿，他们在秦时都以营建为生，人人身怀长技，愿为少府大人营建新宫效力。”

阳城延一听，连声说道：“甚好，甚好，杨匠师可以悉数让他们前来，共同营建新宫。”

正说话间，申武急匆匆走了进来。阳城延脸上还挂着兴奋，向申武介绍说：“这是杨匠师，曾经参与过阿房宫与骊山秦陵的修建，这次看到朝廷招募工匠的告示，带了八位弟子，前来参与新宫营建！”

他又指着申武对杨离说：“这是少府丞申武大人，协助本官工作。”

因为黄甄离去，少府丞的职位一时空缺。申武动用了建成侯吕释之的关系，费尽了心思，由尚方令晋升为少府丞，当上了阳城延的副手。

申武向来对身份低下的匠人打心眼里瞧不起，听了阳城延的介绍，他上下打量了杨离一番，冷冷地应道：“哦，怎么又是一帮骊山刑徒？”

申武的话出口，阳城延觉得好生刺耳。如果按照申武的说法，自己不也算是“骊山刑徒”？他狠狠白了申武一眼，见杨离在场，强压住心中的不快，问申武：“何事如此火急火燎？”

申武觉察出阳城延的不悦，收敛了语气，说道：“下官梳理了一份未央宫所需御料的单子，请大人过目！”说着，他让随从递过一沓竹简。

杨离站在一旁，听申武说到“骊山刑徒”几个字，也颇为反感。他见阳城延面露愠色，心中似乎明白了几分，于是朝阳城延与申武拱手说道：“两位大人谈事，老夫先行告退！”

阳城延目送杨离到门口，叮嘱道：“未央宫将不日开工，还请杨匠师与弟子们速速前来。”

第十三章

营建新宫

阳城延见申武火急火燎送来料单册簿，接过来细看，见御料大体分为三类：一类是名贵木材，有金丝楠木、杏木、栎木、杉木；一类是石料，有大理石、云母石、青田石；还有一类是玉器珠宝，有玉石、水晶、琥珀、琉璃、玳瑁、珍珠等。其中玉石又有陕西蓝田玉、河南独山玉、湖北绿松石，每一类都标注着名称与数量。这些御料除少数能在关中就地取材，大部分要去外地购置。

谁来负责采购这些御料？申武极力推荐少府钩盾令黄安。钩盾令主管的是宫廷苑囿，黄安原本是少府一名果丞，负责掌管宫廷的花卉果木，长乐宫建成后，被提拔为钩盾令，掌管长乐宫苑囿。黄安善于察言观色，说起奉承之言嘴上像抹了蜂蜜，平时与申武来往密切。

因为修建长乐宫时御料出了案子，阳城延对此心有余悸，此番对御料的购置、押运和监护格外小心。听了申武的举荐，阳城延一时未做表态。

“御料之事非同小可，要寻一位可靠之人。”阳城延拿着御料册簿对申武说。

“黄安在少府供职多年，又是专管宫廷苑囿花卉果木的钩盾令，对木料、石料熟悉，下官觉得他是采购御料的不二人选。”申武见阳城延犹豫不决，搬出了推荐的理由。

“此人为人如何？听说他善于察言观色，有些巧言令色。”

“讲究礼数，是朝臣的本分。黄安平时待人是热心一些，阳城少府也不能因此就断定他的品行吧。”听阳城延仍然不放心黄安，申武有些愤愤不平。

阳城延说：“这些御料乃是丞相亲自安排采办的，事关新宫营建，品相、质地尤为讲究。当下长安尚冠里宅邸开工的甚多，御料是紧缺的物资，若让黄安掌管御料，要对他从严要求才是，断不可出现任何差池。”阳城延心中也暗自犯愁，未央宫开工在即，人员紧缺，除黄安之外，一时也无其他管理御料的合适人选，但他担心黄安的人品，于是补充道，“此事待我向丞相禀报之后，再做定论。”

阳城延心中最为焦心的还是匠人与役工的招揽，这是营建未央宫的关键。他怀揣着新招募匠人的名册，匆匆赶到丞相府，向丞相萧何做最后禀报。

“如此说来，当下招募的各类匠人总计还不足两千人？”看过阳城延呈递的匠工名册，萧何也对招募结果不甚满意。

“禀丞相，还有几批匠人正从关外赶往长安，不日即可到达，这样细算下来，加上修建长乐宫时留下来的五百名匠人，总数大约两千五百余人。”阳城延回答道。

“之前修建长乐宫，只是修缮翻新，所用匠人就达一千五百多人。如今要营建一座新宫，只有两千五百名匠人，人数够紧张的。”萧何不觉皱紧了眉头。

“天下刚刚安定，匠人数量少，尤其是石、木、漆、雕刻的匠人，更是难觅。下官已派出专人到各地找寻，却也只勉强招募到这些。”阳城延此时才明白当初在长乐宫举行朝贺大典前，萧何让他留下部分优秀匠人的良苦用心。那时，丞相也许就开始酝酿再建一座新宫了。

萧何习惯性用手捋了捋胡须，说道："这些情况本相自然知晓，也是难为你阳城少府了。"

在朝廷里，也许只有萧何能理解他这位重任在肩的少府卿。

阳城延苦笑着摇了摇头，随即又神情黯然地问萧何："少府丞黄甄要随樊哙将军出征，不知是否前来向丞相辞行？"

萧何说："本相已经准许他前去从军。黄甄虽然是一个不可多得的匠才，我也知道你舍不得让他离开少府，但人各有志，就随他去吧。"

萧何的话让阳城延心中五味杂陈，跟随自己这么多年的兄弟在这个节骨眼上突然离开，不亚于断了自己一条手臂。但正如丞相所说，人各有志，留人难留心。

想到这儿，阳城延感到有些释然。他向萧何禀告："之前，下官接待了一位名叫杨离的秦时匠师，此人曾经参与修建秦咸阳城数处宫殿，主持修造过阿房宫大殿，熟知宫殿建造规制，非一般匠人，乃匠工之中难觅的人才。下官想让他担任未央宫建设的总匠师，不知丞相意下如何？"

"总匠师人选由你确定，不光要技艺超群，品行也要绝对可靠。秦王广建宫殿楼宇，造就了诸多匠师，只可惜章邯将他们当作兵勇，很多身怀长技的匠人死在战场，余下的多四下逃散。时下，如果有愿意回关中的，一定要善待，为我大汉所用。"

"谢丞相信任！"阳城延双手抱拳，对萧何拱手致谢，"这位杨匠师带来八位弟子，如今已经悉数来到了长安。若得这些秦时匠师相助，下官营建新宫，心中也就有了些底气。"

萧何说："未央宫要在两年之内完工，时间紧迫，施工量巨大，需要一定数量的役工。我已经安排征调一万更役、五千外徭，外加三千城旦，开工前五日到达关中，供你使用，你看如何？"

秦汉徭役制度规定，成年男子每年应在本郡无偿服劳役一次，每次为期一月，称为更役；若有修建宫殿、皇陵，修筑水利工程等特殊需要，每人还需要去外地服六个月以上徭役，称为外徭。

"两千五百名匠人、一万更役、五千外徭，外加三千城旦。"阳城延将这一组数字在口中默念了好几遍。他在心中反复掂量，如此数量的匠人、役工能否在两年时间内完成龙首山新宫营建的重任？他清楚记得，两年前修建长乐宫，用了一千五百名匠人、一万名役工，自始至终人手都很吃紧。如今重建一座新宫，这个数量确实够紧张的。当年，秦少府章邯在骊山建造秦陵，可是征调了天下十万徭役啊。

萧何见阳城延没有表态，自然明白他的心思，于是背手在大堂走了两个来回，一边走，一边说道："本相知道人数紧张，但眼下春耕在即，关中百姓正在备耕，陛下曾经多次嘱咐，天下初定，要把轻徭薄税作为立国之本。征调之难非尔等可以想象，因此，营建未央宫纵有万难，役工仍当从紧掌控。"

萧何把话说到这个份上，等于在征调役工这件事情上向阳城延交了底。

阳城延当然理解萧何的难处。他朝萧何又是一拱手："不瞒丞相，下官前几日曾经找计相张苍细算，算出两年时间建成新宫，匠人、役工加在一起至少要达到三万人，这还不包括外出运送御料的役工。未央宫所需御料多数需要从外地购进，山重水复，路途遥远，仅运料所需之役工就不在少数。既然丞相做出了决定，下官领命便是！”

萧何知道阳城延做事严谨，营建未央宫的匠人与役工人数，他心中一定早有计算，看他终于表态，不禁宽心了许多，眉头也渐渐舒展开来：“至于外出运送御料的杂役，本相自有安排，不占用工地役工，你将龙首山工地用工安排妥当便是。”

定下了匠人、役工人数，阳城延又将所需御料之事以及申武推荐黄安来负责采购一一向萧何做了禀报。萧何说：“兵法曰，兵马未动，粮草先行。营建如此规模的皇家宫殿，所需御料、匠人器具，乃至匠人食宿等都要一一提前筹划，悉数安排妥当。至于御料采购、建造总匠师、匠师、监工等人选，皆由你阳城少府全权决策，本相概不干涉，知悉便可。”

商讨完用工、用料之事，两人又开始审查未央宫施工图样。这些图样是根据萧何在龙首山提出的未央宫营建设想，由阳城延在征求包括秦时老匠人在内的多位匠人意见基础上具体细化而来的，少府臣工绘制了初步样图，数易其稿。

“根据丞相旨意，未央宫总体布局坐北朝南，宫城之内共设三条主干道，其中一条纵横南北的主干道为宫城中轴线，两条平行的东西主干道贯通宫城，将整个宫城分成南、中、北三大区域。”阳城延手指图样，向萧何详细汇报宫殿的营建规制。

“南部为第一区域，主体建筑均在龙首山，是为宫殿之核心区，由六座宫殿组成。前面五座，中间为前殿，是为将来举办国事大典准备的宫殿；东西各两座宫殿，为陛下召见王侯将相之所。前殿正北方向，也就是正背面为宣室殿，是将来陛下处理朝廷政务的主要宫殿。如此，前殿为朝仪之殿，宣室殿为陛下决策之所，前后布局体现我大汉‘君臣一心’之景象，整个前殿部分，主殿利用龙首山山首为台基，建成高台宫室，左右及其他宫室分列四周，形成拱卫之势。

“中部为第二区域，主要是陛下消夏避暑、防寒越冬的两座寝宫，此处配建池阁苑囿，从未央宫前殿西南渐台引水至此，营建山水亭苑之景，是为陛下、太子及后宫嫔妃休憩游乐之处。按照丞相旨意，此处另建两座楼阁，用作存储皇家藏书与朝廷典籍。西北、东北两处，设少府作室、郎中令府、御史寺府衙及东西织室等处所。

“北部为第三区域，是后宫嫔妃之居所，此区域南五殿、北四殿，南五殿中间为后宫主要寝宫，其余皆为后宫嫔妃之居所，中间以永巷巷道相连接。”

萧何细听阳城延的介绍，听出宫城总体布局体现了历朝皇家宫殿“前朝后寝”“前堂后室”的传统形制。他没有表态，脸上也没流露出赞许或是否定的神情。

阳城延见萧何听得仔细认真，没提出异议，又接着介绍起未央宫外围一些辅助建筑设计来：整个宫殿由四面宫墙环绕，每面各辟一座宫门，即司马门。平时，皇帝出入及诸侯朝谒天子皆从东门，朝臣上书奏事及谒见陛下，出入皆从北门，因此东、北司马门为正门，门外修建二阙。前殿北侧修建内部甬道，与东、西二宫司马门相连。除此四座司马门之外，另建十二座掖门，以供特殊之人出入。考虑到宫殿日后维修需要，在北司马门之西另辟一座室门，专供各类匠人进出。

听阳城延禀报完未央宫总体营建的规划方案，萧何点了点头：“总体布局基本可行，细节部分仍需完善。尤其是在空间结构上，要着重以南北司马门的连线为中轴线，各个区域的建筑以中轴线为基准，形成对称之状。《韩非子》云：‘事在四方，要在中央，圣人执要，四方来效。’说的就是此道。面南背北，以南为首，以北为尾，符合《周礼》之规。”

方案得到萧何的认可，阳城延心中像是搬去一块石头。连日来，他一直焦心于未央宫主体宫殿的设计图样。为此，他专门找到刚来不久的秦时匠师杨离，征求他对样图的意见。看到这些天的心血付出得到了丞相的认可，未来未央宫的规模、形制基本得到确认，阳城延长长舒了一口气。

二人又就未央宫建筑细节逐一商讨。

萧何手指前殿的位置，说道：“此处应预留开阔场地，以备将来举办祭祀与朝贺大典。”

“此处已做预留，不知丞相还要扩大几许？”阳城延用手在前殿的图案上丈量了一下，想得到萧何更为明确的回应。

“秦时阿房宫前殿可立万人，未央宫虽不能与其比肩，亦当宽阔为宜。”

按萧何的意思，阳城延在图样上郑重地做了标记。

萧何又问：“龙首山山首高几许？”

阳城延脱口答道：“高十六丈。”

“高台为尊，龙首山为前殿之基，需再加高两丈！”萧何沉思了片刻，觉得这个高度依然达不到理想要求。

“如若再增加两丈，土石方量将在原来的基础上增加两倍，建筑难度将大大提高，按原来计划的役工数量，难以支撑起工程的建设。”阳城延厚重的眉毛不觉抖动了一下。

萧何看出阳城延的心思，说道：“阳城少府不必以役工数量为虑，束缚了手脚。宫室一则为皇帝之居所，二则乃天授皇权之象征、朝纲威严之所在。商之亳、殷，周之丰镐、洛邑，秦之咸阳，皆以宫阙规制四方，体现朝纲礼仪、尊卑秩序。未央宫乃我大汉新都第一座自己建造的宫殿，是王朝的象征，须得足够威严。”

“下官与府臣、匠师规划的图样，以丞相所给秦时宫殿图样为蓝本，斟酌谋划，不得不考量匠人役工、修建耗时等因素。丞相方才所言，让下官耳目一新。下官回少府后召集府臣、匠师，再做细化修改。”

两人在施工图样上指指画画、圈圈点点，一会儿陷入沉思，一会儿又激烈讨论。这时，丞相府一位臣工前来禀报说，时间已经过了酉时，问是否要为两位大人准备晚餐。萧何与阳城延抬头互看一眼，不禁相视而笑。天色已晚，二人竟浑然不觉。于是，萧何让臣工安排便食，端来罩灯，继续夜战。

关中的春天，天黑得早，酉时刚过，漆黑的天幕上已经出现几颗闪烁的星星。栎阳的丞相府内，多数臣工已经离去，只留下几个当值的，显得十分安静。丞相府的灯光映照着两个身影，一直亮到深夜，虽说灯光如豆，但照亮的将是一座耀眼的大汉新宫。

第十四章

秦砖汉瓦

汉高祖七年（前200）三月八日，未央宫迎来开工之日。

开工日子是太常卿叔孙通通过推演天象确定的。据说，这一天太微星开始离宿还宫，为黄道吉日。萧何带领朝廷一帮大臣参加了开工祭拜天地仪式，祷告上苍，祈求神灵保佑未央宫营建大吉、大汉国祚永昌。

三个月后，关中大地已是绿树成荫，未央宫工地上呈现出一派繁忙的景象。匠人们各就其位，叮当的斧凿之声响成一片；役工有的抬运土石，有的搬运木料，长长的队伍从龙首山山顶一直蜿蜒到山脚下。

按照丞相萧何的旨意，龙首山山首在原有的基础之上又加高了两丈，更为高耸。有几处宫殿的基础处已经挖出巨大的坑口，负责夯土的役工们抡起手中的木夯，一边夯基，一边有节奏地喊着关中号子，声音响亮而又富有节奏。

“按照这样的进度，不日就需要用到窑口烧制的砖瓦了。”阳城延在工地上一边走着，一边对随行的少府丞申武说。自开工以来，各项工程进展都比较顺利，唯独砖瓦的烧制出现瑕疵，令他焦心。

营建未央宫的砖瓦为特供砖瓦，全部现烧现制。皇家宫殿御用的砖瓦，不仅在烧制质量上要求严苛，在规格样式上也特别讲究。未央宫是汉廷第一座自己建造的皇宫，所用砖瓦的款式、图案、印纹要新颖、别致，还要体现出吉祥如意的寓意。从这个意义上讲，每一件砖瓦既是宫殿建筑的构件，也是精美的艺术品。好在自周秦以来，砖瓦烧制技术日臻成熟，烧制出来的砖瓦质量也越来越高。

为了确保砖瓦烧制质量与规格符合建造未央宫的要求，阳城延在离未央宫五十里的秦岭脚下瓦土堡专门建造了二十四座窑口，派遣少府都司空令丞蔡焦在此驻守，专司监督。

都司空令丞蔡焦原本是同为朝廷九卿之一的宗正的属官，为了确保未央宫砖瓦供给不受影响，阳城延通过萧何把他借调到少府，负责烧制这批特殊的砖瓦。

蔡焦来到瓦土堡之后很尽心，窑里烧出的砖瓦款式、规格都符合要求，难题出在成品率上。按照供给未央宫的要求，每一次窑口烧制出的砖瓦，如有十块或十块以上不符合标准，整炉砖瓦都被视为残次品，不仅造成了巨大的浪费，效率也大大降低。一旦工地开始大量使用砖瓦，这样的产量将无法满足需求。

这一天，阳城延带着申武等人匆匆赶往瓦土堡。他要现场察看影响砖瓦成品率的症结到底出在何处。

瓦土堡位于秦岭脚下，背靠一座林荫覆盖的大山。蔡焦听闻少府卿阳城延亲自到窑口察看砖瓦烧制，忙带着一帮监工来到门口迎接。

“如今成品率如何？还是成批成批达不到要求？”阳城延也没客套，见到蔡焦就开门见山问道。

“禀报阳城大人，下官督导窑工再三试烧，如今略有好转，但依照未央宫砖瓦的质量标准要求，成品率依然很低。”蔡焦觉察出阳城延的焦虑与不满，小心翼翼地答道。

听过蔡焦的回话，阳城延两道厚重的眉毛紧皱在一起，不禁提高了嗓门问道:“这样的成品率,一旦工地开工,尔等如何保障供给?”

“下官正在想方设法提高成品率。”蔡焦一边搓着手,一边低头说,饱满的额头上冒出一层细细的汗珠,如同刚出笼的馒头。

“去窑口!”阳城延把手一挥,做出一个让蔡焦领路的动作。

二十四座窑口在山脚下依次排开,远远望去,窑炉高耸的烟囱像是深山中突然长出的竹笋,很是壮观。有的窑冒出袅袅炉烟,正在烧制;有的窑正在出货,刚刚烧制出的成品砖、瓦,被小推车一车接一车推出,接受监工检验。

在一座窑口前,一堆出窑不久的方砖堆放在一旁,几个窑工正在分拣。阳城延走过来,弯下腰,拿起一块方砖仔细察看起来。

沉甸甸的砖块上,一面刻印着“海内皆臣岁登成熟”,一面印刻着“道毋饥人践此万岁”字样。阳城延知道这是铭文砖。猛一看,这砖看不出有何瑕疵,但仔细端详,砖体稍欠规整,按照未央宫的用砖要求,这应该是一块不合格的残次品。

蔡焦凑上前,向阳城延解释说:“下官已经做过不下几十次试验了,砖体应是成形时出的瑕疵。”

阳城延没吭声,朝前走了几步,来到一处瓦当堆放点。

瓦当是用于铺设房屋屋顶和屋檐的装饰性构件,有着保护飞檐和美化轮廓的作用。未央宫备用的瓦当有严格的标准,不仅质地无瑕疵,在图案、纹饰上亦有特别严格的要求。

阳城延看到烧制的琉璃瓦当上文字纹饰较多,除了有“长乐未央”“永安万世”“并是富贵”等文字,还有各类图饰。方寸之间,有的龙飞凤舞,有的鹿奔虎啸,有的鸟飞鱼跃,还有的祥云缭绕,画面线条细腻,图形丰富饱满。

阳城延拿起一个印刻着青龙、白虎、朱雀、玄武的瓦当，对着阳光晃动几下。蔡焦见阳城延看得仔细，说道："这是四神瓦当，是瓦当中的精品。"

阳城延点了点头，问道："这些纹饰图案都很精美。如今烧制的合格率能达到几成？"

"不敢隐瞒阳城大人，未央宫对瓦当质地、品相要求高，可以说到了苛刻的程度。按此要求，瓦当的成品率比方砖还低。"蔡焦手捧着一块瓦当，像是捧着一个疼爱有加却不争气的孩子，脸上挂着无可奈何的表情。

阳城延的脸色变得更加凝重。

一行人围着阳城延察看瓦当，这时，窑口外传来一阵争吵声。没等阳城延询问，一个工头模样的窑工匆匆走到蔡焦面前耳语了一番。蔡焦脸色一沉，说道："你且带人把他们赶走！"

"已驱赶几遍了。今日也是奇怪，好说歹说，这群人就是赖着不走。"窑工工头嘟囔道。

"发生何事？"阳城延发现蔡焦的目光似乎在有意回避躲闪，沉着脸问道。

蔡焦犹豫了片刻，摇了摇头，无奈地说道："一帮要饭的，要到窑口来帮工，说是混口饭吃，已在窑前晃悠几日了，赶都赶不走，甚是烦人。"

窑工工头跟着小声嘟囔："领头的说自己是老窑工，曾经为秦时阿房宫烧过窑，还讥笑我们烧不出好窑。"

"秦时老窑工？走，看看究竟是些什么人。"阳城延一听是秦时窑工，像是来了精神，大步朝窑口走去。

窑口外，五六个衣衫褴褛的人站在那里不停地吵嚷，见有人出来，声音更大了。

“大人，俺们不是要饭的，俺们是窑工。”

“俺们来窑口帮忙，不要工钱，管俺们吃饭就成。”

“俺们两天没吃东西了，大人开恩，赏俺们一些吃的吧。”

带头的是一位看上去四五十岁的汉子，大高个儿，手脚粗大，面色黝黑。阳城延看着他，猛然觉得有些面熟，却一时想不起在哪儿见过。只见大高个儿眼角一动，眼角旁露出一个明显的吊疤，这让阳城延心中一惊，不禁在心中默念了一句：难道是他？

阳城延朝前走近了几步，仔细打量着大高个儿，问道：“你可在大王山烧过窑？”

大高个儿听到阳城延突然发问，愣了一下，怔怔地看着阳城延：“你怎知俺在大王山烧过窑？”

“不错，就是你！”阳城延对大高个儿说，“十年前的一个晚上，我带着两个兄弟路过你们窑口，当时你给了我们几个菜窝窝，你可记得？”

大高个儿用吊疤眼从头到脚把阳城延打量了一遍，似乎想起了什么，结结巴巴地说：“你、你是那个去关外运盐的盐贩子？”

在场的人都被阳城延和大高个儿的对话弄得摸不着头脑，面面相觑，不知道一个少府卿与一个逃荒要饭的人之间有过什么交集，彼此竟然相识。

蔡焦看大高个儿对阳城延说话有些不敬，厉声呵斥道：“怎么说话呢？什么运盐的盐贩子，这位是当朝九卿之一的阳城少府、阳城大人！”

“罢了，罢了。”阳城延朝蔡焦挥了挥手，制止了蔡焦的呵斥：“十年前，我带着两位兄弟逃离骊山时，曾经路过这位兄弟的窑口，怕他们盘问过多，就谎称是去关外运盐的。这位兄弟很慷慨，不仅给我们指路，还给了我们几个菜窝窝充饥。当时要不是他们给了些吃的，我真不知道能不能逃出骊山。”

阳城延一说，大家这才明白事情的来龙去脉。十年光景，天下大变，已经改朝换代，周遭的一切或多或少都在发生变化。十年后，两人竟能在秦岭脚下相遇，且能认出彼此，真是机缘巧合。

“你叫什么名字？怎么到这里来了？”阳城延问大高个儿。

大高个儿激动得像一个孩子。他没想到十年前那位从窑口路过的“盐贩子”，如今身着官服，看样子是做了大官了，还掌管着如此规模的窑口。他用袖口擦了擦脸上的灰尘，用舌头舔了舔嘴唇，憨厚地笑了笑，将自己的身家和境况一一道出。

“刚才冒犯，请大人赎罪！不瞒大人，小民姓许，因为从小吃得快、饿得快、跑得快，家人叫俺‘许三快’。俺自幼随家父烧窑谋生，曾经为建造阿房宫烧过砖瓦。后来秦二世被杀，天下动乱，大王山窑口被军爷拆毁，家中从此失去了糊口的营生。俺也不会种地，这几年只能与几个弟兄到处瞎闯。前一阵子听说朝廷要在长安龙首山营建新宫，在瓦土堡建了几十座窑口，俺便同几个兄弟赶来，想凭手艺在这里混口饭吃。没想到来了几次，他们连门都没让俺们进。”

“是你们自己没说清，整天嚷着要饭吃！”窑工工头见许三快当着阳城延的面告状，慌忙辩解。

阳城延朝窑工工头白了一眼，止住了他的话，转脸对许三快说：“如果你们真能把窑烧好，饭保管你们吃个够。”说着，他把许三快领进窑，来到一堆大方砖前，拿起一块砖放在手中掂量了一下，“不瞒你说，当下窑口遇到一个难题，不知道你是否有破解之法？”他把窑口烧出的砖瓦成品率低的事告诉了许三快。

许三快从一堆方砖中挑选出一块，先是拿在手中掂了掂，又用手指敲击了几下，然后一只手作砍刀状在砖面上猛的一击，大方砖立刻断成两截。他低头查看了一下断面，说道：“此砖外人看不出瑕疵，但内行人还是能看出毛病。上等好砖应该敲之有声、断之无孔，烧窑人称之为‘铅砖’。此砖敲击声音沉闷，断面气孔稠密如沙，砖体也欠规整。”

阳城延见许三快检验砖块手法娴熟、麻利迅速，看得出是一位有经验的老窑工，心中高兴，问道：“依你之见，为何出现这样的次品？”

“窑口烧出这样的残次品，主要是没调理好炉温、控制好火候所致。只要将炉温调试均匀，温控恰当，便可以烧制出上等的好砖。”许三快直了直腰，语气很自信，像是一位医术高明的郎中给病人看病，对病情一语中的。

站在一旁的窑工工头见许三快说窑炉烧出残次品是炉温控制不当导致的，气得直瞪眼，不服气地怒怼道：“我过去在关中烧了几十年窑，你凭什么说我炉温调试不均、控制不当？”

许三快丢下手中的方砖，讪笑着答道：“在关中烧窑与在秦岭脚下烧窑是两码事。此处窑口位于山脚背阴处，不仅早晚温差大，一天里不同时段温差、湿度也大不相同，炉温与炉火控制有别于关中。这一点不知道你是否知晓？”

许三快的一席话说得窑工工头一时无言以对，站在那里抓耳挠腮，一脸窘态。

蔡焦站在一旁，不停擦拭额头上的汗滴。

见此情形，阳城延朝窑工工头与许三快两人摆了摆手，止住争论："二位不要再争了，按许三快的办法试试，看看砖瓦烧制出来的效果。"

阳城延又吩咐蔡焦，事不宜迟，今日就让许三快带着人进窑。

"你们一共来了多少人？"蔡焦问。

"俺们一共七个兄弟，今日来了六个，还有一个病了，病好了就来。"许三快用吊疤眼快速扫了一眼同来的人。

窑工工头见这帮人得到阳城延允许，像耗子进洞般飞快进窑，急了，忙对阳城延说："禀报大人，他们进窑如何供给饭食？这帮人饭量个个大得惊人。"他一边说，一边做起大口吃饭的夸张动作，把大家都逗乐了。蔡焦朝他狠狠瞪了一眼。

阳城延说："这个无须你操心，本官自然会安排。"他转身对申武说："窑口增加人数所需粮食缺口由你负责，从少府府库中调拨。"他又转身对许三快说："你们若能破解窑口难题，除正常口粮外，每人发赏钱五百。"

许三快喜出望外，拱手对阳城延千恩万谢。阳城延朝他摆摆手："先别道谢，如若烧不出好砖好瓦，残次品依然居高不下，本官得追究你责任哩！"

蔡焦看窑工工头还愣愣地站在那里，喝道："还不快随他们进窑烧窑？"

阳城延离开秦岭瓦土堡窑口，回到未央宫工地，此时太阳已经落到地平线上，变成一个巨大的火球，正向苍茫的大地缓缓沉去。此时的关中大地，万物如同抹上了一层绚丽的色彩。夕阳下，未央宫一些宫殿已经挖好了基础，看上去虽然有些凌乱，但已经显露出不凡的气势。

阳城延今日没到工地，想带着申武再去工地上走一趟。申武借口说有事要去少府府衙，一溜烟地走了。阳城延只得招呼两位臣工随行，不料刚到工地，突然感到两眼发黑，身体犹如一片不受控制的羽毛坠入云端，失去了知觉。

第十五章

墨家之徒

萧何是从申武口中得知阳城延在未央宫工地前晕倒的消息的。第二天一早，他带着一名随从匆匆赶到尚冠里阳城延家中。这是他第一次踏进阳城延家。与周边一座座深宅大院相比，眼前阳城延的宅院显得低矮而简陋。空荡荡的院子里最惹眼的是几棵枣树，翠绿的树叶在微风的吹拂下婆娑摇曳。

管家阿甘弓身把萧何引进后堂床榻边。阳城延在床榻上躺卧着，一副昏昏沉沉的样子。温氏坐在一旁，端着一碗水，正试图给他喂些水喝。

得知是萧丞相亲自登门探望，温氏慌忙起身请安。阳城延睁开眼睛，想从床榻上坐起来，但试了几次，没有成功。萧何忙上前制止。

“怎么病得如此严重？”萧何轻声问道。

“昨天傍晚，我家老爷被两位官爷背着回来，原以为只是受了风寒，睡一夜就好，谁知躺下后就一直高烧不退，夜里直说胡话，到现在依然不见好转。”温氏一边抹泪，一边叙述着阳城延的病情。

萧何吩咐随行的随从去请太医。

阳城延迷迷糊糊中听到去请“太医”，一下子清醒了许多，在床榻上挣扎着摇了摇手：“丞相使不得，使不得！下官只是偶感不适，无甚大碍。”

阿甘在一旁说道：“已经派人去抓药了！”

萧何说：“当下还不能确定病因，不可胡乱吃药，还是让太医来诊断一下为好。”

随从领命，一路小跑去请太医。

萧何执意要请太医，阳城延只好听命。他用手吃力支撑着身体，在温氏的帮助下终于勉强坐起身来：“丞相，工地砖瓦烧制成品率低下，下官有责任啊。”

“阳城少府暂时勿为这些事操心了，劳神会更加伤身，还是抓紧时间治病。”萧何安慰道。

阳城延咳嗽了几声，又继续缓缓说道，“下官昨日前去瓦土堡现场察看，情况比想象还要糟。如今已经新招了一批窑工，期望能够烧出未央宫需要的好砖瓦。”

看着床榻上的阳城延，萧何心生怜惜。他清楚，这位工匠出身的少府卿，虽然没在沙场出生入死，兵刃相见，但从修建长乐宫，到当下营建未央宫，没日没夜忙碌奔波，费心劳神，也是够殚精竭虑的了。

说话间，太医背着药箱匆匆进屋，同萧何打过招呼后，走到阳城延面前，一边询问病情，一边搭手把脉。

约莫片刻工夫，太医起身对萧何说：“阳城少府之病，乃长期焦虑，急火攻心所致，虽无大碍，但不能过度劳累，需静养一段时日。”

萧何点了点头，见太医开了一剂药方，叮嘱道：“这几日劳烦太医前来照应一下。”

太医回道“诺”，把开好的药方递给管家阿甘，转身告辞。

萧何靠近阳城延，叮嘱道：“你且安心静养，工地之事暂由申武代管。本相盼着你早日痊愈，未央宫的建设离不开你阳城少府啊。”萧何像是劝导，更像是命令。

阳城延想说什么，刚一张口，又是一阵止不住的咳嗽。萧何怕他过度疲劳，忙朝他摆摆手，又回头安慰了温氏几句，匆匆离开了阳城家。

一连数日，阳城延都在昏昏沉沉中度过。这一天，他感觉身体有些好转，便想下床走走。温氏竭力劝阻，无奈拗不过他，只好扶他在床榻旁坐下。

这时，阿甘来报，未央宫总匠师杨离前来探望。

“少府大人近日身体可好些了？”杨离照旧身着玄色短衫，打着绑腿，风尘仆仆的样子，一见阳城延，他便问道。

“有劳杨匠师挂念，吃了几副药，感觉好多了。”阳城延见杨离来探望，忙向他招手，示意他坐到自己的身边。

“快说说工地上的境况。”不等杨离落座，阳城延便询问起未央宫营建之事。

“少府大人当以养病为重，怎好再操心未央宫营建之事啊？”看阳城延满脸焦虑，杨离不忍心不说，便向他大致做了禀报：少府丞申武现在主持工地事务，前殿与几座主要宫室的施工按正常进度推进，从外地运来的御料如期进场，匠人们按部就班，一切还算正常。

“唉，我病得真不是时候，未央宫营建正急，我却像一具僵尸躺在榻上。”阳城延一边自责，一边又忍不住咳嗽起来。

“少府大人千万不要这样自责，工地上还等着大人呢！”杨离见温氏走过来，轻轻拍着阳城延的背，急忙起身安慰道。

咳嗽声止住后，阳城延忽然两眼盯着杨离，郑重地说道：“杨匠师，老臣有一事相求，不知当讲不当讲？”

“少府大人同老夫不必客气，但说无妨！”杨离见阳城延神色凝重，不知道他究竟要说何事。

“老臣膝下有一子，名唤去疾，年方十六，一直待在家中，至今尚未择业。老臣有意让他拜师于你，入匠门，学手艺，日后立身处世，也好有一技之长！”阳城延缓缓说出这番话来，目光中充满了期待。

杨离没料到阳城延相求之事竟是让儿子阳城去疾拜自己为师，差点惊掉下巴，又是摇头，又是摆手，连声说道：“使不得，使不得！万万使不得！”

“杨匠师是嫌犬子愚钝，还是另有隐情？”见杨离一口回绝，阳城延有些不解。

“非也，非也！”杨离慌忙拱手道：“公子天资聪慧、孝悌仁厚，老夫早有耳闻。只是匠人手艺再精湛，仍为天下从业之末流，士农工商，匠人只能与商贾比肩，向来不被世人待见。大人乃当朝九卿之一，令公子当为朝廷效力，谋取功名，将来升官晋爵，贵为王侯，也未可知。不做斯民仰视的‘士’，而入匠门，选择末流的‘工’，是何道理？”

“谋取功名，报效朝廷，当然不失为一条锦绣之道，只是我阳城氏世代以匠人为业，以一技之长谋取立世之本，对功名利禄、官宦荣华向来无贪欲之心。我以军匠之身，跻身于当朝九卿之列，无时无刻不怀揣惶恐之心，上恐辜负陛下重托，下怕有失黎民所期。承蒙丞相信任，托付督造未央宫之重任，还算能尽匠人之本分。如今劳务在身，我无精力教授犬子匠人之技，欲将犬子托付于杨匠师，授业解惑，并非一时心血来潮，而是早有此意。如若杨匠师能收下犬子为徒，我感激不尽！”阳城延说着，举起双手就要行拜谢之礼，杨离慌忙上前阻止。

杨离清楚，以自己的身份，哪能受得起当朝九卿的拜谢。

阳城延言辞恳切，心意拳拳，令杨离甚是感动。他犹豫再三，最后终于松口：“少府大人心诚如斯，老夫哪有推托之理。”他诚惶诚恐地站在床榻旁，向阳城延拱手行礼，答应将阳城去疾收为弟子，跟随自己学习匠工技艺。

见杨离应下此事，阳城延一下精神倍增，病情似乎也减轻了几分。他忙让管家阿甘叫来阳城去疾，当即行拜师入门之礼，并安排温氏设宴招待杨离。

阳城去疾正是血气方刚的年龄，浓眉大眼，面色红润，腰背直挺，待人接物彬彬有礼。杨离受过阳城去疾跪拜之后，喜不自禁，拉着他的手，久久不愿松开。

“我杨离一生以匠人为业，授徒不过十人，今日将贵公子收入门下，做老夫关门弟子，实乃三生有幸。老夫当竭尽所能，传道授业，绝不辜负少府大人之重托！”杨离像是表明心迹，又像是向阳城延做下承诺。

“还请杨匠师切莫因犬子出身官宦之家而放松了对他的管教。我既以犬子前途相托，还望杨匠师严加调教，让他将来能像匠师一样，做一个为人正直、技艺精湛的好匠才。”阳城延当着阳城去疾的面，说出此番话来，既是为消除杨离心中的隐忧，更是告诫儿子专心学艺，不要因生长在九卿之家而放浪形骸。

杨离重新坐回床榻边，又让阳城去疾坐在自己对面，介绍起墨家弟子所承继的墨家学说之渊源：“我杨氏祖先师承先师墨翟，恪守墨家之规，以‘三表法’为立世之本。先师墨翟出身匠人，善制木器，虽无鲁班公之巧，然而当年楚国欲攻打宋国时，他在楚王面前与鲁班公演绎攻城对决之戏，九决九胜，终让楚王放弃了攻打宋国的念头，成为传世美谈。先师墨翟之后，墨家虽分化为相里氏之墨、相夫氏之墨、邓陵氏之墨三派，然皆以《墨子》为纲，在巨子引领之下刻苦自励，奋然而行。”

“当初，墨家与儒家所崇之学被世人视为显学，墨家弟子奉行‘兼爱’‘非攻’‘尚贤’‘节用’，专心习艺，个个技艺高强，为匠人之中坚。据我所知，未央宫所用两千五百名匠人中，不乏墨家弟子。”阳城延接过杨离的话，赞许地说道。

“弟子受教了！”听了杨离和父亲的话，阳城去疾起身向杨离鞠躬行礼，然后转身对阳城延说：“请父亲大人放心，孩儿从今以后，一定跟随杨匠师专心学艺，苦练本领，绝不辜负父亲大人与师父对孩儿的期望！”

“当下，朝廷正倾力营建未央宫，能参与如此规格的宫殿建设，可谓千年难遇的机缘。日后，你要紧随师父，习好技艺，全力而为，为营建新宫献出一己之力！”阳城延又对儿子勉励一番。

阳城延如愿将儿子托付给秦匠杨离，拜师学艺，自己的病情似乎也轻松了许多。他试着起身下地，但没走两步，依旧头晕眼花，体力不支，只好又回到床榻上。温氏见他迈步依然吃力，嗔怪他不应这般心急。

当日，阳城去疾便在阳城延与母亲温氏满是期望的目光中离开了家，跟随杨离去了未央宫工地，开启了他的学徒生涯。

阳城延在榻上又一连躺了数日，虽每天按时服用太医所开的药汤，但病情反反复复，这让他焦躁不安，人躺在床上，心中却无时无刻不挂念着未央宫，好在儿子去了工地学艺，每天能带回些消息。只要阳城去疾一回家，他便向儿子问个没完。

这一天，阳城去疾回家之后，说话有些吞吞吐吐。阳城延觉得蹊跷，再三追问，阳城去疾才道出工地上近日发生的一件事。

原来，阳城延病倒之后，按照丞相萧何的意思，工地暂由少府丞申武负责管理。申武觉得自己此前长期被压制，如今终于鲤鱼打挺——得到翻身的机会，于是把手中的权力用到了极致。他一手遮天，大小事务皆由自己决断，一帮跟着他的监工在工地上耀武扬威，对匠人、役工动辄打骂训斥，好端端的工地被他搞得鸡犬不宁、乌烟瘴气。

杨离的大徒弟田青是工地上的大匠师，负责未央宫两座楼阁的施工。这一天，他发现新进的一批木料规格与要求相差甚远，将这件事告诉了杨离。木料是宫殿营建的重要材料，达不到要求会直接影响宫殿建筑的质量。杨离觉得此事非同小可，便亲自前去楼阁查看，只见新运来的一堆木料，竟没有一根符合尺寸要求。于是，他责令田青立即停工。

一位现场监工把这件事飞快地报告给申武。申武带着人气呼呼地来到田青负责的工地。

“申大人，这批御料不仅不符合尺码规定，质地硬度也达不到要求。”杨离手拿木尺对申武说。

申武半天没吭声，围着那堆新进的木料转了一圈，又用手抠出一块树皮，贴近鼻尖嗅了嗅，然后两眼盯着杨离，口中蹦出三个字：“你确定？”

杨离被他的举动弄得有些懵懂，说道：“此木为栎木，又名‘铁匠木’，乃秦岭高山特有树木，成材树木应该木质细密、质地坚硬。老夫从事木工几十年，与各种树木打了一辈子交道，不用细看，光用手摸都能判断出它的树龄有几载。”

申武两眼依然冷冷地盯着杨离，一声不吭。

站在一旁的田青以为申武没听明白，上前向申武进一步解释说：“此木将用作制作宫殿木梁接头木榫卯，因此尺码、树龄要求甚高，这样的木料无法使用。”

申武又把目光转向田青，依然一声不吭。

杨离见申武不做任何表态，有些焦急，说道：“申大人，这批御料从何而来？此事非同小可，还请大人速速查清。”

看杨离师徒你一言，我一语，申武脑门上的青筋渐渐暴起。他一开口，让杨离师徒吃了一惊：“御料乃朝廷命官负责采购，绝无差池。我看你们这帮前秦穷匠工纯粹是没事找事！”

杨离万万没想到申武会说出这种话来，想要申辩，没等他开口，申武又说道，“别以为你是阳城少府面前的红人，就可以无事生非、招惹事端。你睁大眼睛看看，现在工地是谁在当家？信不信我将你们全部赶出未央宫？”说完他带着几名监工扬长而去。

看着申武趾高气扬远去的背影，杨离气得一跺脚，田青也气愤至极，差点骂出声来。看着一堆质地达不到要求的木料，田青长叹了一口气，问杨离如何处置。杨离感到事情非同小可，说道：“如今阳城大人还躺在病榻上，看来这事只能向丞相大人禀报了。”

萧何极有城府，一向遇事淡定，不会轻易动怒，但听未央宫总匠师禀告工地出现成批不符规格的木料后，气得一拍桌子，立即派人追查。有丞相亲自过问，不到几日便有了结果，不仅查清了事情的来龙去脉，还查出一桩徇私舞弊的案子：负责御料采购的少府钩盾令黄安，在采购木料过程中以次充好，瞒天过海，从中捞取钱财。萧何安排廷尉立即查办黄安。

申武没想到几根木材的事情会被杨离师徒闹得如此之大，心中对杨离、田青恨得咬牙切齿。想到黄安是自己当初竭力举荐的，因害怕受连累，申武急忙使出“丢卒保车”之术，来到丞相府，声泪俱下痛斥黄安，并说自己对采购木料之事并不知情，请求对黄安进行严惩。后来，黄安被关进牢狱，申武则被萧何训斥了一通。

因为担心阳城延焦心，事情发生后，杨离叮嘱阳城去疾回家后不要同父亲提及此事。谁知阳城延看出儿子神色异常，再三追问，阳城去疾不得不如实相告。

第十六章

虐匠事件

阳城延病了将近一个月，病愈后刚能下地走动，便迫不及待地来到未央宫工地。

对他而言，这一个月比一年还要漫长。自从未央宫开工营建之后，阳城延就养成一个习惯，每天都要到施工现场走一走、看一看，一天听不到锤凿叮当之声，看不到匠人、役工忙碌的身影，心里就像陡生一片杂草，不得安生。工地上从匠人到役工，几乎人人都认识这个常常脚踩泥泞、浑身沾满灰尘的少府卿。

一个月没见，人们发现，阳城延面容憔悴，眼窝深陷，额头上多出了几条波浪般的皱纹，人苍老了许多，只是两道浓眉依然凝重如剑。

阳城延在少府一位臣工的陪同下，先后来到前殿、宣室殿等施工处一一查看。一个月没到工地，眼前的景象让他有些陌生，前殿已经开始施工，几处宫阁桩基已经露出地面。

有几个熟识的工匠见阳城延突然来到工地，忙向他打招呼："少府大人看上去身体还不硬朗，怎么就来工地了？"

阳城延说："一场病硬生生把本官困在床榻上快一个月了，再不来工地，这两条腿都要废了。"一句话，把几个工匠都逗乐了。

阳城延尽管感到双腿乏力，心中却异常敞亮，在家中的憋闷心情因眼前忙碌的景象一扫而空。

继续向前走，他忽然听见几个匠人一边干活，一边在悄悄议论：“听说工棚那边出事了，在高阁楼当领班的大匠师被打死了！”

阳城延心中“咯噔”一下，急忙上前走了几步，想问个究竟。几个匠人许是胆小怕事，见少府卿朝他们走来，慌忙躲开了。

高阁楼在未央宫的第二片区域，位于前殿北侧，是一左一右两处高阁。根据萧何的建议，此处将来专门用作存放皇家藏书、朝廷律令典册。因阁楼层级高，暂未命名，工地上的人都称之为高阁楼。

高阁楼是整个未央宫唯一一处楼阁式建筑，工程复杂，工艺要求高，杨离特地安排大徒弟田青作为领班的“大匠师”负责此处施工。阳城延对此处当然也特别关注。

大匠师被殴打致死？竟有这样的事情？阳城延猛然感到五脏六腑像是被一根无形的绳索紧紧勒住一般。他迈着踉跄的步子，急忙朝工棚奔去。

原来，这一天，平时卯时就开始人头攒动的高阁楼，到日上三竿，现场居然不见一个人影。

申武得知此事后感到很蹊跷，急忙安排手下监工去工棚找人，查看缘由。不一会儿，监工气喘吁吁跑去向申武禀告，说是高阁楼的匠人因为监工克扣了他们的粮饷，拒不上工。

“领头的是何人？”申武听后，语气阴沉得像一块能拧下雨水的乌云。

“是杨离的大徒弟田青。”

又是他？申武一听，顿时把牙齿咬得咯咯作响。几个月前，正是田青与他的师父杨离告发了御料不符合尺码要求之事，萧丞相亲自追查，自己的亲信黄安因此被收监，自己也差一点卷入其中。这才消停几天，他又来带头闹事？

在申武看来，工地上这些匠人倚仗自己有一技之长，不知天高地厚，忘记了自己匠人的身份。阳城延对这些人百依百顺，更助长了这些匠人的嚣张气焰。

都是阳城延平时娇惯所致！申武心中愤愤不平，他把原因归结在阳城延身上，决定要狠狠教训一顿这帮匠人。

申武带着几个监工气冲冲地赶往工棚。

工棚是临时搭建起来供匠人和役工夜晚休息的地方，位于龙首山脚下一片开阔的空地上，由一排排低矮简易的草棚组成。每个工棚外面都架起一座简易的炉灶，供匠人、役工生火做饭。

监工把申武引到田青居住的工棚前，一股夹杂着潮湿与霉臭味的气息从工棚里飘出来，申武差点被那股难闻的气息熏得呕吐。他连忙掩着鼻子，后退了几步，朝工棚里瞅了一眼，见十几名匠人面无表情地坐在草席上。

“你们为何不上工？”一名身材矮胖的监工明知故问，朝田青等人大声吼道。

田青见申武领着人来到工棚，以为他是来处理监工克扣他们粮饷问题的，从草席上“嚯”地站起身，走到申武面前：“不知申大人是否知晓，我们每天累死累活，监工却一再克扣我们的粮饷。兄弟们接连几天都是饿着肚子上工地，现在已经没有力气上工了。”

“申大人休听他胡说，这帮匠人不知好歹，分明是找借口偷懒，不想上工。”身材矮胖的监工一听田青的话，赶忙为自己申辩，又气急败坏地骂了一句，“我看你们这帮匠人是活腻了！”

工棚里一位个头矮小的匠人看申武不吭声，以为他是在怀疑田青说的话，于是走到简易的炉灶旁，揭开锅盖让申武看。锅里能照出人影的菜糊糊还冒出丝丝热气。说是菜糊糊，其实就是汤水中飘着几根煮黄的菜叶。

申武用眼角瞟了一眼饭锅，转过身来冲着田青说："这件事本官已知晓，需要调查核实，你先领他们去工地上工！"

田青说："克扣粮饷，已经不是一天两天的事情了，过去我们嚷了好几回，每次都说查办，但最后都不了了之。如今他们整天只给我们吃菜糊糊，一泡尿都尿尽了。这件事一天不查办，我们就一天不去上工。"

"不去上工？"听了田青的话，申武脸上的肌肉像是被针扎了似的，猛地抽搐了几下。他没想到一个匠人竟敢如此同他说话，气得两眼像是要冒出火苗。他盯着田青，用手指戳着他的胸脯，口中蹦出几个字："那就等着瞧吧！本官认得你。"说完，他扭头走开了。

几名监工跟屁虫似的尾随他而去。走了几步，矮胖监工问申武："请问申大人准备如何处置带头闹事的田青？"见申武停下脚步没吭声，他又添油加醋地说道："这个田青，在工地上，倚仗着是总匠师杨离的大徒弟，有一手木工绝活，傲气十足，平时就数他最难说话。"

申武还是没搭腔，朝监工使了个眼色，抬起双手，猛一合拢，做了一个绞杀的手势，扬长而去。

身材矮胖的监工心领神会，立刻带着两名监工折返回去，从工棚中不由分说揪出了田青。

阳城延三步并作两步，心急火燎地赶往出事的工棚。自己一个月不在工地，就发生这种事情！他依然不敢相信刚才几个匠人谈论的是事实。

阳城延清楚，在这等级森严的社会里，一个匠工的死，有时候就像树上飘落的一片树叶，无声无息，连一点声响都不会有。但是，田青他们是大汉朝廷下诏招募的匠工，是未央宫的建造者。自己已经三令五申，要求监工要善待匠人，不料还是有人不把他们当人看待。

工棚前，田青的尸体旁围着一圈人。田青的师父杨离瘫坐在地，欲哭无泪，神情麻木，像一截枯朽的木桩。几名同工棚的匠人默默垂泪。

见阳城延走来，几个匠人围拢上来。

“阳城大人，您总算来了，您要帮我们为田青兄弟讨个公道！”阳城延出现后，大家像是见到了救星，七嘴八舌，纷纷表达着愤怒与不平。

阳城延蹲下身子，见田青死灰一般的脸上依然露着扭曲痛苦的表情。一位工友向阳城延简单叙述了事情的经过。

阳城延不忍心再看下去，走到杨离身边，说道：“老匠师，我来晚了。”

杨离见到阳城延，突然老泪纵横，一把抓住阳城延的双手：“阳城大人，您要为我们做主啊，田青究竟犯了何罪，竟然遭此毒手？”因为过度悲伤与愤懑，他的声音变得沙哑，嗓子里像是被浓烟呛过似的，每说一句话都非常吃力，“田青十几岁就一直跟着老夫，尽管有时候脾气有些暴躁，但平时老实本分。这次若不是监工克扣粮饷，让他忍无可忍，他也不至于不上工。即便是没去工地上工，也罪不至死啊。”

“田青确实死得冤屈，这件事我有责任。”阳城延一边拉着杨离的手，一边劝慰，“请匠师放心，此事我一定会彻查缘由，对残害田青之人绝不姑息！”

阳城延站起身来，看到众人都把目光投向自己，知道这些目光代表着这些匠工们从心底发出的愤怒与质问。他们平时逆来顺受、忍辱负重，即便是吞下苦果也默不作声。如今，面对工友的惨死，他们实在需要讨回一个公道。

看着工棚前悲愤的匠人，阳城延稍稍平息了一下自己的情绪，当场做出了三项承诺：其一是派人妥善安排田青的后事，安抚田青家人；其二是彻查工地克扣粮饷之事，凡牵涉之人，一律严惩不贷。对所克扣的粮饷，一概补发；其三是追查杀害田青的涉事之人，按大汉律令予以严惩。

安排完后，阳城延让匆忙赶来的儿子阳城去疾搀扶杨离离去，自己带着臣工一路挨个儿察看匠人们居住的工棚。

时值春末夏初，正是关中的雨季，许多工棚出现了漏雨、草席霉变的现象，一阵风吹来，发出一股难闻的气味，经久不散。阳城延让随行的臣工把情况一一记录下来，安排人立即重新整修工棚，防范风雨。

刚察看一遍，丞相府一位差役跑过来禀报，说萧丞相有令，请阳城大人速去丞相府。阳城延这才离开。

到了丞相府，阳城延见申武正耷拉着脑袋，像秋霜打过的野草一般立在那里。

“阳城少府，你可知晓田青是得何病而死？”萧何见了阳城延，脸色沉郁地问道。

阳城延一下蒙住了，吃了一惊：“谁说田青是得病而死的？”

他把目光从萧何脸上转向立在一旁的申武，心中立刻明白了是怎么一回事。

申武一边躲闪着阳城延的目光，一边冷冷地说道："阳城大人，田青患病不能上工，下官与几位监工均亲眼所见。因担心他把疾病传染给其他匠人，监工将他护送到工棚之外，不承想他突然晕厥而死。"

阳城延一听申武的话，像是吃了一只苍蝇，既恶心，又气愤。真是恶人先告状！他向萧何一拱手，强压住心中的怒火，愤愤地说道："回禀丞相，事实并非申大人所言，田青的死另有隐情！因为监工多日克扣粮饷，今日田青同几位匠人拒不上工，以示抗争。没承想，申大人带着几名监工前去工棚查问，田青申辩了几句，就被监工拖出工棚活活打死，这才是田青真正的死因！"由于说得过于激动，阳城延一时憋得脸发红，粗重的眉毛不停地抖动，脖子上也爆出几根青筋。

"阳城大人不要信口雌黄，血口喷人！你今日刚来工地，可清楚事情的来龙去脉？"申武阴沉着脸，对阳城延的话很是不屑。这些年，他一心削尖脑袋想往上爬，脑袋没变形，目光却变得越来越阴险。

萧何看阳城延与申武两人你一言，我一语，各执一词，当着自己的面旁若无人地争论起来，很是不悦。他冲着二人猛一摆手，没好气地呵斥道："你们二人休得再争，此事查清不难，待查明原因后再做处置。"

萧何平息了一下怒气，宣布说："阳城少府病愈，即日起担负未央宫工地全权管理之责，申武不再代行其职。眼下当务之急是让匠人们赶紧去工地上工。未央宫营建已有一年之久，如今正是施工的关键节点，务必抢抓工期，不要再节外生枝了！”

阳城延与申武见平时不轻易发怒的丞相动了怒气，不敢再争论。沉默了一会儿，阳城延把现场处理的情况告诉萧何：“禀告大人，我已安排妥当，高阁楼明日即可复工。只是我答应匠人，一定要查明事情真相，缉拿凶手，予以严惩！”

萧何说：“此事虽说只是一名匠人之死，但影响极坏，一定得严查严办！”

阳城延没想到申武会编出田青得病而死的理由蒙蔽丞相，逃避责任，气得脸色铁青。两人从丞相府出来，申武昂着头，意味深长地瞥了阳城延一眼，阴阳怪气地说道：“这工地上每天都有几万人上工，死了一个匠人，不就像是死了一只蚂蚁，阳城大人何必如此伤肝动火、小题大做？”

阳城延一听，气得牙咬得咯咯响，停下脚步，准备同他理论。申武却扬长而去。申武如今是少府丞，虽说是阳城延的副手，却根本不把阳城延放在眼里，甚至连表面上的虚伪都不装了。

萧何安排廷尉下属的大理正督查田青一案，很快便查清了事情真相。田青身上多处瘀紫，颈部有明显的勒痕，确实是被殴打致死的。萧何当即下令，将涉事的两位监工收监，按照大汉律令严厉查办；把克扣匠人粮饷的监工及与之合谋的工头，统统逐出工地，发配边疆戍边。申武矢口否认自己是幕后主使，声称自己在丞相萧何面前说田青患病而死，是听信了监工的一面之词，受到了蒙骗。萧何斟酌再三，宣布将其削职，调离少府衙门。他同时安排阳城延安抚田青的家人及师父杨离，匠工被克扣的粮饷也全部补发。

申武不服，哭着找建成侯吕释之求情。吕释之将申武臭骂了一顿，去找萧何。萧何虽为一国之相，但不得不顾及国舅的面子，毕竟他的面子也就是皇后吕雉的面子。萧何无奈之下，更改了责令，保留了申武的少府丞职务，罚俸禄一年，让他仍然留在少府。

此时，朝廷催促少府抓紧铸造“三铢钱”，阳城延征求萧何意见后，安排申武去负责铸钱，不再让他过问未央宫营建之事。

杨离因大徒弟田青的惨死，大病一场，半个多月后才回到未央宫工地。

第十七章

万年梁

因为工地上接连发生几起事件，未央宫前殿上梁仪式一直拖到汉高祖八年（前199）五月才得以进行。

前殿由前、中、后三座大殿组成，中殿是正殿。准备上梁的中殿是整座未央宫最为高大也最重要的宫殿。

梁，是安放在房舍最顶部、最高的一根横木，是整个屋宇的“正统”，具有象征意义。前殿又是未央宫最为重要的宫殿，因此，前殿上梁不仅是宫殿建造过程中一个重要的仪式，也是重要的施工节点。大梁上顶后，将确定整个屋宇的高度与架构，标志着完成了营建中最重要的一环，可以进行下一步的装椽铺瓦施工。

上梁的日子是太常卿叔孙通选定的。这一天，关中大地艳阳高照，整个未央宫前殿旗帜招展，平时横七竖八的建筑材料被摆放得整整齐齐，通往前殿的道路也被清理得干干净净。杨离一大早就来到工地，指挥着一帮人忙里忙外，检查上梁前的各项准备事项。

阳城延陪同安国侯王陵、计相张苍、太常卿叔孙通一同前来。萧何因为在洛阳被刘邦召见，没能赶回长安，仪式委托叔孙通主持。

这是继未央宫开工典礼后举办的又一个重要的仪式。大殿前气氛庄严而热烈。

杨离手中握着一个“谜”，那就是今日谁来做上梁的“大工”，这也是众人纷纷猜测的重点。上梁需要四五个人共同作业，“大工”是最主要的操手匠人。在上梁过程中，他不仅要用眼神和手势控制着大梁提升的速度，还要进行调整榫卯等一系列复杂的工序，保证大梁稳妥就位。因此“大工”的技能要求特别严格，一般由大匠师亲自担任，或由大匠师指定特别信赖的徒弟担任。

因为杨离的大徒弟田青已死，人们猜测，这次或许是让二徒弟王超或三徒弟张彪担任上梁的“大工”，他亲自担任也不是不可能。

吉时已到，太常卿叔孙通拖着长长的声调，宣布未央宫前殿上梁典礼正式开始，在庄重的礼乐声中，叔孙通率众人行祭祀之礼，祭拜天地。

礼毕，叔孙通让总匠师杨离宣布上梁的“大工”人选。杨离上前跨了一步，用目光环视众人，随即一抱拳，深深鞠了一躬，把目光投向一个年轻人，用铿锵的语气说道：“阳城去疾！”

这一出乎意料的“大工”人选，引得众人一阵议论。阳城延也暗暗吃了一惊。儿子拜杨离为师，至今尚不足一年，虽然平时杨离对他夸赞有加，但上梁“大工”毕竟不是一般人能够胜任的，如果技能不过硬或操作不当，在上梁过程中出现失误、差错，那会被认为是不吉利的征兆，有可能造成难以预料的后果。

阳城去疾似乎对这项重任将落到自己肩上并不意外。他开始有些紧张，但立刻调整了情绪，上前一步，先向众人深深鞠了一躬，又向师父杨离鞠躬致谢，在众人的目光中，他迈着坚定自信的步子，朝前殿大梁摆放处走去。

让少府卿的儿子担任上梁“大工”的重任，杨离的安排有些意味深长。

大梁架在中殿正脊中位，梁上盖着一块大红布，名曰“镇物”。

挑尖梁、扶脊木、金檩、金枋等辅助材料全都整齐地摆放在一旁。

阳城去疾身姿矫健，利索地爬上了未央宫中殿的柱架，在王超、张彪等人的协助下，提梁、入位、拨戗、牢檐，整套动作一气呵成，干净利落。不一会儿工夫，大梁便牢牢地固定在中殿的金柱上。

大梁稳稳就位，众人一片喝彩。

直到阳城去疾下到地面上，阳城延才舒了一口气，他的心情似乎比儿子还紧张。有人向他道贺，他缓过神来，连忙拱手还礼。

叔孙通走到阳城延面前，拱手道："将门出虎子，今日令郎的表现让人刮目相看。我听说少府卿您让令郎学习匠艺，没想到他小小年纪便有如此本事，可喜可贺啊。"

"犬子不才，全仰仗师父调教。今日所为，也是出乎我所料。"阳城延向叔孙通拱手还礼。

计相张苍走过来，笑着恭贺："方才我还在疑惑，未央宫前殿上梁'大工'怎么让一位年少之人担当，没想到是阳城大人之子，真是年少有为，日后堪当大任。"

"计相过奖，犬子实乃初生牛犊不怕虎。木工有'千日斧子万日锛'之说，他未来学艺之路还漫长着呢。"阳城延连忙回谢。

阳城去疾的出色表现也让杨离格外欣慰。自从收下这个身份特殊的徒弟，他倍感压力，好在徒儿聪明好学，许多活计一点就通，仅一年工夫，已经能独当一面。

杨离见几位朝廷大员都在夸奖自己的徒儿，朝他们走来："各位大人不要光顾着夸赞徒儿、恭贺阳城大人，今日前殿上梁大吉，还请献上几副对联，一来增添喜庆，二来也好让我等见识见识。"

众人一听，都来了兴致，连声叫好。

阳城延觉得这个提议可谓锦上添花，自己光顾着替儿子担心，居然忘了这一茬儿，赶忙说："太傅、计相、安国侯都满腹经纶，对他们而言，这不过是信手拈来之事。"

吟联作对，是关中房屋上梁时的一种风俗，一般都是请饱学之人现场吟咏，临时发挥，图个吉利。阳城延的一席话，让三位大臣没了退路。叔孙通与张苍谦让了一番，张苍拱手请叔孙通先来，于是叔孙通眼盯着前殿大梁，先吟出了两句：

紫气迎祥金銮顶，彤云献瑞玉堂春。

刚一吟出，立刻获得一片喝彩。

张苍见叔孙通吟出一副精彩的好联，用手捋了捋胡须，在众人的期待中也吟诵出两句：

帝座九重还紫极，皇图千禩启广明。

又是一片喝彩。

两人吟诵完，大家把目光投向王陵。王陵被众人弄得有些腼腆，说道："好词妙句都让太常卿与计相用完了，我只能凑合两句了。"他略作沉思，也吟出两句：

紫微玉阁三台瑞，金柱喜托万年梁。

"此联高妙！万年梁，预示着我大汉江山社稷万古长青，永世太平！"张苍颔首称赞。

阳城延说："几位大人文采斐然，我不通文墨，只有仰慕的份了。"众人一阵欢笑。

"有了！"

几位大臣吟诵完对联，杨离听完，忽然一拍手，高声叫道，还做出一个夸张的动作，引得众人纷纷向他投去疑惑的目光。

"老夫是说这殿室的名字有了。"杨离感觉自己因为高兴，有些失态，连忙解释说，“刚才三位大人的对联中，有玉堂、广明、紫微等字词，未央宫众多的殿室至今尚无名称，这恰好可用作几座宫殿的殿名，老夫看再合适不过了。”

阳城延一听，也连连点头：“能给未央宫宫殿命名，这可是流传千古的事情。今日几位大人吟诗作对，幸而偶得几个名字，可谓因缘巧合啊。”

叔孙通说：“宫殿之名寓意吉祥，既要图吉利，又要体现皇家宫殿的瑞气，一般要天子钦赐，即便是臣子所提，也须陛下恩准。”

阳城延见他们有推辞之意，便说道：“这个不难办，明日我禀报丞相，请丞相呈报陛下御批便是。”

一提到刘邦，几位老臣一下子沉默起来。此时，长安盛传，代国国相陈豨广招天下豪侠游士，储备粮草，大有忤逆生变之意。刘邦为此事正在明察暗访，搜寻证据。萧何也正是因此被他召见问策。

几位老臣都心知肚明，大汉创立以来，许多异姓王拥兵自重，从社稷功臣变成野心勃勃的枭雄，陛下为此寝食难安。

因为话题敏感，在公开场合谁都不愿谈论。阳城延见大家一时无语，便岔开了话题，提议说：“今日各位大人莅临未央宫工地，难得有这样的机会，上梁仪式也已结束，诸位不妨跟随老臣到工地各处巡察一番，也好为营建献计献策。”

张苍等人平时忙于事务，虽然能听到未央宫的营建信息，但工地戒备森严，想看也只能看个外观，今日恰好能探个究竟，非常难得，纷纷表示赞同。

未央宫与隔街相望的长乐宫占地面积相当，但从呈现的营建阵势来看，宫殿的数量、规模、档次有过之而无不及。以龙首山为中心，各座宫殿的殿基如同雨后春笋，一天天蹿出地面。

阳城延领着众人，一边察看，一边介绍眼前在建的宫殿规模及其将来的功用。说话间，众人来到第二区域，只见正在营建中的两座高大的宫阁，东西相对而立，飞檐翘角，初露雄姿，格外引人注目。一条石砌的沟渠引进一泓泉水，从宫阁下方汩汩流过，流向不远处一座人造湖泊。

秦汉时，殿、楼、阁是宫殿通常采用的建筑体制，三者有着明显的区别。殿，一般为单层，是宫室、礼法和宗教专用建筑，房屋高大，有造型别致的屋面，多为斗拱建筑；楼与阁属于高层建筑。楼是两层以上的重屋；阁起源于巢居的干阑式建筑，下部架空，上部为方形、长方形或多边形，常用作供奉、藏书、休息和远眺。

在未央宫四十多座建筑中，宫殿居多，宫阁建筑仅此两座。

叔孙通举目仰视，见宫阁气势不凡，问阳城延："这两座宫阁将来作何用途？"

"按照萧丞相的意思，此处两座宫阁，一处为将来皇家藏书之所，一处用作储藏朝廷律令典册。这宫阁即将完工，但至今还没有正式名称，匠人们私下称之为高阁楼。"阳城延指着两座宫阁介绍。

阳城延一说，众人不禁想到当年刘邦率军进入咸阳宫时，众将忙着掳掠宫女、哄抢珠宝玉器，唯独萧何把秦朝的律令典章、田地山泽及户口册簿等当作宝贝一样收藏起来。那些秦时的行政文书、律令典章等，如今为大汉治国安邦发挥了巨大的作用。

"行政文书、律令典章乃治国之要，丞相高瞻远瞩、深谋远虑，我辈望尘莫及！"太常卿叔孙通感慨道。他凝视着汩汩而流的一泓渠水，忽然受到启发，提议道："此处有石渠之水流过，此阁起名'石渠阁'如何？"

阳城延听罢，连声称赞道：“甚好，甚好！‘石渠阁’，既与环境相称，又雅而不俗，寓意深远。”他指着另一座宫阁对计相张苍说，“太常卿取了个‘石渠阁’之名，这一座烦请计相赐个名吧。”

张苍略作沉思，捋了捋胡须，说道：“《尚书·大禹谟》曰‘四海困穷，天禄永终’，天子典藏，乃天赐的福禄。依老臣愚见，此宫阁不如起名‘天禄阁’！”

众人见此名与宫阁功能贴近，又语出典册，包含吉祥寓意，纷纷称赞。

阳城延喜不自禁：“今日得几处宫阁之名，实乃意外收获。待陛下御批，正式命名后，在下必一一登门致谢！”

过了两座宫阁，后面是正在营建的水池苑囿，建成后，这将是未央宫中一处皇家花园。再向北，是后宫所在的区域。这里的宫殿营建进度相对慢一些，有的竖起了金柱，有的刚挖好地基，匠人役工正在忙碌。

“此处为禁中，共由九座宫室组成，前五后四，皆为将来后宫嫔妃的出入之所。与长乐宫相比，此处宫室多出一倍有余。”阳城延站在一处较高的宫殿台基上，指着眼前工地向众人介绍，“再向北去，便是北司马门。”

未央宫的北端与长乐宫的北端基本平齐，这种两宫对称的布局设计，是阳城延在征求杨离等秦时老匠人意见的基础上，与丞相反复推敲后确定的。两座宫殿一东一西，如同长安城所有建筑中的“主角”，是大汉王朝新都的标志性建筑。

从南至北看过一遍，众人颇感劳累。尽管是初夏，阳光不算毒辣，有的人额头上还是冒出了细汗。张苍打趣道：“未央宫如此之大的营建阵势，有劳阳城少府烦心，难怪我们平时难觅你的踪影，原来是钻进后宫了。”说得众人一阵哄笑。

阳城延也自嘲地笑了笑，说道：“要说未央宫营建，计相可谓是第一等功臣！”一句话，说得张苍有些摸不着头脑。

看着张苍白净的脸上露出疑惑之色，阳城延解释道：“这里的一砖一石，皆为计相所拨钱财购得，若没有计相鼎力支持，我就是有三头六臂，也难为无米之炊呀。”

“老臣也只是听丞相所嘱，照章办事罢了！”张苍挥动着他颀长的手背，连连摇手，“不过话说回来，我大汉国祚刚立，百废待兴，国力贫乏，暴秦与楚王余党虽被推翻剿灭，天下依然不甚太平。陛下御驾亲征，各处花费巨大，加上关中这几年大旱，庄稼歉收，国库时常捉襟见肘，能举国力建造此宫，实属不易了。”

张苍一番话，说得众人沉思不语。阳城延又对张苍说了一番感谢之言，表示一定会把钱用在刀刃上，尽心建造一座让陛下与朝廷满意的新宫。

未央宫前殿的上梁仪式结束，本该皆大欢喜。然而，第二天，阳城延却被从洛阳赶回来的萧何紧急召见。原来有人向萧何告状，说阳城延暗中指使总匠师杨离，私自安排自己学艺不满周年的儿子阳城去疾充当上梁的“大工”，差点酿成上梁不吉的大祸。

阳城延向萧何如实禀报，表明杨离安排阳城去疾担当上梁“大工”，自己事前并不知情，且并未出现任何不吉之事，这一切可以让总匠师杨离前来作证。

为了弄清事情真相，萧何当即传见杨离。

杨离不知何事，匆匆赶到丞相府。当他听说有人诬告阳城延私自安排儿子去当上梁“大工”时，哭笑不得。他向萧何禀报说，他安排阳城去疾担当上梁“大工”，事前并未与阳城少府沟通，也未让他知晓，主要是担心他加以阻拦。无论是作为工地总匠师，还是师父，自己都有权决定谁去担当上梁“大工”。让年轻之辈担此重任，是墨家传承的祖规，以彰显匠人后继有人。至于说上梁时差点出现不吉之兆，纯属无稽之谈。

听了二人陈述，萧何沉思许久。他当然不便透露是谁状告了阳城延。自从未央宫开工以来，针对阳城延的指责已经不是一回两回了，身为丞相，他知道个中缘由，虽然最后调查的结果都是子虚乌有，毕竟伤人不浅。想到这些，萧何无奈地摇了摇头。真是树欲静而风不止！

萧何将手中的书简往案几上重重地一搁，像是做出某种决断：“此事不再追究，你们二人也无须放在心上。揭穿诬告的最好方法，就是早日营建好未央宫。”

第十八章

煌煌未央

关中的夏天总是阴晴不定，好似孩童的脸，说变就变。刚才还是晴空丽日，转瞬间就变得天昏地暗，黑压压的乌云好像是追着人跑似的，直逼人们的头顶。天空下，狂风卷着沙砾与残枝落叶，撒欢似的到处流窜，发出呜呜的刺耳声响，一场暴风雨即将来临。

未央宫工地上，前殿与左右几座宫殿已落成，匠人与役工们正忙着拆卸殿外竹木搭建的爬架。按照总匠师杨离的安排，暴风雨来临之前，要把几处不甚牢固的爬架拆卸完毕，以防被风雨吹倒，殃及宫殿。

狂风稍稍停歇，一道闪电张牙舞爪刺破乌云，随着一阵隆隆的雷声，豆大的雨点哗哗落下。地面上，厚厚的尘土被雨点砸出一个个小坑，转瞬又被雨水溅起的尘土填平。不一会儿，积水四处奔流，朝着低洼的地方流去。

暴雨突然来袭，许多匠人放下手中的活计四处避雨，有的脱下身上的褂襟顶在头上，有的干脆光着膀子在风雨中飞快奔跑，寻一处能够暂时挡风避雨的地方。有人扭头望着黑沉沉的天空，露出惊恐的眼神，如此狂风暴雨，在关中还真罕见。

杨离的二徒弟王超躲在前殿一处廊柱下避雨，他用手擦了擦脸上的雨水，环顾四周，没有看到师父杨离，忙向身边躲雨的匠人打听，连问好几个都说不曾看见。他一下子变得焦急起来，如此大雨，师父要是被雨淋了，身体一定吃不消。“赶紧去寻师父！”他小声嘀咕了一句，顾不得瓢泼大雨，再次冲了出去。

寻了好几处，不见杨离的身影，正焦急，王超看到一座刚完工的宫殿旁，有几个人影在雨雾中晃动。他急忙跑过去一看，见杨离在雨中正带着几个匠人拆卸着一处爬架。一根粗大的爬架木头被另外几根木头钳住了，难以拆卸，几个人正在用力拔。

“师父！”王超冲杨离喊了一句。杨离回头看了一眼，没顾得上理会他，用手抹了一把脸上的雨水，继续指挥着几名匠人拆卸。

王超准备上前帮忙。就在这时，整个爬架在一阵狂风吹动之下晃晃悠悠，眼看要整体倒下来。正在拆卸的几名匠人一见，飞快地躲开了，但杨离因为太过专注，整个爬架朝他砸来，他却浑然不知。王超见状，大喊了一声“师父！”一个箭步冲上去，用身体死死护住了杨离。

爬架轰然倒塌，散落的木料将杨离与王超击倒在地，覆盖在他们身上，其中一根粗长的木料重重地砸在王超头上。王超头向下猛地一低，一股血流顺着雨水，瞬间将地面染成一片殷红。

杨离低头，猛然看到地面血水，意识到出事了。他慌忙用力推开护着自己的王超，又翻身坐起来反手将王超抱住，大声呼喊着王超的名字。王超软软地躺在杨离的怀里，半天才睁开眼，微微抬了抬手，指了指前方：“宫，宫殿……”杨离顺着他手指的方向看去，拆过爬架的宫殿被笼罩在雨雾之中，朦朦胧胧，什么也看不清。等他再低头看王超，王超已经闭上眼睛，没有了气息。

一场突如其来的事故在暴雨中降临。杨离瘫坐在雨中，怀抱着徒弟余温未散的身体，声嘶力竭地呼唤着爱徒的名字，回应他的只有风雨声和远处沉闷的雷声。几个从泥水地上爬起来的匠人也被眼前这突如其来的一幕吓蒙了，呆呆地站在雨水里，半天才缓过神来，慌忙搬去师徒二人身边的木料。

阳城延赶到未央宫时，暴雨已经停息。

乌云散去，经历了一场暴雨的洗刷之后，天空变得更加蔚蓝辽阔。太阳重新回到人们头顶之上，发出刺目的光芒。一切都回到了暴雨之前，似乎什么都没有发生。大自然总是用它神秘的巨手，瞬间制造令人惊骇的一幕，却又若无其事，很快将一切抹平。

王超为了救师父遭遇不测。他的遗体在人们惊悚的目光中，被抬出了工地。

杨离由几个人搀扶着，慢慢朝未央宫工地的大门前挪动着步子，依然沉浸在哀痛之中。阳城延想上前劝慰几句，又感觉一时找不到合适的话，只好默默地看着杨离离开，感觉这位经历坎坷的老匠人与一年前那个脸上虽然布满沟壑般的皱纹，两眼却炯炯有神的匠人相比，判若两人。不到两年的时间，在未央宫工地上，这位年逾花甲的老匠人先后失去了两名爱徒，一个死于人祸，一个死于非命，这种伤痛不亚于老年丧子。阳城延理解这位老匠师心中埋藏的哀痛。

阳城延看到儿子阳城去疾搀扶着杨离的胳膊，被雨水浸透的衣服粘在身上也全然不顾。沉浸在如此悲痛之中，也许只有师徒间流动的情感，才能给这哀痛的老人带去些许慰藉吧。他叫来一名府臣，嘱咐安排好王超的后事，然后带着两名臣工朝工地出事的地方走去。

撤去横七竖八的爬架，未央宫前殿露出“真容”，在阳光下呈现出金碧辉煌的外观。前殿的三座大殿已经完工，金殿瑶阶，雕梁画栋，丹楹刻角。殿宇折檐的椽头上贴着玉璧，向外伸展，在空中勾勒出优美的弧线，如鸟翼舒张。折檐之上，琉璃瓦当在阳光的照射下发出金灿灿的光芒。殿宇的廊檐下耸立着一排高大的廊柱，被漆成朱红色，耀眼夺目；回廊上立着精雕细刻的栏杆，每一处栏杆上都有清新典雅的图案；门扉上镶嵌着金色的花纹，门面有玉饰，装饰着鎏金的铜铺首，周边镶嵌着各色宝石。窗牖镶金镀银，既显华贵，又古香古色。宫殿外，无论沉稳庄重、高大修长的廊柱，还是匠心独运、微小弯曲的飞檐，既是匠心独运的巧妙构筑，又呈现出一种浑然天成的自然气象。

前殿丹墀地面是紫红色的，看上去大气美观。丹墀之下是宽阔的前殿广场。从广场登上丹墀，左为台阶，可拾级而上，右为斜坡，方便将来陛下乘坐御辇往返。每一级台阶都是用玉石砌成的。从下往上，栏杆重重，台阶层层，需要仰视才能看到前殿殿宇。

阳城延心想，当初与杨离等人讨论此处设计时，想烘托出主殿的高大，同时营造出一种庄重的气氛，现在看来，基本达到了预想的效果。

如果远看，虽然未央宫有的宫殿还在进行最后的收尾施工，但已经呈现出宫殿重重、崔嵬屹立的景象，屋宇盘曲，光耀富丽；宫阁重叠，构造奇异，俨然天上宫阙。

未央宫宫殿拆除爬架后，在阳光下呈现出如此令人震撼的景象，似乎在阳城延预料之中，又像是意料之外。这是长乐宫乃至阿房宫都无法与之相比的壮阔，更为重要的是，这是大汉王朝第一座自己营建的宫殿，陛下虽还未移居此宫，这里却已经显示出一种神秘威严的王者之气。

阳城延想起，两年前，这里还树木遍地、杂草丛生，一片残垣断壁，如今四十多座宫殿、楼阁陆续建成，这里已成为新都长安城最为壮观、最为重要的地方。两年间风风雨雨、曲折艰辛，两千五百多名匠人、一万八千多名役工为此付出了心血、汗水，甚至性命。今日，又有一名匠人在这里倒下，煌煌未央宫又多了一个牺牲品。

阳城延忽然想起叔父带着他在阿房宫工地上工的情景。叔父一生最大的心愿，就是期望他有朝一日能独立主持修建一座宫殿，如今自己不仅主持，而且主导修建了比秦朝皇宫更为宏伟的宫殿，也算可以告慰叔父在天之灵了。只可惜，自己两位出生入死的兄弟刘乐离与黄甄，一个冤死，一个执意离去，无缘参与这次营建。想起他们二人，阳城延叹息了一声，心中涌起一股难以抑制的苦楚。

这时，工地上一位臣工朝他走来，禀报大匠师吴宽求见。

吴宽领建的是未央宫四座宫门及东、北两座门阙。宫门俗称司马门。未央宫共有四座司马门，东南西北各一座。由于未央宫总体布局是坐北朝南，因此南司马门理应为正门。此时的汉王朝面临着两大势力的滋扰，一个是不安分的异姓王，另一个是来自北方的匈奴。皇帝出入、诸侯国朝贺要走东司马门，百官觐见、上书奏事通常走北司马门，南司马门与西司马门进出人员较少。如何突出东司马门与北司马门的地位，使东、北两座司马门在形制上成为未央宫的两座正门，一度是摆在阳城延与匠人们面前的一道难题。后来，阳城延带着杨离在萧何、张苍等人的点拨谋划下，难题终于得以破解。

吴宽知道阳城延因为王超遭遇意外，心情复杂，因此来到他面前也没有多少客套礼节，直接说明了来意：几座司马门和东、北门阙即将完工，请阳城少府前去察看。

阳城延随着吴宽行至四座宫门，一一察看。每一道司马门都是严格按照礼节规范修建的，同时融入了“厌胜之术”的理念。作为正门，东司马门建得最为高大、敞阔，城门分成三条门道，中间门道供皇帝进出及举行仪式专用，两边门道为诸侯王进宫觐见及其他人入宫的通道。吴宽在宫门前修建了高大的门阙，既突出了东门的重要性，又与邻街相望的长乐宫西门门阙遥相呼应，营造出庄重、威严的氛围。

北司马门也是按照正门的规格修建的，门前与东司马门一样，建立了高大的门阙。后来，东门阙被命名为苍龙，北门阙被命名为玄武。而南司马门与西司马门前不仅没有建门阙，规格、档次也相对较低。在确保司马门功用的基础上，四座司马门的规制、规模处理得恰到好处。

吴宽出生在沛县，与刘邦是同乡，当年随同楚汉大军来到关中。他虽不是秦时匠人，但为人精明、善于钻研，营建技术极强。阳城延让他领建宫门，正是出于对他的信任。四座宫门与两座门阙营建得如此出色，阳城延向吴宽投去赞许的目光。

察看完四座司马门，天色已晚，阳城延依然放心不下杨离，于是在两位臣工的陪同下，又匆匆朝杨离的住地走去。

汉高祖九年（前198）八月，栎阳丞相府。

一向遇事沉稳、老成持重的萧何感到有些分身乏术，体力不支了。皇帝刘邦御驾亲征，讨伐异姓王，他要调拨粮草辎重，确保征讨大军后勤供给充裕；他亲自起草的《九章律》要突破重重阻力，颁布、推广、实施；未央宫营建之事，他也不敢掉以轻心。因此，每隔几日，他不是召见阳城延询问工地情况，就是亲自前往工地实地察看。

终于，他接到阳城延禀报：未央宫主体建筑已经全部完工，前殿及左右主要宫殿的室外爬架拆除完毕，整体外观效果已经展现，萧何可以前去察看了。

一连好几日，萧何独自一人踟蹰在未央宫前殿的丹墀前，时而凝视正门前高大的门楣，时而远眺由阳城延精心设计的飞檐戗角，逡巡四顾，从各个角度审视着这座真正意义上的大汉帝国第一座宫殿。他对这座新宫，无论是营建速度、品质，还是修建的规制，都是比较满意的。他心里也清楚，大汉初立，营建如此豪华雄伟的宫殿，一定会招来非议，甚至会受到攻击，但是作为一国丞相，他思虑的是大汉的威望、朝廷的威严、皇室的礼法。大汉立国已经有几年时间了，如果没有一座像样的宫殿，所谓国威、礼制就无从谈起。再者，上至周朝镐京，下至秦之咸阳，无不要筑都城、修宫殿，建树威严，规范礼制，安邦定国。因此，他想：即便自己受到误解、承受委屈，又何足挂齿？

看着眼前的宫殿，他想到了阳城延。这位军匠出身的少府卿，当初自己起用他时，没少被人质疑甚至反对，即便他领头修建了长乐宫，依然有人对他怀有妒忌之心。为了营建未央宫，阳城延一马当先，大胆任用秦时匠人，并亲自带着府臣、监工，整天泡在工地上，费尽周折，克服了一个个难以想象的难题，才使得未央宫得以在两年间如期完工。这座宫殿可以与以往任何一座皇家宫殿媲美，必将千古留名，成为后世宫殿之圭臬。能有像阳城延这样心无旁骛、心系朝廷的能工巧匠，既是汉廷之幸，也是大汉的骄傲。

萧何心中突然萌生了一个念头：未央宫前殿重檐之上，应当有一块厚重醒目的题额，既显示其威重，又能示之后人。但是他旋即陷入沉思，谁来题写这幅题额呢？

作为大汉宫殿，应该由开国君主亲自题写，但陛下操劳国事，至今依然身陷平叛征战之中，如若让他题写，绝非易事；再者，陛下至今还没有顾得上察看新宫，不知对新宫是否满意，断然不会草率题字。张苍、叔孙通等人也都是题写的好人选，他们博古通今，写得一手好字，只是这些人忙于朝政，必然会推辞。

思来想去，萧何最终决定由自己亲自题写。

未央宫前殿重檐高丈许，题额字体必须硕大、饱满，才能与之相匹配。萧何清楚，人们所谓善书者不择笔，那指的是通常书写，如果要题额，那便非寻常之笔所能胜任。酝酿了良久，他自制了一支巨型短毫钝锋秃笔，又找来松烟、松油等，熬制了浓稠透亮的墨汁。一切准备就绪后，在一个夜阑人静的夜晚，萧何净手焚香，凝神屏气，虔诚地书写出三个笔力遒劲的大字——“未央宫”。三个大字经金匠鎏金后，字体更显饱满，挺拔刚健，熠熠生辉。

萧何是用秦代八体之一的署书题写“未央宫”三个大字的。秦朝废除古文，书存八体，署书是专门用以题署宫殿匾额的字体。

当鎏金题额挂到未央宫前殿的正殿重檐之上，工地上的臣工及匠人、役工纷纷围观，一时人如潮涌。

阳城延看着萧何字大如斗的题额，驻足良久，心潮澎湃。他不只欣赏，更是崇敬。透过三个鎏金大字，他能深刻体会这位开国元勋藏在其中的良苦用心。他知道，萧何题写未央宫重檐的题额，既是出于他这位开国丞相对大汉浓烈炽热的情感，更寄托着他对羽翼未丰的王朝深情款款的祝愿。后来，这一特殊的匾额体被人们称为“萧籀”。

这方悬挂在未央宫前殿的题额，就像天地之间的一只巨眼，深邃威严，俯视着大汉芸芸子民和辽阔江山。

第十九章

天子喜怒

经过两年紧张营建，未央宫主要宫殿楼阁陆续建成。前殿、宣室殿，以及后宫主要宫室完工之后，按照丞相萧何的旨意，阳城延又组织匠人、役工在未央宫与长乐宫之间抢修了储藏兵器的武库和粮仓太仓等配套设施。至此，一座规模宏大、殿宇重重的皇家宫殿屹立在龙首山上，坐落在新都长安城中。

一切准备就绪，萧何去见刘邦，向他禀报新都未央宫已经竣工，请他移驾新宫，并提议再次举行新宫入住的朝贺大典。

此时，刘邦正为处理赵国国相贯高叛逆之事心烦意乱，整日郁郁寡欢。

事情还得从两年前说起。当时，刘邦所封八位异姓王之一的韩王信，勾结匈奴，发动叛乱。刘邦亲率大军平叛，因判断失误，落入匈奴人设下的包围圈，在平城白登山被围困七日之久，这就是被后世诟病的“白登山之围”。后来，陈平用计，刘邦侥幸逃脱。刘邦在返回的路上经过赵国，此时赵国国王张敖是刘邦唯一的女儿鲁元公主的丈夫，也就是刘邦的女婿。来到自己女婿的地盘，心情烦闷的刘邦摆起了老丈人的架子，盘膝而坐，举止傲慢，似乎是有意拿张敖出出白登山之围的气。刘邦是大汉天子、自己的岳父，张敖没有觉得刘邦的行为有何不妥，但有一个人看着刘邦傲慢的举止，心中十分不快，此人便是辅佐赵王的国相贯高。

贯高出生在赵国，有燕赵侠士的豪气。他看到刘邦的言谈举止，私下里对张敖说："陛下对大王如此傲慢无礼，将来艰难可想而知，还不如乘机杀了他，由大王取而代之，成为九五之尊。陛下现在手无重兵，正是下手的绝好机会。"张敖一听，吓得头发根都竖了起来，赶忙捂住他的嘴巴，说道："国相怎能说出如此大逆不道的话？要是让陛下知晓，不但你我不能活命，还会招致灭九族之祸啊。休得再胡言乱语！"因为张敖竭力阻止，贯高没能刺杀刘邦。

汉高祖八年（前199）冬，刘邦讨伐韩王信于东垣，再次途经赵国，准备在一个叫柏人的村庄留宿。贯高得知后，又起刺杀刘邦之心，于是带着人藏在柏人村，伺机行刺。刘邦问随行的参军这是何地，参军回答："此地名曰柏人。"刘邦说："柏人者，迫于人也。"心虚的刘邦带着人马匆匆离开，贯高又一次错过了行刺的机会。

贯高两次行刺刘邦，本来是一件绝密的事情，但世间没有不透风的墙，这件事被他的一个仇家得知，仇家向朝廷告发了贯高的图谋。刘邦知晓后勃然大怒，下令将包括赵王张敖、国相贯高在内的赵国一帮君臣统统捉拿严审。审问的结果是，赵王张敖矢口否认知情，贯高一口咬定是自己所为，与赵王无关。严刑之下，贯高被打得皮开肉绽，浑身上下连一处完好皮肤都没有，但依然称赵王张敖不知行刺之事，全是自己一人所为。刘邦得知贯高受到酷刑后依然像茅坑里的石头，又臭又硬，没有叫一声冤屈，虽然气愤，但也暗自佩服他是一条汉子，认为这样赤胆忠心的臣子天下难寻。于是，他最终下令释放了贯高。

贯高被释放后，来到张敖面前，说："臣之所以忍受酷刑而不去死，只为替大王昭雪冤情。现在做臣子的责任已尽，臣没有任何遗憾了！行刺天子是不赦之罪，尽管陛下饶恕臣不死，但臣有何脸面再侍奉陛下呢？”说完，他仰起脖子，用手使劲掐住自己的脖子，活活把自己掐死了。

刘邦查处了贯高弑君谋反之事，结果却出乎他的预料，让他心情不爽。因此，当萧何向他奏报入住未央宫之事时，他有些心不在焉，冲着萧何挥挥手：“就按奏章上说的办，诸事皆有劳丞相去准备吧。”

得到刘邦的恩准，萧何忙碌起来。作为大汉朝廷未来的权力中心，未央宫不同于一般的宫殿，入住的朝贺大典是国之大典，规模不能逊色于两年前刘邦入住长乐宫的朝贺大典。基于此，分封在外的诸侯王及辅佐他们的国相都被告知前来参加典礼，即便是偏远的燕国、吴国也不例外，在长安的功臣元勋和朝中大臣更是悉数参加。

萧何最放心不下的当然还是未央宫现场。因此，在大典前一日，他领着阳城延等一帮少府阁僚，又特地邀来计相张苍、太常卿叔孙通等，一同把宣室殿、玉堂殿、椒房殿及石渠阁、天禄阁等四十多个宫殿宫阁里里外外察看一遍，尤其是举行朝贺典礼的前殿，从礼仪器物的安放，到皇帝将要行走的路线，乃至百官在前殿丹墀处的站位等，他一一确认。萧何亲手题写的“未央宫”三个鎏金大字在阳光下熠熠生辉。丹墀与廊柱，紫红的色彩互相照映。装饰精美的宫内，无论是布局，还是每一处细小的陈设，都到了近乎无可挑剔的地步。萧何这才放下心来，同阳城延、叔孙通又商量了一些朝贺大典的具体细节，这才离开。

叔孙通推算出朝贺大典的良辰吉日。这一天，长安城戒备森严，从长乐宫到未央宫，五步一岗，十步一哨。朝贺大典的地点——未央宫前殿被装扮得喜庆而又庄严，从各地赶来的同姓诸侯王、异姓诸侯王，以及皇亲国戚、朝中王公大臣依照爵位等级，分立在前殿中殿堂内两侧。刘邦头戴旒冠、身着龙袍，高高端坐在殿中，面前摆放的是崭新的御案。

朝贺大典开始，太常卿叔孙通拖着重重的嗓音宣布，由少府卿阳城延禀告未央宫营建详情。

阳城延早已做好了禀告的准备。当叔孙通唤到他的名字时，他面色沉着，向前跨了一步，先向刘邦行跪拜之礼，然后起身拱手道："吾皇万岁万万岁！承蒙天降隆恩，未央宫于汉七年（前200）秋动工，历时两载，主要宫殿悉数竣工。宫城周回四十七里，街道周围二十二里九十五步五尺。共营建宫阁四十三所、池苑十三处、堆秀山六座。其中，后宫池苑一处、堆秀山二处。门共有九十五道。立东阙、北阙，并建武库、太仓……"

阳城延埋头看着手中的折子禀报，没有察觉刘邦的面部表情正发生着急剧变化。没等他禀告完毕，刘邦猛地一挥手，打断了他的话，怒气冲冲地问道："天下战乱多年，百姓劳苦，如今尚不太平，谁赢谁输还未有定数。尔等营建未央宫为何如此铺张？"

刘邦突然发怒，所有人都吃了一惊。在这种场合，谁都没有料到会出现如此一幕，王侯将相、功臣元勋和朝中大臣都暗自纳闷，面面相觑。之前，他们都赞叹这座宫殿富丽堂皇、气势不凡，不料陛下不但没有称赞，反而大发雷霆问责。他们低着头，用余光悄悄瞄向阳城延，谁也不敢吭声。有人暗自揣度，这下有好戏看了，这位工匠出身的少府卿肯定凶多吉少。

金碧辉煌的前殿殿堂内外，空气刹那间好似凝固一般，静得连地上掉一根针都能听得见。阳城延更是被刘邦突然的恼怒弄得手足无措，立在那里，不知如何是好。

此时，只有萧何面色平静、沉着淡定。跟随刘邦多年，他不仅对刘邦的脾气秉性了如指掌，就连刘邦的所思所想也估摸得八九不离十。他心中明白，刘邦此时发怒，很大程度上是因为未央宫建得宏伟阔绰，让刘邦产生了两种担忧：一是怕那些随他打天下的功勋宿将非议他奢华铺张；二是担心镇守一方的王侯日后比照效仿。刘邦发怒责问，只是想堵住众人的口舌而已。

想到这里，萧何向前一步，拱手道："陛下息怒，未央宫赞画全由本相一人负责，责任不在阳城少府。"

刘邦见萧何主动站出来承揽责任，有些吃惊。自从起事时起，萧何一直跟随刘邦，忠心耿耿、出生入死、出谋划策。他多年来在后方打理朝政，井井有条，是刘邦丰沛故人中最值得信赖的核心人物之一。对萧何，无论何事，刘邦都会恭敬他三分。今日，萧何为何主动揽责？众人敛声屏息，不知道接下来会有什么好戏。

刘邦的语气稍稍变得平和，问道："丞相有何道理，请直言！"

"陛下，臣以为天下未定，修建新宫恰逢其时。"萧何似乎早有应对刘邦责难的准备，不慌不忙，拱手说道，"陛下如今贵为天子，天子当以四海为家。宫殿乃国之象征，非壮丽无以扬威！如果宫室修得不够豪华大气，如何能体现陛下的盖世功勋，彰显我大汉的威震四海？长远来看，如今花费气力营建好未央宫，也省了日后再筑宫殿之劳！"

萧何的声音不高，却掷地有声。群臣听后交头接耳，一阵窃窃私语，议论纷纷。

非壮丽无以扬威！萧何此言一出，为营建富丽堂皇的未央宫找了一个无可挑剔的理由，刘邦听后，正中下怀。

瞬间，殿堂内出现戏剧性一幕，只见刘邦微微颔首，转怒为喜，说道："如此说来，营建未央宫是为了建树大汉国威，确保江山永固！看来是寡人错怪了尔等一片苦心。寡人知道，汉祚初立，所需物资匮乏，尔等为了修建未央宫，费尽周折，区区两载便营建如此恢宏壮丽的宫殿，实乃难能可贵！"

本来是发怒责难，转而变成肯定和褒扬，刘邦像是一位演技高超的演员，在瞬间完成了角色转换。这让一直木讷地站在那里的阳城延如同魂魄复归。他悄悄朝萧何看去，心中涌出一股钦佩、感激之情。

刘邦继续说道："我大汉建立以来，众卿跟随寡人征战南北，出生入死，先后灭暴秦、克项王，荡平六国残余，挫败臧荼反叛。如今定都关中，共建太平盛世，营建新宫，以立国威，确实必要。日后，尔等须再接再厉，筑城垣、开街衢，兴建长安城，固我大汉百年基业。"

众臣都听得明白，刘邦这一席话，不仅是对修建未央宫的再次肯定，而且做出一个新规划：筑城垣、开街衢，营建长安新都！寂静的殿堂又是一阵窃窃私语声，人们有的频频点头，有的小声称道："看来陛下不是一门心思想着平叛，对关中新都长安城的营建，也早已有了长远的规划。"

朝贺大典的气氛变化，似乎是一个插曲，朝贺大典继续举行。刘邦端坐在紫气腾绕的殿中，开始接受王侯功勋、朝中大臣等的朝拜。这个场景让刘邦想起两年前在长乐宫接受百官朝拜的情形，只是那时是利用秦人旧宫改造的宫殿，如今的未央宫是真正意义上的大汉宫殿，坐在专为自己营建的宫殿上接受百官朝拜，刘邦心中升起无比的自豪，愈加感到自己的威严。

刘邦接受百官朝拜完毕，太常卿叔孙通上前一步，高声宣告："陛下有旨！"

众人不知道陛下有何新旨，驻足倾听。叔孙通拉长了声调，宣道："皇帝诏谕：少府卿阳城延督建未央宫，不辞劳苦，功勋卓著，赐爵位大庶长。其他参与营建之人，皆论功行赏；未央宫乃朝廷之机枢，国都之重地，为严加防范，特设未央卫尉，位列九卿，以担宫廷护卫之责。钦此！"

在汉代二十爵位中，从低到高，大庶长位列第十八位，仅次于第十九位的关内侯、第二十位的彻侯（列侯）。也就是说，阳城延距离侯爵之位仅差一步之遥。

皇帝诏谕一出，立刻在王侯功勋和朝臣中引起一阵小小的骚动。他们有的颔首赞许，说阳城延能带着匠人在两年之内营建如此宏伟壮观的宫殿，配得上这份封赏；有的发出感慨，说京城又添新宫，大汉强基固本，树威立德，阳城延功不可没，赐爵大庶长当之无愧；有的小声嘀咕，说阳城延凭什么赐封大庶长爵位，不就是督建了一座宫殿吗？难道超过了别人提着脑袋冲锋陷阵的功劳？

对设立未央卫尉一事，大臣们也是褒贬不一。把护卫未央宫之职提升到九卿的高度，足见刘邦对这座宫殿的重视。后来，这种特殊的设置在汉代一直保留下来。在所有皇家宫殿中，唯有未央宫的护卫官有如此高的职级配置。

朝贺大典临近结束，叔孙通又宣布一项旨意：未央宫落成，恰逢太上皇八十三岁寿辰。陛下降恩，在未央宫举行寿宴，与百官同贺同庆。

入夜，未央宫各个宫殿被数不尽的烛火照得灯火通明，从殿阁檐头、廊柱，到地面赤色丹墀，流光溢彩，整座宫殿宛如天宫。受邀的王侯功勋、朝中大臣个个衣着光鲜，鱼贯而入，步入未央宫，参加太上皇刘煓（刘太公）的寿宴。

未央宫寿宴大厅内，刘邦父亲刘煓被宫廷舍人早早从栎阳宫接来，与刘邦在御桌主位就座，其他王子功侯等依次就座。前来祝寿的还有一批特殊宾客——刘邦的丰沛故人。众人注意到，坐在刘邦身旁的不是皇后吕雉，而是戚夫人。吕雉称身体不适，没来参加寿宴，刘邦也没有勉强，大家彼此心照不宣。

太上皇寿辰庆典，加上未央宫新宫落成大典，两件喜事叠加在一起，让刘邦一扫连日来的郁闷，心情大好。酒席上，他频频举杯，与前来道贺的公卿百官开怀畅饮。觥筹交错之中，大厅内欢声笑语不断，朝廷百官、丰沛故人等一边举杯，一边说着恭维之语，乐得刘太公须髯乱颤，连连致谢。

受到气氛的感染，刘邦渐渐忘记了君臣礼节，开始与功臣宿将互道兄弟，喝到高兴处，手舞足蹈，高声喧笑。他举起一杯酒，晃晃悠悠走到刘煓面前，环视着流光溢彩的未央宫寿宴大厅，醉眼蒙眬地问道："爹，过去您老人家总瞧不上我，说我不能置办家业，不如二哥能干。您现在说说，我与二哥置办的家业谁的多啊？"众人听后，先是山呼万岁，继而哈哈大笑。

刘太公眼中也笑出了老泪。他用手抹了抹眼角，说道："为父那只是说笑，说笑啊！"

刘邦将杯中的酒一饮而尽，又问道："如今的生活，您老人家还有什么不满意的地方吗？"

"要说不满意，倒还真有些。"刘煓止住了笑声，脸上流露出一丝无奈，"为父整天待在栎阳宫，虽然日日锦衣玉食，但难见天日，实在烦闷得很。为父觉得，还不如在沛县老家时，走街串户，鸡犬相闻，活得自在快活。”他一边说，一边拉起身边两位丰沛老乡的手，问道：“你们说是不是？”老乡附和道：“太公说的是哩，还是家乡故里，乡里乡亲，活得逍遥自在。”

刘邦一听，知道老父亲心念故土，习惯了乡野生活，难以割舍家乡，哈哈大笑，说道：“这好办，明天让人在关中比照丰沛闾里，造一座城，将丰沛邻里统统接来，陪您老人家便是。”众人听后一阵大笑。

后来，匠人吴宽按照刘邦旨意，在关中新丰比照刘邦家乡的样式，果真建造了一座一模一样的闾里，将刘邦丰沛故居的邻里接来，陪着刘煓度过了晚年。

赐爵大庶长，阳城延感到颇为意外。陛下一开始盛怒，转而又拜官赐爵，让他在朝贺大典上经历了冰火两重天。宴会中，许多人向他敬酒，祝贺他升迁。平时很少沾酒的阳城延，受气氛感染，不知不觉也多喝了几杯，渐渐有了醉意。寿宴结束，他晃悠悠地走出寿宴大厅，走着走着，便来到宫外。

此时虽是八月，暑气依然没有散尽，关中的夜晚依然炎热。漆黑的天幕中，群星闪闪发光，与灯火辉煌的未央宫遥相呼应。阳城延仔细打量起眼前这座宫殿，两年来的酸甜苦辣一一浮现在眼前，不禁一阵感慨，眼中竟涌出泪花来。

就在这时，远处一个人影向他走来，到了面前，他才看清是自己的儿子阳城去疾。

“父亲大人让孩儿好找啊。”阳城去疾似乎有什么急事，三步并作两步来到父亲跟前，气喘吁吁地说道。

“疾儿，你怎么找到这里来了？”阳城延看儿子阳城去疾突然出现在面前，很是意外。

“家中有事，娘让我来寻你，速速回去吧！”

“哦？何事如此焦急？”听了儿子的话，阳城延酒醒了一半。

“回去你便知晓！”阳城去疾催促道。

阳城延不知家中到底有何事，与阳城去疾一同朝家中走去。身后，未央宫依然灯火通明。

第二十章

深明大义

阳城延从未央宫匆匆赶回家中，眼前的场面令他大吃一惊，两年多未见的黄甄衣着不整，正坐在榻上狼吞虎咽地吃着东西，上衣还沾带着丝丝血迹。妻子温氏站在一旁，眼中噙着泪水。

见阳城延回来，黄甄慌忙放下碗筷，用手抹了抹嘴："少府大人，不，阳城兄，我已经两天没吃东西，实在太饿了。"他下意识用手捏住掉落在衣服上的一点饭菜残渣，放进嘴里，见阳城延正用吃惊的目光盯着自己，嗫嚅道："我、我……"

"你这是怎么了，怎么弄成这个样子？"黄甄突然出现，阳城延既喜又惊，尤其是看到他一副狼狈的模样，惊得半天说不出话来，愣愣地站在那里。

"我，我出事了。"黄甄说着，突然双手掩面，呜呜哭了起来，"阳城兄，快救救我吧！"

黄甄一哭，温氏也跟着抹泪，劝慰道："黄甄兄弟，你先别急，天大的事情，等吃饱肚子再说！"

阳城延缓过神来，酒意也彻底没了。他了解，黄甄向来遇事沉稳淡定，现在情绪如此激动，一定是遇到了非同小可的事情。他缓缓蹲下身体，用手抚了抚黄甄的肩膀，安慰道："兄弟，有何事，不急于这一时，吃完饭慢慢说。"

"我惹出人命案子了！"黄甄慢慢止住了呜咽，抬起头，原本方正的脸膛扭曲得像一只苦瓜，一副哭丧的模样。

情绪稍稍平静之后，黄甄向阳城延道出事情的来龙去脉。

原来，两年前辞别阳城延后，黄甄又回到汉军军营，继续在樊哙手下任军司马。樊哙对这个再度归来的爱将依然器重，带着他参加了平定韩王信的叛乱，又出征匈奴，取得赫赫战功。

黄甄在战场上挥戈杀敌，勇猛无比，闲暇之余，有两件事像无形的藤蔓一样，缠绕着他的身心，挥之不去。一件是阳城延正在长安主持营建未央宫。回想那日，阳城延同自己谈起营建未央宫之事，是何等的兴奋，自己却毅然离开了他。虽然自己是看不惯衙门里一些人飞扬跋扈，钩心斗角，一心想回到战场上立功，不得已才做出回到军营的选择，但这对阳城延来说无疑是一次伤害。当年修建长乐宫时，跟随这位比自己大不了几岁的兄长整天忙碌，眼见一座座金碧辉煌的殿宇展露在面前，自己是何等开心、何等自豪。如今营建未央宫，又是什么样的情形？睡梦中时常出现跟随阳城延在工地上忙碌的情景，梦醒之后，黄甄只能黯然神伤、唏嘘不已。

还有一件是自己的终身大事。自从跟随阳城延从骊山出逃，落脚夏村，黄甄一直无暇顾及娶妻成家。为此，阳城延私下里没少催促，但自己没当一回事，一晃年近四十岁了，还孤身一人。每每从战场回到家中，连一个嘘寒问暖的人都没有，那孤寂的心情有时就像掉进冰窖里。

樊哙统率的军队驻扎在洛阳。有一天，樊哙的夫人吕媭，也就是皇后吕雉的姐妹，看黄甄从战场回来总是形影相吊，就为他张罗了一门亲事。女子姓宋，小名莺莺，虽不是出身贵门大户，倒也长得眉清目秀、口齿伶俐。两人见面后，都很中意对方，加之有大将军夫人保媒，在樊哙夫妇的操持下，黄甄与莺莺很快就拜堂成亲了。

婚后的日子一开始过得很甜蜜，美人配将军，人人都羡慕得直咂嘴。黄甄以为自己战场归来，从此有了一处温暖的爱巢。谁料想，由于黄甄出征常常数月难归，莺莺在家难耐寂寞，时间一久，竟与洛阳城内的一位阔少勾搭成奸。开始时，黄甄回到洛阳，听到风言风语，他还不信。直到有一天，他出征归来，看到了令他难以置信的一幕。

因为军情突变，本来预计两个月的远征，不到一月便结束了。黄甄兴冲冲回到洛阳家中，隐约听到家里有动静，叫了半天门，却没人应声。情急中，黄甄用手中的长戟强行撬开了家门，却看到妻子莺莺头发松乱，惊恐万分地从床上刚刚起身，浑身抖得像筛糠的筛子，慌乱中拿起一件衣服遮住身体的羞处。一个陌生的男人站在她身边，不慌不忙，慢条斯理地整理着衣衫，那情形，不像是偷情被捉，倒像是平日里晨起打理衣着。

黄甄瞬间明白了一切，气得血冲脑门，浑身战栗，准备上前狠狠教训一顿这对龌龊的男女。怎料那男人非但没有逃走的意思，反而抄起一根棍子，迎了上来，没等黄甄动手，朝着他的脑袋就是一棍。黄甄像一头被激怒的雄狮，头猛一偏，躲过了木棍，然后挥动手中长戟，直刺过去。那男人岂是黄甄的对手，躲闪不及，后退了几步，口吐鲜血，倒地而亡。莺莺见状，吓得抱头大叫，在地上缩成一团。莺莺惊恐的尖叫声像山谷中的狼嚎一样恐怖，也让黄甄猛然清醒过来，意识到自己失手杀了人。

黄甄清楚，这不是在战场上，而是在洛阳城里，依照大汉律令，杀人是死罪。自己一时气急，杀死了奸夫，闯下了大祸。他怔怔地站在那里，一时吓得不知如何是好，情急之中，他忽然想到了阳城延，决定先到他家暂时躲避一下，求他为自己说情开脱，也许能躲过一劫。他顾不得躺在地上脸色煞白、瑟瑟发抖的莺莺，连夜逃往关中。

“真是糊涂啊，为了一个女子，竟然犯下如此大事！”阳城延深感事情重大，语气中带着懊恼，也带着责备。

“我也是一时气不过，见那人竟朝我动手，就用长戟刺了过去。”黄甄似乎还想为自己辩解一番，见阳城延脸上像挂了霜一般严峻，便恳求道，“阳城兄，当下只有你能帮我了，能不能找丞相大人帮忙说情开脱，饶我一命，日后我一定紧跟兄长，绝不再招惹事端。”

“奸夫纵有奸情，罪不至死；而你有行刺之举，致人死命。陛下早在进入关中时就约法三章，‘杀人者死，伤人及盗抵罪’。我即便找人为你开脱，又怎能绕过大汉律令呢？”阳城延说完苦叹一声，他看出黄甄还心存侥幸，不知事态的严重性。

黄甄一听阳城延的话，跪倒在地：“难道没有办法了吗？日后我还想跟随阳城兄回归匠人本业，在长安城营建宫殿啊。”

事到如此，黄甄竟还想着日后营建宫殿之事，这让阳城延一时语塞。他扶起黄甄，重新坐回榻上，想安慰他几句，却找不到合适的话，思虑了半天，他缓缓说道：“当下只有一条路可走。”

“何路？阳城兄快快请讲。”黄甄一听阳城延说还有路可走，似乎抓住了一根救命稻草，慌忙站起身来，两眼紧盯着阳城延，急切地问道。

“随我去廷尉府，主动投案自首！”阳城延用凝重的口气，一字一句地说道。

“投案自首？阳城兄不是开玩笑吧？那岂不是自投罗网，前去送死？”黄甄没想到阳城延所说的可走之路，竟是让他去投案自首，身体一下子像泄了气的皮球，瘫坐在榻上，情绪也变得激动起来，“阳城兄，我到你这里来，是想暂行躲避，求你帮我在丞相那里说情开脱。你非但不去为我说情，反而让我去投案自首，难道你要让我去送死不成？”

站在一旁的温氏也觉得不能主动投案。她向阳城延央求道：“不能投案啊，还是让黄甄兄弟在家中先躲一躲吧。”

阳城延白了温氏一眼，说道：“躲一躲？躲得了初一，能躲过十五？”他转身又言辞恳切地对黄甄说，“黄甄兄弟，尽管你我不是一母所生，但我们早已亲如兄弟。你在官府、军中当差这么多年，难道不明白犯了这等事情，说情也不能开脱吗？洛阳官府缉拿你的公文或许明日就能到长安，整个长安都城都知道樊哙将军手下的部将杀了人。我这里也不是什么隐蔽之所，人来人往，免不了走漏风声。你若当下主动投案自首，讲清事情缘由，或许能免除死罪，保住一条性命；如果抱着侥幸，不去投案，一旦错过了时机，被廷尉衙役捉拿归案，到时候即便愚兄想为你开脱，也变得万分艰难啊。”

黄甄听了阳城延的话，感觉不无道理，但还是犹豫不决。他突然站起身来，怏怏地说：“一旦到了廷尉衙狱，便是插翅也难逃。我还不如现在就逃走，逃到一个偏僻之地，保住一条性命。”

阳城延见黄甄依然执迷不悟，又想逃亡躲避，有些气急：“你原本是明白之人。如今，关中关外，皆为大汉疆土，即便是王侯的封国，也都在大汉羽翼之下，到处都有朝廷的眼线，你能逃到哪里？”

也许是阳城延的话击中了要害，黄甄犹豫再三，最后勉强同意投案自首。

第二天一早，黄甄吃了一顿饱饭，又换上温氏给他找来的干净衣服，跟在阳城延身后，来到廷尉府投案。

不出阳城延所料，就在黄甄投案自首的第二天，洛阳官府通缉黄甄的公文就到了长安。原来，被黄甄打死的阔少是洛阳郡丞的公子，平时倚仗父亲的权势，偷鸡摸狗，干了不少缺德事，因为有父亲庇护，很多事情败露后，都不了了之。这次他栽在黄甄手里，街坊四邻得知后，无不拍手称快，称洛阳城从此少了一害。但是阔少父亲丧失爱子，尽管儿子死于难以启齿的不光彩之事，依然不依不饶。得知杀死自己儿子的是樊哙手下的部将，他立即向朝廷廷尉告发，要求缉拿凶手，严加惩办，为儿子偿命。

黄甄被廷尉衙狱关押后，案子审理了半年之久。这期间，阳城延东奔西走，想为他寻找开脱罪过的理由与证据，又托人找到廷尉府，让衙狱的狱监对黄甄给予关照，少受些皮肉之苦。他硬着头皮找到萧何，叙述了事情的缘由，求他向廷尉通融，为黄甄开脱。

此时，萧何正推行由他牵头制定的《九章律》。这是一部宏大而严谨的系列法律文书，后人称之为《汉律九章》，人们都期待它能成为大汉法制的圭臬。

汉朝自建立以来，一直沿用秦时旧律。刘邦入关时说了句“杀人者死，伤人及盗者抵罪”，后来成为廷尉判案的主要依据。虽然有皇帝这句“金科玉律”，但因为没有具体条款，许多案子难以公平判定。受刘邦旨意，萧何在吸纳秦律的基础上，制定《九章律》，废除了秦律中的一些酷刑，如人脸刺字涂墨以防逃跑的黥刑。淮南王英布，人称黥布，就是因为脸上被刻字涂墨，终身擦洗不去。不过，大汉的律令尽管细化了当初刘邦“约法三章”的条文，但基本原则没有改变，杀人偿命是一条铁律，没有特别情节，难以开脱。

因为关乎自己兄弟的性命，阳城延以从没有过的哀求口吻在萧何面前为黄甄说情。萧何虽然对黄甄的案子也很关切，但他表示，一切当根据具体情形而定。大汉律令刚刚颁布，不可能为哪一个人网开一面。黄甄案被刺死的是洛阳郡丞的儿子，案发之后在洛阳城大街小巷像是刮起了一阵旋风，这阵风又从洛阳刮到了长安，传得沸沸扬扬，各种议论都有。此案备受百姓关注，难以通融，更不可能不了了之。

黄甄为舞阳侯樊哙的部下，又是他的爱将。樊哙得知此事后，准备为黄甄说情，却遭到夫人吕媭的竭力阻拦。因为当初黄甄与莺莺是由她牵线搭桥的，闹成当下这种局面，她觉得脸上无光，气不打一处来，让丈夫少去掺和，任由大汉律令做出制裁。樊哙脾气耿直暴躁，一般认定要做的事九头牛都拉不回来，但对妻子吕媭，凡事都得退让三分。因此，他虽然心疼爱将，却爱莫能助。

次年三月，案件再审。刚开始，黄甄的妻子宋莺莺由于受到惊吓，神志错乱，一直疯疯癫癫，在庭审上胡言乱语。半年后，宋莺莺的神志渐渐清醒。她招供了一条重要的证据，言称案发时是姘夫阔少先动手打人，这让案件突然出现了转机。从某种意义上说，黄甄算是自卫，自卫而致人死，与主动杀人，在大汉律令的案情判定上是有着天壤之别的。再者，案发后，阳城延让黄甄主动投案自首，在量刑上也应酌情考虑。

最终，廷尉审理的结果是，黄甄因杀人罪应判处死刑，但案发时是出于自卫，又主动投案自首，因此被判处终身劳役，发配边疆戍边。

对黄甄而言，戍边，这称得上是最好的结果了。

临行之日，阳城延带着儿子阳城去疾在未央宫西司马门为黄甄送行。在四座城门中，西司马门开启的次数最少，只有遇到西边而来的胡人，或者押送囚犯去西部边陲戍边服役时，才偶尔开启。

经过几个月的提审和衙狱里的折磨，黄甄瘦得皮包骨头，两眼黯淡无光。他神情黯然地望着阳城延父子，又把目光投向他们身后金碧辉煌、紫气缭绕、无比壮观的未央宫，欲言又止。身为工匠，这座煌煌的宫殿本应有他一份功绩，但鬼使神差，他前去从军，竟落到今日这个地步。想到这些，黄甄双眼不觉流下了两行浑浊的泪水。做过的事如同泼出去的水，世间没有后悔药。

阳城延轻轻拍了拍黄甄的肩膀，眼中也涌出了泪花。此时，两人都想说点彼此珍重的话，却又什么都没说。

囚车载着黄甄，沿着西去的大道渐渐远去，慢慢变成一团黑影，最后消失在一片如烟雾般的黄尘之中。

第二十一章

百年大计

未央宫入住朝贺大典之后，刘邦从长乐宫迁出，住进这座宫殿。此后，他一直居住于此，直到汉高祖十二年（前195）驾崩。

入住新宫后，刘邦心情大好，一度忘记了异姓王叛汉作乱的烦恼，转而思虑长安新都的建设。

事实上，自汉王五年（前202）确定迁都关中以来，新都长安城的建设就已经拉开了帷幕，尤其是长乐宫、未央宫相继落成，武库、太仓等功能性设施陆续交付使用，长安从过去鲜为人知的长安乡，逐步变成宫殿巍峨、人烟稠密的繁华城邑。除了功臣元勋、皇亲国戚在附近抢占优越的地段大兴府宅之外，关中百姓也纷纷向这里聚集。两宫之北、渭水以南，形成了一个个闾里和热闹的集市。

长安城崛起，城区像摊煎饼一般一天天扩大，随之而来的治安问题也越来越严重。作为皇家禁地，长乐、未央两宫虽然有御林军日夜守护，戒备森严，但没有城垣，街衢又四通八达，各色各样的人混迹于此，来往穿梭，对两宫和京畿治安构成严重威胁。

出于护卫两宫和管理新都治安的现实需要，刘邦和萧何、阳城延等一些有远见卓识的大臣不得不思考一个日益凸显的问题——修筑长安城四面城垣，确保京畿平安。

然而，长安城四面城垣的修筑工程浩大，不仅涉及新都规划布局，还牵涉人力物力调配，不是一件轻而易举的事情。

这一天，刘邦在未央宫宣室殿举行朝议，就修筑长安城垣之事，想听听大臣们有何谏策。宣室殿是刘邦在未央宫召见大臣的新殿，朝廷中许多重大决策在这里议定。

萧何首先谏言，他从“鲧筑城以卫君”，讲到晋惠公“朝济而夕设版焉”，阐述了修建长安城垣的重要性和必要性。鲧是夏禹的父亲。“鲧筑城以卫君”讲的是夏朝之初，鲧修筑城垣保卫君主、营建城池庇护百姓的故事。“朝济而夕设版焉”讲的是春秋时期，晋惠公流落在外，秦国曾经收留了他。作为回报，晋惠公许诺要把晋国的焦、瑕两地送给秦国。可晋惠公回到自己母国后，早上回到家中，晚上就开始修筑城垣，提防着秦军来犯。

萧何引经据典，结合长安城防卫的现实来讲，有理有据。刘邦端坐在御案后，频频颔首。

紧接着，太常卿叔孙通发表了自己的见解：“筑城以卫君，是夏商以来历代王朝防卫都城的常用之道。商人立国之初，便在河畔建立了由宫城、内城、外郭城和护城壕沟组成的庞大城池防御体系，通过外郭城和护城壕沟与东部湖泊内的广阔水域连成一体，牢固可靠，易守难攻。后来商人先后八次迁都，每次都把修筑城垣作为京城防务之要。正因为如此，商朝前后相传十七世三十一位国君，延续了五百余年。如今，我大汉择新都于关中渭水之南，虽四周险要，但城池作为国之核心，犹如人之脏腑，必须有所防护。应尽早修筑城垣，形成护卫之势，确保陛下及朝廷安宁太平。”

内史安国侯王陵性格直爽，情急之下说起话来有些口吃。他看到丞相与太常卿已经把营建城垣的重要性说得很明白，刘邦却依然迟迟不肯表态，便上前一步，奏道：“陛、陛下，秦在关中立国之初，修建了雍城，有宽达十五尺的牢固城垣，东南两面分别依托纸坊河和雍水构成防御之势，因此，在群雄逐鹿中，每次遇到攻击，秦国都安然无恙；而后，秦王嬴政在咸阳一味扩建宫室，延伸达渭水以南，直抵南山，周边四处延伸，城垣薄、矮，形同虚设，造成难守易攻的局面。所以，当年陛下率军入关，咸阳很快就被攻陷。前车之覆，后车之鉴，还请陛下早做决断！”

阳城延站在群臣中，一直静静聆听着几位大臣的高论。他心中清楚，随着长乐、未央两宫的相继建成，修筑城垣已经迫在眉睫。大臣们所虑的多为护卫京畿皇宫安全之事，而他更为担忧的是另一件事。于是，当王陵说完退下之后，他朝前跨了一步，禀奏道：“启禀陛下，刚才几位大人所论极是。臣还有一虑：如今长安城已经初具规模，但新都缺少整体布局规划，社庙与闾里相间，皇宫与民居混杂，城郭形制不清，界限不明。如若不修筑城垣，对京畿闾里界限加以规范，任其下去，必将造成混乱。”

刘邦一只手撑在面前的御案上，直了直身体，面色有些疲乏。大臣们都注意到，平定臧荼叛乱之后，刘邦的身体大不如以前，朝仪时间稍长一些，便显得疲累不支。

刘邦用目光在众臣身上逡巡了一遍，似乎在征询意见，见大家都缄默不言，等他谕旨，于是说道：“各位爱卿言之有理，不是寡人不下决断，实是大汉国祚刚立，天下尚不太平，贼臣又反叛添乱，未央宫、武库、太仓等刚刚修建，国库尚欠充盈。修造城垣非一日之功，需征调众多匠人役工，费用不菲，我大汉当轻徭薄税，休养生息，此乃治国之大道。”

听完刘邦一席话，朝臣们一阵小声议论。就在众臣觉得刘邦要否定修筑长安城垣时，只见他话锋一转，提高了嗓门：“然而，营建城垣，护卫京畿，乃是确保我大汉长治久安、江山永固的百年大计，寡人岂能不知？好在已有长乐、未央两宫修造之经验，寡人决意修筑长安城四面城垣！此项工程依然由丞相挂帅，少府卿阳城延具体领建，即日起勘探城垣方位，规划城垣形制。”

刘邦话音刚落，朝臣们又是一阵议论。

萧何回头看向阳城延，像是发出一种邀请。阳城延心领神会，再次向前跨了一步，两人在众臣的注视下拜谢领旨。

一项关乎大汉新都长治久安的宏大工程在未央宫金碧辉煌的宣室殿正式启动。这是汉高祖九年（前198）十月，时值关东大地秋末冬初。

修筑长安城垣，这是大汉立国后第三个举世瞩目的大工程。对阳城延而言，皇帝明谕让他领建，如同让他再次披甲上阵，领兵出征。

散朝后，阳城延独自一人来到宫殿外，耳边不停地回荡着刘邦的话语，脑海中似乎浮现出一座高大的城墙，围绕着长安城，城垣巍巍，垛堞重重，彰显着大汉都城的雄伟与壮阔。他抬头看了看天空，正有一群大雁排着整齐的队列飞过未央宫上空，飞越自己的头顶，鸣叫着向南飞去。

一连数日，阳城延寝食难安。未央宫竣工后，他感到肩上像是卸下了一副沉重的担子。如今，皇帝修建长安城垣的决策，让他又挑起一副担子，并且这副担子比以前的更沉、更重。能够亲自主持这项事关大汉长治久安的工程，他感到无比光荣，朝议时面对陛下信任的目光，一股感激之情油然而生。然而，他也十分清楚，主持如此浩大的工程，其难度与阻力比修建两宫更大。心中的压力好似一浪接一浪的潮水，向他涌来。

阳城去疾一时没明白父亲的心思，见父亲回到家中，心事重重，担忧地问道："父亲大人遇到何事？"

儿子的身高已经超过了自己，身体也日渐壮实，尤其是他跟随师父杨离之后，不仅学到了一身技艺，对天下大事也越来越关心，变得机警成熟，这让阳城延很是欣慰。

阳城延看着儿子，似乎看到了自己年轻时的影子，但是儿子比自己幸运，大汉初立就有幸参与新宫营建。如今陛下又交付自己修筑长安城垣的重任，这有必要让儿子知晓。他把阳城去疾叫到身边，说道："今日陛下朝议，召见众臣听取修筑长安城垣谏策。陛下深谋远虑，降旨修筑城垣，并让萧丞相挂帅，为父具体领建。"

阳城延神情虔诚，复述着刘邦的圣旨。

阳城去疾说："孩儿也听人议论，新都长安要修筑城垣，没想到陛下今日就降了旨。父亲大人是为领建之事焦虑吗？"

阳城延没有正面回答阳城去疾，而是说出了心中所虑："修筑长安城垣，乃我大汉百年大计，虽然陛下有雄心壮志，但为父觉得陛下还是有所顾虑。当下又有异姓王蠢蠢欲动，战火一触即发，天下百姓时刻面临战乱之灾。今年关东又遭遇百年罕见的大旱，众多田地颗粒无收，许多百姓在饥馑中度日。如此情形之下，要修城垣，难度与阻力可想而知。"

父亲的一席话，阳城去疾听得似懂非懂。他回味了片刻，还是有些不解："城垣以土夯筑而成，其修建技巧与所需人力、物力，难道比长乐、未央二宫还多？"

阳城延说："城垣乃内可卫君、外可御敌之屏障，其周回、宽度与高度非宫墙所能比。城垣有角楼、垛堞、城门等众多防御设施，其修筑极具巧思。为父自秦时就开始营建宫殿，但从未有过修筑城垣的经验，这也是为父焦虑的原因之一啊。"

阳城去疾终于明白了父亲心中所虑，他看着父亲，语气变得格外敬重：“父亲大人所虑极是。然陛下降旨，是莫大的信任，修筑长安城垣关乎大汉社稷安危，父亲大人定不会辜负圣恩！”

“陛下以如此重任相托，岂能辜负！”阳城延站起身来，在堂舍来回踱步，像是自己给自己鼓劲，又像是下定决心：“为父决心已定，纵有万难，也要迎难而进。即便是一年、两年难以修成，五年、十年，拼上这条老命，也要让长安城垣在为父手中不留缺憾！”

阳城延说到激动之处，不觉挥动胳膊，提高了嗓门。温氏与管家阿甘以为发生了什么事情，慌忙跑了过来。

温氏疑惑地看着阳城延，又看了看阳城去疾，见父子俩神色无恙，这才安心。阳城延感到自己有些失态，忙向她和阿甘挥了挥手：“我们父子谈论要事，不碍你们的事！”

“回来就该歇歇。”温氏抱怨了一句，没敢多言。

阿甘端出饭菜，让父子二人用餐。阳城延胡乱地吃了几口，放下碗筷，坐到灯下，又开始思虑修筑长安城垣之事。

第二天一早，阳城延来到丞相府，面见萧何，将自己的忧虑与决心如实相告。

萧何说：“阳城少府有如此决心，乃我大汉朝廷之幸。你我都是陛下股肱之臣，当为陛下和大汉长治久安献策献力。”

阳城延趋前一步，拱手道：“不瞒丞相大人，下官虽然与营建打了半辈子交道，但所建皆为宫殿、房舍，尚无修筑城垣的履历与经验。况且修筑城垣，大到形制、风水，小到墙体垒建、夯筑，与营建宫殿不同。担此大任，下官总觉诚惶诚恐，力不从心。”

萧何微微颔首。他知道阳城延所说的是实情，城垣的规制、风水比宫殿更有讲究，于是说道：“城垣形制，可效仿商周城池。前日，本相整理于咸阳所获典籍，偶见齐国官书《考工记》，皆为手工营建之术，乃先人智慧心血，阳城少府可拿去研读参考。”说罢，他从书案上找出竹简《考工记》递给阳城延。

《考工记》又名《周礼·考工记》，出自春秋时期的齐国，为齐国稷下学宫的学者编著，原本是官府指导、监督和考核手工匠人劳作的依据，然而书中集商周及六国营建术之大全，因此也是一部难得的营建术专著。秦灭六国后，将六国的藏书搜集到都城咸阳。刘邦攻入秦都咸阳时，萧何得到此书。项羽火烧咸阳城时，秦藏书绝大部分被毁，这部手工营建之书却幸运地被保存下来。

阳城延双手接过《考工记》，如获至宝。他早年听师父说起此书，称编书者受过木工祖师爷公输班的言传身教，仅攻木之术就达七种。当时自己年轻，懵懵懂懂，似信非信，没想到今日在丞相这里觅得此奇书。

萧何接着说道：“至于长安城垣的风水，可请教计相张苍，他多年研习《易经》，通晓八卦之术，堪称堪舆大师。”

听了萧何一番话，阳城延信心陡增。他向萧何拱手道：“请丞相放心，下官一定竭尽全力，不负使命，明日即组织人力勘察长安城四面城垣的位置，草拟修筑方案。”

关中的冬天，天气干燥而寒冷。龙首山上，树木落尽了叶子，只剩下光秃秃的枝干，伸向蔚蓝的天空，像一排排无畏的兵勇。放眼望去，长乐、未央“两宫”在冬日艳阳照耀下显得愈发逶迤壮观。

阳城延带着少府中负责地形勘察的臣工，以及杨离、儿子阳城去疾等，开始勘察现场，为长安城四面城垣选址做准备。他们沿着长乐宫、未央宫外围，从东到西、从南到北，一连几日，将长安城周边的环境细致勘探了好几遍。

从秦咸阳向南，跨过渭水，直到龙首山，是一片开阔的区域。南面，以龙首山为中心，建有长乐宫、未央宫，以及两宫之间的武库、太仓；北面，随着越来越多的百姓迁入，形成了热闹的东市、西市，与之相连的几处闾里，人口也日渐稠密。南北之间相对比较空旷，建筑物较少。将来长安城四面城垣所圈定的区域，将是关中新都最核心的区域。

按照商周都城修建形制，长安城垣宜为长方形或正方形，四边周正，这种周正的城垣在一定程度上体现出皇城的规整与威严。然而，阳城延一路勘察，却发现了难题：南面，未央宫、长乐宫都是坐北朝南，但未央宫南宫墙比长乐宫南宫墙靠前，两宫南宫墙不在一条直线上；北面，由于渭水在未央宫西北，呈东北西南走向，城垣又不能跨过渭水。如若沿着河流走向建造城垣，城垣将不可避免出现弯曲。这样，将来修筑的四面城垣怎么也不能成方正之形。

回到少府府衙，阳城延让臣工规划出大致的城垣形制图形，讨论了半天，还是寻不到将南北两面城垣呈直线修筑的良策，急得一帮人像是陷入了迷宫八卦阵。

去请教计相张苍！阳城延忽然想起丞相萧何的嘱托，猛地一拍脑袋。张苍懂得堪舆之术，或许他有破解之策。

此时天色已晚，夜幕像一块硕大无边的黑幔笼罩着长安城，长乐、未央两宫已经点亮了灯火，人影幢幢。阳城延带着儿子阳城去疾来到位于尚冠里的计相张苍府邸。

尽管同住在一个闾里，但由于阳城延的宅院偏僻，加之他平时无心观察这里其他王侯将相的府邸，当他来到张苍府邸门前时，他感到有些诧异。张苍府邸门庭宽敞，门前摆放着刻有“白猿偷桃”图案的方形抱鼓石，两扇黑漆漆的大门挂着铜兽门环，显得既阔绰又森严。

阳城延与阳城去疾经张府的管家引领，走进院内。

张府的宅院也非同一般，宽敞的院子后是高大的府宅，两边是厢房，院子中间是一座水池，池边修建了风雨廊亭，池中有假山。院中栽满了名贵花木，陈设着各种玉器古玩。灯影中，阳城延感觉走进这座宅院，宛如走进宫中御花园一般。

见阳城延来访，张苍忙出舍相迎，一番寒暄过后，他问道："阳城少府连夜造访敝舍，有什么急事吧？"

阳城延也感到这个时辰贸然造访有些唐突，但修筑长安城垣乃朝廷要务，须臾耽误不得，因此顾不得已是掌灯时分了，他抱歉地说道："这么晚还来打扰计相，多有冒昧，实因有要事，想请计相指点迷津。"

阳城延让阳城去疾撑开羊皮图样，向张苍详细介绍了连日来在长安城周边的勘察情况，以及城垣的初步选址设想，最后道出了遇到的难题——南北城垣选址不成直线。

张苍仔细打量着图样，从各个方位观察着长乐、未央两宫的方位，又端详着渭水的流向，不时用手在图样上比画。少顷，他微微点了点头，像是自言自语："如此看来，真是天意！"

张苍一句"天意"，说得阳城延一头雾水。他怔怔地看着张苍，忙问："计相说是'天意'，难道是有了破解之法？"

张苍不置可否，笑着用手捋了捋修剪得一丝不乱的长髯："本相先与你们讲一则故事吧！"

张苍没有直接回答阳城延的疑问，而是向他们父子讲起了春秋时期吴越争霸，吴王营建吴城，问计相国伍子胥的故事。

当初，吴王阖闾当上吴国国君，任贤用能，起用伍子胥为"行人”，与他共谋国政。有一天，阖闾对伍子胥说：“寡人想图强称霸，但是吴国地处东南僻远一隅，地势艰险，又有江海之患，君无所御，民无所依。有何良策？”伍子胥对阖闾说：“大王要想安邦育民，霸业有成，须从长计议，营建城郭，建立牢固的防御设施，充实仓廪，建造兵库。”阖闾一听言之有理，甚是高兴，于是委托伍子胥营建城池。

伍子胥着手建造城池。他亲自勘察地形，探测水文，夜观天象，按照象天法地之理，营建了一座大城，周回四十七里。大城建有八处城门，每一座城门皆为水陆双门。八个陆城门，与“天时”八季相配，以迎八种不同的风。八个水城门，与“地利”八方相配，以使水路畅通无阻。他又在大城中修筑了一座小城，周回十里。小城只开三座小门，一座叫阊门，效仿天门。楚国在吴国的西北，吴国为了表达向西破强楚的志向，建阊门以通天气，并私下取了一个别称“破楚门”。一座叫蛇门，蛇门效仿地户。越国在吴国的东南，方位是巳方，生肖属蛇，所以在蛇门之上刻有木蛇。蛇是越国人崇拜的图腾，所以就让这条木蛇代表越人，头向内，尾朝外，做朝拜状，以示越人臣服于吴国。另一个是南门，吴国在辰，处龙位，因此在小城南门上刻有鲵鱼的两羽，象征龙角。

听了讲述，阳城延明白了张苍的用意，拱手说道：“您与伍子胥，皆为通晓周易的高人，熟悉象天法地之理。在下愚钝，还请计相指点迷津。”

张苍说：“所谓象天法地，就是在天成象，在地成形。伍子胥造城，不仅仅将之作为护卫君王的屏障、保护百姓的庇所，也当成上承天意、下接地气的一种象征，无论建造大城、小城，还是城门的设计建造，都将《易经》的精神发挥到了极致。”

讲完伍子胥营建吴城的故事，张苍指着羊皮图样分析道：“本相细观此图，南面长乐、未央两宫，南宫墙呈凹凸之势，如若巧用地形顺势而为，修筑城垣，便呈南斗之状；而北部依渭水曲直河道，修筑城垣，当与北斗之形相同。如此，长安城垣南北巧呈南斗、北斗之状，岂不是天意？陛下原本是布衣草根，提三尺剑而得天下，定都长安，此乃天命。今修筑长安城四面城垣，其走势顺应天象，可见天命不可违也！”

张苍的一番言论，说得阳城延父子都睁大了眼睛，再仔细审视南北城垣，用线条勾勒，果真极似南北二斗之状。

得到如此高妙的指点，阳城延兴奋异常，拱手道：“计相真是世间高人，以非常之眼，识得南北城垣巧合南斗、北斗之状，看来天意如此。我大汉长安城垣修筑之后，必将与天地同在，江山永固。”

张苍也为这一看似偶然的发现感到欣喜。他再次捋着整齐的长髯，眯着眼睛盯着图样，像是欣赏自己刚刚完成的一幅杰作。少顷，他又说道：“修筑长安城垣，其意义堪比秦筑长城。阳城少府受陛下之托，担当此责，可谓天降大任。还望阳城少府不辞辛劳，早日完成这一扛鼎之作。”

阳城延再次拱手致谢：“如此庞大工程，虽有丞相挂帅，然在下承担领建之责，实感力不从心，日后还盼计相多多指点迷津，鼎力相助。”

辞别了张苍，阳城延带着阳城去疾走出计相之府。外面刮起飕飕寒风，吹起了衣襟，他竟丝毫不觉得寒冷，依然沉浸在破解了长安城垣形制难题的激动与亢奋中。

第二十二章

无米之炊

离开计相张苍府邸，阳城延领着阳城去疾兴冲冲走到家门口。管家阿甘正站在门前张望，见到他们父子二人，慌忙迎上去："大人、少爷，你们终于回来了！"

阳城延见他焦急的样子，忙问何事。

阿甘说："晚上家中来过两位客人，像是有急事向大人禀报。等了两个时辰，不见大人回来。这不，他们前脚刚走，你们后脚就回来了。"

阳城延一边大步迈入院中，一边问道："来人何等模样，可说了是何事？"

阿甘想了想，说："我看两人不像官府之人，穿得倒也体面，说起话来不是本地口音，小人没敢多问。听两人私下议论，隐约听到'三铢钱'几个字。"

"三铢钱？"阳城延心中"咯噔"了一下，有了一种不祥之兆。

自汉建立以来，关中流通的货币依然是秦时货币，主要有两种，一种称为"秦半两"，紫铜铸造，重半两（十二铢）；另一种是"五十钱"，也是紫铜制造，正面有一个阴阳交替的太极图案，背面是一个小篆秦字，外面环形排列着"五十钱始皇帝二十九年"字样。这种钱又被称为"太极通宝"，看起来贵重华丽。"秦半两"与"五十钱"都含有纯铜，成色好，在百姓中一直受到青睐。

两年前，刘邦以“秦半两”和“五十钱”携带不便为由，实施币制改革，推行“三铢钱”，下令由少府负责铸造，也就是将“秦半两”熔化后铸成“三铢钱”。阳城延到少府走马上任后，接到的刘邦的第一道诏令，就是铸钱。

按照秦时的币制，一两为二十四铢，半两是十二铢，重新铸造的“三铢钱”在成色上远远逊色于“秦半两”。百姓的钱是用汗珠子摔出来的，手中掂量着又轻又薄的“三铢钱”，像是农人抓起一把又干又瘪的谷子，打心眼里发慌。因此，许多人表面上接受“三铢钱”，私下里却纷纷拒收。刘邦为此专门下诏规定：无论是商贾还是百姓，一律不得拒收“三铢钱”，违者严惩。

少府接到铸造“三铢钱”的诏令后，阳城延因忙于营建未央宫，便把此事交予少府丞申武，让他带领主管铸钱的钟官令，负责铸造“三铢钱”。

阳城延也听说“三铢钱”不受待见，但有人连夜登门来访，难道是铸造“三铢钱”出了什么差池？

阳城延没敢往下深想，准备第二天去府衙时再细究。他招呼儿子阳城去疾摊开羊皮图样，两人又开始讨论起长安城垣修筑的细节。

“《考工记》上说：‘匠人营国，方九里，旁三门，国中九经九纬，经涂九轨，左祖右社，面朝后市，市朝一夫。’没想到都城的营建还蕴含着如此多的奥秘。”阳城去疾拿起《考工记》，感慨道。

自阳城延从萧何处得到《考工记》，带回家中后，阳城去疾便迷上了此书，日日研读，手不释卷。阳城延看儿子已能将书中有关营建之事引入修筑长安城垣的构想之中，接过话茬儿：“匠人营国，是国之重任。城垣选址、修筑，都是关乎江山社稷之事，来不得丝毫大意。为父这些天一直纠结，今日听计相一席话，醍醐灌顶。长安城垣除了南北呈南斗、北斗之状，四面城垣当各开三门，遥相对应，另建门阙，彰显大汉都城在形制上上承天意、下顺民心。”

“看来，父亲大人对长安城垣的修筑，心中已经有了数。孩儿当虚心学习，将来做一名合格的匠人。”

阳城延说：“营建之术，远非常人所谓匠人苟且谋生之技，大到风水、天象、术数，小到细微的镂刻雕琢，无不奇妙精深。如今，你作为朝廷御用匠人，当深学细究，不负朝廷期望，也不负杨匠师在你身上倾注的心血。”

阳城延与阳城去疾你一言，我一语，议论着长安城垣营建之术。一盏油灯挂满了灯花，不时发出噼啪声响，伴着父子二人直到深夜。

第二天，阳城延来到丞相府面见萧何，将计相张苍建议长安城南北城垣巧用地势，修筑成南斗、北斗之状的事，以及自己对四面城垣、城门营建等的初步设想，一一做了禀报。

萧何听后，对照图样仔细察看，见南北城垣按照张苍的建议连接起来后，果然呈南斗、北斗之状，满意地点了点头，嘱咐阳城延邀请张苍再到现场做一番深究细探，完善方案。他又交代：“计相精通术数，可请他帮忙，计算城垣的周回、高宽，匡算一下修建四面城垣所需土石方、御料，朝廷也好早日计定工程所需钱数。”

说来也巧，二人正在谈论时，张苍也迈着他一贯四平八稳的步子来到丞相府。三人就营建长安城垣一事又热议一番。

阳城延说：“计相刚解长安城南北城垣设计之困，又要帮助计算城垣所需土石方、御料，在下委实感激不尽！”

听了阳城延的话，张苍寻思着又得耗费多日来计算，感到颇费精力，有些头疼，不过嘴上依然是客气话："阳城少府见外了，修筑长安城垣乃陛下钦定的百年大计，老臣义不容辞，尽点绵薄之力何足挂齿，有事尽管吩咐便是。"

"岂敢，岂敢！"阳城延连忙拱手致谢。

阳城延见张苍有事要向丞相禀告，先行告辞，匆匆回到少府衙门，开始准备对长安城垣的选址再次勘探。

在张苍的协助下，阳城延带领少府一帮人先后数次对长安城垣的选址，以及四面城垣上十二座城门的位置进行了勘测。按照张苍推算，四面城垣，"墙厚三尺，则高九尺，其上斜收，比厚减半；若高增三尺，则厚加一尺，减亦如之"。他们大致算出了工程所需的土石方及御料数量。

至此，长安新都四面城垣的修筑方案基本完成，只等开工。

阳城延虽忙着做长安城垣的选址、图样设计，心中仍然惦记着那天阿甘所说有人上门提到"三铢钱"之事。说也奇怪，一连三天，两位访客始终没再露面，直到第四天傍晚，阳城延拖着疲惫的身子走到家门口时，阿甘急忙迎出来向他禀报："那两位客人又到了，正在家中等着见大人。"

家中，两位来访者恭敬地自报家门，称他们是来自齐国的迁徙之民，属于田氏。

阳城延很清楚"迁徙之民"的境况。当年，刘邦采纳了娄敬定都关中的建议，同时也采纳了他另一条建议，即将关东六国豪强大户迁徙关中，充实京师。齐、楚两国的大族田氏、昭氏、屈氏、景氏、怀氏五大姓氏的富人最先被迁徙到长安。后来，朝廷以建造、守护皇陵为名，又将六国更多的豪强大户强行迁徙至渭水北岸的陵邑附近居住。刘邦这一做法后来被继任者纷纷效仿，关东六国豪强大户一批接一批被迁入关中，参与建造皇陵，并在陵邑周边屯田垦荒，史家称之为“陵邑制度”。

明白人一眼就能看出其中意思。这些迁徙之民，名义上是来守护皇家陵邑的，实际是朝廷要进一步分化六国豪强势力，抑制关东诸侯国，才用了这种手段。

田氏子侄多来自齐国，向来有经商的传统。来到关中后，一部分人修建皇陵、耕种田地，也有一部分人重操旧业，从事商业买卖。

两位田氏之人衣着齐整，一位年纪较长，蓄着胡须，戴着瓜皮帽；另一位较年轻，高个头，脸色白净。两人都操着浓浓的齐地口音。

年长的人说：“不知少府大人是否知情，如今‘三铢钱’在市面上人人避之不及，快要让小的们倾家荡产了。”

阳城延心中微微一沉，皱起眉头问：“‘三铢钱’乃朝廷法定币种，为何避之不及？”

年长的人掏出几枚“三铢钱”，递到阳城延面前：“请大人过目，这就是如今市面上的‘三铢钱’，别说成色不到三铢，恐怕连两铢也达不到！”

阳城延接过钱，放在手中掂了掂，果真又轻又薄，再细看“三铢钱”，中间的方孔占据了币面一大半，币面四周一点铜色也看不出来。

“这样的‘三铢钱’，你们是如何收到的？”阳城延将钱捏在手中，两道粗重的眉毛被挤皱成“八”字形。

年轻的人接过话茬儿：“不瞒大人，前段时期，官府强制小的们使用‘三铢钱’，小的们在买卖中收下了好几万，但如今市面上人们不认如此劣质的‘三铢钱’，只认‘秦半两’。照此下去，小的们家中好几万‘三铢钱’就要变成一堆废物了。”

这两人以实物佐证自己之言，阳城延感到事态比想象的还要严重。

这次币制改革，说起来有些奇怪，刘邦下诏让少府负责铸造“三铢钱”，同时也下诏允许私家铸造“三铢钱”。阳城延心中清楚，私家铸造能力有限，市面上绝大多数‘三铢钱’还是来自少府。如此劣质的钱币出现在市面上，不但会影响商贾生计，也会引起物价飞涨。更有甚者，少府府库里的皇家钱币将会因此严重贬值，造成巨大损失。

“阳城少府乃当朝九卿，当下少府执掌铸币，小的们不反对以‘三铢钱’替代‘秦半两’，但大人也要为小民着想。小的们乃关外移民，来到关中本来就不容易，如此下去，实在让小的们无路可走了。”年长那人虽表面神态恭敬，说话声音不大，但语气里明显带着不满与愤懑。

阳城延一方面气愤至极，另一方面憋着一肚子委屈。将“秦半两”改铸成“三铢钱”，确实是少府衙门所为，但此事一直由申武负责，自己忙于未央宫营建之事，无暇顾及。出现此般乱象，商贾都找上门来，申武竟然从未对自己提及。当然，他不便向田氏二人说明这些内情，只能把情绪压在心中。他向这两人说道：“‘三铢钱’分量不足，铸币中出现混乱，本官责无旁贷。这件事待本官查明原因，自当给二位一个交代！”

两人见眼前这位少府大人说得诚恳，也就不再多言，拱手告辞。

送走田氏两人，阳城延从几案上拾起几枚“三铢钱”，放在手中掂量了几下，然后狠狠地丢在地上。

第二天，阳城延早早来到少府府衙，吩咐一位臣工去找申武与少府负责铸钱的钟官令张寿。他要亲自过问他们是如何铸造出这些“三铢钱”的。

找了半天也不见申武人影，阳城延气得团团转。钟官令张寿到来后，见阳城延面色沉郁，吓得站在一边不敢言语。阳城延没向张寿说明事态，而是一挥手，让他跟着自己立即去少府府库。他要到现场一探究竟。

少府储藏钱币的府库是一处皇家禁地，库房大门需要少府卿或少府丞、府库监管令及库房守卫三方同时出具专门的符具，才能打开，平时看管森严，连一只苍蝇也难以飞进。

库房门打开后，阳城延最担心看到的一幕还是出现了。堆积如小山的钱币全部是新近铸造的“三铢钱”，若按币值，足有几万万钱。而原先存储的用于改铸“三铢钱”的“秦半两”，散落在一旁，已所剩无几。

阳城延随手拿起两枚“三铢钱”，放在手上掂量了几下，又对着光亮仔细看了看，发现与田氏二人让他察看的“三铢钱”几乎一模一样。

府库监管令怯怯地说：“如今，这些钱市面上不认，申大人吩咐暂时存放于此。”

由于市面上这些“三铢钱”如同废品，负责库管的臣工懒得清点，胡乱将它们堆放在库房一角。

看到眼前的场景，阳城延感到一阵揪心，他后悔自己平时忙于未央宫的事务，对少府铸造钱币之事疏于管束，以致造成当下这种局面。少府库房里的钱币除了用于皇室与宫廷的开销，还有一部分是积攒起来用于修建长安城垣的。一旦这些钱币不被市面认可、无法流通，那么不仅会造成皇室的巨大亏空，就连修建长安城垣之事也将成为无米之炊。

阳城延愤然离开府库，让人再去寻找申武。他定要当面问个明白，陛下将铸造“三铢钱”的重任交给少府衙门，怎么会弄成这样？

一直到午时，申武才露面，懒洋洋的模样，似乎刚刚睡醒。

“阳城大人在寻找下官？”申武打了个哈欠，朝阳城延瞥了一眼。

“当下都什么时辰了，申大人怎么才来府衙当差？”阳城延强忍住心中的怒火。

“大人有所不知，下官昨天去铸造间亲自监督‘三铢钱’的铸造，一直忙到深夜，以致早晨没能起来。这不，一听说大人在寻下官，下官就急匆匆赶来了。”

申武说话向来振振有词，没理也要占三分。阳城延懒得同他理论，他急于想知道“三铢钱”的铸造中为何会出现成色不足的现象，于是责问：“如今‘三铢钱’市面上都不认可，一些商贾甚至直接拒收，这是怎么一回事？”

面对阳城延的责问，申武反而很淡定，好像被责问的不是自己，而是别人似的。他一边打着哈欠，一边说道：“阳城大人有所不知，如今市面上确实有人拒收‘三铢钱’，但这都是一些刁民无视朝廷规定，一味贪心敛财造成的。下官正配合廷尉府检查司，对这些刁民严厉责罚。”

“难道说‘三铢钱’本身没有瑕疵？为何有人说‘三铢钱’成色不足？”阳城延追问道。

“阳城大人这是哪里话！”申武一听“三铢钱”成色不足，立马摆出一副颇受委屈的样子，似乎阳城延问了一个不该问的问题，“熔铸‘秦半两’，铸造‘三铢钱’，是陛下亲自下达的诏令，本官只是行使监管之责罢了。一枚‘秦半两’要改铸成四枚‘三铢钱’，成色肯定会打折扣，这是常识，难道大人不知？”

申武虽是属下，同阳城延说话口气中总带着一些不屑。阳城延白了他一眼，没理会他。他急于查清“三铢钱”乱象的症结所在：“据本官所知，如今市面上的‘三铢钱’，成色远不足三铢，这才是商贾拒收的真正原因。申大人又做何解释？”

申武转动着眼珠，冷冷地说道：“大人应该知道，陛下允许私家铸造‘三铢钱’，如今私家铸钱成风，一些人见利妄为，掺杂使假，以次充好，造成市面上‘三铢钱’鱼龙混杂。这怎么能责怪到下官头上呢？”

“私家铸钱规模、数量有限，成不了气候。关键是我们府库里那些堆积如山的‘三铢钱’，成色如何？”

申武见阳城延步步相逼，摆出一副刨根问底的架势，心想：平时很少过问钱币铸造之事的他，今日为何如此深探细究？难道是知晓“三铢钱”成色不足，或是府库里那些劣质的“三铢钱”被他发现了？

不是鱼死，就是网破。申武干脆一不做二不休，向阳城延摊牌：“不瞒大人，如今少府衙门铸造的‘三铢钱’成色确实不足三铢，但这是不得已而为之。大人想想，私家铸造的‘三铢钱’成色不到三铢，甚至不到一铢，如果少府衙门铸造足金的‘三铢钱’，与这些不够分量的钱币混在一起，同样使用，少府岂不是吃了大亏？为了公平起见，少府铸造的‘三铢钱’成色自然不能保证三铢足金。”

阳城延没想到申武搬出这个逻辑来狡辩，气得一拍几案：“这是触犯大汉律令之事！皇帝陛下让少府衙门主持新币铸造，申大人非但不遵守法度，反而与民争利，美其名曰维护少府利益！这样做不但扰乱了钱币流通，还会造成皇家储备的‘三铢钱’严重贬值，甚至会扰乱民心，申大人难道不知！从即刻起，暂停铸造成色不足的‘三铢钱’；对已铸造的‘三铢钱’，待向丞相禀报后，听从丞相旨意再做处置。”

申武还想辩解，见阳城延气得两手颤抖、脸色铁青，话到嘴边又改了口：“大人息怒，下官没有考虑如此深远！”

纸包不住火，是脓包总会出头。阳城延决定当面向萧何陈述少府铸币成色不足之事。

阳城延带着申武来到丞相府，主动向萧何禀报少府铸造“三铢钱”掺杂使假、成色不足之事。萧何见了二人，说道：“本相正要找你们查问此事。如今，不仅是市面上拒收‘三铢钱’，朝廷一些大臣也对你们少府议论纷纷，已经有人把状告到本相这里了！你们二人是如何监管此事的？”

“都是下官疏忽，监管不严所致！”阳城延第一次听萧何以这样的口吻训斥自己，羞愧得脚下若有一条地缝，都想钻进去。

长安城一些公侯、公卿，一边在家偷偷把十二铢重的“秦半两”熔铸为成色不足的“三铢钱”，参与投机取巧；一边指责阳城延，称少府铸造的“三铢钱”成色不足，扰乱了币制改革。事到如今，阳城延只觉得自己犹如哑巴吃黄连，有苦说不出。

申武张了张口，似乎想在丞相面前为自己辩解，被阳城延狠狠瞪了一眼，就没再作声，露出一副委屈的样子。

萧何没有料到市面上流通的成色不足的“三株钱”，竟然有相当一部分出自少府，气得嘴唇微微颤抖："尔等可知，钱币既是流通货币，也代表着朝廷的威严。秦半两看似是普通的钱币，然而每一枚含金（铜）十二铢，形制仿玉璧纺轮的圜钱形制而来，直径十二分，穿孔的边长各为六分，这些数字都是六或六的倍数，含义深远。就这'半两'二字，也是秦相李斯所书。'秦半两'造型外圆内方，圆代表天，方代表地，象征天地之形。为朝廷铸造钱币，责任重大，尔等岂可当作儿戏，随意而为？"

听了萧何一席话，阳城延与申武都睁大了眼睛，没想到一枚"秦半两"，不仅成色足，而且暗藏如此之多的玄机，也难怪秦亡这么多年了，它在市面上依然流通，盛行不衰。

见二人缄默不语，站在那里如同秋天霜打的茄子，萧何稍稍平息了怒气："钱币事关国计民生，大汉初立，如同一株新植的劲松，根须刚刚萌生，岂能动摇根基？这几年，平叛异姓王，加上营建长乐、未央两宫，几乎竭尽财力。眼下国库空虚，难题重重，即便是陛下钦定之事也只能暂缓实施。如若此时钱币再出现差池，造成民心不稳、天下动荡，我等如何向陛下交代？尔等回去先统计劣质'三株钱'的数量，全部封存于府库，等候处置。"

萧何心中清楚，刘邦推行的币制改革，纵然有明显的弊端（尤其是允许私家铸币，必然带来混乱），但身为丞相，只有执行的责任，不能有丝毫怨言，更不能阻碍。后来，刘邦这项弊病丛生的币制改革，直到吕雉摄政后颁行"八铢钱"，下令禁止民间私自铸钱，才宣告结束。

阳城延听萧何说"当下国库空虚，难题重重"，又听他说"即便是陛下钦定之事也只能暂缓实施"，似乎话中有话，心中微微一震：难道丞相指的是修筑长安城垣之事？

被萧何训斥了一通，申武耷拉着脑袋离开丞相府。阳城延立在那里没有挪步。萧何见状，问："阳城少府还有何事？"

阳城延向前走了几步，凑近萧何，低声问道："丞相刚才所言'当下国库空虚，难题重重'，莫不是朝廷暂时无力修建长安城垣？"

萧何原本不打算将长安城垣暂缓修筑之事告诉阳城延，因为他知道这位执着的少府卿最近一直在为此来回奔波，投入了巨大的精力，花费了不少心思，一旦说出实情来，怕他难以承受。当下既然问及此事，他也就直言相告了。

事与愿违，造化弄人。萧何长长叹了一口气，说道："本相也正为此事焦虑。朝廷府库空虚，这只是其一；太上皇最近身染沉疴，缠绵病榻，太医告诉本相，他恐怕时日不多。陛下已传旨本相，征调匠人、役工前往栎阳北原，修建万年陵。此时，如果再开工修筑长安城垣，委实不妥。"

阳城延听了萧何婉转道出的实情，一时愣在那里，心中涌出一股说不出的滋味。

萧何停顿了一会儿，又说道："阳城少府还有所不知，最近北方秘密传来军情，代国陈豨叛乱已是板上钉钉。平叛恐耗费巨资，当下要未雨绸缪，以应不测。"

萧何说完，忍不住一阵咳嗽，咳得身体乱颤。阳城延想上前扶他一把，萧何朝他摆了摆手，强忍着咳嗽说："本相知道阳城少府心系长安城垣，此乃百年大计，理当一鼓作气，不便耽搁。然而当下是多事之秋，勉强不得，只能暂缓，等到北方安定之后，再做计议吧。"

阳城延看着心力交瘁的萧何，心中不禁一阵心酸。这位遇事沉稳、举重若轻的丞相，为了大汉江山社稷经历过多少风风雨雨，总是在危急关头沉着应对，似乎有着使不完的精力、用不完的智慧。真是岁月不饶人！如今丞相也显露出衰弱之态，却依旧要操持国事民生，不得一日清闲，真可谓呕心沥血。今日他既然把话说到这个份上，看来，暂缓修筑长安城垣已经是板上钉钉的事了。

阳城延朝萧何一拱手，动情地说："丞相不必为下官顾虑，修筑长安城垣诚为下官心愿，但此时国事当头，孰重孰轻下官能够分辨得清。丞相当保重身体，切莫操劳过度，朝廷还有诸多大事等着丞相定夺啊。"

话虽这么说，但缓建长安城垣的消息，还是给热情正高的阳城延迎头泼了一盆凉水。离开丞相府，他怅然若失回到少府衙门。

第二十三章

吕后心思

刘邦入住未央宫后，吕雉依旧住在长乐宫。从位置上看，两宫一东一西，因此，在长安城里，百姓习惯称长乐宫为“东宫”，称未央宫为“西宫”。

随同刘邦一同住进未央宫的还有他的爱妾戚夫人。戚夫人出生在定陶，父亲是临辕侯戚鳃，也是西汉开国元勋之一。当年，刘邦在攻打定陶时，偶然见到这位貌若天仙、能歌善舞的年轻女子，一见倾心，从此招至身边，疼爱有加，视为新宠。戚夫人喜欢跳一种翘袖折腰之舞，舞动起来长袖飘飘，腰若细柳、婀娜多姿，同时还善鼓瑟击筑。筑是一种击弦乐器，似筝，以竹尺敲击，能发出悲壮的乐声。她又有一副天生的好嗓子，能吟唱悦耳动听的《出塞》《入塞》《望归》等曲，常常令刘邦沉醉其中。有这样一位多才多艺、善解人意的美人相伴，刘邦自然对年老色衰的吕雉日渐冷落。然而，吕雉是伴随他闯荡半辈子的结发之妻，是当朝皇后，他又不能弃之不顾。每每遇到吕雉争风吃醋、闹腾起来，他也畏惧三分，时常为此弄得心烦意乱。

戚夫人生有一子，名叫刘如意，很受刘邦宠爱，年仅六岁便被封为代王。戚夫人一心想立刘如意为太子，常在刘邦耳边吹枕边风，让他废掉吕雉所生之子刘盈的太子之位。这让刘邦左右为难。

两年前，萧何提议建造未央宫，也是考虑让刘邦身边两位水火不容的女人分宫而居，少一些接触。自从住进“西宫”后，刘邦很少出现在“东宫”。

对于戚夫人住进奢华簇新的未央宫，最为嫉妒、最难以容忍的当然是吕雉。吕雉心中清楚，她同戚夫人之争，已不是简单的争风吃醋，而是后位乃至储位之争。每到夜晚，她见“西宫”灯火璀璨、歌声缭绕，内心便如同油煎般难熬，恨得咬牙切齿。然而，隔宫相望，仇人虽近在咫尺，她却无计可施。

这一天，她召见少府丞申武，想打听戚夫人在未央宫住哪座宫室，宫室内又是怎样的布置。

申武虽是吕释之的亲信，却一直苦于没有机会接近吕雉。得知吕雉要亲自召见自己，他像是一个饿汉突然听到布施者喊叫，心中一阵狂喜，从少府衙门抄近道一路小跑来到长乐宫椒房殿。

“微臣申武叩见皇后娘娘！”申武一见吕雉，便慌忙跪地请安。

吕雉微微抬起头，看了一眼这位所谓沾亲带故的远房亲戚，问道：“听说你是建成侯的内侄，如今在少府跟着阳城延当差？”

“微臣托皇后娘娘齐天洪福，在少府卿阳城延手下任府丞，已经好几年了，先是在未央宫专司匠人营建，当下兼管铸造钱币。不知皇后娘娘有何吩咐，微臣定当效犬马之劳，以报皇后娘娘隆恩！”申武依然虔诚地伏在地上，用余光偷偷扫了吕雉一眼。

吕雉用蓄着长长指甲的手接过贴身侍女递来的一盏莲子羹，轻轻吹了吹，抿了一小口，又递给侍女，然后看向伏在地上的申武说道：“听说萧何与阳城延把未央宫建造得富丽堂皇，出了不少风头，让圣上龙颜大悦。未央宫究竟是什么样的排场，你可能说清楚？”

申武一听这话，立刻揣摩出吕雉召见他的心思。吕雉如今最痛恨的人是戚夫人，听这口气分明是想打探冤家对头所居的未央宫是什么样的情形。这岂不是给阳城延一点颜色看看的绝好机会？于是，他习惯性眨了眨眼睛，说道："未央宫名义上是萧丞相牵头，实际营建之事乃阳城延一人全权负责。此宫比照秦之咸阳宫、阿房宫样式建造，其奢华程度有过之而无不及啊！"

申武似乎想吊起吕雉的胃口，说到这里，他故意停顿了一下，等待吕雉细问。吕雉见他还伏在地上，说话有些费劲，抬了下眼皮："起来回话吧！"果然，她接着又问，"你说说，未央宫后宫究竟是怎么奢华？"

申武从地上爬起来，依然弓着腰，低着头，绘声绘色地说道："禀皇后娘娘，微臣从未见过如此奢华的宫室。譬如清凉殿，夏日以冰降温，三伏盛暑，居之亦如霜天一样清凉。寝室里摆放的是花石床，床上用的是紫绡帐、却尘褥、瑟瑟幕、纹布巾。神仙的宫殿不过如此啊。"

申武叙述的声音并不大，却像一根引信，瞬间点燃了吕雉心中的怒火。只见她两手紧握，双眼微闭，身体微微颤抖，半天都说不出话来。她心中明明知道清凉殿是戚夫人所居，还是恶狠狠地问道："此宫居住何人？"

"此宫专为戚夫人准备，为戚夫人所居。"申武一边回答，一边故意装着像说错话一般，耷拉着脑袋，一副听凭发落的样子。

吕雉听罢，更是怒火中烧，心想，自己所居的椒房殿虽说也冬暖夏凉，但没有奢侈到如此程度，这分明是欺负到自己头上了，这样的恶气不出，自己岂不是枉为皇后之尊？虽然这样想，她一时不知该把怒气撒在谁身上，于是没好气地骂道："你们这些人，也不为大汉江山社稷想想，天下战乱刚刚平息，国库空虚，你们建造一座宫殿，竟然如此大手大脚，难道花费的不是大汉的币帑？"

申武见吕雉动怒，心中窃喜，为了让这把火烧得更旺，又乘机说："皇后娘娘说得极是，未央宫的确营建得有些出格。那日入住朝贺时，陛下动了怒，斥责阳城延：'天下尚不太平，成败未可知，为何如此铺张？'是萧丞相出面揽责，言称'非壮丽无以扬威'，极力辩解，陛下才平息了怒气。"

吕雉听了，本想说皇帝还没有老糊涂，转念一想，在一个大臣面前说这样的话，实在有损刘邦的颜面，于是改口道："陛下明鉴，这个阳城延过去不过就是一个匠人，如今身为少府卿，不为大汉朝廷精打细算，却建造如此豪华的宫室，难道想为自己脸上贴金不成？"

申武见吕雉终于把怒气发泄到阳城延身上，暗暗得意。他直了直弓曲的身子，用一种不屑的口气说："阳城延出身低贱，没有爵位，被任命为少府卿，是违背了'非侯勿卿'的惯例。如今凭借修建长乐、未央两宫，成了陛下和萧丞相面前的红人，如此下去，恐怕权势还会膨胀，往后不知会惹出什么事端来。"

申武说出这话，原以为会再次引发吕雉对阳城延的怒气，谁知吕雉没有理会他说的话，只是沉浸在对戚夫人的愤愤不平之中，这让他难免有些失望。

申武还想撺掇一番，忽见吕雉用余光扫了他一眼，说道："你算是一个识时务之人，好好在少府当差。本宫有些乏了，你先退下吧。"

申武见吕雉没有再说下去的兴趣，只好再次屈膝跪倒在地，行了大礼，之后悻悻地离开椒房殿。

申武走后，从椒房殿帷幔后走出一个人来，高个头，脸庞白净，头戴一顶玄色进贤冠，身着大袖青袍，一身楚人的装束。此人是辟阳侯审食其。

审食其是刘邦的同乡。刘邦在沛县起事后，他以舍人的身份承担起照顾刘邦的父亲刘太公及妻儿的责任。汉高祖二年（前205），刘邦在彭城之战中败于项羽，刘太公、吕雉皆被楚军所掳，审食其也一同被俘，项羽将他们扣为人质。楚汉议和后，双方释放战俘，审食其与刘太公、吕雉等人一起回到汉军军营。后来，审食其被封为辟阳侯，一直留在吕雉的身边，协助她处理后宫事务。

吕雉长期受审食其照顾，时间一久，二人关系渐渐发生变化，最终成了暗通款曲的一对情人。审食其因此成了吕雉遇事密谋的对象之一，他可以不经通报，自由出入吕雉的寝宫。

“辟阳侯都听到了吧。”吕雉见审食其走了出来，话语中依然带着怒气。

审食其走到吕雉面前，以一种怜爱的目光看着吕雉，安慰道：“娘娘息怒，动气伤身。如今，戚夫人备受恩宠，陛下为她营建华堂美室也在预料之中。娘娘当徐徐图之，从长计议，切不可一时恼怒，乱了方寸，更不能气坏了凤体。”

“那贱妾一日不除，本宫一日不得安心，如若坐等，只怕后患无穷。”吕雉望着审食其，两眼露出求助的目光，“辟阳侯有何计策？”

审食其当然知道，皇后与戚夫人的争斗，是一场命运之战，关乎生死，甚至关乎未来谁来执掌大汉的江山社稷。

审食其用手轻轻抚了一下吕雉的肩膀，沉默了片刻，忽然眉头一动，说：“臣倒是有个主意，尽管不能立马置戚夫人于死地，也算给她一个警告，杀一杀她的嚣张气焰。”

“都什么时候了，辟阳侯还卖关子，快快道来。”一听能够挫败戚夫人，吕雉神情为之一振，有些迫不及待。

“臣听说，商纣王时，宠妃妲己为惩罚后宫中与纣王有过暧昧之人，建造了一所特殊的宫室，名曰‘凌室’。此室无论春夏秋冬，无需使用任何刑具，所住之人都会被活活折磨致死，无数宫女因此丢了性命。”审食其从吕后身边踱开，一边转动手中一串翡翠玉珠，一边若有所思，来回走动，“既然他阳城延能带领一帮能工巧匠营建椒房殿、清凉殿，一定也能建造出这样的宫室。皇后娘娘不如召他前来，令他在未央宫永巷内营建一座‘凌室’，即便是当下有圣上庇护，暂时用不上此室，想那戚夫人知晓后，怎么也会忌惮三分！”

吕雉一听，不禁拍手称妙，沉郁的脸上终于露出一丝喜色。她忙问审食其：“此室不用刑具就能置人于死地，到底有何特别之处？”

审食其露出狡黠一笑，走到吕雉跟前，耳语一番。吕雉听后频频点头，笑道：“还是辟阳侯老谋深算，明日本宫即宣阳城延入宫。”

第二天，阳城延刚到少府衙门，就接到吕雉的传召。这是他第二次面见吕雉，尽管不知道这位深居后宫的皇后为何事召见，但他不敢耽误，立即赶往长乐宫。

吕雉衣着华贵，坐在椒房殿绣着凤凰呈祥图案的座榻上。阳城延注意到，与两年前相比，吕雉的面色又衰老了许多，脸上虽然涂抹着厚厚的脂粉，却难掩日渐松弛的皮肤上一条条细线般的皱纹，没变的是她咄咄逼人的气势。

阳城延向她请安，吕雉微微向前欠了一下身子：“阳城少府为了营建未央宫，费尽了周折，吃了不少苦头，可谓劳苦功高啊。”刚一见面，吕雉的语气就有些阴阳怪气。

阳城延一时摸不清吕雉召见他的意图，也不便多问，只得顺着她的话答道：“多谢皇后娘娘挂念，微臣受命营建未央宫，只是尽臣子分内之责，何谈劳苦功高，皇后娘娘过奖了。”

“哦？听说阳城少府召集天下能工巧匠，不仅将未央宫外观建造得富丽堂皇，还精于建造内部宫室，即便是周之岐山宫、秦之阿房宫，也要逊色三分，赢得朝廷上下不少夸赞啊。”吕雉一边说，一边观察着阳城延脸上的表情，见他只是静静地听着，并未接话，于是把话锋一转，“本宫有一事相求，不知道阳城少府能不能再劳苦一遭？”

阳城延一听，粗重的眉毛不觉抖动了一下，拱手说：“岂敢言称劳苦！皇后娘娘吩咐便是，只要是微臣能办之事，一定尽力。”

“也不是什么大事，本宫也是一时想到，阳城少府麾下既有一帮手艺巧夺天工的匠人，能不能在未央宫的永巷内营建一处‘巧室’？”

说到这里，吕雉故意停顿下来，观察阳城延的反应。

永巷是未央宫后宫里一条偏僻狭长的小巷，平时只供地位低下的嫔妃宫女过往。

吕雉的话，阳城延字字句句听得清楚，听到“巧室”两个字时，他心中不觉一颤。他抬头看了吕雉一眼，又慌忙低下头：“何为‘巧室’？微臣愚钝，还请皇后娘娘明示！”

吕雉冷冷地答道：“此室冬天能将人冻死，夏天能将人热死，春天能将人困死，秋天能将人愁死。此‘四死’不需任何刑具器械，只利用宫室营建之巧，徐徐为之。阳城少府你看如何？”

吕雉将她想营造的所谓“巧室”描述完毕，阳城延听了暗暗吃惊，粗壮的眉毛不自然地又跳动了两下。所谓“巧室”，分明就是“凌室”。阳城延曾经听叔父说过，商纣王时宠妃妲己建造“凌室”，暗暗杀害了无数宫女。如今，吕雉想营造这样的囚室，很明显意在对付戚夫人。“巧室”一旦建成，自己必将卷入一场后宫之争。自古匠人以营造为本，蝇营狗苟之事，岂是匠人所为？

想到这里，阳城延对吕雉此次召见他的意图猜得八九不离十。

他迎着吕雉投来的犀利目光，缓缓地说道："承蒙皇后娘娘抬举，自古以来，营殿建舍，于朝廷是为威震天下，规范君臣礼节；于百姓是为防范风雨，求得安身之所。微臣出身匠人，孤陋寡闻，从未听说如此能巧夺人命的'巧室'。微臣实难从命，望皇后娘娘恕罪！"

吕雉没想到自己尽可能和颜悦色地说出此番话来，居然碰了个软钉子，脸色一下子阴沉下来。她冷冷地问道："阳城少府这是不想为此，还是有何难言之隐？"

"匠人以营建为本，上承陛下恩典，下受黎民之盼，所造之室皆天下所期，微臣没有任何难言之隐。"阳城延心中清楚，今日之事如果应了下来，日后还不知道会惹出什么事端来，不如索性豁出去，当面拒绝。面对吕雉的愠怒，他坦然答道。

一时间，椒房殿的空气凝固了一般。

这时，一名内侍来到吕雉面前，向她低声禀报，说建成侯有急事求见。

吕雉听了，向阳城延狠狠瞪了一眼。看来，眼前这位匠人出身的少府卿，是一根带刺的拐杖，摸着扎手，扔又扔不得。想到这里，她冷冷地说道："阳城少府既然不给本宫面子，先退下吧。"

阳城延像是得到解脱般，急忙起身，退出了椒房殿。

少顷，建成侯吕释之走进椒房殿，见阳城延躬身退出，又见吕雉脸上怒气未消，问道："皇后娘娘是与阳城少府置气了？"

吕雉见到自己的二哥，跟刚刚受过很大委屈似的，哭丧着脸嚷嚷道："如今戚氏那贱人得宠，这帮人也狗眼看人低，本宫让他做一点事情，他竟然找理由推脱，岂不是故意与本宫过不去？这样的贱人，岂能轻饶？"她把想在未央宫建造"巧室"之事说与吕释之听。

吕释之听后，非但没有安慰吕雉，反而用责备的口气说道："皇后娘娘乃聪明之人，怎么一时变得糊涂了啊！你让阳城延在未央宫营建'巧室'，一看就是冲着那戚夫人去的，如果这事让陛下知晓，岂能轻饶了我们？如今，陛下对戚夫人宠爱有加，对刘如意也倍加疼爱，整天把他抱坐在膝上，早就萌生了另立太子之意。娘娘这样做，只会加深陛下对娘娘的怨恨，不但对娘娘不利，对太子殿下的储君之位也是威胁啊。"

听了吕释之一番话，吕雉愤怒的情绪立即被焦虑所取代，她这才意识到，自己一时冲动，差点酿成无法挽回的局面。然而，不出一口恶气，心头怒火实在难以熄灭。于是，她压低了声音，有些无可奈何地问道："依二哥之见，我们该如何是好？"

吕释之向前靠近了两步，压低嗓音对吕雉说："当务之急是阻止陛下另立太子，保住太子的储君之位。等到太子继承了大统，将来就是我们的天下。到那时，何愁整治不了那无依无靠的戚氏？"

吕释之的话，让吕雉紧皱的眉头渐渐舒展，因愤怒而变得扭曲的面孔也慢慢平静。她下意识地点了点头，说道："二哥所言极是，本宫为解一时心头之恨，差点误了大事。"

得到妹妹的称赞，吕释之露出了老谋深算的得意。

吕雉忽然想起另一茬儿，问道："刚才内侍禀报，说二哥有急事？"

经吕雉提醒，吕释之一拍脑袋，说道："看，差点忘了大事。禀娘娘，我得到密报，代国国相陈豨谋反，陛下准备让太子统领兵马亲征平叛，这件事可万万使不得呀。"

让太子统兵平叛？吕雉一听，身子像是被无形的东西撞击了一下，猛地一颤，惊出了一身冷汗。

第二十四章

北望烽火

汉高祖十年（前197）九月，远在冀北的代国秋风萧瑟，草枯叶败，乌云蔽日。自立为代王的陈豨起兵作乱，成为又一个反叛汉廷的异姓王。

陈豨出生在秦东郡宛朐县，原本是坊间一名游侠。秦末乱起，他在家乡纠集一帮年轻力壮的同乡起兵反秦，后来加入刘邦的部队。汉高祖元年（前206）十月，陈豨随同刘邦攻入关中，驻军霸上。汉朝建立后，他参与平定燕王臧荼之乱，立下战功；汉高祖六年（前201）被刘邦封为阳夏侯，同时被任命为代国国相，总理代国国政。

代国原本是刘邦的哥哥刘喜的封国。汉高祖七年（前200）十二月，匈奴骑兵来袭，刘喜吓得弃国而逃，刘邦一气之下将其废黜，降为合阳侯，改封与戚夫人所生之子刘如意为代王。此时的刘如意只有六岁，与母亲戚夫人一同生活在刘邦身边。因此，刘如意虽为代王，却只是名义上遥领，军政事务皆由国相陈豨一人包揽。后来刘如意改封为赵王，代王王位空缺。汉高祖十年（前197）九月，陈豨自立为代王，并联合韩王信、赵王利等一直活跃在北方边陲的叛军，扯起反汉大旗。一场大规模的武装叛乱由此拉开序幕。

陈豨叛军兵分两路，挥师南下，渡过黄河，来势汹汹。一时间，太原至邯郸以北、聊城至曲逆以西的华北广阔区域，都在叛军的控制之下。

就在两个月前，刘太公薨，刘邦刚刚料理完后事，还没有完全从丧父的哀痛中走出来，北方传来叛乱的消息。叛军来势凶猛，关中长安人心惶惶。为平陈豨叛乱，刘邦打算让太子刘盈领兵出征，却遭到了吕雉的竭力反对。吕雉平时身在深宫，足不出户，但在大是大非面前却异常清醒。刘盈毫无沙场平叛经验，凭借他现有的威望与能力不足以统领三军与陈豨对阵，让他领兵出征必定是有去无回的。这一切肯定是戚夫人的借刀杀人之策，欲置太子于死地，好让自己的儿子刘如意接替太子之位。吕雉死活不依，无奈之下刘邦只得再次披挂上阵，出征平叛。

汉军兵分两路，一路以周勃、柴武为将军，由晋阳出发，北上迎击韩王信；另一路由刘邦率领部将樊哙、郦商、夏侯婴、靳歙等人，集结汉军主力开赴邯郸。同时，刘邦传檄天下，征召各诸侯国兵马，会合邯郸，共击叛军。

萧何依然坐镇关中，负责筹集粮草军械，协调各诸侯国出兵北上。

关中虽然与代国相距遥远，但那里的战事通过各种渠道频频传来，每一条战报都像一阵旋风，吹进长安城，牵动着人们的神经。

阳城延每天都在关注北方传来的消息。因为受到战事影响，加上国库空虚，长安城垣的修筑被迫按下暂停键。他常常独自一人站在未央宫前引颈北望，幻想着北方叛乱平息之后，刘邦归来，再度重启长安城垣修筑大计。

平叛陈豨的战事从汉高祖十年（前197）九月一直持续到汉高祖十一年（前196）十月，长安城内充塞着各种传闻，时而传出恒山郡二十五城已被陈豨攻占了二十座，郡守与郡尉因抗敌不力，险些被刘邦斩杀的消息；时而传说，汉军攻克了赵国的都城东垣城，刘邦下令屠城，并将东垣改名为真定。传说真假难辨，直到汉高祖十一年（前196）冬天，才有确切的消息传来，与陈豨一道叛乱的韩王信兵败被杀，陈豨带着残部逃往靠近匈奴的灵丘，北方平叛进入尾声。人们这才稍稍安心，期盼着刘邦率领汉军凯旋。

平叛获胜，长安城人人都松了一口气。

阳城延也盼着刘邦班师回朝的好消息，然而好消息没有到来，坏消息却捷足先登。这天晚上，儿子阳城去疾告诉他，匠师杨离突发痼疾，已经下不了床榻。

第二天一早，阳城延匆匆赶到杨离住处，只见杨离萎靡地蜷缩在病榻上，目光呆滞，连讲话的力气都没有了。几个徒弟手足无措地站在一旁。

“我才听疾儿说起匠师的病情，这是怎么了？”见到病床上的杨离，阳城延吃惊地问道。

杨离见阳城延来看望他，招手示意几个徒儿将他扶起，靠在床榻上。

杨离喘息了一会儿，轻声说道：“几日前受寒，痼疾哮喘复发，吃了几副药，原以为会好起来，没想到病却越来越重。这不，连坐起身来的力气都没有了。”

阳城延见杨离病得如此严重，心情陡然沉重起来，他强装平静，劝慰道：“老匠师不要多虑，看病急不得，还是要静心调养。我让疾儿去宫中，找一位太医给换个方子，吃吃看。”

“使不得，使不得！”杨离一听阳城延要找宫中太医，急得直摇头，连咳数声，喘得也更加厉害，半天才缓过气来：“老夫一个低下的匠人，哪里配得上宫里太医治病，传出去让人笑话。”

阳城延说："休要急躁，我只是让太医给开个药方。老匠师身怀绝技，是匠人中的翘楚，为汉廷营建未央宫呕心沥血，理当敬重。"

提起未央宫，杨离疲倦的面容露出一丝欣慰。他吃力地招呼阳城去疾，让他坐到自己面前，然后用力拉住他的手，动情地说："老夫不才，承蒙阳城大人不弃，营建未央宫让老夫出任总匠师，为新宫营建尽微薄之力；大人又将去疾托付于老夫为徒。去疾聪颖勤勉，跟随老夫不到三年，如今已能独当一面，这是老夫最为宽慰之事。只可惜这一病，恐怕难以痊愈，日后再无教授机缘了。"说完，他又艰难地喘息了一会儿，沧桑的脸上不觉滚下两滴浑浊的泪水。

阳城去疾见师父情绪激动，急忙安慰："师父多虑了！徒儿日后还要跟随师父继续学艺，修筑长安城垣呢！"

杨离脸挂哀伤，阳城延心头也不禁涌起一阵酸楚，这位秦时老匠人几年前主动带领一帮徒弟下山，参与未央宫的营建，担负起总匠师的重任，为新宫营建费尽了心思、耗尽了心血。如果没有他带领一帮匠人尽心尽责，未央宫的营建还不知要有怎样的周折。他的两个爱徒，一个死于监工之手，一个殒命工地，他风烛残年，备受丧徒之痛，即便如此，依然义无反顾，从未懈怠。未央宫竣工之后，他又为修筑长安城垣终日奔走，献计献策。若不是遇上突发的几件事，长安城垣的工地上定然少不了他奔波的身影。

想到这里，阳城延俯下身体耳语道："老匠师，你安心养病，待到病愈康复后，修建长安城垣还需要你牵头挂帅啊。"

杨离听后，兀自摇了摇头，把目光投向阳城延，艰难地说："老夫来日无多，还有一事相求，不知道阳城大人能否允诺？"

“杨匠师但说无妨！”阳城延不知杨离要说何事，却一口答应了下来。

“老夫一生无儿无女，年轻时娶过一妻，没过两年因病而亡，从此便孤寂一人，一心跟随师父学艺。”说到这里，杨离眼角再次涌出丝丝浑浊的泪花，接着又是一阵咳嗽，稍稍平复之后，他喘息着说道：“老夫有一同门师弟，名唤章交。汉五年（前202），大将军灌婴攻下豫章城，师弟奔他而去，听说帮助灌婴大将军修筑了豫章城。老夫想在闭眼之前，见他一面！”

阳城延听说过，有一位名叫章交的匠人帮助灌婴建造城池，不承想竟是杨离的同门师弟。他从没听杨离提起过，很是诧异，当即答应：“这个不难，我这就派人去寻！”

离开杨离住处，阳城延嘱咐儿子阳城去疾去宫中找太医开具药方，自己回到少府衙门，立即派出一名府臣动身前往豫章郡。

汉高祖五年（前202），车骑将军灌婴参加垓下之战后，受刘邦派遣，率兵南下，一举平定了吴郡、会稽郡，接着又攻打有“昌大南疆”之称的豫章郡。豫章郡是南方大郡，下辖五十二县。灌婴进驻豫章后，为了图谋平定南越，建立永久据点，开始在此修筑城池作为豫章郡的治所。这时，一名秦时匠人前来向他献计，讲述筑城防御之术，此人便是章交。灌婴采纳了章交的建议，让他招募工匠，筹备筑城所需工料，负责设计建造豫章城。

章交领命后，根据豫章城位居江南道路要冲，又临江依湖的地形地势特点，修建了周回十里八十步的城池，并在周围修筑了六座城门，分别为南门、松阳门、皋门、昌门、东门及北门。六座城门与以土夯筑的城垣互相连接，形成一个防御系统，从此易守难攻。这便是最早的南昌城。

少府臣在豫章城没费多少周折就找到了章交。章交听说多年不见的师兄病重寻他，立即随少府臣赶赴长安。当他来到病床前时，杨离已经奄奄一息。

章交走到杨离床前，轻声呼唤着师兄。杨离许久才睁开眼睛，看到是师弟章交站在面前，神志一下子清醒了许多。

“师弟！”他颤颤巍巍伸出手来，吃力地握住章交的手，微弱而又深情地唤了一声，眼角涌出两颗豆大的泪珠。

“师兄，愚弟来看你了！”见杨离病得如此严重，章交也难过得哽咽起来。

两人相互握着对方的手，久久不愿松开。过了许久，杨离强打起精神说道：“师弟，为兄有一事相求。”他松开章交的一只手，目光似乎在寻找什么人。阳城去疾赶忙走上前去，唤了一声：“师父！”

杨离寻找的人正是阳城去疾。他见了阳城去疾，微微点了点头，然后吃力地对章交说：“陛下委托少府阳城大人修筑长安城垣，这是功在当代、泽被千秋之事，虽然当下暂时停工，但不久一定会复建，可惜为兄我没有效力的机会了。愚兄拜托你前来长安城，协助杨大人，带领我徒儿去疾筑好长安城垣，这是为兄最后的心愿！”

章交眼中噙着泪水，声音哽咽：“师兄放心，愚弟遵命便是！”

听了章交的话，杨离慢慢合上了眼睛。

一代名匠最后的遗愿竟是修筑长安城垣！

阳城去疾回家向父亲述说了杨离临终时的遗言，阳城延感怀不已。他嘱咐阳城去疾以师徒之礼节，办好杨离的后事，并帮章交在长安城安顿下来。

刘邦平息了陈豨叛乱，率领平叛大军回到关中。让阳城延与许多大臣感到意外的是，刘邦抵达长安时，萧何没有像往常那样率朝廷百官出城相迎，朝廷也没有举行任何凯旋仪式。刘邦回到长安后，便一头扎进未央宫，不再露面，除了萧何、张良、叔孙通等少数几个近臣，其他人一概不见。

阳城延心中惦记的是长安城垣的修筑。他清楚，见不到刘邦，得不到他的旨意，这件事就会一直耽搁。他曾经设想，等到陈豨叛乱结束后，北方安定下来，他可以当面再次向刘邦陈说修筑长安城垣的紧迫性，也许陛下一高兴，予以准奏，那样就能立即开工修建了。

阳城延去找萧何，想从他那里打听禁中的消息。此时，萧何已被刘邦拜为相国。在重启修筑长安城垣之事上，萧何一反常态，态度一百八十度大转弯。他甚至提醒阳城延，皇帝刚刚征讨回京，除了征途劳累、身心疲惫，最近还为太子之事弄得心烦意乱，最好不要再提修筑城垣之事，以免招他厌烦。

阳城延想，相国是最了解陛下之人。此时相国态度突然转变，肯定是有难言之隐。

原来，太子刘盈是刘邦与吕雉所生，作为刘邦的嫡长子，早在汉高祖二年（前205）六月便册立为太子。刘邦与戚夫人生下刘如意后，在戚夫人的竭力撺掇下，他萌生了更换太子之意，但是遭到皇后吕雉与朝中绝大多数大臣的抵制与反对。

平定陈豨叛乱回到长安之后，经不住戚夫人的软磨硬缠，加上刘盈不愿意带兵出征，刘邦又重提此事。

刘邦最先想从萧何身上打开缺口。萧何向来对刘邦所说之事坚决服从，但在另立太子之事上，他明确表示反对。无奈，刘邦又去寻求张良帮助。张良一直是他最为信赖的伙伴之一，谁知张良也不赞成另立太子。张良对他劝说一通，见他不听劝，便称病在家，不理政事，以消极的态度抵抗他的固执。

无奈之下，刘邦想起了一个人——太常卿叔孙通。叔孙通一向审时度势，与时俱进，善于调和理想与现实之间的矛盾。刘邦想得到他的支持。让刘邦没有料到的是，向来百般顺从、惯于变通的叔孙通，此时也一反常态，不但坚决反对另立太子，甚至以死相谏。

叔孙通神情庄重、义正词严地对刘邦说："先前，晋献公宠爱骊姬，废杀了太子申生，改立骊姬之子奚齐为太子，晋国国政因此动乱了十年，为天下人所取笑；秦始皇不早立太子，导致赵高使用奸诈之计立胡亥为王，只传承了二世就亡国了，这都是摆在眼前的事实。如今，太子仁厚，天下皆知，皇后与陛下同甘共苦、患难与共，岂能背弃？如果陛下一定要废嫡立庶，微臣便立刻碰死在陛下面前！"

刘邦对叔孙通的态度大失所望，却无计可施。

吕雉为进一步阻止刘邦改立太子，听取了张良的计谋，请来了刘邦一直无缘相见的"商山四皓"——东园公、甪里先生、绮里季和黄夏公。四位老翁年纪都在八十岁以上，他们曾经担任过秦朝博士，精通儒术，秦始皇"焚书坑儒"时隐居到商洛深山，当了隐士。刘邦曾经想请他们出山，他们却拒绝汉室的征辟。不知张良使用了何种计谋，四人不再归隐，一同出山，力保太子，出入刘盈身边，声称要辅佐幼主。

刘邦感到众意难违，加上太子羽翼渐丰，难以动摇，这才彻底打消了更换太子的念头。

太子之争是汉室后宫博弈达到白热化的一种表现，也是汉朝复杂政治争斗的一个缩影。在这场争斗中，吕雉最终占据了上风，赢得了主动权，刘盈保住了太子之位，她也保住了她的皇后之位。

另立太子之事接连碰壁，刘邦像受伤的猛兽，心情沮丧，变得焦躁不安，身居未央宫闭门不出，一连数天不曾上朝理政，连几位近臣也一概拒见。

入夜，长安城隐遁在一片夜色之中。阳城延独自一人站立在寒风中，遥望未央宫里的融融灯火，耳边隐约传来刘邦苍凉悲壮的歌声：

鸿鹄高飞，一举千里。羽翮已就，横绝四海。横绝四海，当可奈何？虽有矰缴，尚安所施？

他想，此时陛下身边，戚夫人一定愁肠百结，哀伤起舞。陛下尚不能左右太子的废立，又岂能顾及长安城垣的修建？

第二十五章

渠不成，城不筑

因身体不适，阳城延在家中一连躺了好几天，少府衙门的事情也无法前去打理。这一天，他感到身体有些好转，起身来到院中，走到几棵沙枣树前。

沙枣树的树干已有碗口粗，树冠如盖，绿叶婆娑，在院中投下几片浓浓的绿荫，像水迹洇在地上。树叶间隐约可见一颗颗圆润青涩的果实。

这真是神奇的果树！阳城延在心中想着。当年，刘乐离把它们移栽到院落里时，还担心又细又矮的树苗能不能成活，如今都已挂上青果了。这两年关中大旱，许多树木干枯死去，沙枣却像树木中的“骑士”，凭着顽强的生命力，抵御旱灾，生长得郁郁葱葱。

时光如白驹过隙！树长高了，栽种的人也走了好几年了。

看到这几棵沙枣树，阳城延眼前浮现出刘乐离的身影，不由一阵感慨。如果刘乐离还活着，现在又是什么样的境况，是不是也和自己一样，为修筑长安城垣发愁呢？

“大人，室外天凉，你在院中已有一个时辰了！”管家阿甘见他在院中站立了许久，对着沙枣树发愣，忍不住走到他面前提醒。

“哦！”阳城延回过神来，抬头看了看太阳，已经快到午时了。他问阿甘，“去疾还没有回来？”

“少爷一早就去章匠师那里了，应该就快回来了。”阿甘一边回答，一边走到沙枣树下，清理起地上掉落的树叶。

杨离离世，章交被阳城延留在长安，阳城去疾便跟随他研学筑城技法，几乎每天都要去他的住处，风雨无阻。

两人正说着话，阳城去疾从外面一阵风似的跑进院中。

“父亲大人快进屋，孩儿有重要事情禀报！”

父子俩回到室内，没等阳城延开口，阳城去疾压低嗓门说：“孩儿得到一个消息，淮南王英布叛乱了！”

淮南王又生乱？阳城延用怀疑的目光看着儿子，似乎想从儿子的表情中判断消息的可信度有多大。

“千真万确！”阳城去疾怕父亲不信，不觉加重了语气，“孩儿从章匠师处回来，路过未央宫，遇见执戟郎朱茂。他亲口告诉孩儿，淮南国的中大夫贲赫已经送来了英布叛变的告密书。陛下正传召萧相国商量对策。”

阳城延知道，这位未央宫执戟郎是儿子的一位好友，大凡宫中有突发紧要之事，总会第一时间悄悄告诉儿子。

消息从未央宫执戟郎口中传出，应该不会有假！阳城延忙让阿甘帮助自己更换了衣服，急匆匆赶往相国府。

相国府中，萧何被刘邦召见，还没有回府，计相张苍、太常卿叔孙通等几位大臣正在小声议论此事。

从他们的议论中，阳城延了解到事情大致经过：

淮南王英布对陛下早有二心。前一段日子，梁王彭越谋反，被陛下灭了三族，后将其剁成肉酱送与英布以示警醒。英布接到彭越的尸骨肉酱，更加惶恐。刘邦共分封了八位异姓诸侯王，彭越被诛杀后，被杀或被贬的异姓王已有六位。自己是不是下一个陛下诛杀的对象？英布十分惊恐，勒兵戒备。他的举动被手下察觉告密，于是起兵反叛。

英布声称要为韩信、彭越等几位蒙冤的异姓诸侯王讨回公道，与刘邦一决雌雄。

英布，姓偃，英氏，名布，出生于九江郡六县，早年因犯事坐罪，脸部留下黥刑，人们又称他“黥布”。陈胜吴广起义时，他随项梁起义，拥立楚怀王继位，封为当阳君。项梁阵亡后，他成了项羽帐下的一名得力干将。英布作战勇猛，懂得谋略，屡破秦军，深得项羽器重，被封为九江王。楚汉之争，英布受到游说，叛楚归汉，转而辅佐刘邦。汉朝建立后，刘邦封他为淮南王。

众人正议论纷纷，萧何面色铁青地回到丞相府，带回了英布叛乱的确切消息，并称这一次，陛下依然要抱病御驾亲征。

年迈的大汉天子征讨自己亲封的第六位异姓王，实在是残酷而又悲壮。

汉高祖十一年（前196）七月，刘邦命太子刘盈留守长安监国，令萧何、张良辅佐，负责关中军政要务，自己抱病亲率大军，传檄天下，征讨淮南王英布。

大军出征之日，以萧何为首的群臣都赶来送行，阳城延也走在送行队伍之列。群臣默默跟随征讨大军出了长安城，一直将刘邦送到霸水西岸，看着他渡过了霸水，身影随着队伍渐渐消失在一片战马嘶鸣的尘烟之中，才返回长安城。

众人心中清楚，刘邦这次亲征，实际上是把病床搬到了御辇之上！

刘盈刚从换太子风波中走出不久，父皇让他留守关中主政，不觉诚惶诚恐。父皇这次抱病出征，他既感惭愧，也甚为感动，惭愧的是自己羽翼未丰，还担负不起替父带兵出征的重任；感动的是父皇终于认可了他的储君之位，并将关中军政要务托付于他。因此，他在心中暗下决心，趁父皇不在关中，一定要好好作为，做出一番政绩来，待父皇凯旋时，他就能对自己报以更大的信心。

此时，关中犹如一潭深水，表面平静，其实暗流涌动，并不安宁。连续几年大旱，渭北等地粮食歉收，加上推行“三铢钱”，长安物价飞涨。尤其是粮食，几乎一天一个价，许多百姓在饥馑中艰难度日。由于没有城墙围挡护卫，长乐、未央两宫与民居混在一起，道路四通八达，抢劫、偷盗，甚至危及两宫安全的事件时有发生。

这一天，刘盈在太子宫传召治粟内史襄棘丘，询问物价飞涨的缘由，寻求平抑粮价之策。

治粟内史襄棘丘如实禀报：“粮价飞涨，主要是渭北地区连年遭遇干旱所致。过去一顷地能收六石谷物，当下最好的农田只能收三石五斗，有的田地颗粒无收。”

“如此说来，渭北干旱是关中粮价飞涨的原因？”刘盈胖乎乎的手里握着一只白色玉蝉。玉蝉用精美的白玉籽料雕刻而成，属于典型的“汉八刀”工艺，神态栩栩如生。刘盈对刀戈不甚喜爱，对玉器古玩却颇为精通。

襄棘丘瞄了一眼刘盈手中的那只玉蝉，又快速将目光收回，回道：“禀告太子殿下，渭北干旱已有三年之久，谷物歉收，关中粮价如脱缰的野马，难以掌控。若能解决干旱难题，保证粮食稳产，粮价就会平抑自然。”

刘盈沉默了片刻，胖乎乎的脸上小眼珠子一转，忽然问道：“不对呀，本王听说，当年秦王嬴政命匠人郑国修渠，渠成，渭北泽卤之地皆为沃野，如今怎么会为干旱所困？”

这一问，襄棘丘暗自吃了一惊，心想，刘盈以太子之尊，平时养尊处优，很少走出宫禁，没想到还知晓渭北郑国渠之事。他干咳了一声，神情恭敬地答道："禀告太子殿下，当年韩人郑国修建郑国渠，引泾河之水入洛河，沃灌周边田野，渭北四万顷泽卤之地变为肥沃富庶之耕地。然而，这些年渠底淤塞，郑国渠已经难以发挥作用了。"

听了襄棘丘的解释，刘盈若有所思地点了点头，沉默了片刻，忽然神情一震，问道："如此说来，若重修郑国渠，能否解除渭北干旱之困？"

襄棘丘又吃一惊，他没料到刘盈会提出解除干旱之策。也许是受到刘盈话语的启发，加之想顺着太子的意思，他没有过多思考，连忙附和道："太子殿下英明，如果能重修郑国渠，再引泾水，渭北必将重现当年沃野千里之生机。"

刘盈为突然找到解决渭北干旱之策而异常兴奋起来，他放下手中的玉蝉，走到襄棘丘面前，两眼满是期待地问道："你同本王说说，如何才能修好郑国渠？"

襄棘丘原以为刘盈只是说说而已，自己也是随口应付，没想到他却当真了。他支吾了半天，最后说道："修复郑国渠，一要劳工役力，二要找到一位能牵头操持的合适人选。"

刘盈依然满脸兴奋："劳工不用担忧，调动长安、渭北的民工便可为之，关键是何人能担当此任？"

襄棘丘不敢怠慢了，看来这位主政关中的太子并非信口开河，是真动了修渠的念头，思虑了片刻，他答道："少府阳城延如何？"见刘盈没有立即表态，又补充道，"阳城少府工匠出身，领建长乐、未央两宫。一年前，陛下又命他修建长安城垣，因为诸多原因，城垣至今没有动工，当下手头无甚要务。若要重修郑国渠，臣以为可让他牵头。”

“唔，此人倒是合适的人选。”刘盈与阳城延接触不多，但知道他领建长乐、未央两宫费了不少周折，颇受萧何器重。他点了点头，朝立在门外的谒者一挥手：“召少府卿阳城延前来觐见！”

刘盈居住在太子宫，距离已经迁入未央宫的少府衙门并不远。阳城延第一次接到太子传召，不知何事，急忙跟随谒者赶往太子宫。

“臣少府卿阳城延参见太子殿下！”阳城延进殿后躬身向刘盈请安。

“阳城少府不必拘礼。”刘盈一边说，一边打量着这位颇有传奇色彩的少府掌门人。当下朝廷，但凡俸禄在两千石以上者，不是曾跟随父皇在沙场上拼杀立功，便是皇亲国戚，沾亲带故。而此人匠人出身，凭借营造之术，跻身当朝九卿之列，定非等闲之辈。不过，观其外表，并无异常之处，中等身材，头发已经花白，平静的脸上两道浓眉倒是比较显眼，额头上已经有几道波浪般的皱纹。

“本王传你来，是有一事想交由你牵头领办。”刘盈把重修郑国渠以平抑因渭北干旱造成的长安粮价暴涨之事叙说了一遍。

刘盈说得郑重其事，阳城延听着却渐渐皱起了眉头。他没想到刘盈找他来是为了重修郑国渠，暗暗思忖，自己虽然一辈子与营建打交道，但从未从事过修建河渠之事。再者，自己一心所虑是修筑长安城垣，早日完成陛下的嘱托。如若去修郑国渠，一年半载恐怕难以抽身，不如谢绝，让太子另觅他人。

想到这里，阳城延微微皱眉，拱手道：“微臣感谢太子殿下信任！只是，臣虽然这些年专事营造，但从未涉足修筑渠堰，如此重任恐难以胜任，还请太子殿下另选高人！”说完，他垂首立在一边。

襄棘丘听出阳城延的话外之音，这不是谦虚，分明是在找理由推辞。他怕事情闹成僵局，急忙打圆场：“阳城少府不必过谦，太子殿下让你牵头负责，是对你莫大的信任。再说，你只是牵头操持，具体修渠，还可另择他人。”

刘盈听说阳城延性格耿直，没想到自己会在他面前碰了个软钉子，不悦之色立即挂在脸上：“阳城少府此话何意，难道修渠筑堰非你阳城少府之责？”

按照汉廷府衙分工，河渠水利之事属于少府管辖。

面对刘盈的愠怒与不满，阳城延沉默了片刻，还想推辞：“太子殿下息怒，臣不是推卸修渠筑堰之责，而是恐一心不能二用。臣铭记陛下修建长安城垣之重托，今城垣虽缓修，待陛下得胜回朝时，当能重启……”

“陛下旨意理当全力以赴，然本王旨意，便可推辞？”没等阳城延说完，刘盈猛然打断他的话，变得怒气冲冲。

襄棘丘被这一突然出现的局面弄得手足无措，尴尬地咳嗽了几声。

阳城延心想，听说陛下总嫌太子性格柔弱，没想到他也会生出这么大的脾气。看来，作为大汉储君，其性格也有人们没见识到的一面，只是身居储君之位，上有天子，说话做事有所掣肘罢了。今日如若不领命，太子肯定会以为自己有意忤逆储君，甚至从今往后失去对自己的信任。

信任如同一件易碎品，一旦碎了，就会永远失去。

无奈之下，阳城延只好跪下，一边叩首，一边谢罪：“臣方才确有私心，但绝无忤逆太子殿下之意。承蒙太子殿下如此信任，臣当效犬马之力，万死不辞！”

刘盈毕竟是个储君，见阳城延伏在地上，说得诚恳，慢慢平息了怒气：“如此便好！你姑且回去，稍做准备，不日随本王一道前往渭北，察看郑国渠实情。”

刘邦御驾亲征，刘盈总领关中军政事务。他想趁着父皇不在关中，做出一些让父皇既惊且喜的成就，好让父皇对他刮目相看。因此，他打定主意要重修郑国渠，谁也阻拦不了。

深秋的渭北平原已经有了冬天的寒意，收完庄稼后的田野光秃秃一片，野草已经枯萎，几只麻雀飞来飞去，叽叽喳喳地寻觅着残留的谷物。

太子刘盈带着萧何、张苍、阳城延、治粟内史襄棘丘等一行数人，自长安出发，过渭水，经三原、莲勺，踏上渭北大地，直奔泾水流入郑国渠的渠首。

申武被削去监造“三铢钱”之职，重新回到阳城延身边协助营建之事，因此也跟随着来到渭北。

郑国渠，是一条有故事的河渠。故事是一心拒秦的韩桓惠王引发的。

在战国七雄中，韩国国力相对薄弱，又靠近秦国。韩桓惠王在位时整天担忧秦国来攻，一心想着用一些方法拖垮秦国，阻止秦军进攻的步伐。

苦思多日，韩桓惠王想出一个自认为无懈可击的妙招：秦国之所以步步紧逼，关键是国库充盈、实力强大。如果让韩国的水利工匠郑国说服秦国大兴水利，以此消耗其实力，掏空对方的国库，这样也许会让秦国打消进攻的念头。

于是，韩桓惠王立即召见郑国，秘密交代一番，让他去见刚即位不久的秦王嬴政。

郑国来到秦国，求见秦王嬴政，声称要帮助秦国修建水渠。朝廷中很多大臣觉得很荒谬，认为倾举国之力修渠，必将大大消耗国力，妨碍东出，纷纷提出反对意见。嬴政不但没觉得荒谬，反而来了兴致，他问郑国为何要帮助秦国修渠。

郑国回答说："秦国虽坐拥关中平原，但其北部长年干旱少雨，作物歉收。大王胸怀统一六国之大志，离不开精锐的军队、充足的粮草。兴修渠堰，可化荒滩为良田，秦国殷实，方可成就统一六国之大业。"

听了郑国的分析，嬴政惊讶于眼前这位匠人竟有如此的襟怀与眼光，心中暗暗赞许，于是进一步问道："如何修渠？渠有多长？何时完工？"

郑国说："西引泾水，东注洛水，约三百里，少则三五年，多则七八年，渠成，关中千里旱地尽可泽被。"

郑国的建议得到秦王嬴政的认可，他命令郑国主持修渠工程。

郑国走向秦国的时候，在他心中，一幅水利图样早已徐徐打开。渭北地形西北高，东南低，渠水可承接西部泾水，利用地形地势，顺着坡度向东流淌，流向东部洛水，沃灌所有灌区，从而破解干旱缺水的难题。

更重要的是，泾河河水掺杂着大量泥沙，淤灌土地，可使大片的盐碱地经河水冲洗后，被肥沃的泥沙覆盖，转变为富庶的良田。

秦国修渠的消息传到韩国，韩桓惠王甚是得意，以为自己的计谋得逞。他没有想到的是，不久之后，远方汩汩的渠水敲响了韩国的丧钟。

原本是疲秦弱秦的计谋，秦国却从中大获其利，秦王嬴政把此渠命名为“郑国渠”。

刘盈领着众人来到郑国渠渠首，眼前的景象让所有人都大为震惊。

阳城延看到，郑国渠与想象中大相径庭，河底隆起，被泥沙堆积的河床大部分裸露着，只有一小股溪流沿着河道艰难流淌。看来，仅仅几十年时间，郑国渠便近乎废弃，已经完全失去了灌溉功能。

刘盈站在几乎坍塌的河岸上怔怔发愣，这难道就是名噪一时的郑国渠？河床与周边的田地几乎变得一样高，别说渠中没有水，就是有水也难以灌溉周边的田地。

治粟内史襄棘丘看到刘盈满眼疑惑，走上前来小心禀告：“郑国渠开凿已有四十余载，当初水量充沛，周边田地尽受其泽。无奈泾水饱含泥沙，大量泥沙随河水流进渠内，在河床上沉淀淤积，尤其是渠首一段，日积月累，堵塞河道，才变成如今这个样子。”

萧何走下河床，抓起一把干燥的泥沙，放在掌心细细观察。

对于水利设施，萧何是内行。早年在南郑辅佐汉王刘邦时，他就与曹参一起引褒水灌溉农田，建造了远近闻名的水利工程山河堰。

刘盈走到他面前，问道：“相国有何见地？”

萧何说，“刚才治粟内史襄棘丘只说出了一半原因。郑国渠今日变得如此干枯，固然是长期河水夹带泥沙所致，但也与长久失修、无人治理有关。秦亡汉立，战事不绝，渭北之地的青壮劳力多被征调服役，郑国渠便再无人修理。”

刘盈看了看坑坑洼洼的渠道，似有所悟：“相国所言极是，郑国渠所取泾水饱含泥沙，极易沉积，然而只要用心治理，不至于变成今日之状。各位臣工说说，治理郑国渠有何良策？”

刘盈发问，站在身边的襄棘丘从渠底抓起一把泥沙，放在手中揉搓了几下，抢先说道：“臣以为，郑国渠不能发挥作用，症结出在这些淤积的泥沙上。治理郑国渠，当务之急是拓宽河道，清理淤积的泥沙，将泾水重新引入渠内。”

对襄棘丘的治河之策，萧何却不以为然：“治理郑国渠，当然要清理河床淤积之泥沙，但这非长久之策。泾水素有‘一瓢水半瓢沙’之说，泥沙清理之后，过不了多久，恐怕就会再次沉积，河床又会抬高，渠水依旧会断流。”

听了萧何与襄棘丘的分析，刘盈颇感纠结。他把目光投向一直默不作声的阳城延。

阳城延虽然没说话，但他一直在思考，渠道中泥沙淤堵的真正症结到底在哪里？他眼前似乎看到了郑国渠中曾经汩汩流淌的渠水，又看到渠水流速一天天变小，最后淤泥堆积，渠水彻底断流。听刘盈忽然点到了自己，他向前走了几步：“臣以为，渠水泥沙之所以沉淀淤积，缘于水流速度太慢，如果能让水流保持一定的速度，泥沙不但不会沉积，反而会被水流冲走。因此，郑国渠治理的关键不是拓宽河道，而是要收窄河道，只有收窄河道，河水才能保持一定流速，唯有如此，才能彻底减少泥沙淤积。”

阳城延与襄棘丘的治理思路正好相反，众人听后觉得似乎他的话更有道理。萧何点头表示赞同：“阳城少府言之有理，若是此法可行，治理郑国渠将能一劳永逸。”

张苍一直站在河堤上默默观察渠道，听了阳城延的分析，插话道："阳城少府此法可称得上是'束水攻沙'之法，极妙！只是此法又会带来一个问题，水流加快，必将冲刷两岸渠堤，如此渠堤将变得不堪一击。"

还没等阳城延说话，刘盈说道："这个不难，想法子护住渠堤便是！"

众人七嘴八舌，议论着郑国渠治理之策，越说思路越明晰，最后，治理的关键，落在清除河底的淤泥及收窄渠道后护住两岸渠堤上。

治理郑国渠找到了关键要害，刘盈显得很兴奋，当即拍板，先治理渠首一百里，争取冬季开工，不误来年春种。他让张苍计算出郑国渠渠首一段清理泥沙所需劳工役力。

回到长安后，刘盈把重修郑国渠一事向母亲吕雉做了禀报。吕雉赞赏了儿子治理郑国渠之举。看到儿子踌躇满志地想在父皇走后有所作为，她的脸上露出少有的喜悦之色。

郑国渠总长度约三百多里，渠首一段淤塞尤为严重，为了摸清这一段渠道具体状况，阳城延带着申武及少府负责治河的几位臣工沿着渠道现场勘探，绘制了详细的治理方案。

这一天，阳城延刚从渭北回到长安，便有谒者前来禀报，太子在太子宫召见。

阳城延赶到太子宫，刘盈见了他，似乎难掩内心的激动，还没等他行礼，便说："阳城少府，本王已有修渠护堤之策！"

"哦？臣一直在为此事纠结呢！太子殿下有何妙策？"看到刘盈喜不自禁的样子，阳城延有些吃惊。

"欲让渠堤不被水流冲垮，可用砖石铺满两岸，以护渠堤。"刘盈手里握着玉蝉，似乎在透露一个鲜为人知的秘密。

阳城延没料到刘盈的护堤之策是用砖石护堤，一时不知道如何回答才好。沉默了片刻，他才道出自己的疑虑："太子殿下，此法确实可行，然而郑国渠总长三百多里，即便是修理一百里渠首，要护住两岸渠堤，需要多少块砖石？再说渭北乃平原，砖石难寻，要在明春修完渠首，何其艰难。"

"阳城少府不是在瓦土堡存有五十万块大方砖吗？"刘盈目不转睛地盯着阳城延说道。

五十万块大方砖！刘盈此话一出，阳城延顿时像是被马蜂蜇了一般，猛地一惊。他在心中暗暗叫苦，太子怎么会知晓这五十万块大方砖？这五十万块大方砖可是专门为将来修筑长安城垣悄悄准备的啊。

这几年，长安城垣修筑虽然被暂时叫停，阳城延却坚信，不久的将来一定会再度动工。于是，他安排瓦土堡的许三快用黄土掺和沙石，高温烧制出一批每块二尺见方的大方砖，思忖着将来一旦长安城垣动工修筑，即可派上用场。

自己好不容易"私藏"的家底，知道的人并不多，太子怎么会知晓？他越想越纳闷。

看来，隐瞒是不可能了。阳城延朝刘盈拱手道："微臣不敢欺瞒太子殿下，瓦土堡确实存有五十万块大方砖，但那是专为修建长安城垣准备的，再说，这五十万块大方砖也难以铺遍郑国渠渠首一百里两岸的渠堤……"

"阳城少府是不想拿出这五十万块大方砖吧？"刘盈没料到阳城延竟然以修筑长安城垣为由推托，脸上一扫和悦之色。他把手中把玩的玉蝉重重丢在面前的几案上，厉声呵斥道："渠不成，城不筑！”

胳膊终究拧不过大腿。面对当朝的储君，阳城延哪怕有一万个不情愿也无济于事。他心中清楚，违背了太子的想法，会犯下忤逆之罪。

阳城延无奈地低下头，表示愿意献出五十万块大方砖，不日即差遣役工运送至郑国渠渠首。

见阳城延转变了态度，刘盈脸上立马转怒为喜：“如此便好，还望阳城少府速去办理。”

辞别了刘盈，阳城延回到家中，儿子阳城去疾见父亲闷闷不乐，忙问缘由。阳城延说出太子刘盈让他献出五十万块大方砖之事。阳城去疾听后也有些愤愤然。父子连心，他同情地望着父亲疲倦愁苦的面容，一时不知道如何才能安慰他。

第二天一早，阳城延起身后，准备亲自去瓦土堡，安排人将五十万块大方砖运往渭北郑国渠。儿子阳城去疾忽然拦住他：“父亲大人昨晚所说之事，孩儿想到了一策，无需动用瓦土堡大方砖。”

阳城延一听，止住了脚步，看儿子的表情，似乎不像嬉闹，半信半疑地问道：“你有何策？”

阳城去疾将自己的想法告知了父亲。阳城延一听，愁苦的眉头渐渐舒展开来，一把拉过儿子：“此法应当可行，走，快随为父去见太子殿下。”

第二十六章

修渠献策

阳城延领着阳城去疾一大早来到太子宫，求见太子刘盈。

等了半个时辰，刘盈在贴身宫女服侍下洗漱完毕，正要去长乐宫向母后吕雉请安，见他们父子站在殿前求见，打了个哈欠，问道："阳城少府如此焦急见本王，有何急事？"

阳城延拉过阳城去疾向刘盈参拜道："启禀太子殿下，这是犬子阳城去疾，昨日太子殿下所说以砖石防护郑国渠渠堤一事，犬子有一良策。臣听后，觉得可行，特来向太子殿下禀报。"

阳城延说完，退身站在一旁，等着刘盈发话。阳城去疾站在父亲身边，带着一种好奇的目光看向刘盈。这是他第一次面见太子，太子看上去和自己年龄相仿，圆圆胖胖的脸上依然留着一些稚气，说话也瓮声瓮气。

"哦，护堤良策？"刘盈在几案旁坐下来，用疑虑的目光打量着阳城延父子二人，"那就说说吧。"

阳城去疾本来有些紧张，看到刘盈后，反而没有了紧张感。他向前跨了一步，学着父亲的样子，向刘盈一拱手："匠人阳城去疾拜见太子殿下！"

刘盈看阳城去疾个头和自己差不多一般高，长得五官端正、身材匀称，不像匠人，倒像一位读书的儒生，心中萌生了一些好感，说话也随和起来："不必拘礼，你有何护堤良策，说与本王听听？"

阳城去疾稍稍清了清嗓音，说道：“郑国渠地处渭北，土质松软，极易受到渠水冲刷，如若以砖石垒砌渠岸护堤，未必能够长久。”

阳城去疾曾经随父亲去过郑国渠察看，了解那里的土质状况，因此一开口就抓住关键：“小的以为，不如砍柳编席，以席制埽，充填土石，用作护堤之物。‘埽’远比砖石宽大，亦易铺砌，即便有水流冲刷，也不易腐烂陷落，以此替代砖石护堤，必将事半功倍。”

刘盈虽然年轻气盛，但没养成那种一言九鼎的君王派头，相反，作为年轻储君，他倒是善于倾听和接受新鲜事物。听阳城去疾讲得有板有眼，他也觉得颇有道理，于是说道：“你所说的‘埽’，本王也知道是何物，只是如何能制作如此数量的柳席？”

阳城去疾感到太子已将他的谏策听进了几分，因此愈加自信地说道：“这个不难，渭北柳树众多，柳条唾手可得，制作柳席自然不在话下。”

站在一旁的阳城延听了太子与儿子的对话，见太子还有点疑虑，插话道：“太子殿下，时下正值冬闲，可以发动渭北百姓砍柳编席，待到来年开春，渠中泥沙清除完毕后，恰好可以派上用场。”

“如此说来，不妨一试。”迟疑了片刻，刘盈接受了阳城去疾的修渠护堤之策，不一会儿，他又补充说，“只是闸堰之处，依然要用砖石修砌牢固。”

“那当然，闸堰之处当以大方砖铺实！”阳城延朝刘盈一拱手，慌忙应下。他心中清楚，闸堰之处所用砖石数量有限，如此一来，五十万块大方砖大部分可以保留了。

刘盈就这样接受了自己儿子的护渠主张，阳城延有些意外。他暗自庆幸，儿子的以埽护堤之策，不但解决了护堤难题，也节省下大量大方砖，那是他积攒的修筑长安城垣的“本钱”。

阳城延后来才知道，瓦土堡有五十万块大方砖之事，是申武向刘盈透露的。那日，申武随同阳城延一道去了郑国渠，见刘盈与众人寻思用何物铺垫郑国渠护堤，便动了心思，认为如果能提出护堤之策，必然会赢得太子的欢心，从而亲近太子。他想起阳城延在瓦土堡安排窑工秘密烧制了一些大方砖，以备修筑长安城垣之用，就悄悄赶去查看，发现竟有五十万块。第二天，他独自求见刘盈，把阳城延在瓦土堡存有五十万块大方砖，以及用大方砖砌堤之策秘密告诉了刘盈。申武没有料到的是，太子最终采纳了阳城去疾以柳制埽的护堤之策，他亲近太子的希望因此落空。

“这小子居然抢了我的风头！”申武像是挨了一记闷棍，在心里暗暗骂道，他又开始忌恨起阳城去疾来。

郑国渠的修护工程在渭北大地落下第一场雪的时候正式开工。作为修渠总领工，阳城延调集外地来的役工负责清理渠底泥沙、修筑渠堤，同时发动渭北的男女老幼砍柳、编席、制埽。为了随时监管修渠进度与质量，他在郑国渠工地上搭建了一处临时住所，常常一连数日吃住在这里。

刘盈带着几位大臣不时前来实地察看。工地上人头攒动，似乎又重现了四十多年前修渠的场景。见此景象，刘盈圆圆的脸上乐开了花。他仿佛看到泾河之水沿着新修的渠道汩汩流淌，灌溉着干涸的田畴，又仿佛看到父皇沙场归来，得知这一切后，对他报以赞许的目光。

这一天，阳城延手中拿着图样，满脚是泥地站在翻修一新的渠堤上，几位少府中专管河渠的臣工向他禀报新修的一段渠堤的测量结果。此时，阳城去疾从长安赶到工地，神色慌张地朝他走来。

阳城延不知道儿子匆匆赶来有何事，还没等他开口询问，阳城去疾气喘吁吁地说："章匠师不见踪影了！"语气中充满了焦急与不安。

"章匠师不见踪影了？"看到儿子满头是汗，阳城延忙将手中的图样递给一位臣工，"何时不见的，去寻了没有？"

"昨日我回长安之后就没见着他，今日一早我去他住处，依然不见他的踪影，我与几位师兄又在附近寻了几遍，也打听了他住地周边的人，都说两天不曾见到他的身影了。"因为焦急，阳城去疾的声音带着哭腔。

"也未曾听说他在长安城有其他熟人，他能去何处呢？"阳城延自言自语，不禁皱紧了眉头。

章交自从接受师兄杨离临终嘱托留在长安之后，连豫章郡都没有回去一趟，只托人给家人捎了一封信，便开始帮助阳城延修改完善长安城垣修筑图样，同时教授阳城去疾等几个徒弟版筑之术。

章交未曾表示过离开之意。再说，即便是离开长安回豫章，他也一定会知会一声。怕就怕他摔倒在无人知晓之处，或者出现其他意外，毕竟是上了年纪之人。想到这里，阳城延不敢怠慢，急忙带着阳城去疾返回长安。

回到长安之后，阳城延立即安排少府几位府臣四处寻找，一连找了几日，依然不见踪影。好端端的一个人怎么会突然消失不见，如同从人间蒸发一般？如果有什么闪失，不仅对不起这位修建豫章城的功臣，也对不起死去的老匠师杨离。随着时间的推移，阳城延愈发感到事态严重，心中愈加不安。

又过去几日，太子刘盈在太子宫召见阳城延，询问郑国渠修护进展。他见阳城延神态异常，一副心事重重的样子，便问发生了何事。阳城延迟疑了片刻，还是如实禀告：自己请来一位修建长安城的匠师，几日前突然失踪，已经寻了一段时日，至今杳无音信，活不见人，死不见尸。

刘盈听后，像是突然想起什么：“前段时间，廷尉向本王禀报，北军执金吾在未央宫附近巡防时捕获了一批关外来长安的流窜之徒，禁闭在廷尉衙狱中，不日将押解西北戍边。这里面会不会有阳城少府所说之人？”

阳城延一听，像是突然醒悟：“臣怎么忘了这一茬儿，谢太子殿下提醒！”他站起身来，请求立即去廷尉衙狱查看。

刘盈说：“如今廷尉衙狱看守甚严，本王给你写一道手谕，如若不让查看，就说是奉本王的旨意！”

阳城延向刘盈投去感激的目光，心想：人们都说太子仁厚，看来果真如此。他接过刘盈的手谕，又简要禀报了郑国渠的修复进度，便匆匆辞别，赶回家中。

阳城去疾见父亲突然回来，神情大变，以为章交有了下落。正要询问，阳城延说：“承蒙太子殿下提醒，你现在就赶去廷尉衙狱，看看北军执吾金捕获的流民中有没有章匠师。”

阳城去疾也感到太子殿下这一提醒太及时了，于是按照父亲的吩咐，立马来到廷尉狱中。因为有太子刘盈的手谕，阳城去疾一路没有受到阻拦，最后来到一间大门紧闭的狱室前，这里关押的都是近期被执金吾捕获的流民。

汉朝实行编户齐民制度，对流动人口的管控甚为严格，非官方迁徙的流民，尤其是外地流窜到京城长安的，一旦被捕获，就会被送到廷尉衙狱，轻则鞭打一顿，遣返原籍；重则被当作犯人，发配边疆戍边。

廷尉衙狱很安静。见有人走过来，狱室里被关押的人纷纷挤到窗前，以恐惧的眼神向外张望。

阳城去疾在人群中来来回回寻找了好几遍，没有发现章交的身影，感到有些失望。他不甘心，又沿着窗口仔仔细细寻找一遍。这一次，他看到墙角边蜷缩着一个人，看上去有点像章交。

“章匠师，章匠师，是你吗？我是徒儿阳城去疾！”阳城去疾急忙喊道。同室的人纷纷把目光投向墙角。只见躺在墙角边的那个人慢慢爬起来，拂了拂散落在头上的草芥，睁开眼。阳城去疾一看，正是失踪多日的章交。

阳城去疾急忙让狱卒将章交搀扶到室外。章交一见是阳城去疾，张了张口，刚想说什么，却身体一软，晕了过去。

章交醒来的时候，已经躺在自己下榻之处的床上了，阳城延父子站在他的身边，师兄的几个徒弟也都围在床前。见章交醒来，众人都长舒了一口气。

“老匠师，这到底是怎么一回事啊！”阳城延俯下身子，轻声问道。

章交看了一眼阳城延，眼角噙着泪花，慢慢道出了事情的原委。

原来，章交审看长安城垣的修筑图样时，看到有几处存在瑕疵，便思索如何修改。这一天，他见阳城去疾去了郑国渠工地，独自一人沿着长乐宫、未央宫的宫墙往前走，想对照图样实地察看。走到未央宫西司马门附近时，被巡查的执金吾发现。执金吾见他走走停停，形迹可疑，又操着一口外地口音，不由分说就将他捉住拘押。章交申辩自己是受邀前来修建长安城垣的，正在实地考察周边地形。执金吾根本听不进他的解释，不由分说就把他押送到廷尉府。廷尉府也没做询问，就将他与捕获的流民一同关进衙狱中。

在狱中，章交发现这里关押着各色各样的人，有来长安贩卖物品的，有来投奔亲戚的，有逃荒讨饭的，等等。许多人与自己一样，不明不白被捕获进来，也不知道接下来官府如何处置，只能听天由命。

刚开始几天，章交还冲着狱卒喊叫，声称他们抓错人了，提出要见狱中的监头，甚至提到少府卿阳城延，但根本无人理会，他逐渐失去了盼头。每到开饭的时候，狱中关押的人一哄而上，疯狂哄抢。章交上了年纪，争抢不过，只能忍饥挨饿，身体也变得越来越虚弱，到后来，连站起身走路的力气都没有了，只好躺卧在狱中墙角一堆乱草堆里。

“若不是公子到衙狱中相救，老夫之命休矣！”说出这段离奇的经历，章交百感交集。

“还是我考虑不周，让章匠师受惊了！”阳城延满怀歉意，似乎章交被羁押的责任在他身上。

为方便照料，阳城延让阳城去疾这几日留在章交身边，又吩咐人去购买几副汤药交与章交，一切安排妥当，才匆匆离开。

寻到章交，阳城延松了一口气，又把全部精力投入修复郑国渠。

汉高祖十二年（前195）三月，关中渭北大地春风荡漾，田间的禾苗开始发出细嫩的青芽，鸟儿在树枝上欢快地啁啾，郑国渠渠首修复终于大功告成。崭新的渠堤上，泥土还有些松软，收窄后的渠道两侧，用埽铺设的渠堤护坡比预想的效果还要好。渠水沿着新修的渠道急速流淌，欢快地奔向远处的田野。

收窄渠道，用埽铺设渠堤，束水攻沙，既冲刷了渠底的泥沙，也护住了两旁的堤岸，渠水得以通畅。这一技术被后人广泛用于河道清淤治沙上。

阳城延在新修筑的渠堤上走走停停，停停走走，他一边察看渠堤的质量，一边安排几位监工做好最后的监测验收。掐指细算，修渠工期比原先预定的时间减少了半个多月。

太子刘盈原本是要亲自来见证郑国渠渠首竣工、开渠放水的，此时却无暇顾及了。父皇刘邦在平定淮南王英布叛乱时被流矢击中，回到长安后伤情一天比一天严重。英布的叛乱虽被汉军挫败，但此事的发生像是在刘邦心坎上再次划出一道血淋淋的伤口，让他对封王、封侯更加警觉慎重，随后他终止了分封异姓王。

汉高祖十二年（前195）三月，刘邦抱病与刘姓诸王、列侯将相在长安刑白马歃血盟誓，制定约规：

非刘氏不得王，非有功不得侯。不如约，天下共击之。

此约规，后人称之为“白马之盟”。

“白马之盟”后，刘邦身体更加虚弱，汉高祖十二年（前195）四月甲辰，刘邦崩于长安。五月，太子刘盈嗣位，是为汉惠帝。

第二十七章

望城兴叹

章交从廷尉衙狱脱身后，在阳城去疾与师兄杨离几位徒弟的悉心照料下，身体逐渐康复。修筑长安城垣一拖再拖，眼下新皇帝刚刚登基，看情形一年半载修筑无望，这让他产生了暂回豫章的念头。

这一天，章交换了一件干净整洁的衣服，前来阳城延家拜访，一来想打探一下长安城垣修建的事，二来向阳城延辞行。

阳城延忙于刘邦的宾天大丧和新皇帝刘盈的登基继位，多日没见章交，见他前来造访，急忙起身相迎。

“章匠师身体恢复得可好？我忙于朝廷之事，没能顾及探望，还请匠师多多担待。”阳城延见了章交，没等他开口，便先行问候。

“多谢阳城大人关怀，老朽之躯，有劳大人挂念，实在诚惶诚恐。”章交赶忙拱手施礼，“承蒙公子悉心照料，眼下身体已无大碍，如今寝食如常，行走自如。”说着，他夸张地甩动腿脚走了几步，惹得二人都笑了起来。

“这样便好！”阳城延话音刚落，阳城去疾走过来施礼拜见。

见阳城延父子如此热情，章交一时不忍心说出辞行之事，原本溜到嘴边的话，又被他咽了回去，改口道：“高祖宾天，新皇登基，阳城大人委实操心忙碌。老夫今日得见大人，怎觉气色不太好啊？”

阳城延兀自摇了摇头，苦笑道：“我操持的都是些微不足道的琐碎之事，各项要务还是萧相国担当。好在新皇已经登基即位，一切都快回到正轨了。”

“改天换地之后，朝廷可有新政？”章交看着阳城延，试探地问道，他怕自己想说的事情没能表达清楚，又补充说，“皇帝陛下对修筑长安城垣之事，不知是否有新的安排？”

提起修筑长安城垣，似乎一下子戳到阳城延的痛处。他深深叹了一口气，神情陡然变得沮丧起来：“自太祖高皇帝托付我修建长安城垣以来，至今没动一锹一镐。如今，太祖高皇帝宾天，再也看不到臣子修筑的城垣了。老臣我内疚啊！”

阳城延说着，声音有些变调，稍稍平复了一下情绪，又接着说道：“新皇还是太子时，让我负责修复郑国渠，我心中存念，等修好郑国渠，太祖高皇帝凯旋之日，当为修筑长安城垣之时。谁承想，太祖高皇帝回来之后，病情日益加重，再也未提修筑城垣之事。这新皇即位，诸事千头万绪，看来修筑城垣要等到猴年马月了。如果修筑无望，将来我到了九泉之下，有何脸面去见太祖高皇帝啊！”

阳城去疾看到父亲伤感，安慰道：“这件事也怨不得父亲大人，短短几年工夫，关东异姓王接二连三叛乱祸国，天下动荡，国库空虚，人人皆知。父亲大人日日期盼修建长安城垣，只是机缘未到罢了。”

“阳城公子说得极是。”章交自然懂得阳城延的心情，也跟着劝慰，“有道是谋事在人，成事在天。作为臣子，能像大人这样心系汉廷，费尽心血，尽职尽力，已是难能可贵的了。我墨家向来以‘三表法’立世，主张兼爱、非攻。王侯作乱，天子讨伐，顺应天意。好在战事已毕，天下重归太平，修建长安城垣应是迟早之事，大人不必为此过于自责。”

“但愿如章匠师所言！只是长安城垣不开工，我的心就像悬在半空之中，寝食难安啊。”阳城延似乎心中装着多少期盼，就同时装着多少无奈。

章交尽管还没有真正参与长安城垣的修筑，但受师兄临终嘱托，他能深切感到阳城延的心情。他们手中握着修筑城垣的图样，一心盼着早日开工，却又无能为力，每日只能望图兴叹。

停了片刻，章交见阳城延情绪慢慢平静下来，建议说：“新皇登基，也许无暇顾及长安城垣修筑之事，大人何不去拜见萧相国，请他从中斡旋。毕竟萧相国高瞻远瞩，更懂得修筑城垣的利害得失。老夫听说，萧相国刚刚被新君拜为太师，享受比太祖高皇帝在位之时更高的尊宠。”

听了章交的话，阳城延苦笑着摇了摇头：“章匠师有所不知，相国虽被新君拜为太师，然而前一段日子，他与太祖高皇帝产生嫌隙，身陷囹圄，差点丢了性命。如今风烛残年，辅佐新君，身体状况委实堪忧，恐怕难有精力再过问修筑长安城垣之事了！”

朝廷上的事，尤其是君臣之间的隔阂，阳城延很少在他人面前谈及。今日章交说起修筑长安城垣，想让萧何从中斡旋，他只得向这位已在长安栖身多日的老匠师说出事情的真相：陛下征讨淮南王英布归来后，萧相国曾经遭遇囚禁之辱。

事情还得从头说起。

自沛县起事，到秦亡汉兴，建立大汉国祚，萧何一路跟随刘邦，可谓忠心耿耿、任劳任怨。刘邦对萧何也倍加信任、敬重有加，在功臣列侯排序中，萧何始终排在首位。刘邦甚至还特别恩赐萧何“赞拜不名、入朝不趋、剑履及殿”的特权。汉高祖十一年（前196），刘邦北上邯郸征讨陈豨之乱，萧何在长安协助吕雉诛杀了已被贬为淮阴侯的韩信，刘邦在军中得到消息后，派遣使臣带着诏令，任命萧何为相国，在已享有万户封邑的基础上，又加封五千户，同时让他享受一项特殊的待遇，可选拔一位都尉，率领五百将士，作为相国的专属卫队。

这无以复加的荣誉与尊宠震动了长安城，人们纷纷前来向萧何道贺，唯有一位叫召平的人，带来的不是道贺，而是劝诫。

召平是秦时的东陵侯，秦亡以后，流落民间为编户齐民，家道中落，生活贫困，在长安城东以种瓜为生，瓜味甜美，远近闻名，被誉为“东陵瓜”。召平虽身为瓜农，却以特殊的身份背景与种瓜技艺，深得萧何赏识，被其视为知己。

见到萧何，召平神情严肃地对他说：“君侯享受陛下如此恩宠，恐怕灾祸也要跟着来了！”

一句话说得萧何半天没有言语。召平说：“陛下亲征在外，而君侯留守关中，君侯没有上阵杀敌之功，却享有加封、配备卫队的赏赐，怕是陛下别有一番深意。淮阴侯之后，陛下依然放心不下的，恐怕就是君侯了。”

风起于青萍之末，浪成于微澜之间。

萧何是何等聪明之人，召平一提醒，他如醍醐灌顶，立刻意识到事情的严重性。于是，他不仅谢绝了刘邦的封赏，还将家中资产充作军饷，送往军中。刘邦得知后果然十分高兴。

刘邦征讨淮南王英布时，萧何像往常一样留在长安辅佐太子刘盈，处理日常朝中事务，全力为前方筹备粮草辎重。带病出征的刘邦身在前线，心中却念念不忘关中的萧何，不时派遣使者打听这位位高权重的相国的行踪。

召平知晓后，又来提醒萧何："陛下之所以不断地询问君侯，了解君侯的所作所为，是担忧君侯声望日渐高涨，左右了关中的民心，动摇了汉室根基啊。"

萧何再次陷入不安之中，忙问召平有何计策能解除陛下对他的疑虑。召平说："为君侯计，不妨利用手中的权力，低息借贷，高息贷出；再强买一些民田民宅，以此作践自己的名声。如此，陛下便会对君侯宽心了。"

树欲静而风不止，君生疑而臣无路，萧何自然明白这些道理。因此，经过一番苦苦挣扎，他接连做出匪夷所思的事情，先是在长安城大肆借贷，接着强行低价购买了关中百姓许多田宅，闹得民怨沸腾。

刘邦得知后，果然心中窃喜。

刘邦击败淮南王英布，回到关中后，百姓遮道上书，指控萧何身为相国，不顾民怨，利用手中权力违规借贷，并低价强买百姓田宅，拖欠百姓的钱达千万之巨。

萧何前来觐见刘邦，刘邦将百姓上书控告之事悉数相告。萧何听后非但不反躬自省，回应刘邦的责问，反而趁机说："长安人多地少，上林苑田园广大，恳请陛下恩准百姓入内耕种，不必成为只豢养野兽的园林。"

刘邦听后勃然大怒，严厉训斥萧何不顾民怨，乱纪妄为，不知暗中收下多少钱财，如今竟然又打起皇家苑囿的主意。他随即下令，将萧何交由廷尉处置，戴上枷锁投入狱中。

皇帝要囚禁相国！此事一出，有人暗暗吃惊，有人怀疑其中必有蹊跷，也有人为萧何求情。后来，在未央宫卫尉郦寄的周旋与劝说下，刘邦释放了萧何。

明眼人都能看出，萧何为人处世向来谦恭谨慎，之所以做出这一系列匪夷所思的事情来，完全是不得已而为之。身为人臣，他委曲求全、甘心受辱，一切都是被逼无奈的选择。

释放之后，萧何来到未央宫，向刘邦请罪。刘邦见这位年近古稀、追随自己一生的老臣头发松散、面色憔悴、赤脚免冠，动了恻隐之心，于是自我解嘲说："罢了，罢了，相国为民请命，求开上林苑，寡人不允许。这下寡人成了夏桀王，相国成了伊尹、傅说一般的贤相。"

刘邦以此化解了君臣二人一时的尴尬，却难以消除彼此心中留下的芥蒂。从此之后，萧何更加谨言慎行，衰老与心病像两条毒蛇缠绕着他，使他的身体每况愈下。

叙述完萧何被囚的经过，阳城延感慨不已："太祖高皇帝与相国君臣相依，一辈子互相欣赏、互帮互助，又相互猜疑提防，到头来闹出如此是非，真让人叹息。"

章交也感叹，萧何向来是注重名节之人，这样的事对他的打击无异于羞辱先人。看来，近期他是无暇顾及修建长安城垣之事了。

得知此种情形，章交犹豫再三，还是将他前来辞行之事说了出来："长安城垣近期修筑无望，老夫在此久留，眼下也帮不上什么大忙，还是暂且回豫章郡吧。一旦长安城垣开筑，阳城大人如若不嫌弃，老夫定当应召而来，以尽绵薄之力。"

阳城延见章交说得诚恳，想着自从杨离病逝后，他只身一人在长安滞留至今，无怨无悔，长安城垣修筑之事不知要到何时才能启动，当下也无甚要事，便答应了他的请求。

阳城延说：“我理解章匠师回归故里的心情，只是您此番离去，我心中更加没了底气，还望匠师早日回到长安，一同完成太祖高皇帝的嘱托，为京城长安的安危、大汉的百年大计献计出力。”

阳城去疾一直默默聆听父亲与章交的谈话，对于长辈之间谈论的朝廷之事，他自知不便多言。当章交说到要回豫章郡时，他不禁焦急起来，急忙走上前拉住章交的手：“徒儿还有好些未知之事，盼着向师父求教，师父此去豫章，何日再回长安啊？”

章交对阳城去疾打心眼里喜欢。眼前这位年轻后生，出生在官宦之家，却丝毫没有京城纨绔子弟的恶习。相反，他事事钻研进取，对人敬重有加。阳城去疾虽然是杨离的弟子，但章交早已把他当作自家徒弟看待了。

章交拍了拍阳城去疾的肩膀，忍不住向阳城延夸赞起来：“公子聪慧好学，悟性极高，老夫只是稍加点拨，他如今已掌握版筑垒城的全部技巧了，将来修筑城垣，堪当大任。”

阳城去疾被章交夸得有些脸红，忙转移话题：“从长安到豫章，路途遥远，师父身体又刚刚恢复，如何能经得住路上的颠簸？”

儿子的话似乎提醒了阳城延。他若有所思地点了点头，说道：“章匠师身体虽然康复，可毕竟上了年纪，如此遥远的路途着实劳累辛苦。不如这样，让去疾护送匠师回豫章，这样老夫也放心些，你看如何？”

章交一听，连忙推辞说：“使不得，使不得！老朽之身，岂敢劳驾公子护送。”

阳城去疾听父亲要让自己护送师父回豫章，喜不自禁，忙应道：“父亲大人说得对，孩儿护送师父，正巧也能亲眼看看师父所建的豫章城，岂不两全其美？”

章交见阳城延父子二人如此盛情，也就不再推辞：“恭敬不如从命，那老夫明日就与公子同行，回豫章郡。”

三人说话间，不知不觉天色已晚，章交将随身携带的长安城垣修改图样交给阳城延，起身告辞。

章交返回豫章，这或将意味着修筑长安城垣所有事项彻底停滞。送走了章交，阳城延心中猛然觉得怅然若失。他独自一人来到室外，望着夜幕下的长安城思绪万千。

眼前，在这座没有城垣的都城里，居住的人越来越多，城区如同摊煎饼一般一天天扩大，无论关注与否，在喧嚣的背后每天都在发生着这样或那样的故事。长乐宫、未央宫的内斗残忍而血腥。晋升为皇太后的吕雉，毒杀了赵王刘如意，又用“人彘”酷刑杀死了戚夫人，算是报了心头之恨；性情孱弱的新君刘盈，每天都要去长乐宫向吕雉请安，禀报朝中大小事务；功勋宿将们眼看着汉室江山正一步步落入一位妇人之手，虽愤愤不平却也无可奈何，有的干脆明哲保身，睁一只眼闭一只眼，求一时平安；朝中大小臣僚都小心翼翼地当差，打个喷嚏都要左顾右盼，用手遮拦，生怕惹事上身。

阳城延举目四望，又联想到关外。如今，受分封的齐、楚、燕、韩、赵、魏、淮南等各诸侯国，虽然国君都出自刘氏宗室，但眼睁睁地看着吕雉把控朝政，敢怒而不敢言，个个心怀怨恨；关东豪强这几年受尽屈辱，看到刘氏将要大权旁落，表面装作平静，心中却暗流涌动，做着复国的美梦；西北匈奴更是蠢蠢欲动，对大汉疆土虎视眈眈。

阳城延感到，如今，吕雉大权独揽，人人自危，大家心中似乎也缺少一座可以拱卫的城垣，缺少一份安全踏实之感。

关中的夜晚，天空中星汉灿烂，茫茫夜色像无边的穹隆笼罩着长安城。长乐、未央两宫灯火融融，执戈的将士木然地站在哨位上，一动不动，四周一片宁静。忽然，一颗巨大的流星划过天空，带着长长的尾巴，消失在遥远的天际。

阳城延心中一惊，巨星陨落，当是不好的征兆，难道朝中又要生出什么事端？

第二十八章

豫章姻缘

阳城去疾第一次出远门，一路上心中充满了好奇与兴奋。从长安到豫章，山重水复，几千里路程，他与章交二人先是陆路，后是水路，日夜兼程，第九天终于到达豫章郡。

章交的家人见离家近两年的主人拖着疲惫的身体回到家中，既惊又喜，一家人如同过节般热闹。夫人吴氏喜极而泣，脸上的泪水像断了线的珠子。管家阿贵忙着一边吩咐用人生火做饭，一边招呼着闻信而来的街坊邻里。章交把阳城去疾介绍给众人，又让两个闺女翠姑、巧姑出来相见。两位姑娘年龄十七八岁的样子，长得眉清目秀，端庄可人。姐姐翠姑有些娇羞，俯首低眉，手中不停地摆弄着一条绣花丝绢；妹妹巧姑性格活泼，大胆地用一双热辣辣的眼睛看着阳城去疾。阳城去疾没有经历过这样的场面，脸涨得通红，只得躲避着巧姑的目光，说话也变得拘谨起来。人们七嘴八舌地询问章交在京城长安的见闻。

第二天，章交领着阳城去疾去游览豫章城。豫章城是豫章郡郡治所在，城池虽然不算大，但城垣厚实，雉堞整齐有致，城门也设计得十分精巧。章交介绍说，四面城垣依照版筑之术垒筑而成，不仅能抵御来敌进犯，还能抵挡洪水。阳城去疾这才注意到，城垣东门外有一片浩渺的水域，碧波荡漾，无边无际。这里的景致与关中果然截然不同。

走下城垣，章交又领着阳城去疾来到豫章城中。城内房舍多为土墙黑瓦，低矮简陋，一间挨着一间，井然有序分布在街道两边。街道不宽，却干净整洁。街上有人挎着竹篮、有人挑着箩筐、有人推着独轮车，操着阳城去疾难以听懂的方言，来来往往。街面上还有许多小摊小贩，他们一边守着摊位，一边向行人叫卖，各种叫卖声不绝于耳。阳城去疾好奇地打量着眼前的一切，仿佛进入另一个世界。

在一个小摊贩前，章交买了两碗豫章特有的糯米酒糟让阳城去疾品尝。阳城去疾在北方没见过这种食物，犹豫了半天才吃进嘴里，感觉又香又甜，糯软爽口，忙谢过章交。二人一直逛到日头偏西，才游兴未尽地回到家中。

章交的家坐落在豫章城内，前后三进，房前无院，房后面却有一座花园。花园中栽种着一些稀奇罕见的树木和各种各样的花卉。园中建有廊亭、假山，一条铺着石子的小径通向一座水池。水池中种着莲藕，此时绿叶亭亭，几枝含苞待放的荷花探头探脑地躲在绿叶之中，亭亭玉立。阳城去疾惊叹花园设计得如此精美，形同未央宫后宫的苑囿，但此处小巧玲珑，曲径通幽，颇有一种独特之美。他暗暗感叹，章匠师不愧为一代匠师，连自家小小的花园也营建得如此新颖别致。

这天早上，阳城去疾又来到花园水池旁，正欣赏着盛开的荷花，后脑勺突然被一颗小石子砸了一下，不算疼，却让他吃了一惊。他环顾四周，没发现有人，正纳闷，假山后忽然传出一阵银铃般的笑声。原来是巧姑正躲在水池旁的假山后面，向他投掷石子取乐。

“原来是你掷的！”阳城去疾见是巧姑，用手摸了摸后脑勺，有些不好意思地笑了笑。

“你这个呆子，大清早怎么一个人站在这里发呆呢？”巧姑倒是一点不嫌陌生，一边说，一边笑盈盈地朝他走来。

阳城去疾发现，此时的巧姑比第一次见到时更加美丽可人，尤其是柳叶眉下那两只又圆又大的眼睛，犹如两潭深不见底的潭水，看一眼，便会让人感觉心跳加快。

“我在看荷花，我们关中很少能遇见如此娇美的荷花。”阳城去疾见巧姑来到自己的身边，显得有些手足无措。

“哈、哈、哈。”听阳城去疾夸赞池中的荷花，巧姑又发出一阵银铃般毫无掩饰的笑声，露出一口细细的白牙，“这里的荷花有何稀奇，等我领你去东湖看看，那里的荷花才叫美呢。”

“东湖在哪里？”阳城去疾好奇地问道。

“连东湖你都不知道啊？”巧姑又吃吃地笑起来，好像阳城去疾本应该知道似的，“东湖可大了，就是紧挨着豫章城的那座大湖。”

听了巧姑的回答，阳城延想起昨天登临豫章城，看到城东那一片无边无际的水域，这是他长这么大见到的最大的湖泊了，不禁感叹：“你们豫章郡就是不一样，这两天我天天能看到稀奇景物。”

“再好也比不过你们长安城啊，那里有皇帝居住的宫殿，有满朝文武大臣，有皇后娘娘，还有美若天仙的后宫嫔妃，一定有趣极了。”巧姑调皮地歪着脑袋，两眼闪烁着动人的光彩，似乎对遥远的长安城充满着好奇，有着无限的向往。

阳城去疾想了想，说：“长安城有长乐宫、未央宫，那是皇帝陛下和皇后娘娘居住的地方，当下正准备围着京城四周修建城垣，就如同你们豫章城这样。你阿爹就是为修筑城垣而去的。只是当下遇到一些麻烦事，城垣只设计好了图样，还没有动工兴建。”

“我也想跟着你们一起去长安城，去看皇帝和皇后娘娘住的宫殿，去看你们修筑城垣！”巧姑突然提出了一个令阳城去疾始料不及的要求。说完，她天真地望着阳城去疾，似乎等着他做决定。

阳城去疾连忙摆手：“这个我可不能做主。去长安路途艰难遥远，可不是三两天就能到达的，而且路也不好走。”

“我不怕！”巧姑似乎并没有在意阳城去疾所说的路途艰难遥远，调皮的脸上挂着任性，“我今日就去找我阿爹，让他带我去你们长安城。”

两人正在小声议论，管家阿贵踏着石子小径朝他们走来。他先同巧姑打了个招呼，又对阳城去疾说：“阳城公子，我家老爷有请。”

阳城去疾朝巧姑抱歉地笑了笑。巧姑则被管家的突然出现弄得很扫兴，嘴里嘟囔了一句“真讨厌！”然后头也不回地朝花园的另一边跑去。

阳城去疾跟着阿贵来见章交。原来，章交今日要带他去拜访豫章郡的郡守：“郡守大人听说京城阳城少府的公子来到豫章城，说什么也要见一见。”章交道出了要带他去见知府的缘由。

阳城去疾心里想与巧姑去东湖看荷花，但又不便说出口，只好跟着章交来到豫章郡府衙。

此时豫章郡属于楚国，受楚王刘交管辖。在刘邦分封的同姓王封地中，楚国地域广阔，人口众多，共有十八县。豫章郡守姓梁，与章交是故交，见阳城去疾长得一表人才，不惜用溢美之词夸赞了一番，又向章交问起长安城垣修筑情况。因为城垣修筑受阻，章交也不便对他道出其中缘由，只好敷衍两句，扯开话题。郡守见府衙庭院内有一棵樟树，高达十余丈，树冠如盖，树叶细小碧绿，郁郁葱葱，便向阳城去疾介绍说，此树即为樟树，是豫章最为常见的树木。豫章郡地名的由来，与这里到处都生长着樟树有关。

阳城去疾有一句没一句地应答着。梁郡守同他说话，他支支吾吾，一副神不守舍的样子。章交见他如此，以为他不习惯与陌生人说话，只有阳城去疾自己清楚，自从早上在后花园遇到巧姑，眼前总是晃动着她的身影，那一句“我领你去东湖看荷花”，像是一句咒语，萦绕在心中，挥之不去。

好不容易从豫章郡府衙回到章交家中，阳城去疾顾不上劳累，心中只盼着能再次见到巧姑，可直到傍晚也不见巧姑的身影。他忍不住旁敲侧击地询问管家阿贵。阿贵告诉他，翠姑、巧姑陪着母亲去她们乡下姨妈家了，要三五日才能回来。阳城去疾一听，表面装得若无其事，心中却有一种怅然若失的感觉。

翠姑、巧姑是章交与结发之妻吴氏的一对爱女，翠姑十八、巧姑十七，姊妹二人只相差一岁。平日里，姐妹两人形影不离，性格却截然不同。姐姐翠姑性格内向，喜欢安静，平时最爱做刺绣针线活儿，半天说不了一句话；妹妹巧姑活泼好动，有一段日子竟迷恋起舞刀弄枪，硬要去习武，弄得章交伤透了脑筋，好说歹说才让她打消了念头。

章家两位姑娘一天天长大，如同豫章郡东湖两株亭亭玉立、含苞待放的荷花，前来提亲的人络绎不绝，其中不乏官宦之家。虽然到了谈婚论嫁的年纪，两位姑娘却不为所动，一概不答应。母亲吴氏也没办法，只得推辞说家中主人去了长安城，自己做不了主，等主人回来之后再提孩子的婚姻大事。

翠姑、巧姑陪同母亲来到姨妈家。翠姑如往常一样，玩得十分开心。巧姑却一反常态，一副闷闷不乐的样子，只待了一天就嚷着回家。母亲经不住她嚷嚷，只得翌日一早便往回赶。从第一眼见到阳城去疾起，巧姑心中像钻进一只兔子，一想到阳城去疾，胸口便怦怦乱跳。那天早上在后花园好不容易“巧遇”了他，却被管家打扰，这让她对管家气恼了半天。

翠姑、巧姑与母亲提前归来，阳城去疾喜出望外。他与翠姑、巧姑和她们的母亲分别客气地打着招呼，心中却在寻思着与巧姑单独会面的机会，两人目光相遇，都躲躲闪闪，彼此心照不宣。

吴氏带着两个闺女回来后，一家人在一起说话，不知道怎么提起东湖的荷花来。东湖的荷花开得正艳，当下正是赏花的最佳时节。巧姑嚷着要去赏花。没等母亲开口，她大着胆子对阳城去疾说：“你们长安一定没有像我们东湖那样美的荷花，明日随我们一同前去吧。”

阳城去疾一时慌了神，仿佛巧姑窥见了自己的心思，感到面颊一阵发烫，他用求助的目光看着章交。

章交微微一笑，点头说道：“长安虽是京城，却真的难见东湖那样美的荷花，明日不妨与她们一同去吧。”

还没等阳城去疾回答，巧姑便跳跃似的跑到他身边，一边摇动着他的胳膊，一边说：“去吧，去吧！阿爹都答应让你去了。”

阳城去疾被巧姑的举动弄得有些不知所措，感到脸颊愈发烫了。见此情形，站在一旁察言观色的翠姑“噗嗤”一下笑出声来，又慌忙用丝绢捂嘴掩饰。吴氏见状，对巧姑说：“姑娘家，也不学得斯文点。别难为阳城公子了，明天一同去便是。”听到母亲替阳城去疾表了态，巧姑这才把手松开。

豫章城东的东湖是一片烟波浩渺的水域，一眼望去，碧浪滚滚，不见边际，后人称之为鄱阳湖。东湖的荷花生长在湖边，沿着湖岸相挨连片，一眼望不到尽头。硕大的荷叶亭亭如盖，微风吹过，婆娑起舞。荷叶之间，娇艳的荷花有的张开花瓣，开得正艳，粉红的花瓣呵护着嫩黄的花蕊；有的含苞待放，矜持地掩映在大片荷叶之间，模样有些青涩。荷花与荷叶相互簇拥，映衬成趣。每年荷花盛开的季节，都会引来成群结队的游人观赏。

章交本来不打算来的，因为担心阳城去疾跟着家中一帮女眷不自在，便一同来到东湖岸边。一家人边走边看，翠姑形影不离地跟随着母亲，走走停停观赏着荷花；巧姑却大胆地拉着阳城去疾的胳膊，一会儿拖着他看硕大碧绿的荷叶，一会儿又让他看刚刚吐露花蕊的荷花，一路蹦蹦跳跳，兴奋得像一只快乐的小鸟。

一阵风吹过来，湖中连片的荷叶像是受到了邀请，纷纷婆娑起舞，摇动着身姿。风过之后，飘过来一阵荷叶的清香。“好香啊！”巧姑夸张地用鼻子嗅了嗅，露出一副陶醉的样子。阳城去疾偷偷看了巧姑一眼，一张调皮的脸白里透红，如同荷花般娇艳，一双水灵灵的眼睛正巧与自己相遇，四目相对，两人不觉都红了脸，低头不语。过了一会儿，还是巧姑先开口：“呆子，你觉得我们豫章城美吗？”

“呆子”是豫章本地的方言，含有嘲讽之意，称呼特定的人，有时候也是一种昵称。如今这个词从巧姑口中说出来，别有一番意味。阳城去疾听了非但不觉得刺耳，反而有一种亲切感。他忙应道：“美！东湖美，豫章城也美！”

巧姑一听，说道：“那你干脆留下来，不要回长安好了。”然后又是一阵银铃般的笑声。

阳城去疾停下了脚步，愣愣地看着巧姑：“那可不行，长安城垣还未修成，我得回去听命。”

巧姑见阳城去疾一脸认真的样子，又忍不住笑了：“你这呆子，人家同你说笑呢，你倒当真了。”

阳城去疾也感到自己反应过激，有些失态，不好意思地垂下头，沉默了片刻，幽幽地说道：“我来豫章城已有一段时日，准备明日就回长安了。”

“明日就走？”巧姑也停下了脚步，脸上笑容瞬间像是被荷塘里吹来的一阵风吹走了，“你也没待几日呀，为何急着要离开？”

“我们来时路上走了八九日，回去也要这么久，来来回回就要半个多月。时间久了，阿爹阿母一定会担忧的。”

说起回长安，两人一时都陷入了沉默。这时，翠姑从远处跑来，朝两人抱怨：“你们俩嘀嘀咕咕说什么呢？跑这么远，让我好难找！”

阳城去疾回头看了看，这才发现自己与巧姑距离章交一家人，已有好远一段距离了。

阳城去疾与巧姑的谈笑举止当然逃不过一个人的眼睛，那就是章交。看着这对年轻人，他心中且喜且忧，喜的是他对阳城去疾十分中意，觉得这位少府卿之子丝毫没有京城纨绔子弟的恶习戾气，无论是待人接物还是做事，都堪称优秀；忧的是长安与豫章相隔几千里，路途遥远，如果巧姑真要与他在一起，嫁到长安，日后连见上一面恐怕都十分难了。

妻子吴氏见章交心事重重的样子，猜透了他的心思，劝慰道：“儿孙自有儿孙福，婚姻大事虽有父母之命，但我看这两个孩子倒挺般配，不如你去问问，干脆把这件事挑明，省得日后苦了两个孩子。”

章交觉得吴氏说得在理，点了点头，看到两个孩子依然在开心地说笑，便嘱咐吴氏不要去打扰。

回到家中，章交叫来阳城去疾，先是拐弯抹角说了一些无关紧要的话，最后说起巧姑，询问他是否对她有意。阳城去疾一听，顿时涨红了脸，口中嗫嚅道：“婚姻大事，皆从父母之命，还请师父与我阿爹做主！”

章交一听，这话分明是表明他心里有巧姑，于是哈哈一笑：“这个好办，老夫派人随你一同去长安，与阳城大人商议便是。”

章交与吴氏都因这巧遇的姻缘一夜没合眼。两人商议了一番，准备让管家阿贵随阳城去疾去长安一趟，一是护送，二是与阳城去疾父母说明此事。如果阳城家同意，就让他家派人来提亲，尽快定下这门婚事，也好让两个孩子早日成亲。

第二天，章交一家人一清早就起来为阳城去疾送行。章交让阳城去疾代向阳城延问安，又将置办的豫章土特产交给阿贵，并再三交代，一路小心，照顾好阳城公子。

巧姑一双眼睛从早晨见到阳城去疾就落在他身上，几乎没有离开过。趁人不注意，她悄悄塞给阳城去疾一个小物件。阳城去疾不便当面细看，也不知道巧姑给的是何物，急忙塞进袖筒里。

告别了章家，阳城去疾在管家阿贵的陪同下，依依不舍踏上返程之旅。

第二十九章

曹参为相

返回长安的路途上，阳城去疾心中若有所失。他悄悄掏出巧姑塞给他的东西，原来是一只绣花的香囊。他把香囊放到鼻前嗅了嗅，有一股幽幽的清香。香囊是巧姑亲手绣制的，上面绣着一对戏水的鸳鸯，小巧精致。阳城去疾把它紧紧握在手心里，眼前又浮现出巧姑的身影。

一路上，阳城去疾与管家阿贵总是有意无意地说起巧姑。阿贵早已看出了这位年轻人的心思，一路夸赞巧姑心地善良、心直口快，是一位难得的好姑娘。

“唉，说起来二小姐也是苦命之人。”阿贵似乎突然想起什么，随口说了一句。

阳城去疾听罢，刚开始没在意，仔细一琢磨，觉得话中有话，问道：“阿贵叔何出此言？”

阿贵知道自己说漏了嘴，支吾了半天，想掩饰过去，阳城去疾却不肯放过。如今任何有关巧姑的事，都会令他格外上心。

阿贵越想掩饰，阳城去疾越是好奇。面对阳城去疾的追问，他知道无法回避，于是长长叹了一口气：“唉，老奴真是多嘴，说出来，阳城公子千万要保密，不然老奴在章家就待不下去了！”

阳城去疾郑重地点点头，表示他一定守口如瓶。

阿贵若有所思地望着远处，思绪沿着时光的隧道，回到十七年前那个难忘的夏天。

那一年，阿贵到章家做工还不到两个月。连续半个多月的大雨后，豫章城遭遇了罕见的洪水。一天夜里，东湖圩堤突然决口，洪水像脱缰的野兽，咆哮着冲进豫章城。洪水淹没了道路，冲垮了房舍。阿贵与章家夫妇带着不到一岁的孩子，也就是翠姑，蹚着齐腰深的洪水向豫章城地势较高的地方转移。就在他们艰难蹚水前行时，突然看见不远处的水面上漂过来一只木盆，木盆里隐隐约约传出一个婴儿的哭声。章交顾不得湍急的洪水，凫水抓住了木盆，拖到跟前一看，吓了一跳，木盆中居然躺着一名刚出生不久的女婴。章交很纳闷，环顾四周，眼前除了白浪涛涛的洪水，连一个人影也没有，不知这女婴为何会躺在木盆里，在洪水中漫无边际漂流。

也算婴儿命大、乖巧，见到章家夫妇，不但止住了哭声，反而冲着章家夫妇露出天真的笑容。这一笑，仿佛是前世结下的因缘，章夫人心头一酸，二话没说就一把抱起孩子，紧紧搂在怀里，再也不愿撒手。到了岸边，她慌忙解衣，把原本属于翠姑的奶水喂到她的嘴里。从此，这个大水漂来的孩子就留在了章家。

阿贵当时暗暗替章家犯愁，因为在饥荒年代，家中多一个人就添一张嘴，自己的孩子都很难吃饱，又来一个孩子，无疑是多了一份负担。但章家女主人将一个孩子的奶水匀给两个孩子吃，从此承担起抚养她们的重任。章交随自己的女儿翠姑，给孩子取名巧姑，对外人说这是自己所生的二姑娘。这对与女婴素昧平生的夫妇，用大爱之手，抓住了一条幼小的生命，从此托起了她的幸福与快乐。

听阿贵道出巧姑来到章家的传奇经历，阳城去疾感到心中隐隐作痛，没想到巧姑有着如此离奇悲惨的身世。他对巧姑又滋生出几许爱怜来。

二人到达长安时，阳城去疾离开家已一月有余。这么久音信全无，阳城延正一天天掐指算着日子，焦急地盼着儿子归来。见儿子回来，还有章家的管家陪伴，一颗悬着的心总算落了下来。

一番寒暄之后，章家管家阿贵道出了此次他来长安的特殊使命：阳城公子在豫章，与章家二小姐一见钟情，心生爱意。自家老爷让他前来征询阳城家的意见。如果阳城大人也有意结下这门亲事，烦请速派人与他一同赶往豫章，正式向章家保媒提亲，让两个孩子早日结为百年之好。

听到这个消息，阳城延夫妇既颇感意外，又十分惊喜。虽然没有见到章家女儿的长相模样，但从儿子的脸上似乎已经看出了答案。再者，章家虽是匠人世家，却也是名门。章交主持建造的豫章城声名远扬，连太祖高皇帝都曾经夸赞过。阳城延对温氏说："就凭章匠师的为人，他闺女也一定是位好姑娘。"

阳城家用上等的酒菜款待阿贵。

章家要阳城家派人去豫章登门提亲，这是楚地豫章的风俗。阳城延思来想去，最后决定让管家阿甘代表阳城家去章家正式提亲，并约定，一旦亲事定下来，就尽快给两个孩子举办婚礼。

阿甘身负阳城家的特殊使命，随阿贵前往豫章城。

惠帝二年（前193）七月辛未，长安城尚冠里相国宅邸哀号阵阵。自太祖高皇帝驾崩之后，一直强撑着身体辅佐少弱之君的相国萧何，终于抵挡不住岁月的锋刃，轰然倒在了病榻之上，薨于长安。

阳城延是在少府衙门当值时听到萧何去世的消息的，尽管他心中隐隐有一种预感，常听太医议论相国身体每况愈下，但依然感到十分震惊。他急忙带着申武等少府臣僚及儿子阳城去疾赶往相国宅邸吊唁。

相国府邸素绶飘飘，笼罩在一片悲痛的气氛之中。北平侯张苍、安国侯王陵、太傅叔孙通等一帮老臣也已到来。众人立于堂前，有的在安慰萧何的家人，有的在谈论这位汉廷第一位丞相为大汉国祚立下的功勋。

阳城延心情极为沉痛。在情感上，萧何不仅是一位德高望重的上司、宽厚仁爱的兄长，对他还有一份特殊的知遇之恩。

阳城延心中自然清楚，自己从一介军匠，一步步走到九卿之位，每一步都离不开萧何的关爱、帮助与提携。修建长乐宫时，是萧何力排众议，让他担负起牵头监造的重任；营建未央宫时，萧何亲自带队，考察龙首山，定下修建新宫的方案，又委以重任，让他承接领建之大任；当太祖高皇帝斥责未央宫修建过于豪华时，又是萧何挺身而出，推功揽过，化解了天子之怒。没有萧何的信任与栽培，就不会有他的今日。对他而言，萧何既是上司、伯乐，更是兄长、挚友，如今失去这样一位恩人，他怎能不悲痛？

大汉初立，萧何是中流砥柱，是群臣效仿的楷模。自汉立国算起，萧何担任丞相、相国长达十三年之久。十三年来，他兢兢业业主持朝政，勤勉辛劳，从无半句怨言，谦恭谨慎，从不浮华奢靡，身怀才德，从不居功自傲，真正称得上是一位古今难见的治国良相、安邦贤臣。

阳城延追思着萧何的一生，又联想到他晚年所受不公待遇，两眼早已湿润。就在他陷入深深悲痛、无力自拔之时，忽然听到谒者拖着长长的尾音高声禀报：“陛下驾到！”

众人忙闪到一旁，齐刷刷跪倒一片。

刘盈下了御辇，看到相国府邸门里门外挤满了前来吊丧的公卿百官，脸上微微露出吃惊的表情。听说刘盈驾到，萧何家人在世子萧禄的率领下走上前去，向刘盈跪安。刘盈道过“平身！”来到萧何灵柩前，低首默哀。

按照礼制，朝廷大臣薨，皇帝一般是不需要亲自来吊丧的。刘盈作为新君，能躬亲前来，不仅是表达对这位开国元勋、太傅的尊敬，也是向世人表明，先皇刘邦对这位“铁杆”老臣的情感依然通过自己在传递延续。

刘盈立在棺椁前，让谒者宣读了一份事先拟定的圣谕，表彰萧何的功勋，对其忠于职守、为大汉江山社稷劳苦终生给予极高的褒扬。作为汉室第一任丞相，萧何对大汉帝国、对汉室朝堂的意义实在是太过重大了，他死后谥号“文终侯”，实至名归。

谒者宣读完毕时，萧何府中传出一阵哭号。阳城延两眼再次湿润起来，朦胧之中，他看见张苍、王陵、叔孙通等几位老臣也都低首垂泪。

萧何去世，朝中大臣无需猜测谁来接替相国一职，早在汉高祖十二年（前195）春正月，刘邦已经明确了萧何之后的相国继任人选。当时，病重中的刘邦感到自己将不久于人世，对身后事做了安排：酂侯萧何，劳苦功高，辅佐朕平定天下，功当为首！然而萧何辛劳多年，亦年岁已高。萧何之后，曹参可为汉相，佐新君以安天下，执相印以治万民。

萧何病重卧床时，惠帝刘盈前往相国府邸探望他，就相国一职继任之事，再次向萧何确认。

刘盈问萧何：“君侯百年以后，谁可接替？”

萧何答："知晓臣下者，莫如主上。"

刘盈进一步问道："曹参如何？"

萧何如释重负，艰难地点了点头："陛下得人，臣死而无憾矣。"

萧何薨，曹参继任大汉相国。

曹参，字敬伯，沛县人，与刘邦、萧何同乡，曾经任沛县狱掾。秦二世元年（前209），他参加沛县起兵，后来身经百战，在反秦灭楚的征战中屡建战功，破赵拔齐，攻下一百二十二个县。相传，他身上负伤达七十余处。刘邦定都长安后，论功行赏，他被赐爵平阳侯，位居汉开国功侯第二位，食邑一万零六百三十户。后来他出任齐相，辅佐齐王刘肥，长期居住在齐国都城临淄。

阳城延早年在南郑时，曾经与曹参有过一面之缘。这些年，曹参忙于齐国事务，阳城延在关中监修长乐宫、未央宫，两人除了朝贺大典时偶尔碰面，平时并无多少来往。

阳城延听说，曹参战功赫赫，在齐国任国相时随性洒脱、极有个性。不知道这位新相国究竟是一个什么样的人？曹参上任不久，他便准备前去拜见。

除了按惯例禀报少府日常管辖事务之外，阳城延还藏着一份心思，想趁机将修建长安城垣之事作为禀报的重点，期望得到这位新相国的重视与支持。临行之前，阳城延特地找到曹参从齐国带来的一位部属，详细了解了一番他在齐国的治国经世之道及平时的喜好。

这位部属告诉阳城延：曹参在齐国辅佐齐王时，受教于一位名叫盖公的智者，钻研黄老之学，用黄老学术治理齐国朝政，做事顺应民心民意，不扰民、不生事，推崇“守道、依法，知变，求无知”。说白了，就是无为而治。

阳城延又问部属：“曹相国就任以来，对治国理政是否准备施行新方略？”

部属说：“并无新政方略，法规制度，一概遵循萧相国所定。”部属又特别提醒说，“曹相国喜欢少言务实之人，对那些夸夸其谈、好高骛远及追求功名利禄之人，甚为厌烦。”

部属一席话，阳城延听得心里直犯嘀咕。他还听说，这位新相国主政以来，从早到晚，酒不离身，臣僚拜见他，很少谈及朝中政务。

这一天，阳城延带领申武等几位少府臣来到相国官邸，拜见曹参。侍卫拦住他们说：“曹相国尚未起身，请你们等候。”足足等了两个时辰，曹参终于出面接见。

没有来得及更换服饰，曹参身上穿的依然是齐国相服，脸上泛着微微红晕，目光迷离，似乎昨夜的酒气还没散尽。

“少府卿阳城延参见相国大人！”见了曹参，阳城延向前走了两步，拱手行参拜之礼，其他几位少府臣依次拜见。

“阳城少府免礼！”曹参两眼蒙眬，向阳城延一挥手，没有请他坐，“本相知道少府卿这几年率工领匠，不辞辛劳，营建长乐、未央两宫。去冬今春，又率众重修渭北郑国渠渠首，虽未身赴沙场，也算大汉功勋卓著之臣了。”

阳城延微微吃惊，眼前这新相国久居齐国，离关中甚远，但对自己这几年所做之事居然这般清楚，而且给予肯定。看来，这些年曹参虽然在外为相，但对朝中之事洞若观火。

“曹相国过奖，下官这几年只是守责尽职而已，区区小功，无足挂齿，有劳相国挂念！”阳城延拱手道谢。

接着，阳城延将少府府衙的设置及所承担的职责一一做了禀报，正想趁机禀告长安城垣修筑之事，谁知刚一提及，曹参就一挥手，打断了他的话：“萧相国未做之事，本相暂不考虑做。修筑长安城垣固然重要，但此时尚不是修建时机。”

阳城延没想到刚提及修筑长安城垣，曹参便以“萧相国未做”和“尚不是时机”两条理由予以回绝，心有不甘，想据理力争。正在这时，门外传来一阵嚷嚷声，有人想进入相国府，被守门的侍卫阻拦。

“何人在外吵嚷？”曹参扭过头，责问侍卫。

“禀报相国大人，有两位臣工求见。”

“让他们进来便是！”曹参也不问何事，吩咐道。

进来的是相国府的两位臣工，一高一矮，见到曹参，情绪激动。高个子臣工说：“禀告相国大人，相国府官舍的一帮大人没到晌午便开始酒宴，他们不听下官奉劝，有几位还一边饮酒，一边高歌，下官实在不堪其扰。”

“哦？有这事，本相去看看！”曹参刚想抬腿走人，意识到阳城延与少府几个人还站在那里，犹豫了片刻，说：“阳城少府不妨与本相一起前去看看如何？”没等阳城延开口表态，曹参便拉着他，不由分说朝官舍走去。

相国府官舍与相国府后堂只有一墙之隔。穿过后堂，阳城延远远就听见一帮官吏正在官舍饮酒高歌，旁若无人。他低声问侍卫：“这些都是何人？”

侍卫说：“回禀阳城大人，这些人都是曹相国从齐国带来的部属。”

曹参见了这些旧属，非但没有出面制止他们饮酒喧哗，反而也来了兴致，高声对侍者吩咐道：“同乐，同乐！再摆上一桌酒宴，本相要宴请阳城大人。”

见此情形，阳城延哭笑不得，只得听从曹参的安排。

第三十章

突现转机

曹参继任相国后，一切皆遵从前任相国萧何定下来的施政方略，人称“萧规曹随”。他把治理齐国的那一套方法带到汉廷，为政宽松简约，无为而治，平时无事便饮酒自娱，常常喝得醉眼蒙胧，属下犯点小错，不仅不去追究，有时候还帮着掩饰。在他的庇护下，偌大的相国府上下一团和气。

此时，曹参的儿子曹窋在刘盈身边任中大夫，平时居住在官舍，每隔十日回家一次，称为“休沐日”。这天恰逢休沐日，曹窋回到家中，见父亲又喝得酩酊大醉，连走路都走不稳，联想到父亲平日所为，他忍不住对曹参小声嘟囔：“太祖高皇帝薨逝不久，陛下尚年轻，父亲身为相国，却日日饮酒，如何顾念天下大事？”

儿子竟敢用这样刺耳的话挤对自己，曹参气得火冒三丈，当即让家丁把曹窋按在木凳上，鞭打二十大板，骂道：“小兔崽子，赶快滚回未央宫去侍奉陛下，天下大事岂有你小子插嘴的份！”

曹参虽奉行黄老学说，但儒家的一些铁规，如君君臣臣父父子子，他却铭记在心，自己哪怕放浪形骸，也绝不能容忍儿子对自己指手画脚。

其实，曹参推行无为而治，绝非浑浑噩噩、糊里糊涂地过日子。身为大汉相国，他用一双看似醉意蒙胧的眼睛，时刻关注着朝廷内外的一举一动。哪怕只是一点点风吹草动，都逃不过他的法眼，事关社稷安危的大事，更是不敢有丝毫怠慢，装糊涂只是一种假象。

这一天，廷尉前来相国府向曹参禀报，北军执金吾在尚冠里抓住几位形迹可疑之人。

一开始，曹参并没在意，执金吾捕捉流犯本是司空见惯的事情。他朝廷尉挥挥手："这样的事情还值得禀报？按照老规矩处理便是。"

廷尉说："这几位不是一般的流窜之人，乃是匈奴人。"

曹参一听匈奴人三个字，像是突然被马蜂蜇了一般，猛地从坐榻上站起身来。他用手捻着下巴上几根稀疏的胡须，转动着眼珠，吩咐廷尉："速速带到廷尉衙门，严加审问！"

曹参并非对匈奴人反应过激。自从刘邦遭遇"白登山之围"，匈奴这个北方的强悍势力如同高悬在大汉头顶的一把利剑，时刻威胁着大汉的安危。"白登山之围"后，匈奴单于虽然消停了一段时日，但对大汉疆域一直怀有觊觎之心。刘盈登基以来，他们又开始在边境频频挑起事端。

匈奴人居然出现在大汉的心脏都城长安，这让曹参感觉像是挨了一记闷棍，不得不警惕起来。

这几个人是普通的商旅，还是细作密探？为何出现在紧挨着未央宫与长乐宫的尚冠里？此事非同小可。曹参立即前往宣室殿，向刘盈禀报。

刘盈头戴珠帘通天冠，身穿交领博袖玄衣绛裳，端坐在宣室殿，手中把玩着一块玉。听完曹参禀告，他一脸惊骇，忙问曹参："相国准备如何处置他们？"

曹参手捻着胡须，向刘盈面前凑近了一步："陛下，此事的关键不是处置这几个匈奴人，而是长安城的安危。匈奴人擅自闯进我大汉都城，甚至进入与‘两宫’相邻的尚冠里，说明京畿防卫存在缺漏。长安作为新都，然而四周并无城垣，街衢四通八达，如同敞开的庭院，虽有南军、北军把守，禁卫军日夜守护，但并非铁板一块，外人进出易如反掌。臣担忧，如此下去，必将危及陛下、皇太后及我大汉都城百姓！”

听完曹参禀报，刘盈胖乎乎的圆脸上闪过一丝惊骇。自从父皇遭遇白登山之围后，他一听到“匈奴”二字，就有一种莫名的恐惧。他直了直身体，攥紧了手中的玉石，问道：“寡人也正为此焦虑。相国的意思难道是要修建长安城垣？”

“正是！”其实，曹参对修筑长安城垣早有考虑。作为都城，有城无垣，这是兵家大忌，会危及社稷安危。只是他刚到朝廷中，一直没有找到说服刘盈及吕后的理由。今日之事，正好是一个绝佳的时机。

曹参朝刘盈一拱手：“陛下明察！自从太祖高皇帝定下修建长安城垣之事，至今已有数载，新都仍无城垣拱卫，招致骚乱不断。再者，城北长陵、高陵一带，之前迁入众多关东齐、楚等地的富商豪杰，人员聚集，错杂混居，风俗不一。富贵者推崇奢靡，贫贱者薄仁寡义，商贾一心钻营牟利，盗贼猖獗不止。凡此种种，对京城而言都是极大的祸患。臣奏请陛下立刻下诏，修筑长安城垣。”

曹参一席话，说得刘盈瞪大了双眼，心想：都说曹参日日贪杯，不问政事，看来并非如此。

“长安城垣确实耽误很久了，当下是着手修筑的时候了！寡人明日即面见太后，晓以利害。只要太后首肯，寡人便下诏，即刻动工。”刘盈清楚，他虽贵为天子，但像修筑长安城垣这样的大事，最终还得母亲点头才能作数，自己并没有决断权。

皇太后吕雉身居长乐宫，早已得到匈奴人流窜至尚冠里的消息，因此听了刘盈有关修筑长安城垣、加强京城防卫的想法后并没有感到意外。定都关中以来，长安城有城无垣，缺少应有的屏障，她心中对此也早有顾虑。当刘盈说已与相国曹参商议，由阳城延牵头负责，进行长城城垣修筑时，她未加思索就痛快允准。

长安城垣修筑在停滞七年之后，终于迎来了转机。

阳城延得知吕雉恩准修筑长安城垣的消息，来到相国府面见曹参。路上，几位相国府臣工见他急匆匆的样子，以为少府衙门又出了什么乱子，纷纷向他投来疑惑的目光，他却顾不上回应。

曹参见了阳城延，手捻胡须，瞅着他说："修筑长安城垣，阳城大人念兹在兹，这下算是遂了心愿了吧！"

阳城延向曹参一拱手，感激地答道："相国明察秋毫，什么也逃不过相国的眼睛。"说完，他用长袖擦了擦额头上浸出的汗珠，又将手中的长安城垣图样递给曹参，"长安城四面城垣的修筑图样，在下曾带领少府臣工数次修改，这是最终的图样，请相国察看。"

曹参接过图样，并未摊开查看，而是拿着他朝阳城延晃了晃："阳城大人早就绘就了城垣修筑图样，所需匠人、杂役、御料亦早已计算妥当，本相无需细看了吧。"

听了曹参的话，阳城延显得有些尴尬。他心想：相国平日看似对少府的事情漠不关心，实则心里如明镜一般，就连请计相张苍计算长安城垣所需用工、用料一事，也瞒不过他。

"相国明鉴！修建长安城垣乃太祖高皇帝定下的方略，早在几年前，下官就请计相张苍大人帮忙，将修筑长安城垣所需人工、物料测算妥当。如今只等相国一声令下，便可立即动工。"

曹参点了点头，又问，“修筑长安城四面城垣，阳城大人预计需用多少时日？”

“修筑长安城垣不同于营建宫殿，挖壕取土、垒建城垣主要靠役工。如果役工投入得多，则工期短，役工投入得少，则工期长。”阳城延看着曹参，并没有正面回答。

营建宫殿、修筑城垣等宏大工程，主要靠人力投入，役工的供应一直是难以化解的难题。阳城延清楚，在征调役工上，曹参比萧何把控得更严。

曹参见阳城延没有直接回答自己的提问，而是绕了个弯子，显然是想多要些役工，脸色有些不悦：“本相当然清楚，修筑城垣，役力最为重要。秦为抵御北虏入侵，曾经调动三十万之众，耗时数年，筑起西起临洮，东至辽东，绵延数千里的城垣屏障，号称‘长城’。但阳城大人想必知晓，本相向来推崇休养生息、无为而治。如今天下刚刚太平，不宜滋扰百姓太甚，更何况不足两月即将春耕，为不误农时，本相拟征召关中六百里短役约十四万余人，一个月之内完成城垣主体修筑，你看如何？”

听了曹参的话，阳城延心中暗暗叫苦，长乐、未央两宫修建了两年之久，当下要求一个月内完成长安城四面城垣主体修筑，这未免也太苛刻了吧。

沉默了半晌，阳城延皱着眉头说：“禀报相国，长安城垣总周长六十三里，城高三丈五尺，下阔一丈五尺，上阔九尺。据计相张大人计算，累计需要土石数万万方。十四万短役，一个月工期，即便暂缓修建垛堞、城门、壕沟、桥涵等辅助设施，时间也委实紧张啊。”

曹参心想：看来这位少府卿今天是有备而来，长安城垣耽搁这么多年，他对修筑详情依然了然于心、如数家珍。

曹参又习惯性用手捻动着下巴上几根胡须，清了清嗓子说：“一个月工期委实吃紧，然而春耕在即，如今只能征召关中短役。先给你一个月工期，看修筑结果再议，如何？”

阳城延心中清楚，相国说的话虽然不是一言九鼎，但向来干脆利落，很少讨价还价，好在这次他没有把话说死，尚留有余地。他向曹参一拱手：“相国如此怜惜民力，令人佩服，下官领命！”

见阳城延没再计较役工人数，曹参便说道：“阳城大人牵头监造长乐、未央两宫，誉满朝野，有口皆碑。此次修筑长安城垣，当一如既往，担起大任。”

曹参再次提起长乐、未央两宫，既是对阳城延的鞭策与激励，也是对他提出更高要求。阳城延自然明白，再次向他拱手致意。

阳城延牵头负责修筑长安城垣的消息不胫而走，一夜间传遍了长安城。

汉惠帝三年（前192）正月，刘盈下达诏令：征调长安六百里内男女，共计十四万六千名役工，赴长安筑城，工期三十日。

长安城垣修筑工程再度启动，阳城延心中充满了兴奋与不安，兴奋的是这项耽搁七年之久的工程终于得以再次启动，不安的是不知能否在区区一个月之内完成四面城垣主体的修筑。他像一个陀螺一样转动起来，役工的安排、匠人的选配、物料的筹集，还有提前准备运输工具，等等，所有的事项，他一一亲自过问。尤其是役工有十四万之众，光吃喝拉撒，就要费尽周折才能安排妥当。

申武一反常态，主动申请监管工地役工。他在修复郑国渠时举报阳城延私藏大方砖，后来郑国渠之堤利用埽铺砌而成，阳城延虽没有受到刘盈的责备与追究，与申武的关系却变得更加微妙了。申武一心想取代阳城延的少府卿之位。刘邦死后，吕雉大权独揽，他又去找吕释之，却被这位远房的舅舅责骂了一通。这次他想趁修筑长安城垣的机会，捞取一些政绩。长安城垣开工在即，阳城延考虑到少府监管人数有限，力量不足，便答应了他的请求。

阳城延第一时间派人去豫章郡请回章交，又找来吴宽，以及杨离的几个徒弟，让他们与参建未央宫的一批优秀匠人组成技术团队，由阳城去疾牵头，负责处理长安城垣修建中的技术难题。

经过一阵紧张筹备，长安城垣的修筑工程终于开工。

这一天，阳城延特地穿了一身崭新的官服，早早就在工地前迎接曹参相国及一帮大臣。东方旭日初升，十几万役工陆续进入工地，一时间人头攒动、尘土飞扬，挖土、运土声响成一片。

阳城延陪着曹参等几位大臣站在一处隆起的高岗上，看着眼前的场景，如同亲临前线指挥征战一般，不禁思绪万千。

长安城，这座大汉帝国的都城，自从汉高祖五年（前202）决定迁都关中，就在渭水南岸这片土地上开始了它不平凡的旅程，从修建长乐宫，到营建未央宫，以及建武库、太仓、太庙，每一次大规模的建设都创造着帝国的建筑奇迹。原本野狐出没的荒郊野岭，从此人来车往，变成了帝国跳动的心脏。汉高祖九年（前198），太祖高皇帝定下修筑新都长安城垣的大计，为新都营建绘就了蓝图，然而修筑却备受掣肘，一拖再拖，时至今日才终于破土动工。

阳城延在心中默念：长安城垣修筑终于启动，可以告慰太祖高皇帝在天之灵了。

在相国曹参、安国侯张苍、太傅叔孙通等人的见证下，修筑长安城垣的第一铲在南城垣开挖。

长安城南城垣起点为长乐宫东南端，向西一直延续到未央宫西南端。按照设计，整座城垣紧贴长乐宫与未央宫南宫墙，主体修筑之后要建三座城门，其中两座与两宫司马门相接，东西两端还要各修建一处拐角城楼。城垣下要开挖宽三丈、深三丈的壕沟，修建三座横跨壕沟的桥梁。南城垣按照当初计相张苍的建议，呈南斗之状，修建难度极大。

鉴于之前营建宫殿的经验，阳城延安排少府臣工尽可能将工程量计算准确，让一切归于掌控。然而开工不久，就遇到一个棘手的难题：按照原来的施工方案，应在城垣下方挖掘壕沟，利用挖出的土石，以版筑技术筑土成墙，这样既省时，又省力。问题在于，实际挖出来的土壤不能满足垒筑城垣固实的要求，原先的施工方案需要推翻。

版筑是一项古老的筑城技术。筑墙时，利用两块木板相夹，然后在其间填满泥土，再用杵捣紧，板外用木柱支撑，等到泥土板结牢固后，拆去夹板，再以白灰、砂、黄泥混合成的“三合土”抹面，即可筑成一堵新墙，两板之间的宽度是墙体的厚度。利用版筑技术修筑高墙时，须搭架，还要在夯土层中安置插竿，起到加固的作用。

版筑的发明者是商代的匠人傅说，他曾在一个叫傅岩的地方用版筑技术筑墙建造房舍，因墙体牢固，功效倍增，受到百姓交口称赞。后来，他被商朝第二十二任君主武丁欣赏，成为国相。

章交曾采用版筑之法，成功营建了豫章城城垣。他将这一技术传授给阳城去疾。原本阳城延准备任命章交为修筑城垣的总匠师，但章交举荐阳城去疾为总匠师，说让年轻人担当大任是墨家传统。阳城延只得让儿子挑起重任。

长安城垣不同于一般土墙，三丈五尺的高度，足以让人望而生畏。而壕沟挖出来的土壤为黑壤，土质疏松，如果用这种土壤垒筑高墙，将给墙体质量埋下严重的隐患。

工地上，作为城垣修建的总匠师、技术总管，阳城去疾被这一难题弄得措手不及。他找师父章交问策，章交也急得直挠头。两个人指挥一群匠人，反复试验，成果不尽如人意。

阳城延见章交与儿子愁眉不展，自己更是心急如焚。他清楚，相国只给他三十天工期，一时一刻也耽误不得，但是眼下又不能为了赶工期而不顾修筑的质量。修筑城垣乃大汉百年大计，墙体承受的是风吹雨蚀的考验，来不得丝毫马虎。若是只求速度，不顾墙体固实，将来墙体出现差池，那自己必将成为大汉的罪人。

“阳城大人，都怨老夫事先考察不够翔实，才出现如此差池。”章交见阳城延满脸焦虑，粗壮的眉毛几乎拧成了一个疙瘩，不无抱歉地说道。

“这怨不得章匠师，是我事先考察不周。当下最要紧的是找到对策，否则工地就要面临暂时停工。”望着眼前工地上的匠人、役工，阳城延脸上像是涂抹了一层寒霜。

“停工？十几万的役工一旦停下来，如何管束？”申武站在一旁，突然提出了异议。

“不停工，如此蛮干下去，墙体固实程度如何确保？”阳城延白了申武一眼。

阳城去疾一直低头不语。他抓起一把泥土，捏在手中握紧、揉搓，又突然松开。细碎的泥土从指缝中纷纷洒落，如此反复了好几次。忽然，他猛地站起身来，说：“我有一个想法，不知道是否可行？”

在场的人都将目光向他投去。阳城去疾指了指不远处的龙首山，说：“能不能挖开龙首山的黄壤，替换这些黑壤？营建未央宫时，我看那边都是黄壤。”

“这倒不妨一试！”阳城去疾话音刚落，章交便首先表示赞同，“黄壤土质坚硬，用它版筑墙体，城垣质地与硬度必然能达到要求。”

不远处形似龙头的龙首山，山头被未央宫占据，其余部分蜿蜒在渭水岸边，将来长安城垣西段将从那里经过。

对于龙首山的土壤，阳城延再熟悉不过了。这几年，修建长乐、未央两宫，自己两只脚几乎没有离开过那里的土地，脚底板无数次沾满黄色的泥土。他收回目光，若有所思地说：“我熟悉龙首山的土壤，按照疾儿的方法应该可行。只是……”

阳城延欲言又止，再一次把目光投向龙首山。章交似乎从阳城延的眼神中读懂了他的心思：“阳城大人是担心工期？”

阳城延神色凝重地点了点头：“弃壕沟土石不用，而改用龙首山的土石，工程量将大大增加，势必会严重影响工期。”

申武在一旁一直想插话，见阳城延如此一说，忙接过话茬儿：“什么黑壤黄壤的，不都是用土垒墙吗？何必如此讲究？再说，龙首山离这里有好一段距离，要是从那儿挖运土石，影响了工期，我等如何向陛下与相国交代？”

章交没想到申武竟然反对阳城去疾的建议，自己又拿不出化解难题的办法，纯粹是瞎嚷嚷，于是没好气地说道：“申大人此言差矣，黄壤与黑壤土质有别，版筑而成的墙体硬度有着相当大的差别。修建长安城垣乃为百年之计，城垣不仅要经得起风吹雨蚀，而且要做得了防御京城的重要屏障，岂能儿戏？”

申武见一个外聘的工匠竟敢如此对他说话，正要发怒，阳城延冲着他一摆手，说道：“无须再争了！立刻修改施工方案，从当下起，安排役工前往龙首山挖运黄壤！”

按照阳城去疾的建议，城垣的修筑全部改用龙首山的黄壤。果然，当阳城去疾与章交小心翼翼拆除用黄壤版筑的墙体之夹板后，墙体赤色如火、坚硬如石，如同砖石垒砌的一般固实。

黑壤的难题总算得以化解，阳城延心中如同卸下了一块石头。他又安排役工运来储藏在瓦土堡的大方砖，对城垣边角进行加固。

由于施工方案的改变，一半役工被安排去龙首山挖运黄壤，城垣修筑速度与效率大大降低，三十天工期期满，长安城四面城垣只垒成南城垣一面，这与当初预期的四面城垣主体完工大相径庭。

阳城延抱着负荆请罪的态度，去找相国曹参，想向他当面解释工程延误的缘由，同时还想建议再招募一批役工，一鼓作气将另外三面城垣修筑完毕。

阳城延踏进相国府，见曹参像是喝醉了酒，倚在几案旁打盹，他正想退出，却听到曹参头也不抬地问道：“阳城少府是来报喜，还是来报忧？”

“禀报相国，下官是来请罪的。”阳城延见状，只好硬着头皮来到曹参面前。

“哦，阳城少府何罪之有？”曹参这才抬起头，用一双红肿的眼睛盯着阳城延。

阳城延把利用龙首山的黄壤替代城垣壕沟挖出的黑壤垒筑城垣的前因后果解释了一遍，然后说道：“如此一来，修筑难度大增，延误了工期，三十天时限，四面城垣只完成南城垣一面，臣请相国治罪。”

曹参听了，半晌不答话。这时进来一位相国府臣工，像是有事禀报。曹参朝他不耐烦地挥了挥手，等到臣工躬身退出后，他将一份奏章递到阳城延面前。

“看来是不谋而合呀。”曹参眯着眼睛说道，“还是请阳城少府自己看看吧。”

阳城延疑惑地拿起奏章扫了两眼，不禁大惊失色。原来这是一份呈奏皇帝弹劾自己的奏章。奏章上列举了他修筑长安城垣时的三大罪状：其一，居功自傲。自以为营建长乐、未央两宫有功，便目空一切，独断专行。其二，擅作主张。修筑城垣原本就地取材即可，却擅自改动原有方案，取用龙首山上的黄壤，劳民伤财。其三，欺君之罪。原本一个月的工期，如今期限已过，却只完成四面城垣中的一面。弹劾之人正是少府丞申武。

三大罪状中，欺君之罪为死罪。

“简直是不可理喻的小人！”阳城延极少爆粗口骂人，但面对这份弹劾自己的奏章，他还是没压住心中的怒火，愤愤地骂了一句。

阳城延怎么也想不明白，为何申武总是挖空心思挤兑甚至坑害自己。修建长乐宫，为了达到嫁祸的目的，他举报刘乐离，结果阳城延被迫接受廷尉调查，刘乐离丢掉了性命。营建未央宫，他跑到吕雉面前搬弄是非，让吕雉心生嫉恨。重修郑国渠时，他又向太子告密，说自己私藏大方砖，惹得太子大发雷霆。看在同在少府当差的份上，这些年阳城延一忍再忍，遇事不与他计较，原本以为他会收敛，不料如今他又故技重施，捏造三宗罪状，这是要把自己往死里整啊。

阳城延情绪激动，气得双手连同手中的奏章都微微颤抖。曹参见此情形，既没有责难，也没有安慰，反而笑了。他捻动着胡须，问道："阳城少府刚才还说向本相请罪，为何还没有治罪，情绪就变得如此激动？"

"相国明鉴，这是两码事！"阳城延说，"下官延误工期有罪，实乃事出有因，绝无欺君之意！臣本工匠，以营建为本，既然受恩于陛下、受命于相国，担负修筑城垣之责，当视修筑城垣为百年之计，岂能为抢赶工期而置墙体固实于不顾？当初下官领命，是想尽力而为，并非好大喜功。至于他说下官独断专行，也许只是因为没听从他的话使用黑壤版筑罢了。"

听了阳城延一番申诉，曹参若有所思点点头："本相虽然没有实地去工地查看，但对城垣修筑并非一无所知。阳城少府所言，本相自然清楚，否则也不会让你阅看奏章。此事少安毋躁，本相自然会向陛下禀报清楚。只是陛下近来诸事烦心，此事无论如何都会给陛下添堵，阳城少府恐怕还得受点委屈，背上一点责罚，否则本相难以交代。"

说到这里，曹参也颇为无奈地叹了口气，凑近阳城延，小声说道："至于那个申武，与太后沾亲带故，此举目的非常明显，无非是想升升官罢了。阳城少府愿意将少府卿之位拱手相让吗？"说完，他冲着阳城延狡黠一笑。

听罢此言，阳城延气得直摇头："既然如此，下官将所任少府卿之职让与他便是！"

这些年来，历经风风雨雨，遇事不争渐渐成了阳城延的处世哲学。

曹参终于站起身来，在阳城延面前缓步踱了几个来回，意味深长地说："阳城少府以为，大汉少府卿之职人人都担任得了？"

听了曹参的话，阳城延心中稍稍释然。相国不轻易评价一个人，既然把话说到这份上，何必与申武这种人一般见识？他苦笑着摇了摇头，似乎要把胸中的愤懑抛到脑后。过了一会儿，他问曹参："长安城垣只建成一面，还有三面尚待修筑，敢问相国，下一步有何打算？"

曹参沉思了片刻，说道："如今关中春耕在即，农时耽误不得。城垣修筑之事还是姑且搁置，过些时日再议吧！"

阳城延郁郁寡欢地离开相国府，感觉自己的人生又走到一个十字路口。他不知道朝廷会对他施以何种责罚，更不知道这长安城垣此番耽搁之后，又会等到何时才能复建。

第三十一章

最后一搏

阳城延闷闷不乐回到家中。温氏见他脸色难看，知道他心中一定又藏着事，作为女眷也不便多问，只能小心陪着。倒是儿子阳城去疾看到父亲的样子，坐到他身边，关切地问道："父亲大人又遇到何事？"

要是在几年前，阳城延即便是遇到天大的委屈，也不会轻易向儿子吐露。不过，如今儿子已经长大成人，尤其是这次修筑长安城垣，儿子担任总匠师，独当一面，及时提出用龙首山黄壤替代黑壤，化解了筑城难题，让他倍感欣慰。作为匠人之后，在营建技艺方面，儿子如同一颗新星，正发出自己的光华。世事多变，儿子还太年轻，需要经世事、见风雨，摔打磨炼，所以他想，有些事情还是让儿子知晓为好。

于是，阳城延向儿子道出遭申武弹劾一事。

阳城去疾年轻气盛，一听申武又以莫须有的罪名诬陷父亲，气得霍地站了起来："这个申武，简直欺人太甚，何故三番五次构陷父亲，我这就去找他理论！"说着，他就要向外走。

"回来！"阳城延大声喝住了儿子。阳城去疾回过头，见父亲沉着脸，露出少见的威严，"为父告诉你这些事，不是让你去找他理论，只是想让你知道，如何甄别人心是非。如今申武仰仗吕氏权势，气焰嚣张，你与他又能论出什么理来？"

“申武如此颠倒黑白、捏造罪名，父亲大人何故忍气吞声？”阳城去疾从没有同父亲顶过嘴，今日之事让他感到一股热血直冲脑门。在他看来，即便是宰相肚里能撑船，面对这样的小人，父亲岂能一忍再忍？

“为人处世，讲究堂堂正正、坦荡磊落。为父行得正、坐得端，自然不惧奸佞小人构陷。”

阳城延心中清楚，这些年，对自己攻讦的又何止申武一人？有的人瞧不起他的出身，认为一介军匠怎么可以担任朝中九卿；有的人觊觎他手中的权力，也想从少府庞大的收入中分一杯羹；还有的人出于妒忌，想要看他摔倒，自己好取而代之。好在这些年自己心无旁骛，致力于新都营建，尽心尽责，尽管常常被推上风口浪尖，终究没有落下诸如贪腐、懒政的把柄。

“为父当下焦虑的不是如何免遭弹劾，洗清自己的名声，而是长安四面城垣如今只修筑了一面，其他三面何时才能开工，又何时能够建成？”阳城延说出了自己真正的烦心事，不免又长叹一声。

“父亲大人放心，自古城垣不可能只筑一面，开工修筑是早晚的事。”看到父亲既焦急又无奈，一脸茫然的样子，阳城去疾只好拿话宽慰他。

阳城延说：“为父自然懂得这个道理。只是曹相国推行无为而治，好不容易才下定决心开工修筑，如今耽搁下来，为父心有不甘啊。”

正说话，管家阿甘已准备好饭食，走过来招呼父子二人用餐。

阿甘随同章交的管家阿贵去豫章，代替阳城家提亲，受到章家热情接待，不仅将阳城去疾与巧姑的婚事定了下来，还带回章交向阳城家的提议，等到上巳节一过，就让两位年轻人拜堂成婚。不料就在这时，碰巧遇到长安城垣开工修筑，阳城去疾又担任总匠师，重任在肩。于是，两家重新商定，等到修筑好长安城垣，再办喜事。然而，城垣修筑遭遇停工，阳城去疾与巧姑的婚事也因此被耽搁下来。

阳城延一边用餐，一边告诫阳城去疾："如若为父遭受责罚，你定要心无旁骛，再难也要完成余下三面城垣的修筑，替为父完成心愿。我阳城家无论如何，绝不能辜负太祖高皇帝的信任！"

阳城延的声音不大，坚定的语气中夹带着些许伤感。

阳城去疾郑重地点了点头。他知道，此时应下父亲的嘱托，才是对父亲最好的安慰。

不久，朝廷下诏，对阳城延做出责罚：阳城延监造长安城垣不力，拖延工期，罚俸禄三个月，计粟谷六千石。就他被弹劾的三宗罪状而言，如此责罚显然只是象征性的惩处而已。

责罚着实让阳城延出乎意料。他来到相国府，向曹参表达谢意，曹参只是轻描淡写地说了句"下不为例！"当天，曹参又拉着他去饮酒。

申武向新君刘盈弹劾阳城延三宗罪，本想扳倒阳城延，没想到阳城延只受到象征性的责罚，计谋再次落空，两人的矛盾也因此彻底公开化。

应了那句"羊肉没吃到，反惹得一身膻"的俗语，申武觉得无颜再在少府任职，又去找吕释之。吕释之被妻子这个不争气的内侄气得够呛，无奈之下将他安排到宫廷警卫衙署，任郎中令的部属车郎将，秩俸依然比千石。此后，他仍然百般钻营，但一直没得到升迁。吕雉死后，在诸吕之乱时，因与吕氏家族有牵连，遭灭族。

转眼到了五月，关中进入夏季，天气一天比一天燥热。长安城治安形势陡然变得严峻，偷盗、抢劫、斗殴事件屡屡发生。南北两军见坊间之事尽如鸡毛蒜皮，不以为然，索性睁一只眼闭一只眼，懒得去管。如此情形，倒让相国曹参颇感压力。

曹参是何等聪明之人，自然看得出治安问题的症结所在，四面城垣一日不能完工合围，长安城便一日不得安宁。

这一天，曹参酒后突然在相国府召见阳城延父子，商议重启修筑长安城垣之事。

阳城延急忙带着儿子阳城去疾来到相国府。自从春天被朝廷责罚以来，阳城延双脚很少踏进这里。他当然不是对曹参有何成见，他心中明白，如果不是这位看似不问朝中政务的相国明辨是非，替他在陛下刘盈面前说情，他将难逃一劫。欺君之罪一旦成立，弄不好脑袋都要搬家。他不来，是因为怕给曹参招惹是非，自己毕竟是受了朝廷责罚之人。

“阳城少府多日来躲着本相，不知忙于何等大事？”一见面，曹参用他惯用的调侃语气问道。

阳城延领着阳城去疾拱手行参拜之礼，忙应道：“相国恕罪，下官一直闭门思过，哪有什么大事？如若有，岂敢不向相国禀报。”

“哦，阳城大人难道无事可做？你把长安城垣修得半拉拉，难道就此不闻不问？”曹参见阳城延自谦，知道他心中念念不忘续建城垣之事，于是用激将法，有意激他一下。

阳城延果然经不住一激，连忙跪下，以首叩地：“不敢欺瞒相国大人，自从长安城垣停工以来，下官没有一日不在思虑续修之事，常常夜不能寐，只是下官不敢前来叨扰大人。如若重启修筑，下官愿意戴罪立功，肝脑涂地也在所不辞。”他又指着随行的儿子阳城去疾，“即便下官老朽无能，犬子也能听从相国召唤，完成长安城垣修筑大业。”

阳城去疾向曹参参拜道：“匠人阳城去疾听从相国差遣！”

曹参用赞许的目光打量着阳城去疾，感叹道：“将门无犬子，寒门藏才俊！本相听说秦匠章交竭力推荐你出任修筑长安城垣总匠师，小小年纪，就有如此作为，不简单啊。有道是‘打仗亲兄弟，上阵父子兵’。有你们父子二人续修城垣，本相也就宽心了。”

阳城延见曹参言下之意像是下定决心续修长安城垣了，喜不自禁，忙问道：“敢问相国，续修长安城垣何时开工？准备征召多少役工？”有过上次的教训，阳城延知道修筑城垣最关键的是人力，役工多寡直接决定效率与工期。春天招募长安六百里内十四万六千男女短役，三十天只修筑一面，按此计算，如若还以这个人数征召，至少还需三个月才能修完，这笔账明摆着。

父子俩期待着曹参做出征调役工的好消息，谁知曹参一句话让他们瞬间傻了眼。

曹参说：“天下百姓向来为赋役所累，因此本相这次不准备再去惊扰百姓，招募役工。”

曹参语气坚定，不像是说笑。阳城延不解地看着他，不知道这位高深莫测的相国葫芦里装的是什么药，忍不住开了一句玩笑：“不招募役工，难道相国手里有天兵天将？”

曹参转动着因饮酒过度而充满血丝的一双小眼睛，狡黠而又神秘地一笑：“本相没有天兵天将，但有虾兵蟹将！”

“虾兵蟹将？”阳城延不解地重复了一句，更是一头雾水。他向曹参一拱手，疑惑地说道，“下官年老愚钝，思路闭塞，还请相国明示！”

阳城去疾也猜不透曹参所说的“虾兵蟹将”指何人，愣愣地立在一旁。

“二位莫急，听本相道来。”曹参用手捻动着胡须，眯着眼，不紧不慢地说道，“长安城垣还有三面待筑，如若招募天下役工，需数十万之众，费时数月，如此兴师动众，不为我汉廷所取。本相思虑，如今居住在长安城的王侯将相、功臣元勋，以及朝中大臣，每家每户都有为数不少的家奴，不如将这些家奴招募起来，统一调配，前去筑城。如此一来，既可解决续建长安城垣役工之难，也免去百姓徭役之苦。”说完，曹参神秘地一笑，补充道，“这难道不是本相所说的‘虾兵蟹将’？”

曹参自担任相国以来，推行休养生息，对招募劳役一向反感，上次招募十四万六千短役，三十天工期一到，立马勒令全部遣返，不留一人。如今，为减轻劳役，他竟出此招，这办法也只有他才能想得出来！

阳城延做梦也想不到曹参会有如此之策，转念一想，如果真的能将长安城内王侯将相、功臣元勋家中的家奴、家丁集中起来，确实是一支人数不菲的队伍。看来，为了尽快修筑长安城余下的三面城垣，这也是没有办法的办法了。他朝曹参一拱手：“相国深谋远虑。如今，长安城内王侯将相、功臣元勋蓄奴成风，每家每户确有一定数量的奴仆家丁，有的达数百人之众。”

“只是这样一来，会不会招致朝中大臣，尤其是王侯将相、功臣元勋们的反对？毕竟，这些奴仆家丁都归私家所有。”虽然认可了这些特殊的筑城之人，阳城延还是说出了心中的顾虑。

“这正是本次招募成败的关键所在！”曹参一边说，一边在府衙中来回踱步，“若以俸禄二千石以上者为计，按俸禄多寡分摊出丁人数。这样除了王侯将相、功臣元勋，还会涉及朝中众多大臣，必然会遭到大多数人反对。本相以为，如要推行此法，只有一个办法可行，那就是请陛下、太后降旨。明日恰逢大朝会，就由你阳城少府提出奏请，本相附议陈述，陛下、太后一旦降旨，再有反对也是枉然。”

听了曹参一席话，阳城延心头一热。看来，为了续建长安城垣，这位相国大人也没少动心思。

“下官听从相国安排，这就回去准备奏本！”阳城延心中思忖，当下要想早日动工续建长安城垣，别无他法，只能按照相国的办法行事。他朝曹参一拱手，正准备领着阳城去疾离开。曹参却慢悠悠地说道：“阳城少府这也太不够意思了吧！本相为你出谋划策，解决你筑城用工的难题，你也不陪本相痛饮几觞？”

阳城延先是一愣，继而不禁大笑，只好让儿子先回，自己留下来陪曹参饮酒。

刘盈继位后，朝廷朔望大朝会安排在宣室殿大殿举行，虽然他亲自临朝听政，但有重大决策，均由皇太后吕雉做最后决断。曹参为了能让自己提出的续建长安城垣方案顺利通过，事先向刘盈与吕雉做了禀报，分析了利害得失，得到了二人认可。因此，朝会只是他与阳城延上演的一出双簧戏而已，借用刘盈与吕雉之口，堵住王公大臣的怨声怨气。

果然，朝议大堂上，阳城延的奏章刚刚禀奏完毕，大臣们就交头接耳，议论纷纷，怨声四起，刘盈干咳了两声，也没完全平息：“众爱卿有何不同意见，速速道来！”

一位身材臃肿的大臣气呼呼地站出来首先发难：“启奏陛下，续建长安城垣固然重要，然而让奴仆家丁前去修筑，恐非上策。家奴家丁乃私人所有，各家多寡不一，何以依赖他们去筑城？”

他刚说完，一位瘦高个儿的大臣上前一步，又参奏道："陛下，自古以来从无征召家奴修筑城垣之先例。阳城少府凭借幻想臆测提出如此荒唐之策，且不说会耽误修筑城垣大计，恐怕还会给后人留下笑柄。"

提出反对意见的大臣言辞一个比一个激烈、一个比一个尖锐，有的甚至对阳城延恶语相加，说他名义上为了续修城垣，实则贪功求荣，怀有一己之私。

宣室殿出现如此一幕，似乎早在曹参意料之中。等众臣一番非议稍稍停息后，他才淡定地上前一步，拱手道："陛下，臣有奏议。"

朝廷上议论纷纷，乱成一锅粥。刘盈早就用求救的目光看着曹参，见他终于开口，慌忙说道："请相国道来！"

"臣以为，阳城少府奏请之事不仅合乎常理，而且符合当下大汉国情，完全可行！"终究是三公九卿百官之首，曹参刚一开口，大臣们立即停止了议论，大殿里变得鸦雀无声。

曹参用目光扫了众人一眼，像是对刚才参奏的大臣的一种警示，之后继续说道："自太祖高皇帝定下修筑长安城垣的大计，至今已逾数载，城垣尚未完工，京城安危无以拱卫，续筑实乃当务之急。如今天下甫定，百姓稍得安宁，不可再起繁徭重役，秦亡之鉴犹在眼前，不可不察。各位王侯将相、功臣元勋，过往尔等能置生死于不顾，为大汉打下江山社稷，如今借用些奴仆家丁，修筑墙垣，保卫京城，有何不妥？身为朝中大臣，当为陛下分忧，为固我大汉千秋基业尽力，岂可吝惜区区家奴，妨碍陛下筑城大计？"

曹参的声音并不高，但字字句句如同剁刀落在砧板上，铿锵有力。大臣们你瞅瞅我，我瞅瞅你，抓耳挠腮，没有一人再敢提出异议。

刘盈看此情形，忙说道：“相国所言极是，长安城垣续建乃国之大计，一日不完工，寡人一日放心不下，寝食难安。准阳城少府奏请，速速具办。”

阳城延没想到此事没费多少口舌便定了下来，对曹参既感激，又敬佩。

汉惠帝三年（前192）六月，刘盈下诏：凡长安城王侯以及朝中俸禄两千石及以上大臣，皆出家中奴婢，以续建长安城垣。俸禄两千石者出丁二十，俸禄三千石者出丁三十，关内侯、列侯出丁五十，同姓、异姓王出丁一百。

诏书下达后，那些平日默默无闻的奴仆家丁成了人们茶余饭后热议的焦点，一些大臣家中奴仆数量不够，只得花钱购买。一夜之间，徒隶家奴变得炙手可热，价格看涨。

阳城延家中奴仆只有几人，管家阿甘不得不四处打探，花钱购买，最后凑够二十，包括五名女丁。阳城延又让管家多购了十人，最终出丁三十。

此次诏令，共招募徒隶奴仆两万余人。曹参让这些人由少府统一掌管，又命阳城延招募被遣散的工匠，加上少府掌管的役卒、工匠，果然是一支人数不菲的修筑队伍。经过数日筹备，长安城垣终于再次动工续建。

六月，关中早已进入夏季，炎炎烈日之下，长安百姓看到了一支特殊的修筑大军，这些人有的剃去了头发，有的剃掉了鬓须，有的面部刺黥涂墨，有的被斩去了脚趾，走路瘸拐。他们被编制成井然有序的队伍，开始在长安城工地忙碌。

此次先开工续修的是长安城西城垣，长为十五里，共设三座城门，此墙从未央宫西南端，向北一直延伸到渭水南岸。

虽有修筑南城垣的经验，但阳城延丝毫不敢掉以轻心。阳城去疾依然担任总匠师，章交协助，负责修筑技术。他又安排胡宽等几位老匠人主持修建城门、角楼、垛口等关键部位，一切安排妥当，才稍稍安心。

这一天，阳城延带着少府几位监工来到工地巡视，一位走路有些瘸拐的徒隶见到他，慌忙躲闪到一边，似乎有意回避。他感到有些纳闷，正要上前询问，谁知这位徒隶放下手中的工具，转身便跑。阳城延让同行的监工前去追赶盘问。他来到这位被监工按倒在地的徒隶跟前，乍看有些面熟，仔细一看，不禁大吃一惊。躲避他的徒隶，竟是几年前被发配戍边的黄甄。

“黄甄？真的是你吗？你怎么到这里来了？”阳城延一把抓住黄甄的胳膊，像是怕他再次逃走似的，既吃惊，又惊喜。

黄甄看了阳城延一眼，又慌忙将目光躲开：“阳城兄，不，阳城大人，我，我……”他低头嗫嚅着。

阳城延顾不得几位监工的诧异，从头到脚仔细打量起黄甄来。几年不见，黄甄像是变了一个人，满脸胡茬，头发花白，身子羸弱，腰背佝偻着，穿着一身破烂的衣衫。昔日威风凛凛的悍将，如今落魄成这副模样。

“你何时来到长安，为何不来寻我，也不知会我一声？”阳城延半是怜惜、半是责备地问道。

黄甄低下头，像一个做错事的孩子似的，低声说：“如今我是一名徒隶，你是少府卿，我怎么有脸来寻你啊。”说完，他转身就要离开。

“你我还是兄弟！”阳城延挡住黄甄的去路，高声说道，“难不成在你眼中，我阳城延是如此不值得信赖之人吗？”

听了阳城延的话，黄甄这才慢慢抬起头，随后动情地喊了一声“阳城兄！”一下子跪倒在阳城延面前，放声痛哭起来，似乎有说不尽的委屈与悲伤。

阳城延一边拉起这位曾经患难与共的兄弟，一边安抚着他，两眼也涌出了泪花。两人自从在未央宫西司马门一别之后，一晃已有六个年头，杳无音信，今日竟然在修筑长安城垣的工地上遇见，是偶然，还是天意？

等到情绪稍稍平复之后，黄甄道出了来长安筑城的原委。自从被充军去边塞服役，他受尽了苦头，先是水土不服，大病一场，差点丢了性命，后来遇到一个凶神恶煞的戍边军官头目，对他动辄打骂。他几次偷偷逃跑，被抓回去打得死去活来，遭到更加残酷的虐待，就这样熬过了五年。一年前，他被送到安陵修皇陵，不久又被卖给一个官宦之家，成为家奴。这次续修城垣，他被派作修城的徒隶。

阳城延看到黄甄如此模样，心中很是伤感，但毕竟是兄弟再次相见，因此也很开心。当晚，他把黄甄接到家中，二人一直畅谈到深夜。黄甄身体孱弱，阳城延安排他去工地看管御料，不再从事体力重活，又让儿子阳城去疾定期去探望。长安城垣完工之后，阳城延为他赎身，在长安城东市给他寻了一个住处，并资助他开了一爿小店，做些小买卖，从此安度晚年。

按照曹参的说法，王侯将相、朝中大臣家中的家奴徒隶是一群“虾兵蟹将”，但他们筑城劳作，丝毫也不比普通役工差。服从管束、专心劳作、不惜体力，是他们共同的特点，只是许多人年老体弱，工地上几乎每天都有伤病死亡的徒隶。惠帝四年（前191），长安城东、西城垣相继建成，只剩下北城垣待建。

汉惠帝五年（前190）正月，刘盈在宣室殿再次召见曹参与阳城延，询问长安城垣的修筑进展。阳城延据实禀报。汉惠帝听了，不甚满意，质问道：“如此下去，依赖这些奴婢徒隶，长安城垣何时才能完工？”

听了刘盈的训斥，曹参低头不语。阳城延拉长着脸说道：“禀告陛下，徒隶劳作甚为尽力，只是老弱病残者居多，不到两年减员已达千人，一些壮年者也已显露疲惫之态。如今城垣尚有一面待建，城中八街九衢亦未修筑，臣估算，全部完工，尚需……”

刘盈不耐烦地打断阳城延的话，问道：“寡人自下诏续修长安城垣，至今已两年有余。尔等如此修下去，要等到何年何月才能完成，我大汉颜面何在？”他用眼扫了一下曹参与阳城延，又用手敲着面前的御案，说道，“太后已经过问此事，你们说说，所剩城垣、街衢何时才能完工？”

听了刘盈的训斥，曹参、阳城延慌忙跪下。他们明白，皇帝一定是受到太后的责备，将怒气撒在他们头上。否则，他不会如此焦急让长安城垣尽快完工。

曹参干咳了一声，有意清了清嗓子，说道：“启奏陛下，如若要加快长安城垣的修筑进度，只有一个招数可行。”

“哦？”刘盈一听，脸上的怒气瞬间消退了一半。他把目光投向曹参，问道：“相国有何招数？快快说与寡人听听。”

“两年前，陛下曾经下诏，征召长安六百里十四万六千短役，建成长安南城垣，如今适逢冬闲，不如再次征招三十日短役，反正不耽误农时。如此，不仅可以确保城垣于年内完成，还可以整修城内街衢道路，让长安城内外焕然一新。”

曹参的提议让阳城延心中暗喜，曹参最反感征召徭役，这次竟然在皇帝面前主动提出来。看来，为了修筑最后一面城垣，相国这次真是铁了心。他接话道：“如若再有上次数量的短役，臣以性命担保，定能在一个月内完成长安城垣全部工程。”

“如此甚好！”刘盈毕竟年轻，听到曹参与阳城延如此表态，脸上怒气消失殆尽，流露出喜悦之色，“寡人明日即下诏，再次征调长安六百里之内短役。”

汉惠帝五年（前190）正月，刘盈再次下诏：征召长安六百里内十四万五千人，修筑长安城垣，短役三十日。

与两年前相比，征召的范围相同，只是役工人数少了一千人。

长安城工地再次迎来筑城大军，一个月后，短役结束。长安城北城垣最后一处雉堞修成，四面城垣主体基本完工。

阳城延又组织匠人和少数家奴徒隶修建城内八街九衢，平整了道路，在道路两旁遍植槐榆，至汉惠帝五年（前190）九月，修筑工程全部完结。

至此，一座总长达六十五里、高大完整的城垣环绕着帝国首都，呈现在世人面前，一项举世瞩目的工程载入史册。

长安城垣的建成，不仅让大汉帝国的都城增添了一道防御的屏障，也让以阳城延为首的一代工匠又创造了一个建筑奇迹。

第三十二章

夜游城垣

长安城垣、八街九衢等工程于汉惠帝五年（前190）九月全部完工，遗憾的是，相国曹参在一个月前抱病而薨。曹参去世后，朝政又发生了重大变化，在吕雉的策划下，废除了位高权重的相国一职，将其权力一分为二，分设右丞相与左丞相两个职位。十月，刘盈拜功勋元老、安国侯王陵为右丞相，拜郎中令陈平为左丞相。

十月是汉历首月，汉惠帝刘盈的时代自此进入第六个年头。刘盈虽已执政六年，但朝中大小事务依然由皇太后吕雉决断。刘盈性格柔弱，吕雉独断专行，刘盈索性懒得过问朝政，转而沉湎于后宫，整日与一群嫔妃寻欢作乐，纵情酒色，身体被酒色渐渐掏空。

长安城垣修建前后将近十二年，竣工自然是一件可喜可贺的大事。长安城垣不仅仅是环绕京城的高大城垣，它对改变京城的防御体系、京畿环境格局，乃至对关中、关外的掌控，都产生了重大而深远的影响。因此，吕雉虽然没有直接过问修筑的具体事务，但时时关注着进展。当有人向她禀报长安城北城垣已合围、四面城垣全部竣工时，她决定亲自前往察看。为此，她在长乐宫椒房殿专门召见阳城延父子。

接到诏命，阳城延带着儿子阳城去疾匆匆赶往长乐宫。路途中，阳城延揣测这位平时虽藏身于“东宫”、实际却掌控着朝政大权的皇太后会不会再次向他发难。以往两次单独觐见，心中的阴影没有完全散去。尤其是那次自己拒绝在未央宫永巷建造“巧室”，虽然这件事后来不了了之，但阳城延清楚，吕雉对此一定心存芥蒂。从太祖高皇帝驾崩之后，凡是吕雉所厌恶之人，几乎没有一个能够得到善终。想到这些，阳城延不禁暗自叹息了一声。若真要整治自己，大不了告老还乡！这样想着，他心里变得坦然起来。

阳城延与阳城去疾来到椒房殿，吕雉正用她细长的手指托着一只冰清玉洁的八宝玉壶，拿在眼前观赏，脸上露出让人难以捉摸的表情。许是太过于专心，阳城延父子迈入宫中时，她头也不抬一下，只顾把玩那只玉壶。

阳城延有些尴尬，轻轻地咳嗽了一声，然后拉着儿子一同行拜见之礼：“臣阳城延携犬子阳城去疾拜见皇太后！”

吕雉半晌才放下手中的玉壶，抬眼扫了一下跪在面前的阳城延父子：“哦，阳城少府，起来回话吧。”

听到吕雉发话，阳城延像是给儿子示范，站起身、微微躬腰立在一旁。阳城去疾也跟着起身，站在父亲的身边。这是他第一次面见吕雉，平时有关这位皇太后把持朝政、架空皇帝、专横跋扈、心狠手辣的传闻听得多了，他心里略微有些紧张。

“这就是你那位担任城垣修筑总匠师的儿子？”吕雉用一双画着重重眼影的眼睛上下打量着阳城去疾。

“禀报太后，正是犬子。臣此前一心忙于事务，未及时携他前来拜见，还请太后恕罪。”阳城延朝儿子使了个眼色。阳城去疾朝吕雉再次参拜：“匠人阳城去疾拜见皇太后！”

在朝廷中，想要见到吕雉并不是一件容易的事，如果不是特别召见，阳城延也不可能带着儿子前来椒房殿，这一点吕雉与阳城延都心知肚明，阳城延说的只是客套话而已。

吕雉抬了抬眼皮，说了一句："哦，小小年纪就担任总匠师，不简单。"然后把目光投向阳城延，这才问起长安城垣修筑之事。

"本宫听说修筑长安城垣，你阳城少府花费了不少心思。三次修筑总共花费了多少时日，动用了多少役工家奴？"吕雉扬了扬细长的眉毛，语气不甚凌厉，甚至还透露出关心。

阳城延没料到吕雉关心起修筑城垣的具体事务来，一五一十禀报道："启禀皇太后，修筑四面城垣总共动用三次劳役，第一次征召长安六百里内男女十四万六千人，短役三十日；第二次征召诸侯王、列侯及朝中大臣家中家奴徒隶二万人，两年长役；第三次又征召长安城六百里内男女十四万五千人，短役三十日。前后总共动用役工三十一万一千人，外加匠人千人。"

吕雉听后微微点头："如此说来，动用的役工比修建长乐宫、未央宫人数还要多？"

听到吕雉再次发问，阳城延估摸不透眼前这位口气冷淡的贵妇人的真实意图，只好回答说："营建宫殿与修筑城垣采用的是两种迥然不同的营建方法，宫殿营建主要靠匠人，对营建技术要求甚高；修筑城垣主要靠役工，无论挖取壕沟还是版筑城垣，都要耗费大量人力，且此次城垣修筑挖取的全是龙首山的土石，因此所用役工较之前两座宫殿营建时多一些，时间也更长。"

"哦。"吕雉微微一仰脖子，似乎想起了什么："之前，有人告发你没按期完成城垣修筑，犯下欺君之罪，还是本宫念你筑城不易，又有建造长乐、未央两宫之功，在陛下面前好生替你说情，这才只罚了你三个月的俸禄。"

吕雉此番表白，无非是想让阳城延感念当年饶他不死的情分。阳城延这才明白，当初自己被构陷欺君之罪，是吕雉发话，自己才被从轻责罚的。

“臣有罪，承蒙太后垂恩恕罪。”阳城延双手抱拳，朝吕雉一拱手。

“都是过去的事了。”吕雉拉长语调，原本沙哑的嗓音变得尖细一些，“修筑长安城垣，乃百年大计，事关社稷安危，当以墙体固实为先，工期长短、役工多寡都不是特别紧要之事。本宫听说，如今四面城垣、十二座城门及城内街衢都建造得甚为得体，你阳城少府也能功载史册了！”

一向遇事挑剔的吕雉，竟然褒扬起自己来，阳城延心中不免有些忐忑。他再次朝吕雉一拱手：“这都是仰仗太祖高皇帝、皇帝陛下、皇太后的威德，也是曹相国督建有方，臣只是尽责而已。”

“尽责就好，我大汉江山社稷，就需要全心尽责的股肱之臣。”吕雉说完，再次拿起那只八宝玉壶，盯着看了好一会儿，问，“本宫准备近日前去城垣一观，你说说，去哪一面较为妥当？”

阳城延一听吕雉要亲自登城垣巡视，暗暗吃惊，猜想这大概是她这次召见的真实意图。同时，他又颇为惊喜。这位当朝皇权的幕后主宰者，平时连宫门都很少迈出，当下主动提出要登临城垣体察，说明她对长安城垣十分关心与重视。

阳城延略做思考，说道：“长安城四面城垣都适宜太后垂恩巡察。不过，依臣之见，还是南城垣最适宜，此墙离长乐宫最近，较易登临。”

吕雉听了阳城延的推荐，未置可否，又道：“具体去哪边城垣，让王陵、陈平他们议定吧。”说完，她放下手中的八宝玉壶，转而把目光投向一直默默站在一旁的阳城去疾，像是才发现他似的，“本宫光顾着与你说话，把令公子冷落在一边了。你叫什么名字来着？”

阳城去疾听见吕雉突然问话，愣了一下，答道：“回禀皇太后，鄙人名唤阳城去疾。”

吕雉微微点了点头，脸上不经意地掠过一丝难以捉摸的笑意，又问道：“年庚几岁，是否婚配？”

问及婚姻，阳城去疾变得有些羞涩，一下子红了脸。阳城延一见，慌忙接过话：“承蒙太后关心，犬子今年刚满二十，尚未成亲！”

吕雉又上下打量了阳城去疾一番，然后意味深长地说道：“哦，不错，甚好！”口气不像是夸人，更像鉴别一件上等成色的珠宝玉器。

听闻吕雉夸赞，阳城延正要答谢，吕雉忽然挥了挥手，打断了他：“你们先退下吧，待本宫登城之日，再让人知会你阳城少府。”说完，没等阳城延父子退出殿外，她便由一位宫女搀扶起身，转向后室去了。

没有受到吕雉任何的责备，甚至还得到一通夸奖，阳城延松了口气，与儿子一道开心地往回走。阳城去疾见到母亲，向她描述见到吕太后的情形：“都说皇太后凶狠、专横，我看也不尽然啊。”

阳城延在一旁说道：“今日我们是遇到太后心情好，往日朝会时她可不是这副表情。”

温氏也听说过这位专横跋扈的皇太后的种种传闻，见父子俩心情大好地回到家中，也替他们高兴。

一家人正开心地说话，管家阿甘慌慌张张跑进来：“禀告大人，辟阳侯审食其前来造访！”

“辟阳侯？人在哪儿？”阳城延以为自己听错了，盯着阿甘问道。

“老爷，来者自称是辟阳侯审食其，人就在门口，他让老奴速来通报一声。”阿甘怔怔地立在那里，他一时弄不明白，主人听说来者是辟阳侯，为何一脸惊诧。

怎么我们前脚刚踏进家门，这位辟阳侯后脚就跟来了？阳城延感到很纳闷，心里直犯嘀咕。审食其当下是吕太后身边最为得宠的人，自己平时与他素无来往，这次亲自登门，有什么事情？

阳城延来不及多想，慌忙整了整衣衫，出门迎接，见审食其已经来到院中。

没等阳城延开口，审食其便高声说道：“少府大人，本官给你道喜来了！”

一句话，阳城延听得云里雾里，只好拱手还礼，强装着笑颜问道：“辟阳侯光临寒舍，不胜荣幸！不知何喜之有啊？”

审食其的腔调有些神秘：“阳城大人恐怕还不知道吧，今日太后见令公子一表人才，又听大人说尚未婚配，张罗着要把郦侯吕台家的千金许配给令公子，太后亲自保媒。这不，你们刚走，太后就打发本官前来知会一声。这难道不是天大的喜事？”

阳城延一听，顿时惊出一身冷汗。

审食其亲自造访，阳城延预感到这位辟阳侯无事不登三宝殿，但万万没想到是为这种事而来。于是他慌忙说道：“谢太后隆恩！谢辟阳侯美意！可是，可是，犬子虽未婚配，但已有婚约在身。这，这，这如何是好？”因为过于焦急，阳城延变得语无伦次起来。

太祖高皇帝死后，吕雉时常通过联姻掌控刘氏宗亲和朝中大臣，这是众人皆知的。最为典型的是，她不惜背上乱伦的骂名，强行将鲁元公主的闺女，也就是自己的外孙女张嫣，嫁给儿子汉惠帝刘盈，以达到进一步掌控儿子，进而把控朝廷的目的。亲外甥女嫁给亲舅舅！刘盈虽然对这桩乱伦的婚姻一百个不乐意，但迫于吕雉的压力，还是接受了年仅十一岁的外甥女成为自己皇后的事实。

“哦？令公子是与哪家女子有婚约？”审食其受吕雉之托，乐颠颠跑来传达旨意，没料到阳城延说儿子已有婚约，大为扫兴，脸上原本堆满的笑意瞬间消失。

“不敢欺骗辟阳侯，犬子早在四年前就与匠师章交之女巧姑订下了终身，并商定等到长安城垣完工之后就完婚。还请辟阳侯以实情回禀皇太后！”阳城延一边擦着额头上浸出的细汗，一边向审食其恳求，尽管他心里十分清楚，吕雉保媒是万万不能拒绝的。

“匠人之女，怎么能比得上王侯府上的千金？阳城少府你好生掂量吧！太后保媒，这是何等的恩宠？如若少府大人决意违背太后旨意，你还是亲自向太后禀奏吧！”审食其说完，没等阳城延答话，转身愤然离开了阳城家。

审食其走后，阳城延呆呆地立在那里，突如其来的信息让他陷入从没有过的进退两难境地。儿子与巧姑订婚已经四年有余，因为忙于修筑长安城垣，婚期一推再推，章家毫无怨言，此时要断绝这门亲事，于情于理都说不过去；倘若谢绝吕雉，就等于驳了太后的情面，甚至是犯下欺瞒太后的大罪，不知道会带来什么样的祸端。自己这些年来跌跌撞撞跨过无数沟沟坎坎，没想到儿子的婚约竟然成了最大的沟坎。他懊恼于那日吕雉召见，问儿子是否婚配时，自己为何要回答尚未成亲。

阳城延心中明白，这一切看似自己能够决定，但真正的决定权并不掌握在自己的手里，弄不好全家性命不保。

阳城去疾年轻气盛，听说辟阳侯审食其是来传达吕雉的旨意，为自己保媒的，又急又恼，变得像一只好斗的公鸡，却又一时找不到攻击的目标。他顾不上父亲的愁闷，毅然决然表示，自己宁死也不会与巧姑分开。

阳城延在愁肠百结、惶惶不安中度过两日，忽然接到右丞相王陵一道密旨，皇帝刘盈、皇太后及朝中部分大臣准备当晚酉时人定时分，登临长安城南城垣巡察。王陵让他届时陪同，并做好陛下与皇太后随时垂询的准备。

吕雉选择夜登长安城，表面上看，似乎是出于安全上的考虑，毕竟皇帝、皇太后及朝中大臣大白天登上城垣，难免声势过大，不利于护卫。实际上，她还有另一层意思，甚至可以说是别有用心。按照古人说法，太阳代表男性，月亮代表女性，选择夜晚登临长安城垣，寓意大权在握的她有着与日同辉的威望与光彩。

天色渐渐暗淡下来，一轮明月挂上了树梢。一队人影在全副武装的禁卫军的护卫下，走出长乐宫南司马门，由长安城杜门登上高高的南城垣。

走在队伍前面的是汉惠帝刘盈，紧跟其后的是皇太后吕雉，然后是右丞相王陵、左丞相陈平、北平侯张苍、御史大夫赵尧、太仆汝阴侯夏侯婴等朝中公卿，其他朝中大臣紧随其后。

阳城延因要随时应答，跟随在刘盈与吕雉身后，尽管被吕雉保媒之事弄得满腹愁绪，但脸上还得装得若无其事。

南城垣高三丈五尺，站在城垣之上，长安城内一览无余。此时，如水的月色下，长乐、未央两宫矗立在长安城的南部，宫阙林立，灯火璀璨，透迤壮阔。一条条横平竖直的街衢将全城分成几个部分。皇宫、丞相府、武库、太仓、尚冠里、东市、西市等布局井然有序，在月色下显得宁静而安详。

四面城垣，雉堞重重，墙体宽阔，角楼高耸。墙外皆为护城河环绕。城垣每一个垛口旁都站立着一名禁卫军护卫，刀戈在月光的照射下发出逼人的寒光。

刘盈显然被眼前的景象所震撼，感叹道："古人云：筑城以御敌。如今长安城有此城垣护卫，我大汉都城可谓固若金汤！"

王陵按照事先预定的程序，让阳城延介绍几座城门的布局情况。

阳城延站到城垣一处雉堞旁，拱手道："启奏陛下、皇太后，各位大人，长安城四面城垣周回总计六十五里，高三丈五尺，下宽一丈五尺，上宽九尺，共有城门十二座，容臣一一禀奏。"众人一听，都停下脚步，把目光落在他身上。

阳城延首先指着脚下的南城垣说："此处南城垣有城门三座，东端第一门曰覆盎门。此门之南有下杜城，古为杜伯国。秦时置杜县，故又称下杜门，此门北与长乐宫南司马门相望；中间第二门曰安门，又称鼎路门，此门北对武库；西第三门曰平门，又称西安门，北与未央宫司马门相望。"

阳城延转过身，面对西城说道："西城垣有城门三座，南端第一门曰章门，又称光华门；中第二门曰直门；北第三门曰西城门，又称雍门。此门北近渭水，水自城北流入函里，也称之为函里门。"

北城垣距离较远，看过去隐隐约约。阳城延指着北城垣说；"北城垣有城门三座，西端第一门曰横门；中第二门曰朝门，门内有长安厨官居此，因此也称之厨城门；东第三门曰杜门。城门外有客舍，又称客舍门。"

阳城延最后指着东城垣说："东城垣有城门三座，北端第一门曰宣平门，百姓由此入城较多，称之为东都门；中第二门曰清明门，内有藉田仓，又称藉田门；南第三门曰霸城门，城门青色，又称青城门。”

阳城延一口气介绍完四面城垣的十二座城门，稍停了一会儿，见众人都听得津津有味，又接着解释道：“这些城门之名有的是依据五行十二地支说起的，比如青门，按照五行学说，东方属树，其色为青，故为青门；清明门位于东城墙中部，其位置对应二十四节气中的清明，故称清明门；宣平门对应十二支中寅的位置，按照五行说，其性和平，有不杀之意，故名宣平门。这些名称有的是百姓依据所在地理位置的典故所起，姑且以此称之。还望陛下、太后赐予正名。”

刘盈没接话。吕雉说：“看来，尔等在城门命名上费了不少心思。城门之名虽是一个称谓，也要上合天理，下符民意，总之吉利为好。”

陈平插话说：“十二城门所在之处，都有一定的故事。霸城门外，过去广陵人召平曾经在此种瓜，瓜甚甜美，人称之‘东陵瓜’，一时名扬长安。召平是秦时的东陵侯，秦亡后落魄为布衣。”

年迈的太仆夏侯婴挪步上前说：“臣曾为太祖高皇帝侍驾，一次，驾至东都门附近，马突然嘶叫不肯前行，用蹄子不停刨地。臣颇感蹊跷，让士卒掘开马蹄所刨之处，刨至三尺多深，挖出一尊石椁。臣用烛照看，见其上有铭文，于是用水冲去泥垢，那铭文都是古文异字，身边的人没有一个能读懂。臣请太常卿叔孙通帮助辨认。太常卿说这些字是古时候的蝌蚪文，也就是手写体的篆字，用当下的字体写出来，就是‘佳城郁郁’（墓地）。臣当时就感慨，真是天意啊，哪一天臣死了就安葬在此地。”

夏侯婴一席话，说得众人都笑了起来。

众人说笑了一番，阳城延继续介绍：“长安城的十二座城门都与城内通衢大道相通，南北东西八街九陌，当下已命名的有香室街、夕阴街、尚冠街、藁街、华阳街，章台街等。每条大街修建时用大铁锥夯土，宽可并行十二辆马车，两边种植林木，中间为陛下专用御道，行人出入左右，左出门，右进门，以区分上行与下行。”

叔孙通说：“臣听闻，当初长安城垣是依照‘象天法地’设计的，阳城大人不妨一解详情。”

阳城延道：“长安城垣之‘象天法地’，乃是北平侯张大人夜观天象后巧设，还是请张大人揭秘吧！”

张苍正昂头仰望苍穹，听阳城延说到当初长安城垣设计技巧，便来到刘盈、吕雉面前，拱手道：“筑城之法，‘象天法地’自古有之。臣夜观天象，察南城垣经过长乐、未央两宫南宫墙，其形状稍加勾勒，即为南斗之状；北城垣所在之地，渭水西北穿行而过，其曲折之处，形状恰似北斗之状，臣当时即惊呼，此乃天意也！”

听了张苍的话，众人纷纷低头察看脚下南城垣的中部凸出部分和东段曲折，果然呈南斗之状。

张苍接着说：“当年，太祖高皇帝迁都关中，此地南有山势险峻的秦岭，西有山高路曲的陇山，东有崤山函谷关及黄河天险，北有山谷幽深的萧关，自古就有‘四塞’之称，又有渭水横贯东西，膏腴千里，富甲天下。长安位居其中，处在渭水之南的中心区域，这实乃上苍对我大汉的垂恩。今长安城又添巍巍城垣拱卫，四面十二座城门规范出进，城内八街九衢，宫殿、祖陵、祭天社坛都各在其位，规制井然，彰显我大汉法度严明、尊卑有序，天下子民莫不敬畏有加。”

太仆夏侯婴说：“北平侯是懂易经、识风水的高人，一席话令老臣茅塞顿开。”众人也都纷纷点头称道。

时间不知不觉过了酉时，长安城内渐渐安静下来，灯火也开始熄灭。众人跟随着刘盈、吕雉准备回宫。原本此行夜游长安城算是顺利结束，可就在众人缓步走下城垣时，刘盈突然身体一歪，意外摔了一跤。

城垣的通道都设有台阶，并没有陡坡，通道上每隔几步就有一名卫士手执火把照明，汉惠帝左右都有侍卫陪护，但还是摔倒了。护卫大惊失色，慌忙护驾。众人也吃了一惊，好在刘盈被侍卫及时搀扶起来，并无大碍，匆匆走下了城垣。

第三十三章

分封之争

夜游长安城，原本顺利圆满，刘盈却意外摔了一跤，虽然只是一个小插曲，阳城延还是担心城垣上下台阶是不是设计上存在缺陷。第二天，他专门来到南城垣察看，刘盈摔倒的地方并无异常，夯土台阶自上而下，正好适合一步踩踏。他又安排儿子阳城去疾带领监工与匠人，对四面城垣所有上下城垣的台阶仔细检查了一遍。

此时，令阳城延最寝食难安的还是儿子的婚事。

自从审食其离开阳城家之后，阳城延感觉就像陷入了一个巨大的泥潭，任凭自己如何绞尽脑汁，也找不到逃脱的出口。他不知道审食其是如何禀告吕雉的，吕雉听后会做怎样的反应。能肯定的是，这位如今说一不二的皇太后肯定不会因为阳城去疾已有婚约就此作罢。摆在自己面前的无非有两种选择：要么违背良心解除与章家的婚约；要么冒着全家遭殃的风险向吕氏抗婚。无论哪一种选择，都是糟糕透顶的结果。

阳城去疾更是闷闷不乐，整日茶饭不思。当朝皇太后为自己保媒，而且保的是王侯之女，一旦成为吕氏家族的乘龙快婿，将来前途可想而知。然而，他对这一切丝毫不感兴趣，他的心中只有巧姑，眼前总是晃动着巧姑那双会说话的眼睛，似乎自己的一举一动都被远方的心上人看在眼中。太后要给他保媒，远在千里之外的巧姑还蒙在鼓里，全然不知，也许正陶醉在长安城垣修筑完工之后，阳城家前来迎娶的甜蜜幻想之中。如果巧姑知道他们的婚约或已无望，不知会伤心懊恼到何种程度。

阳城去疾不敢想下去。他掏出巧姑给他的香囊，紧紧握在手中，似乎握着的是巧姑温润如玉的小手。豫章的一幕幕又浮现在眼前，这让他心如刀绞、万般痛楚。

皇太后要给少府卿阳城延的儿子保媒，消息不胫而走，不久，留在长安城尚未回豫章的章交得知此事，大为震惊，也极为恼怒，心中怨恨阳城延，明明知道儿子有婚约，为何还欲与吕氏联姻？没想到阳城延竟是如此趋炎附势、攀龙附凤之人。他怒气冲冲赶到阳城家，见阳城家好似笼罩在一片愁云之中，听阳城延带着叹息道出事情的原委，方知错怪了阳城家老小。

章交也很清楚，太后保媒，保的又是权势如日中天的吕家，不但没有丝毫抗拒的可能，即便露出不情愿的迹象，也可能遭遇难以预料的后果。自己的女儿虽然与阳城家公子情投意合，而且已经有了婚约，但不能为了女儿一人的婚事，坏了阳城家一家人的性命。于是，他强忍着悲愤对阳城延说：“此事看来已无挽回的可能，阳城大人还是赶紧去禀告辟阳侯，回应太后吧。”

阳城延见章交说得诚恳，心中愈加不忍：“章匠师此言差矣，我虽愚钝，还不至于做出如此背信弃义之事。虽然是太后保媒，但疾儿与巧姑两情相悦，有婚约在先。那天我也是一时糊涂，没有察觉太后的意图，以至于惹出这种事端。容我思考两日，再去找辟阳侯，委婉道明事情原委，求太后开恩，成全疾儿与巧姑。”

“此事恐非阳城少府想得那么简单，还是不要再招惹事端了吧。”看着阳城延因情绪激动而涨红的脸，章交心中的怨气也渐渐平息。他反而劝慰起阳城延来：“小女当下还不知原委，待老夫回去之后，再慢慢开导。老夫知道阳城少府不是薄情寡义之人，然而一家老小性命更为重要。”他停顿了一会，又黯然神伤地说道，“小女自幼娇宠，性情倔强，若知道如今太后保媒，与阳城公子姻缘无望，还不知道会做出什么样的事情来。”

阳城延见章交神情黯然，执拗地说：“我本一介工匠，如今已完成太祖高皇帝修筑长安城垣的嘱托，可谓心愿已了。眼下只盼陛下开恩，让我携一家老小离开长安，找一处僻静之地安度余年。要不，我明日亲自去找太后，将疾儿与巧姑的婚约如实相告。如若太后开恩，千好万好；若是太后不准，硬要保媒，我舍了这把老骨头，也要以死相谏。”

阳城延情绪激动，句句都是发自内心。身在朝中，这些年他看清了朝廷波诡云谲的残酷争斗，特别是当下，吕氏一族与刘氏皇室之间权位博弈，暗流涌动，势必有一场鱼死网破的拼杀。他清楚，远离风暴中心，避开是非之地，过平平淡淡的日子，不仅能成全一对年轻人的姻缘，也是一家人今后安身立命的最好选择。

两人争来争去，谁也说服不了谁，章交只好告辞。

冷静之后，阳城延决定还是先去找辟阳侯审食其，一来探询太后的反应；二来想托请他在太后面前说情，看看事情是否能出现转机。

满朝文武大臣中，说话能入吕雉之耳的，如今只有审食其一人。

第二天，阳城延来到审食其的府邸，见仆人套好马车在门外等候，审食其慌慌张张从府内走出来，正要出门。

见到阳城延，审食其怔怔地看了他一眼。阳城延走上前去，刚说明来意，审食其就用手做了一个制止的动作，脸色沉郁地说：

“少府大人，此事到此为止吧！”

审食其没头没脑的一句话，说得阳城延摸不着头脑。他还想细问，审食其丢了句：“太后急召！”便急匆匆上了马车，奔长乐宫而去。

“此事到此为止！”阳城延来到少府衙门，反复琢磨着这句上不着天、下不着地的话，百思不得其解。难道是太后改变了主意，又或是吕家自己不愿意结这门亲？如果是这样，那自然是千好万好。

整整一上午，阳城延也没能想出头绪来。午时，一个小个子府臣见他半日双脚没迈出少府衙门一步，跑来禀告：“大人可曾听说郦侯吕台之女夭折之事？”

阳城延一听，似乎不相信自己的耳朵，惊得一下子站起身来：“此事当真？你如何知晓？”

小个子府臣自然明白阳城延听到这个消息为何会做出如此反应，但还是愣了一下，急忙解释道：“下官听到众人都在议论此事，定不会有假。”

阳城延听后，一下子瘫坐在几案前，半天没缓过神来。

吕雉保媒的是侄子吕台的女儿。吕台是吕雉大哥吕泽的长子，育有三子一女，三子分别是吕嘉、吕通和吕庄。作为吕氏之后，三人虽然倚仗吕雉先后被封侯，但都不成器，不是被废黜，就是被杀。唯一的女儿自小体弱多病，十二岁开始便卧床不起。吕雉之所以替哥哥的孙女保媒，一来是想找一个官宦之家作为将来的依靠，二来想按民间的习俗尽快成婚，冲冲喜，让这孙女的病好起来。不巧，就在节骨眼上，吕台之女突然夭折，年仅十三岁。

吕家女儿突然病故，让阳城延一家不仅卸下了一桩心事，更避开了一场杀身之祸。没过多久，阳城延没敢声张，悄悄帮儿子与巧姑成了亲。

一场姻缘危机最终得到化解。

惠帝七年（前188）八月，年仅二十三岁的汉惠帝刘盈突然驾崩于未央宫。

阳城延是在前往计相张苍府邸的途中得到这一消息的。这日，张苍请阳城延到家中做客。阳城延来到张苍府邸，见张苍一脸沉郁，显然也得到了刘盈驾崩的消息。本是叙旧，整个话题却一直没有离开刘盈与吕雉。

两位都是朝中老臣，对朝中情形看得甚为透彻，刘盈突然驾崩，必然会引起朝野一番动荡与激烈争斗。刘盈在位，虽然是个傀儡皇帝，但毕竟是太祖高皇帝的嫡长子，皇权依然执掌在刘氏家族手中。关东诸国王侯大多是皇室子孙，他们虽然对吕雉专权心存不满，但还顾及刘盈的皇位之尊；朝中大臣，尤其是跟随刘邦打拼江山的功臣宿将，虽看不惯吕雉擅权干政，却心念大汉朝廷，以大局为重，只是与她暗中较劲；吕氏一族，有吕雉撑腰，气焰日盛，但也有所顾忌，不敢肆意妄为。在这个节骨眼上，年纪轻轻的刘盈突然驾崩，这种微妙而复杂的平衡关系必然会被打破，刘氏皇室与吕氏一族的权力之争已不可避免，吕雉会有什么样的举动还不得而知。两人谈及未来，心中均感担忧。

果然不出所料，刘盈驾崩后，汉朝虽然名义上是刘氏天下，实际上却开始大变脸。吕雉出于自己的目的，让年幼的太子即位。这位年幼的太子并非刘盈与皇后张嫣所生，刘盈与张嫣的婚姻是舅舅与外甥女近亲通婚，张嫣年龄尚小，不能生育，不过，刘盈与后宫嫔妃生有七个儿子。吕雉从这七个庶子中选出一位，杀死了他的亲生母亲，谎称是张皇后所生，立为太子。幼帝即位，年幼不能亲政，吕雉升为太皇太后，临朝称制。

临朝，就是亲临朝廷，主持朝议，接受百官的奏请。称制，就是所有的政令诏书，皆由太皇太后批复，以太皇太后的名义签署发布。至此，临朝称制的吕雉位同天子，口称朕，亡称崩，居长乐宫而主大汉朝政，成了事实上的“女皇帝”。

吕雉终于从幕后走到台前。

吕雉临朝称制后，第一个大动作是让自己的亲信掌管京城卫戍大权。长安城有了四面城垣，京城的防卫体系也发生了改变，主要有两支武装力量：一支是负责护卫长乐宫、未央宫两宫的警卫，称为南军；一支是负责护卫京城长安的卫戍军队，称为北军。吕雉让自己大哥吕泽的长子吕台出任中尉，统领南军，次子吕产出任卫尉，统领北军，从而掌控了整座长安城的防卫大权；又准许吕氏子弟值宿未央宫，居中用事。这样，长安城就像一个被五指攥紧的铁蛋蛋，牢牢控制在吕雉手中。

吕雉第二个大动作是决定给吕氏家族加官晋爵，封王封侯。

这一天，吕雉在长乐宫长信殿召见右丞相王陵、左丞相陈平、太尉周勃，提出分封吕氏一族为王侯之事。她坐北面南，端坐在御案后。

刘盈驾崩后，长信殿终是迎来了太皇太后吕雉。这里成了她与公卿百官的朝会之所，也成了大汉王朝最高权力的中心。

吕雉清楚，分封王侯实质上是朝廷权力利益的再分配、地位等级的再划分，涉及功勋成就的认定，极为敏感，弄不好会招致功勋宿将、朝中大臣及身在外地的诸王的抵制，甚至反对。太祖高皇帝在位时，于汉高祖六年（前201）十二月第一次大封功臣，一共封了二十九位王侯，均是开国功臣中的顶尖人物，如萧何、曹参、张良、陈平、樊哙、吕泽等，后来又几次分封，受封的都是驰骋沙场、功勋卓著的功臣名将。尽管这样，也有一些没有受到分封的将帅满腹牢骚，只是慑于太祖高皇帝的威望，谁也不敢造次。如今，自己临朝称制，要分封自己的诸吕亲信，朝野上下一定会有人心怀不满，弄不好会招致难以预料的后果。

一旦封侯，世袭罔替，与国同休，便有了万世基业。

为了稳妥起见，吕雉首先想出一个试探性的方案：追认自己的父亲临泗侯吕公，以及自己的大哥周吕侯吕泽两位亡故之人为王。

吕雉心中盘算，追封已故之人为王，实际上是名义上的加封，并没有实质性意义，这样也许会让功臣宿将、朝中大臣及外地诸侯王更容易接受。

谁知吕雉将试探性方案刚一提出，就遭到右丞相王陵的极力反对。

王陵拱手奏道："启禀太皇太后陛下，太祖高皇帝临终前，与诸侯王、列侯及将相大臣们有白马之盟，誓曰'非刘氏不得王，非有功不得封侯，不守约，天下共击之'。此言犹在耳边。如今讨论封吕氏宗亲为王，有违太祖高皇帝遗愿，臣以为不妥。"

王陵身为右丞相，在朝廷中属于元老级别的老臣，因资历比较特别，性格直爽，遇事敢于仗义执言，素有"憨丞相"之称。他不顾吕雉面部表情急剧变化，搬出了刘邦的白马之盟加以反对。

吕雉当即沉下脸来，心生怒气，但又不好发作。她对王陵未加理会，转而征求左丞相陈平和太尉周勃的意见。

"你们二位意下如何？"吕雉强压着心中的怒气。

陈平心中清楚，此时的吕雉已经不是刘盈在位时的皇太后，更不是刘邦在位时的吕皇后，而是临朝称制一言九鼎的事实女皇，即便自己反对加封吕氏，也无济于事，甚至会适得其反，招致她的憎恨与日后的报复。于是，他拱手道："当年，太祖高皇帝平定天下，封刘氏子弟为王。如今，太皇太后临朝称制，封吕氏宗亲为王，也未尝不可。"

吕雉听后，阴沉的脸色稍微平和了一些，又把目光转向周勃。周勃缩了缩脖子，眨了眨眼，随声附和。

得到两位重臣的附和，吕雉像是吃了一颗定心丸，正要表态，陈平干咳了一声，又朝她一拱手："启禀太皇太后，分封诸吕，朝中大臣必定会有人心中不服，乱发议论。臣有一策，能平息众人之议。"

陈平之言，正是吕雉心中担忧之事，一听他有平息众人议论的计策，她且惊且喜，忙问道："左丞相有何计策？快快道来。"

吕雉清楚，陈平一向足智多谋，当年太祖高皇帝在白登山被匈奴围困了七天七夜，最后正是他用计谋解除了围困，太祖高皇帝才得以脱身。这次他又会想出何计策呢？

在吕雉期盼的目光中，陈平缓缓说道："惠帝刚刚驾崩，此时加封，如果只分封诸吕，极易引起朝臣们的猜忌，从而招致皇室宗亲的反对，不如，对那些虽未征战沙场却有功绩之臣，也一并进行加封。如此一来，既能堵住朝中众臣之口，也可以平息诸吕与皇室宗亲、功臣宿将之间的矛盾。"

听了陈平一席话，吕雉沉思了片刻，未置可否，又问道："一并加封，左丞相所指何人？"

"比如少府卿阳城延！"

“阳城延？”吕雉在口中念叨了一句，似乎在心中掂量着这位军匠出身的老臣的分量。阳城延曾经拒绝建造“巧室”，自己为他孩子保媒，又因故没能保成，但作为少府卿，这几年他在长安城牵头领建几个重大建筑的功劳，朝野上下还是有目共睹的。面对陈平的提议，她一时犹豫不决。

“不妥！”王陵再次站起身来，情绪更加激动，“当年，太祖高皇帝分封王侯，除了皇子皇孙，谁不是久经沙场、九死一生？阳城少府虽然督建了长乐、未央两宫，领头修筑了长安城垣，却未曾上战场杀过一兵一卒，如今已经是金镳玉辔，贵为大庶长。凭借区区营建之术，何以配得上封侯？”

陈平看了一眼王陵，淡淡一笑：“王丞相此言差矣！阳城延虽为工匠出身，然亦是朝廷九卿，算得上是朝中元老。太祖高皇帝时，他用短短几年时间，先后督建、领建长乐、未央两宫，奠定了新都之基，两宫巍峨壮观，远胜于咸阳诸宫，不仅是陛下的居所，也是大汉国祚威望的象征，令世人叹服。他带领工匠，前后历经数载，修筑长安城四面城垣，京城防御因此无虞，城内街衢横平竖直，既规范了市井，也规制了礼数人伦。如此宏伟建筑，必将显名于后世，成为都城形制之圭臬。这些难道不敌杀敌之功？”

陈平一席话，说得王陵无言以对。吕雉见状，微微颔首，似乎拿定了主意：“左丞相说得在理。分封王侯，就依照左丞相谏言行事！”

三人出了长信殿，王陵依然愤愤不平，指着陈平与周勃问道：“想当年，太祖高皇帝刑白马，歃血而盟，你二人难道不在场？如今女主擅权干政，要分封诸吕，你们却阿谀逢迎、背弃盟约、故意放纵。将来你们有何脸面去见太祖高皇帝？”

见王陵怒气未消，周勃赔笑，陈平则意味深长地说道：“眼下与太皇太后犯颜强争，臣等不如君侯；将来保全社稷，安定皇室，君侯未必比得上臣等啊！”

王陵一时没有琢磨透陈平话中之意，狠狠白了他一眼，愤愤而去。

不久，吕雉免去王陵右丞相之职，任命陈平为右丞相，审食其为左丞相，同时如愿以偿追尊自己的父亲临泗侯吕公为宣王；追尊大哥周吕侯吕泽为悼武王。

汉高后元年（前187）四月乙酉，大权在握的吕雉对王国、侯国做了一次大规模的调整与分封：增设四个王国，新封了四位诸侯王；增设十个侯国，新封了十位列侯。

增设的四个王国和新封的诸侯王分别是：从楚国的领地中分割出薛郡，加上女儿鲁元公主的汤沐地城阳郡，设鲁国，封张敖与鲁元公主的儿子、吕雉的外孙张偃为鲁王；从齐国分割出济南郡，设吕国，封长兄吕泽的嫡长子、郦侯吕台为吕王；从赵国分割出恒山郡，设恒山国，封惠帝的庶子刘不疑为恒山王；从朝廷掌控的疆土中割出陈郡，恢复淮阳国，封惠帝的庶子刘强为淮阳王。

新建的十个侯国，新封的十位列侯分别是：封汉惠帝之子刘山为襄成侯；封汉惠帝之子刘朝为轵侯；封汉惠帝之子刘武为壶关侯；封吕释之庶子吕种为沛侯；封吕雉大姐吕长姁之子吕平为扶柳侯；封吕泽的次子吕产为洨侯；封大中大夫张买为南宫侯；封郎中令冯无择为博成侯，封齐国丞相齐受为平定侯；封少府卿阳城延为梧侯。

阳城延封为梧侯，是彻侯，食邑五百户，封国为梧国。

做五百户食邑的彻侯，足以令人感到欣慰。要知道，就连身为开国元勋的淮阳郡守申屠嘉，后来也只被封为五百户食邑的关内侯。彻侯是世爵，享有侯国封地，世袭罔替；而关内侯虽有食邑，但没有封地，只能按照五百户的食邑数，每年收取相应的租税。

五百户，虽然看起来封赏不多，但终归是臣子能够获得的极高奖赏，表明了汉廷对阳城延的尊重与肯定。

在西汉开国功臣列侯中，阳城延排名第七十六位。由于受封梧侯，阳城延有了自己的纪年，高后元年（前187）也为梧侯阳城延元年。

阳城延封侯的消息传到阳城家，朝中一些大臣、阳城家好友纷纷前来道贺，不大的院落挤满了人。阳城家如同过节般热闹。北平侯张苍、太常叔孙通还带来了贺礼。

阳城延身穿彻侯长袍，一边站在门前相迎，一边拜谢络绎不绝的客人。张苍来到院落中，看着拥挤的院落，对阳城延说："君侯领建了长乐宫、未央宫这样宏伟的皇宫，自己住的却是这般狭窄的府宅，该重新修建了吧。"

"不瞒北平侯，老臣在这座宅院居住习惯了，还真没有翻修和扩建的打算。再说，这座宅院陪伴臣从少府卿到今日受封梧侯，看来风水不差，老臣我怎么忍心拆除重建呢。"阳城延的话，说得众人哈哈大笑。

庭院中三棵长得郁郁葱葱的沙枣树引起了叔孙通的注意："君侯这几棵枣树有些年头了吧？"

阳城延走到树下，用手搓摩着粗糙的树皮，不无感慨地说："这几棵沙枣树是老臣刚建此宅时，一位兄弟送来栽种的，一晃也有十几年了。此树是关东特有的树种，老臣真佩服它的生命力，前些年关中罕见大旱，它却还长得枝繁叶茂，每年都能结出诸多又大又甜的果实来。”

张苍又抬眼看了看院落，说道：“看来，在这尚冠里，你阳城君侯家虽然偏居一隅，风水可是一点不差呀。”

“要说风水好，还当属长安城。物华天宝，人杰地灵，八百里关中，无处可比。如今长安新城建成，成为普天之下人们敬仰与向往之地。老臣只是沾沾光而已。”阳城延的话又引起一阵笑声。

张苍微微仰起脖子，想了想，问道：“听说君侯封地远在楚地境内，距太祖高皇帝的祖籍沛县不远，君侯打算何时前去察国？”

阳城延说：“老臣本一介工匠，今日得以封侯，全仰大汉国威，承蒙太祖高皇帝、惠帝荫庇，太皇太后降恩，封地梧国与太祖高皇帝祖籍毗邻，实乃三生有幸。臣准备禀告太皇太后，不日前往察国。”

说话间，管家阿甘摆好了酒宴，众人随阳城延入席。

阳城延心中暗自寻思，远在楚地的封国梧国究竟是怎样一个地方？

第三十四章

梧侯察国

高后元年（前187）五月，关中已是春末夏初，惠风和畅。渭水日渐丰盈，从长安城下蜿蜒而过，沃灌田野。八百里秦川大地一片生机勃勃的景象。

阳城延受封梧侯，有了自己的封国，但封地具体在什么位置、风土人情如何，他还一概不知。因此，安顿好少府衙门事务，他向吕雉告假，带着儿子阳城去疾、管家阿甘套了一辆牛车，赶赴封地梧国察国。

梧国原是梧县，是太祖高皇帝设置的楚国七县之一，位于彭城东南、相县东北。汉高祖二年（前205），楚汉彭城之战，这里曾是主战场所在地。当年，刘邦率诸侯联军兵分三路，进攻楚都彭城，准备一举剿灭项羽。项羽率楚军奇袭联军，打得联军措手不及，落荒而逃。联军溃退到彭城西南的睢水，战死、淹死近十万人。在睢水边，刘邦遭到项羽的大将丁公的堵截，被活捉。丁公本想杀了他，向项羽领赏，但经不住刘邦的哀求，动了恻隐之心，最终将他释放。刘邦只领着十几人便慌忙向西逃走，一路逃到荥阳才停住了脚步。梧地境内有一座梧桐山，山边有一个湖，名叫梧桐陂，湖水从山边流出，流向西南，注入的河流就是睢水。

睢水附近、梧桐山北面，有一座小村庄。当年，丁公放走了刘邦，因害怕项羽追责加害，悄悄离开了楚军，带着几名亲信到这个小村庄隐居。刘邦称帝之后，丁公兴冲冲地跑到长安去找刘邦，原以为刘邦会念及当年的不杀之恩，给他封赏，谁知刘邦却以他对主帅不忠为由，派人将他杀害了。后来，人们为了纪念丁公，把他居住的村庄称为“丁公故里”，简称丁里村。

阳城延被封为梧侯，所封之地梧县变成了梧国。按照大汉律令规定，侯国建制，一般设国相，配备家丞、庶子、门大夫、洗马、行人等数官，受所在郡守节制。

从关中长安到梧国路途遥远，出关之后，除了经过朝廷管辖的郡县，还需要途经几个诸侯封国。阳城延受封侯爵之后，所持的是朝廷亲授的紫印，这是仅次于王公的印信，因此一路途经诸侯封国及郡县关隘，还算顺利，不几日，便到达临近梧国的砀郡。

砀郡与刘邦的家乡沛郡毗邻，同属黄淮流域，有着相同的生活习俗，民风豪爽、重情分、讲义气，与刘邦一同打江山的开国元老、功勋宿将，不乏丰沛萧砀之人。位于砀郡东南的芒砀山，就是当年刘邦斩白蛇起事、走上抗秦灭楚之路的龙兴之地。

自从于郏县从军，阳城延在军中多次听说这个带有传奇色彩的神秘地方，无奈一直无缘前往。这次他准备路过此地逗留一日，拜谒芒砀山，表达臣子对先皇的祭奠，体验一下太祖高皇帝家乡的风土民情。

阳城延不想惊动当地官府。他与儿子阳城去疾、管家阿甘到达砀郡治所睢阳后，寻了一处简易居所作为落脚之处，准备早早就寝，第二天前往芒砀山。不料半夜三更时，三人突然惊醒，一伙蒙面歹徒闯进室内，不由分说，就将他们捆绑起来，让他们交出钱财。阳城去疾见父亲被按倒在地，刚想反抗，一名歹徒就上去对他猛踢几脚，痛得他滚倒在地。阳城延一看情形，知道是遇到了盗贼，对方是为钱财而来，只要答应要求，一般不会伤及人的性命。因此，他一边让儿子不要激怒这帮人，一边让管家阿甘将携带的钱悉数交给盗贼。蒙面的歹徒们见到钱，果然不再殴打他们，开始在一旁吵吵嚷嚷瓜分。好不容易熬到天亮，阳城延正思忖这伙盗贼打算如何处置自己，猛然看到他们打开室门，仓皇逃窜。

阳城延疑惑不解，不一会儿，见几个携带兵器的官府衙役闯了进来。阳城去疾用力挣扎，阿甘见状也连忙呼救。衙役走到阳城延面前，听他说是从京城长安而来，又见他腰间系着朝廷所赐之印，不敢怠慢，忙把他们带去见砀郡郡守。

原来，几个官府衙役巡逻至此，听见房舍里有响动，跑过来查看，这才吓跑了盗贼。

郡守让人给三人松绑，验证了阳城延的身份，这才知道面前站着的竟然是刚刚被封为梧侯的少府卿阳城延，赶忙跪拜请罪。

郡守虽没见过阳城延，但早就听说过这位少府卿的大名，尤其是听说他牵头领建了长乐、未央两宫，主持修筑了长安城，因此对他甚是崇拜。

郡守说："君侯刚到下官的管辖之地，就遭贱民如此骚扰，受捆绑之辱，实属下官治理无方，管辖无能，罪该万死！"说着，他请阳城延当场治其罪。

阳城延见郡守惶恐不安，知道他害怕怪罪，便安慰道："砀郡乃太祖高皇帝举大义的龙兴之地，我本想在此逗留一日，拜祭芒砀山，体味风俗民情，没承想竟遭遇劫匪滋扰。也怨我疏忽，好在有惊无险，郡守不必如此惶恐。"

郡守见阳城延并没有责罚的意思，反而安慰他，更加过意不去："谢君侯恕罪！下官已经安排属下，捉拿案犯。"

郡守为盗贼骚扰之事诚惶诚恐，不能释怀，阳城延见状，有意转移了话题，问道：“当年太祖高皇帝在芒砀山斩蛇之处，离此地有多远？”

郡守说：“禀告君侯，太祖高皇帝斩蛇之处，名叫丰西泽。当年，太祖高皇帝身为泗水亭亭长，负责押送一批徒役去骊山服役，忽见有一条大白蛇挡住去路，遂拔出随身携带的赤霄剑斩为两段。太祖高皇帝乃赤帝化身，斩白蛇举大义乃是受天命而为。下官派衙役常年驻守此地，守护神灵。每逢太祖高皇帝祭日，下官都会亲率衙门府臣前去祭拜。君侯想要前去拜谒吗？”

阳城延原本是想去祭拜一番的，但经过一晚上的折腾，颇感疲惫，便打消了念头，准备继续赶路，尽快赶到封地梧国。于是，他推辞说：“此次不再叨扰郡守，日后有机会再前来拜谒。”

郡守一听，急忙挽留：“君侯建长乐、未央两宫，修筑长安城垣，乃盖世之功，下官钦佩至极。今日得以拜见，实乃三生有幸。君侯在砀郡怎么也得多留几日啊！”

正说话间，一名衙役跌跌撞撞进来禀报说已经将劫匪缉拿归案，请求处置，并将抢劫的钱如数放到郡守面前。

郡守向阳城延拜请道：“君侯看钱可有差缺，如何处置这帮劫贼，还请君侯赐令。”

阳城延示意阿甘收下失而复得的钱，对郡守说：“此乃郡守管辖之地发生的案件，郡守按大汉律令处置即可，不必因涉及我而重加责罚。”

郡守向阳城延拱手称诺，随后吩咐衙役：“先将贼人押进衙狱，等候审讯！”

一件小插曲扰乱了阳城延在砀郡停留的兴致，尽管砀郡郡守再三挽留，阳城延还是坚持继续赶路。郡守无奈，只得派出两名衙役护送他至梧地。

进入梧地，阳城延渐渐忘却了在砀郡遭遇盗贼的不快，心情也变得开朗起来。道路两侧的田野，麦子正在灌浆，成片的田畴碧浪滚滚，微风吹过，送来阵阵清香。他不禁眯起眼来，大口大口贪婪地呼吸着，扭头对阳城去疾说："都说楚地不比关中，我看未必。这里可是大汉真正的粮仓啊。"

阳城去疾也倍感兴奋，生活在长安城中，成片的麦浪早已成为回忆，今日见父亲的封邑一片丰收的景象，似乎又看到儿时在郏县所见的情形。他对阳城延说："这里倒是与郏县相似，成片的麦田看着就让人舒心。"

提到郏县，阳城延眼前不禁浮现起往日的情景。是呀，郏县，自己逃离骊山后落脚生活的地方，一晃二十多年的光景，夏村的一草一木依旧历历在目，好多事情似乎就在昨日。自从随军之后，再也没有回到那个地方，当年自己还是一个身强力壮的汉子，如今已是年近花甲的老人了。真是人生如梦、世事如烟。

一想到这些，阳城延就伤感，眼角边不觉有些湿润。

走了几程，眼前出现一座高山，山势算不上险峻，漫山遍野都是梧桐。梧桐是速生树木，躯干笔直，宽大的叶片亭亭如盖，是制琴的首选木材。相传上古神农氏的心爱之物七弦琴就是用梧桐木所制。眼前，这山间遍地的梧桐生长得如此茂盛，满目葱茏，阳城延还是第一次见到。更令人惊奇的是，山石间有泉水汩汩而出，汇集成一条清澈的溪流，淙淙流淌，遇到山岩阻挡，飞溅而下，宛如一条白练挂在山中。阳城延让阿甘勒住牛车，下车欣赏，心想，自己的封邑竟是一处有山有水、景色宜人的好地方。

梧县县令事先得到阳城延父子前来封邑察国的消息，早早就带领百姓出来迎接。在梧地，人们虽然还未见过阳城延，但许多人早就听说过他的大名，知道他原本是一名工匠，如今是少府卿，他牵头修建的长乐宫、未央宫，是皇帝、皇后居住的宫殿；主持修筑的长安城垣，如长城一般壮阔、雄伟。能成为这样一位拥有传奇经历的君侯的子民，今日又亲眼得见君侯，怎能不激动？

在百姓簇拥之中，县令将阳城延父子迎接到县衙，恭请阳城延坐于上座，然后将梧县所辖地域人丁、风俗民情等一一做了禀报。

阳城延说："此地遍山都是梧桐，方才我路过的山岭是否就是梧桐山？"

县令说："正是！此山以梧桐出名，山北不远处还有一座湖，名曰梧桐陂。因为景色秀丽，春秋时期，楚国大夫俞伯牙曾在此隐居，留下'高山流水觅知音'的美谈。"

"俞伯牙与钟子期的故事原来就发生在此地？"阳城延一听，很是惊讶，也颇感兴趣，忙让县令细说详情。县令便将俞伯牙与钟子期的故事向阳城延父子娓娓道来。

春秋时期，楚国大夫俞伯牙因不满权贵之间的钩心斗角，来到梧地，见此处有平原罕见的山峦，山非名山，却空谷幽深、溪流潺潺、景色秀丽。遍布山野的梧桐绿叶硕大如盖，每到春天，漫山遍野的桐花香气袭人，虽为山野，倒也不失为一处清静之地，于是在此安顿下来，过起超然避世的隐居生活，陪伴他的是一把七弦古琴。

俞伯牙琴技高超，随身携带的七弦古琴是他的心爱之物，弹琴是他抒发情怀表达心声的最好方式，更是他的精神寄托。在偏僻的乡野，他不奢望有人能听懂他的琴声，窥得他的内心世界，然而他没有料到的是，一位叫钟子期的樵夫居然能识得他的琴音。

有一天，俞伯牙像往常一样，弹奏他心爱之曲。一曲终了，一位樵夫打扮的人站在不远处，称赞道："巍巍乎若泰山！"

俞伯牙再弹一曲，那人又感叹："汤汤乎若流水！"

曲高而和寡，自己琴声在这偏僻的山野，居然被一位樵夫听出了弦外之音，这让俞伯牙大为惊讶。他急忙起身相迎，询问听琴人的姓名。那人淡淡一笑，称自己名叫钟子期。俞伯牙也向他报了姓名。知音难觅，二人叙述了各自际遇，从此抚琴论道，结为挚友。

后来，俞伯牙要出门远游，向钟子期辞行。两人相约一年后在梧桐山相见。一年后，当俞伯牙返回梧桐山时，得知钟子期已逝，就葬在梧桐山，这让俞伯牙悲痛欲绝。在钟子期的墓前，俞伯牙摔碎了心爱的七弦古琴，感叹天下再无知音，并发誓从此不再弹琴。

两位雅士演绎了一段知音情缘，在梧地留下了一段令人感慨的佳话。

自己的封国竟有如此令人称奇的知音美谈，这让阳城延大为惊喜。他感慨道："看来，梧国虽偏居楚地一隅，却是一处人杰地灵之地，我阳城延能承蒙朝廷恩典，以此地为封国，荫庇后人，实在荣幸至极！"

县令说："君侯营建大汉新都长安城，功勋卓著，世人敬仰，加封侯爵之位，实乃众望所归。君侯封地在梧地，也是吾地黎民百姓的荣耀与福分啊！"

阳城延环顾四周，见县衙治所环境简陋，只有几间破旧的草堂，又见县令、百姓衣着破旧，个个面带饥色，忙问缘由。

县令说："实不相瞒，眼下正值春末夏初，新麦尚未成熟，距收割还有段时日，小民们正处于青黄不接的饥馑时期。"

阳城延听后，若有所思地点了点头，吩咐阿甘将随身所带钱币分发给前来的百姓。县令一见，忙上前阻拦："不妥，不妥！梧国乃君侯食邑，下官还没有将赋税上缴君侯，岂能反受君侯的馈赠？"

阳城延淡淡一笑，对县令说："梧国既然是我的封国，我与你们便亲如一家，梧国之事自然是我之事。从今往后，我当与诸位患难与共，休戚一体，共建家园。"

他又转身对众人说："我乃工匠出身，因营建受恩于朝廷，此次前来，就是体察民情。日后，我还要与县令一起，引领乡亲，修衙门、建城郭、育民风、兴百业，建好梧国，以报朝廷恩典！"

众人一听，拍手叫好，欢呼一片。县令更是感激涕零，向阳城延连连拱手致谢。

阳城延又向众人介绍了儿子阳城去疾，并宣布了一个消息：阳城去疾正在长安城主持修建一座新太仓，欲招募二十名年轻男子前去学艺，有意者可以前来报名。

一时间，报名者络绎不绝。阳城去疾从中挑选了二十名年轻男子，让他们一同前往长安城。

阳城延带着阳城去疾和阿甘在梧国停留了三天。在这三天里，他们去了梧桐山，拜谒了钟子期之墓，又游览了梧桐陂，考察了梧国的风俗民情，之后才依依不舍地带着二十名未来的匠人返回长安。

后来，从梧地去长安学艺的二十名男子都学有所成。他们有的留在长安城，成为朝廷御用匠师；有的回到家乡梧国，成为远近知名的工匠，世代传授匠人技艺。

回到长安后，阳城延与儿子阳城去疾修建了新太仓，并实施了对长安城北城门的维修工程。因积劳成疾，高后六年（前182），阳城延病逝于长安，一代匠师的生命画上了句号。

鉴于他在领建长乐、未央两宫，以及主持修建长安城垣中的杰出成就，阳城延病逝后，汉廷对其追加谥号“齐”，称为梧齐侯。

齐的意思是执心克庄，资辅供就。

阳城延用一生的实际行动，诠释了一位大汉工匠孜孜求索、执着营建、奉献朝廷的精神，在汉初诸多开国元老、功臣元勋中，赢得了自己的一席之地，获得了尊敬，也为后世工匠树立了标杆。

按照大汉封邑规定，高后七年（前181），阳城延之子阳城去疾继承梧侯爵位，次年为梧侯去疾元年。

汉景帝中元三年（前147），阳城去疾病逝，其子阳城偃嗣位，为梧靖侯。阳城偃于汉武帝元光三年（前132）病逝，其子阳城戎奴嗣位，为梧侯戎奴。汉武帝元狩五年（前118），梧侯阳城戎奴指使人杀死了自己的叔叔，被处以弃市之刑，行刑于众人集聚的闹市。从此，阳城氏被剥夺了世袭爵位。

汉武帝元狩六年（前117），梧国被废去侯国建制，改设梧县，复为县治。

汉宣帝元康四年（前62），汉宣帝刘询对列侯后裔实行“复家”，免除全家徭役，阳城延的五世孙阳城注也在复家之列，时为梧公士。

主要参考资料

1. 司马迁：《史记》，中华书局，1959年。
2. 班固：《汉书》，中华书局，1962年。
3. 梁玉绳：《史记志疑》，中华书局，1981年。
4. 王先谦：《汉书补注》，中华书局，1983年。
5. 韩兆琦：《史记笺证》，江西人民出版社，2005年。
6. 梁思成：《中国建筑史》，百花文艺出版社，1998年。
7. 刘敦桢：《中国古代建筑史》，中国建筑工业出版社，2008年。
8. 贾洪波：《中国古代建筑》，南开大学出版社，2010年。
9. 本书编写组：《中国古建筑丛书》，中国建筑工业出版社，2015年。
10. 何清谷：《三辅黄图校注》，三秦出版社，1995年。
11. 赵立瀛、何融：《中国宫殿建筑》，中国建筑工业出版社，1992年。
12. 本书编写组：《中国宫廷建筑艺术欣赏》，大连出版社，1996年。
13. 杨守敬、熊会贞：《水经注疏》，江苏古籍出版社，1989年。
14. 杨宽：《战国史》，上海人民出版社，1998年。
15. 葛剑雄：《西汉人口地理》，人民出版社，1986年。
16. 周振鹤：《中国行政区划通史·秦汉卷》，复旦大学出版社，2016年。
17. 马新：《两汉乡村社会史》，齐鲁书社，1997年。
18. 朱启钤：《哲匠录》，北京出版社，2021年。
19. 李开元：《汉兴》，生活·读书·新知三联书店，2021年。
20. 钱国祥《中国古代汉唐都城形制的演进》等多篇论文。